I0677753

GEORGE LAZĂR

GEORGE LAZĂR

AMERICA ONE

Timișoara, 2018

Descrierea CIP a Bibliotecii Naţionale a României
LAZĂR, GEORGE
America One / George Lazăr. - Timişoara : Stylished, 2018
ISBN 978-606-9017-00-5

821.135.1

Editura STYLISHED
Timişoara, Judeţul Timiş
Calea Martirilor 1989, nr. 51/27
Tel.: (+40)727.07.49.48
www.stylishedbooks.ro

AMERICA

ONE

11 septembrie 2051 ora 13.18
    Frankfurt, Autarhia Europeană
10 septembrie 2051 ora 23.18
    New Washington, America

Sistemul de apărare Kiron fusese creat de obsesia Autarhiei, neputincioasă împotriva sateliților americani care traversau nestingheriți cerul Europei. Până și numele, Kiron, fusese ales după cel al unui personaj mitologic al vechilor greci, mult admirați de președintele Frankhaim. Fiul zeului Cronos și al Philyrei, minotaurul Kiron rămăsese în Pantheon ca având capacități miraculoase de vindecare a oamenilor. Asta visa și președintele: vindecarea Europei de bolile grele rămase după schimbările meteorologice profunde aduse de Prefacere și nu numai.

Baza lui Kiron o reprezentau unitățile formate din combinații de câte trei baloane stratosferice umplute cu heliu, extrem de greu de detectat prin radar, folosite ca platformă pentru o rachetă purtătoare de tipul Final HellFire, cu o treaptă, aer-spațiu, cu focos convențional de o sută de kilograme de HBX cu mare putere de explozie. Proiectul inițial își propusese să lanseze două mii de astfel de ciorchini de baloane, între 2046 și 2049, însă se reușise plasarea a doar o sută șaizeci și patru după care, din motive tehnice, proiectul a fost abandonat.

În principiu, odată lansate, baloanele urmau să patruleze la o înălțime de treizeci până la cincizeci de kilometri, purtate de curenții stratosferici, pe deasupra Europei. Dacă depășeau zona de patrulare, computerul de bord comanda acționarea elicelor de corecție dar și a unui compresor care absorbea sau livra heliu în baloane, înălțând sau coborând unitățile până când acestea întâlneau curenți de aer favorabili. Energia electrică era asigurată de fotocelule presărate pe anvelopele baloanelor care, după epuizarea duratei de viață, estimată la cel puțin cinci ani, urmau să revină într-o zonă secretă, desemnată pentru recuperare.

Însă chiar după primele lansări, centrul de coordonare din Alpii francezi, din cauza frecventelor descărcări electrice produse în timpul furtunilor ce răvășeau aproape zilnic Europa, pierduse legătura cu un sfert dintre baloane, acesta fiind și motivul principal pentru care se hotărâse abandonarea programului și rechemarea unităților care încă mai răspundeau la comenzi. Centrul de coordonare fusese închis și întregul proiect dat uitării, asemeni unui lucru rușinos.

Racheta interceptoare antisatelit, cu o treaptă, provenea din vechile stocuri ale NATO, rămase de pe vremea când țările Uniunii Europene făceau parte din această organizație alături de americani. Ironic, racheta Final HellFire sau FHF, provenea dintr-un proiect comun nefinalizat americano-european, în care modesta rachetă americană folosită la elicoptere, HellFire, beneficiind de experiența europeană cu racheta Ariane III, fusese redimensionată, devenind o impresionantă misilă antisatelit, ce putea fi produsă și folosită conform nevoilor de apărare ale Europei.

Arma, așa cum fusese ea proiectată, nu fusese testată vreodată, motiv pentru care nici americanii, la destrămarea NATO și retragerea din Europa, nu o luaseră cu ei. Însă, nu după mult timp de la Prefacere, la insistențele președintelui Frankhaim, specialiștii militari finalizaseră cumva racheta, tot însă fără să o testeze, din teama ca nu cumva americanii să prindă de veste *şi să intervină. Teoretic, racheta păstrase raza de interceptare iniţial proiectată, de cinci mii de kilometri.*

De-a lungul anilor, cele mai multe dintre unităţile lansate căzuseră, cu baloanele perforate de micrometeoriţii care depăşiseră capacitatea răşinilor epoxidice impregnate în anvelope pentru refacerea etanşeităţii. Altora li se defectaseră filtrele cu ajutorul cărora acumulau în mod continuu cantităţi infime de heliu din stratosferă, pentru a compensa pierderile inerente prin porii anvelopelor.

Kiron 117 era una dintre unităţile care nu mai răspunseseră la comenzi dar care supravieţuise, perfect funcţională, condiţiilor vitrege din stratosferă. Doar el, împreună cu alte treizeci şi două de unităţi, mai bântuiau încoace şi încolo pe cerul Europei. În cei cinci ani de când fusese lansat, Kiron 117 colindase de mai multe ori peste tot în Europa.

În sud-vest trecuse de ruinele Andorei, ba chiar fusese de câteva ori purtat de curenţi, peste fierbintele Mare Deşert Spaniol, chiar dincolo de Zaragosa, ale cărei clădiri fuseseră prefăcute în praf în urmă cu douăzeci de ani. De regulă, Kiron 117 urca spre nord, purtat de curenţii ascensionali prepolari, urmărind aproximativ linia frântă care despărţea malurile fostei Franţe de Atlanticul care pătrunsese adânc în ea, până la Bordeaux sau chiar până după Nantes şi inundatul LeHavre, în nord. Aici ar fi trebuit să pornească spre est, după o curbă lină, care să îl poarte pe deasupra Hamburgului, apoi spre sud, către Poznan din fosta Polonie şi să atingă punctul sudic maxim, înainte de a-şi schimba direcţia, la Timişoara, încheind survolul graniţei estice a Autarhiei Europene, care o separa de triburile din Estul Sălbatic, cu care nimeni nu voia să aibă de-a face.

Își încheia un ciclu de patrulare abia după ce traversa fostele țări Ungaria și Austria, prin sud, atent, așa cum fusese programat, nu care cumva să intre din eroare în spațiul aerian al extrem de sensibilei Confederației Helvete, singura țară cu care Autarhia făcea schimburi comerciale. Survola nordul peninsulei Italiei, pe linia fostelor megalopole Milano și Torino, care rezistau atacurilor triburilor din sfertul nordic al peninsulei rămas neinundat, după care revenea, pe deasupra Lyon-ului, în punctul de unde plecase: Andora.

Lucrurile nu stăteau întotdeauna așa. Kiron 117, la fel ca și celelalte unități, se abătea uneori foarte mult de la traiectoriile presetate. Totul depindea de mișcarea aleatoare a curenților stratosferici, nepăsători la granițele trasate de oameni pe pământ. În memoria comună, unitățile Kiron înregistraseră zboruri care survolaseră Marea Nordului, ba chiar și un caz în care se depășise Cercul Polar de Nord, fără ca acea unitate să mai revină. Rămăseseră însă înregistrate sec, impersonal, de la treizeci de kilometri înălțime, suprafețele albe, înghețate și pustii care aparținuseră cândva Finlandei, Suediei și Norvegiei. Și în sud, purtate de curenții de aer ceva mai calzi, baloanele plutiseră la mare înălțime deasupra Mediteranei, iar în câteva rânduri aproape atinseseră Africa. În est, la fiecare patrulare, baloanele Kiron intrau adânc în teritoriile triburilor sălbăticite, care nu reușiseră să-și păstreze structurile statale după Prefacere, întrucât curenți care să le poarte spre sud și apoi spre vest se găseau greu și pentru durate scurte de timp.

Spre deosebire de comunicațiile cu centrul de comandă de la sol, afectate de furtuni și descărcări electrice, unitățile comunicau între ele prin propriul sistem. Păstrau fiecare în memoria computerelor de bord

o arhivă comună de evenimente, traiectorii sau inci-
dente, adunate inclusiv de la cele prăbuşite.

Fuseseră programate să coopereze cu scopul de-
fensiv bine definit de strategii Autarhiei, în ale căror
amintiri distrugerile făcute de americani direct din sa-
teliţi, în baza tratatului de eliminare a poluării de la
New Washington, erau încă foarte vii. Dacă apărea o
ţintă la mare înălţime, o localizau, mai întâi prin rada-
rul pasiv, apoi prin cel activ, o urmăreau şi-i calculau
traiectoria pentru ca unitatea plasată în poziţia cea
mai favorabilă să atace.

Aşa s-a întâmplat cu Heaven, staţia spaţială turisti-
că americană, lovită de racheta Final HellFire, lansată
de Kiron 117.

Atât Focul Iadului, cât şi Paradisul fuseseră făcute
de mâna, din trufia şi din teama omului.

Capitolul 1

2 septembrie 2051
Autarhia Europeană
Manham

Pentru Ivan Hill, ziua începuse prost. Durerea persistentă de cap, datorată beţivănelii din seara trecută, se accentuase după ce îşi amintise că arcul care ajuta la propulsia micului său triciclu era acum destins. Şuruburile care fixau piedica iar se slăbiseră, probabil din seara precedentă, de la hopurile şi gropile din drum pe care, fiind băut, nu mai izbutise să le evite. „Americani ticăloşi", blestemă printre dinţi, privind apoi suspicios de jur împrejur. Americanii erau, de când se ştia, consideraţi vinovaţi pentru toate, însă se mai spunea şi că tot ei aveau cele mai performante sisteme de urmărire din lume şi niciodată nu puteai fi suficient de prudent.

Era sâmbătă, ultima zi de lucru din săptămână. Faptul că prinsese ultimul loc la toaleta-duş, comună pentru toate cele patru unităţi de locuit, care aveau câte doi pereţi comuni, nu reuşise să-i redea buna dispoziţie. Modulul, unul dintre cele din spumă poliuretanică produse de uzinele IG Farben de lângă Frankfurt, extrem de eficient termic, pe care îl împărţea cu Ibrahim O'Neill, era locul pe care îl numea casă, de trei ani de când îi fusese repartizat. Până la optsprezece ani locuise, asemeni tuturor orfanilor Prefacerii, într-un orfelinat cu dormitoare comune, pregătindu-se pentru a deveni folositor Autarhiei Europene. Alţi trei ani îi petrecuse în căminele Şcolii superioare de studii electrice inginereşti de la Magdenburg înainte de a fi trimis, ca tehnician la ferma de elice eoliene din Manham, pentru un stagiu de patru ani. Abia după terminarea stagiului se putea reîntoarce la şcoală, pentru încă doi ani de cursuri, ca să obţină diploma de inginer superior cu care spera să prindă un loc de muncă bine plătit în uzinele subterane despre care se ştia că se găsesc în mai multe locaţii din Autarhie.

Actuala lui casă era unul dintre modulele care, privite de sus, arătau ca un pătrat format la rândul său din alte patru pătrate, având în punctul comun, din mijloc, toaleta-duş comună, sub forma unui pătrat mult mai mic, răsucit cu patruzeci şi cinci de grade în jurul centrului, astfel încât câte o latură a acestuia să taie câte un colţ al pătratelor mari. Latură care, în interiorul unităţii de locuit, era uşa către toaletă. Toaleta avea patru uşi, câte una pentru fiecare dintre cele patru încăperi ale modulului, care puteau fi blocate simultan atunci când era ocupată.

Când în sfârşit găsi uşa deblocată, Ivan o deschise, dar un şuvoi rapid de apă folosită năvăli în încăpere. De uşa lor era fixată chiuveta ale cărei racorduri flexibile ar fi trebuit desprinse după fiecare utilizare, aşa cum le ceruseră de nenumărate ori colegilor de habitat. Însă ultimul ocupant omisese să facă această operaţiune aşa că racordul de evacuare, smuls din chiuvetă, se deşertase la ei pe podea.

Încă bombănind, Ivan ridică grătarul de deasupra budei turceşti, o folosi, apoi lăsă grătarul la loc. Porni duşul din tavan, din care însă nu mai curgea decât apă rece. Ceilalţi epuizaseră conţinutul rezervorului de apă caldă de pe acoperiş şi urma să mai dureze ore bune până când captatoarele solare aveau să încălzească altă apă.

— Hai să bei o cafea, îl strigă, prin uşă Ibrahim, colegul său de cameră, aflat într-o formă cu mult mai bună. Totdeauna se întrebase cum reuşea Ibrahim, în pofida faptului că era mai scund decât el cu aproape un cap şi cu cel puţin zece kilograme mai slab, să bea cantităţi uriaşe de alcool distilat fără să se îmbete. Cu o seară în urmă, îşi aminti cu greutate, Ibrahim anunţase iar că intenţiona să se căsătorească. Nu că ar fi fost prima oară. Era însă greu de crezut că ultima lui cucerire, o fată ştearsă care lucra la fabrica de conserve şi al cărei nume încă nu-l reţinuse, avea să îl cucerească. Obişnuiau frecvent să glumească astfel despre căsătorie. Avantajele obţinute de cei căsătoriţi nu erau de neglijat. Primeau un modul aproape dublu, cu toaletă proprie. Dacă aveau un copil, mai primeau un pat suplimentar şi încă unul, suprapus, pentru al doilea copil. Mai mult de doi copii nu se permitea pentru nicio familie. Femeile erau sterilizare chirurgical după a doua naştere. Oricum, Ivan nu cunoscuse pe nimeni cu mai mult de un copil şi în niciun caz nu se putea imagina pe sine în postura de tată.

Îşi târşâi picioarele înspre măsuţa comună, pliantă, şi se aşeză spre capătul dinspre patul său. Ibrahim aduse o cană rece cu cafea – un surogat ieftin, de culoare neagră, singurul pe care şi-l puteau permite şi, de altfel, şi singurul disponibil ce se putea găsi la prăvălia din Manham, orăşelul agricol în care locuiau.

— Arăţi cam dărâmat, remarcă Ibrahim, trecându-şi mâna prin părul roşcat, tuns foarte scurt. Ia de-aici, licoarea asta o să-ţi prindă bine.

— Iar s-a stricat maşina, mârâi Ivan. Şi-a dat drumul arcul.

Miculul vehicul de transport personal produs de uzinele BMW din Munchen i se spunea maşină doar în virtutea unor vechi reflexe. În realitate, era un triciclu cu două locuri şi un portbagaj, adăpostite de o carcasă transparentă din policarbonat. În spate, un cilindru de tablă perforată ascundea un arc spiralat, asemănător cu al unui ceas mecanic, și o volantă masivă din plumb. Arcul putea fi întors fie cu un dispozitiv electric, așa cum aveau unele habitate, dar nu și al lor, fie cu ajutorul pedalelor prevăzute în podeaua triciclului. Făcuseră și ei cerere la Primărie pentru a-și monta o elice eoliană, cu generator și acumulator electric propriu, întrucât Autarhia încuraja astfel de inițiative. Urmau să primească componentele necesare pe care să le asambleze în timpul liber. Le-ar fi achitat în rate de câte trei sute de euro în fiecare lună, vreme de cinci ani. Însă mulți doreau curent electric în locuință iar coada de așteptare pentru repartiția materialelor era lungă. Ar fi putut avea însă lumină electrică noaptea sau ar fi putut fierbe cafeaua, nemaivorbind de uriașul avantaj de a-și încărca, seara, arcurile de la tricicluri cu ajutorul unui motor electric.

Mașini adevărate, cu motoare puternice cu ardere internă, nu mai avea nimeni de când dispăruseră carburanții fosili. Sau mai nimeni. Armata, șefii marilor corporații sau politicienii de vârf încă mai umblau cu așa ceva, arzând în străvechi motoare o combinație de alcool etilic cu motorina obținută din prelucrarea rapiței cultivată în cicluri bine stabilite de fermele agricole.

Ivan sorbi zgomotos din lichidul rece, însă durerea de cap nu se lăsă alungată. În plus, în cameră era îngrozitor de cald, chiar dacă atât geamul micuț cât și ușa fuseseră lăsate deschise, în nădejdea că un curent de aer putea să aducă ceva răcoare. Izolația termică a clădirilor era atât de bună, încât iarna locuiau confortabil fără vreo altă sursă de căldură decât cea a propriilor corpuri. Însă începutul lui septembrie din acest an era neobișnuit de cald așa că, în încăpere, Ivan transpira abundent.

— Vreau să verific dacă rulourile exterioare sunt coborâte, îi spuse Ibrahim și ieși. Rulourile argintii de pânză, cu depunere de staniu, erau produse tot de IG Farben. Se montau pe pereții exteriori, vopsiți în negru, culoare absorbantă de căldură, foarte eficientă iarna. Vara însă, rulourile erau coborâte pentru a reflecta razele solare. Se întoarse după câteva minute.

— Iar ne-au făcut vecinii poanta. L-au ridicat pe cel din dreptul ferestrei. Într-una din zile tot aflu eu cine-i glumețul. Ascultă, n-ar trebui să mergem la cantină? Cred că se închide în mai puțin de o oră.

Cantina comună era la zece minute de mers pe jos, în imediata vecinătate a unui părculeț care delimita zona de locuințe de clădirile orașului vechi. Unele dintre clădirile rămase dinainte de Prefacere încă erau folosite de instituțiile Autarhiei, cum ar fi Primăria. Se știa că primarul și câțiva funcționari superiori chiar locuiau într-o clădire veche, însă nici Ivan și nici vreuna dintre cunoștințele sale nu își puteau imagina cum e să trăiești într-o asemenea casă, mai ales că întreținerea, iarna, trebuie să se fi ridicat la sume astronomice, pe care ei cel puțin nu și le-ar fi putut permite niciodată.

Porniră împreună, pe aleea ce despărțea două șiruri lungi de unități de locuit, ocolind bălțile rămase de la furtuna de peste noapte, fără să mai închidă ușa. Practic nu existau furturi în Autarhie, iar obiectele personale erau identice pentru toți. Se socotea însă furt grav și se pedepsea aspru păstrarea de obiecte găsite, fabricate dinainte de Prefacere. Cel ce le descoperea trebuia să le predea la Centrul de Colectare pentru a fi analizate, reparate dacă era cazul sau reciclate și distribuite funcție de nevoi. Se plătea, de regulă, o mică recompensă pentru asta. Ivan își dorea mult un aparat care să redea muzică, aşa cum văzuse la o cârciumă cu ştaif din Totheim. Nu avea idee cât ar putea să coste unul, însă era dispus să îşi cheltuiască şi jumătate din leafa pe zece ani pentru aşa ceva.

— Dăm o fugă diseară la Totheim? Am ochit două fete zglobii care ar vrea să facă cunoştinţă cu noi, asta dacă nu o iei pe prietena ta. În plus, putem face şi un biliard. De luni plec în armată, aşa că nu mi-ar strica ceva amintiri frumoase. Ei, ce zici Ibrahim, vii sau nu? întrebă, nedumerit de tăcerea meditativă a prietenului său.

— N-ai decât să nu pleci, armata o să se descurce şi fără tine, răspunse absent Ibrahim.

Acesta era răspunsul standard. Ibrahim nu făcea armată, sau poate făcea parte din armată, era foarte rezervat în această privinţă ca şi despre îndeletniciri-le sale la locul de muncă. Însă amândoi ştiau bine că stagiul militar obligatoriu de o lună pe an nu putea fi amânat şi în niciun caz sărit, cu excepţia motivelor medicale serioase, confirmate de medicii militari. Pe-depsele pentru neefectuarea serviciului militar erau dure, muncă silnică şi închisoare, cu repercusiuni în cazier pentru toată viaţa. De fapt, Ivan abia aştepta să plece în armată. Era o ieşire binevenită, ca o vacanţă, în pofida regimului cazon. Mai mult, hrana era gratu-ită, mai consistentă şi mai gustoasă, iar armata plătea pentru luna de serviciu o soldă aproape de două ori mai mare decât salariul primit la locul său de muncă. Până luni însă, conform obiceiului, puteau sărbători plecarea cu un chef zdravăn.

Oraşul Totheim era de câteva ori mai mare decât Manham şi, se spune, avea aproape douăzeci de mii de locuitori, patru cârciumi şi zece prăvălii. Cel pu-ţin o dată pe săptămână, de regulă sâmbăta seara, după ce se încheia ziua de lucru, tinerii lucrători din Manham dădeau o fugă să chefuiască până la o bucată de noapte, cheltuindu-și aproape toată agoniseala a șase zile de lucru prin cârciumi. La Totheim se putea ajunge urmând vechea autostradă A 16, luând-o întâi spre est, iar în dreptul orășelului Buchel se schimba direcția spre nord, caz în care drumul măsura ceva mai mult de zece kilometri. Mai era o variantă care scurta la aproape jumătate distanța, luând-o direct spre nord, pe un fost drum național. Unii preferau însă autostrada, cu cele șase benzi ale ei, aflată într-o stare cu mult mai bună decât drumul național, al cărui asfalt, de calitate mai proastă, era crăpat și găurit.

— Nu pot, rosti într-un târziu Ibrahim. În seara asta merg la întâlnirea cu un Orator. Nu pot lipsi, adăugă repede, oprind protestele prietenului său. Și așa ei vin atât de rar.

Oratorii erau cunoscuți ca oameni care își spuneau crezurile pe față. Ivan nu îi aprecia foarte mult; în afară de vorbe meșteșugite și banderole roșii, nu făceau altceva. Oratorii ar fi putut fi organizați chiar de americani sau de agenții lor, cu toate că nimeni nu auzise să mai existe americani în Europa. Veneau, țipau, urlau împreună cu auditorii lor, într-o defulare colectivă și apoi își vedeau de treabă. Pentru cei mai mulți nici nu se merita pierderea de timp, mai ales că în ziua liberă se puteau face cu totul alte chestii, cu mult mai amuzante, cum ar fi un meci de fotbal în piața pavată cu piatră cubică, din orașul vechi.

Ajunseră la cantină și intrară în sala de mese, în mare parte goală. Își luară câte o tavă grea de tablă, de pe care sărise în bună parte emailul, și intrară pe linia de autoservire fără să mai aibă pe nimeni în față. Trecură prin fața cratițelor pătrate, cu cele câteva feluri de mâncare disponibile, însă acestea erau deja goale sau aproape goale. Hill răzui ceva omletă rămasă pe fundul uneia dintre ele din care îi dădu o parte și prietenului său. Luară și câțiva cârnați scofâlciți, cu gust de material plastic, deloc populari – motiv pentru care mai rămăseseră – o chiflă de pâine cam veche, câte o cană cu ceai și pungile din hârtie maronie, reciclată de cine știe câte ori, cu gustările standard, pentru pauza din ziua de lucru. Semnară, la casă, pentru ceea ce luaseră. Suma urma să li se scadă direct din salariu, la sfârșitul lunii.

— Țin mult întâlnirile astea ale voastre? se interesă Ivan după ce se așezară la o masă ceva mai puțin încărcată de resturile de mâncare rămase de la clienții precedenți. În definitiv, am putea merge la Totheim după ce se termină.

— Nu au o durată precisă. În seara asta e vorba să vină Rolf Altman, e în drum spre sud și ar putea fi de acord să conferențieze și la noi, poate chiar să rămână peste noapte.

Altman era considerat unul dintre cei dintâi Oratori; mai era și membru marcant în Partidul Verzilor, considerat satelit al Partidului Autarhic, care s-a aflat mereu la conducere după Prefacere. Era suficient de bătrân ca să fi prins și vremurile de belșug ale Europei, măcar că fusese tânăr pe atunci. Amintirile sale, fără îndoială acum mult romanțate, adunau, atunci când începea să povestească, mulți oameni, care îl ascultau cu gurile căscate, vorbind despre o lume de vis, despre mașini incredibile, despre călătorii în spațiu, case, magazine, turism. Prea bătrân ca să mai poată pedala, Altman era mereu însoțit de o tânără viguroasă care îi conducea triciclul de dimensiuni duble față de cele uzuale, pentru că Oratorul își transporta atât

propriile bagaje şi provizii cât şi mici broşuri, tipărite
îngrijit, numai el ştia unde, deoarece hârtia albă, cu
excepţia celei pentru documente oficiale şi manuale,
se găsea foarte greu.

— Bine, vin şi eu, după care mergem la Totheim,
rosti Ivan ridicându-se de la masă. Acum trebuie să
plec, cred că iar sunt în întârziere. Ne vedem diseară,
îi mai strigă, din uşa cantinei, prietenului său, înain-
te de a-şi încăleca triciclul. Ibrahim lucra pe undeva
mult mai aproape, probabil la Centrala de telecomu-
nicaţii, şi putea să mai zăbovească câteva minute. În-
cepu să pedaleze rar, blestemându-i în gând pe ame-
ricani, vinovaţi pentru toate relele, chiar şi pentru
resortul destins al micului său vehicul.

Capitolul 2

2 septembrie 2051
New Washington
America

De când se ştia, John Conrad se pregătise să fie preşedinte al Americii. Tatăl său, Jimmy Conrad, fostul guvernator al Floridei şi apoi preşedintele care unise America după Războaiele de Secesiune pornite în anii '30, îl crescuse şi educase pentru ca, la momentul potrivit, să conducă ţara cea mai puternică din lume. Mama sa, Irene, o femeie ştearsă, despre care nu-şi mai amintea mare lucru, care dispăruse cumva din viaţa lor în timpul pacificării Americii, protestase vag, fără să o bage careva în seamă. Întotdeauna se întrebase de ce tatăl său fusese atât de popular. În definitiv, ca guvernator al Floridei, stat care tocmai finalizase construcţia Coridorului Uraganelor, capodoperă inginerească prin care se transforma energia acestor stihii distructive în energie electrică şi apoi în hidrogen, îi fusese destul de uşor să negocieze şi să alipească stat după stat, fără să fie nevoie să recurgă prea des la arme.

Toţi, fără excepţie, aveau nevoie de energie. De fapt Jimmy Conrad nu fusese vreodată ales preşedinte. La început, nici nu ar fi avut cum, statele americane îşi declaraseră, rând pe rând, independenţa. Apoi nu a mai fost posibil. Războaiele de Secesiune duraseră doisprezece ani, iar starea de urgenţă nu permisese organizarea de alegeri. Însă îi pregătise lui John, de minune calea.

Scopul său fusese atins de aproape şapte ani, de când preluase puterea de la Jimmy, ucis într-un atentat suspect, cu o rachetă teleghidată, ai cărui autori nu fuseseră vreodată descoperiți. Totuși, în unele cercuri politice, se spunea că John, ajuns al cincizecilea președinte al Americii, știe mai multe decât spune.

Biroul Oval era locul în care îi plăcea cel mai mult să stea cu toate că experții în securitate ai Casei Albe, în pofida diferitelor sisteme de supraveghere și ripostă, nu dădeau, din punctul de vedere al siguranței încăperii, o notă prea bună. Reședința președinților americani fusese reconstruită, împreună cu mai multe clădiri ale fostei capitale inundate de apele Atlanticului, pe un platou al Munților Stâncoși, la New Washington, în noua și sigura capitală.

În Casa Albă, Conrad avea sentimentul că stă într-un muzeu, în care fiecare piesă fusese atinsă și folosită de cei ce conduseseră America înaintea sa. În așteptarea consilierului său personal, David Salazar, președintele Conrad își începu ziua ca de obicei, aflat în spatele biroului Resolute, străvechi, făcut din lemnul unei corăbii de luptă britanice, pe care își întinse picioarele. Apăsă tastele unei telecomenzi discrete, iar tabloul lui George Washington, aflat deasupra șemineului, dispăru pentru a fi înlocuit cu familiarul planiglob, în varianta actualizată permanent de sateliții militari, pe care o cercetă atent, căutând amenințări potențiale, cu toate că, dacă acestea ar fi existat, i-ar fi fost semnalate din timp de către armată. Lumea nu se schimbase semnificativ în ultimele douăzeci și patru de ore. Avuseseră loc sute de conflicte locale, înregistrate și transmise instantaneu de ochii reci ai sateliților. Se pregăti să arunce în treacăt o privire asupra celor mai importante când, cu un ciocănit discret, un membru al echipei sale de protecție și pază deschise ușa pentru a-i face loc lui David Salazar, care se strecură abil în Biroul Oval. În acel moment, pendula din dreapta biroului său, veche de o sută cinci-zeci de ani, dăngăni grav. Involuntar, ochii lui Conrad fugiră o clipă către acele pendulei care arătau fix ora nouă. Îşi ridică greoi trupul masiv de pe fotoliu şi ieşi în întâmpinarea consilierului său de încredere care păşi neauzit pe covorul moale.

— Bună dimineaţa, domnule preşedinte.

— Bună, David, îi ieşi Conrad în întâmpinare, oprindu-se pe covorul ce avea ca model vulturul cu aripile deschise. Ia loc, îi spuse, arătând spre cana-peaua aşezată pe lungimea biroului. Ce-i nou azi?

Salazar se aşeză grijuliu, privind în treacăt har-ta electronică a mapamondului, deschisă deasupra şemineului.

— Nimic din ceea ce nu ştiţi încă. Conflicte mă-runte pe aproape tot globul. Unul mai serios în In-sula Iudaică, probabil între evrei şi arabi. Au folosit explozibili şi muniţie grea ; cred că evreii mai au ceva artilerie pusă deoparte, par să se descurce. În rest, ni-mic important, cel puţin nimic care să ne ameninţe securitatea. În Rusia, încăierările cu armele de foc au devenit tot mai dese, probabil că au reuşit cumva să producă muniţie.

— Poluanţi?

Salazar zâmbi în sinea sa. Auzea în fiecare zi ace-eaşi întrebare. Se hotărî, brusc, să nu mai dea acelaşi răspuns stereotip.

— Toţi poluează, domnule. Oamenii, prin natura lor, poluează. Măcar că respiră, se hrănesc, elimină. Însă Tratatul de la New Washington, încheiat de pre-decesorii tatălui dumneavoastră, este respectat. Prac-tic, nu mai există poluanţi industriali, sau cel puţin nu din cei pe care putem noi să îi detectăm. Au fost dis-truşi sau constrânşi să închidă de peste două decenii.

După cum știți, am rămas singura putere industrială din lume. Și nepoluantă. Ar mai fi europenii, cu morile lor de vânt. Probabil au și ei un soi de industrie, însă nu se compară cu ce deținem noi. America este la fel cum a fost în ultima sută de ani. Prima.

Conrad se enervă. Făcu doi pași spre biroul său pe care îl lovi cu pumnul după care, întorcându-se, se sprijini de el. Orice referire la europeni îl umplea de mânie.

— Nu pentru mult timp, nu pentru mult timp, te asigur. Porcii ăia poluează cumva, iar noi vom afla cum și le vom veni de hac. Întotdeauna ne-au râs în nas.

Salazar se obișnuise de ani buni cu izbucnirile președintelui. Și el păstra vie amintirea anilor cu atentate teroriste, cele mai multe sinucigașe, perioadă începută aproape imediat după aplicarea în forță a Tratatului de la New Washington, de combatere globală a poluării, când unitățile industriale poluante din întreaga lume au început să fie bombardate din spațiu, cu proiectile balistice curate, din nichel-wolfram, lansate de sateliții americani. Europenii se dovediseră de departe cei mai feroce și inventivi atentatori. Judecând la rece, se întrebase cum ar fi reacționat el dacă cineva i-ar fi bombardat locul de muncă, lăsându-l pe drumuri împreună cu familia, așa cum s-a petrecut cam peste tot, mai puțin în America.

Conrad avea însă un motiv cu totul special pentru a-i urî pe atentatori și implicit pe europeni. Motivul era unul dintre cele mai bine păzite secrete de stat, cunoscut doar de câțiva oameni. Actualul președinte al Americii devenise, după atentatul nuclear din Manhattan, New York, mai întâi steril și apoi, datorită operației menite să-i înlăture cancerul testicular incipient, impotent. Atunci, la nici douăzeci şi cinci de ani, se socotise norocos că nu se numărase în milionul de victime rezultat, însă, la sfatul şi insistenţele tatălui său, preocupat de viitorul politic al fiului, se oferise cu nesăbuinţă voluntar, pentru a ajuta supravieţuitorii. Radiaţiile făcuseră restul. De atunci îşi urâse deopotrivă atât tatăl, cât şi pe europeni. Cu primul îşi încheiase, cumva, socotelile. Privi chiorâş spre Salazar, unul dintre cei care, alături de medicii săi, îi ştiau secretul. Acesta însă nu dădu niciun semn că ar fi tulburat şi continuă pe un ton calm, profesionist.

— Cu vicepreşedintele, domnule. Ce facem?

Russel Dewine era prieten din copilărie cu Conrad. Fusese o prietenie încurajată de fostul preşedinte şi, într-un fel, benefică pentru ambele părţi. Dar Dewine avea propriile lui ambiţii politice şi insista să fie nominalizat pentru candidatura la funcţia supremă în stat după ce Conrad va fi terminat al doilea mandat legal, adică în ceva mai mult de un an. În pofida strângerilor de mâini şi zâmbetelor pe care cei doi le afişau de fiecare dată când se vedeau sau se vedeau în public, prin Reţea, la programele de ştiri, Conrad nu îl suporta pe chipeşul său vicepreşedinte cu care, în tinereţe, după ce devenise impotent, încercase, urmând şi sfatul unui psiholog, relaţii homosexuale, care însă îl scârbiseră. Dewine era tot ceea ce şi-ar fi dorit şi ar fi trebuit să devină Conrad dacă nu ar fi fost momentul în care se lăsase iradiat prosteşte. În plină ascensiune politică, având o sumedenie de amante şi amanţi, sclipitor şi suplu. Avea mari şanse să devină preşedinte numai că planurile lui Conrad erau altele. Russel devenise dependent de droguri. Deja orgiile sale deveniseră notorii. În ultimele întâlniri îl rugase, fără însă a insista prea tare, să încerce să-şi controleze pornirile, dar Dewine îi râsese în nas. Discret, scăpase prin Salazar către presă câteva informaţii care, ca de obicei, fuseseră amplificate. Se întorseseră împotriva sa şi scăzuse în sondajele de popularitate mai tare decât vicepreşedintele său. Mai mult, Dewine manifesta o simpatie suspectă pentru cultura europeană, pe care nu pierdea prilejul să o afişeze public atunci când avea ocazia.

— Cred că trebuie să rezolvăm definitiv problema, spuse Conrad îngândurat. Nu avem de ales. Ocupă-te de asta.

Salazar se ridică agil de pe canapea. Îşi aranjă o cută imaginară a costumului său impecabil, salută scurt din cap şi se îndreptă spre ieşire.

— Cred că veţi avea nevoie de un alt vicepreşedinte, domnule. Şi cred că ştiu şi cine ar putea fi.

Capitolul 3

2 septembrie 2051
Ferma eoliană Eon-Tothaim
Autarhia Europeană

Efortul fizic îi mai atenuase durerea de cap. După ce depăşise ultima casă părăsită din Manham, se înscrise pe artera către Tothaim de-a lungul căreia odinioară erau presărate fabricile şi facilităţile industriale, acum închise. În depărtare se vedeau ruinele imensului combinat siderurgic bombardat din spaţiu de americani, pe vremea când el era mic copil, după aceştia le ce ceruseră foarte insistent celor din fosta Uniune Europeană să îl închidă pe motiv că polua prea mult. Americanii folosiseră un proiectil curat, fără explozibil, un cilindru din nichel-wolfram de douăzeci de kilograme care, lansat de la patru sute de kilometri din spaţiu, lovise cu un impact devastator. Ivan îşi amintea şi acum cu spaimă acea zi – de fapt era singura amintire din primii cinci ani de viaţă, celelalte se şterseseră ca şi cum nu ar fi fost – când bubuitura spărsese multe dintre geamuri, fiind urmată de bubuituri de mai mică amploare, produse de exploziile instalaţiilor avariate. Oamenii se alergaseră pe străzi, încercând să caute supravieţuitori pentru că, chiar dacă strategii americani ordonaseră atacul la ivirea zorilor, probabil pentru diminuarea pagubelor omeneşti, un întreg schimb de muncitori, aproape o mie de oameni, printre care tatăl şi mama sa, îşi găsiseră atunci sfârşitul.

Firele de iarbă se strecuraseră deopotrivă printre crăpăturile asfaltului străzii, dar şi în curţile fabricilor de odinioară, acum cu o parte dintre geamuri sparte sau cu unii pereţi parţial prăbuşiţi de la infiltraţiile produse de precipitaţii. Totuşi, cele mai multe clădiri

erau încă întregi și bine conservate, adăpostind uti-
laje și agregate ce aparțineau unei lumi care nu mai
avea deocamdată nevoie de ele. Cele mai multe dintre
ele, în special piesele din metal și plastic, fuseseră lu-
ate în urmă cu mai mulți ani, pentru a fi reciclate.

Atelierul companiei EON se afla la mai puțin de un
kilometru de la intrarea în zona industrială, imediat
după ce strada cobora într-o pantă lină de care profi-
tă, oprindu-se mulțumit din pedalare, lăsând resortul
triciclului să se încarce de la mișcarea volantei.

— Avem probleme la elice, îl întâmpină șeful său,
Johannes Mihailov, încă înainte de a coborî din trici-
clu. Furtuna de azi noapte a scos cel puțin trei unități
din funcțiune. Se poate să fi căzut și un post de trans-
formare, mai spuse, agitând o foaie de hârtie pe care
erau trecute amplasamentele.

Mihailov era un tip gras într-o lume a oamenilor
slabi. Nimeni nu știa cum reușea să-și mențină o bur-
tă apreciabilă când toți erau supli, în urma mersului
pe tricicle. În pofida aparentei greutăți, se mișca cu
dezinvoltură și toți tehnicienii îl socoteau un șef de
treabă și energic.

— Stai să-mi trag sufletul, spuse Ivan. Echipa de
serviciu ce-a avut de făcut?

— Sunt plecați până la unul, am chemat și băieții
din schimburile libere. E groasă, dacă mai cad încă
două unități se duce totul dracului. Și, să știi, multe
dau semne că au probleme sau au trecut deja pe re-
gim de avarie.

— Așteaptă un pic să-mi iau sculele, spuse Ivan
și intră în cămăruța-vestiar. Aici își descuie dulapul,
îmbrăcă salopeta și ridică icnind trusa de scule de pe
raftul de jos. Porni fără grabă spre triciclu. De luni lip-
sesc, trebuie să-mi fac stagiul de o lună în armată.

— Ţi-am pus şi nişte regulatori, s-ar putea să ai nevoie. Şi o bobină cu cablu, îi strigă Mihailov, imediat ce-l văzu ieşind din vestiare. Ştiu că pleci în armată, mi-au trimis şi mie o înştiinţare. E pentru prima dată pe graniţă?

— Da, răspunse sec Ivan.

Serviciul militar era obligatoriu pentru bărbaţii cu vârsta între 18 şi 55 de ani. După ce efectuase şase convocări anuale de câte o lună, pentru instruire, Ivan urma să patruleze o lună la graniţa cu Estul, loc de unde veneau tot felul de poveşti neliniştitoare, despre atacurile triburilor sălbăticite de zecile de ani de lipsuri.

Ivan se strecură în cabina triciclului şi aşeză lada cu scule pe locul pasagerului. Privi nemulţumit compartimentul bagajelor în care şeful său înghesuise materialele, întrebându-se cum o să care toate astea până la elicele eoliene pe care trebuia să le repare. Ferma eoliană a companiei EON, la care era angajat, se afla în exploatare încă de pe vremea Uniunii Europene. Elicele erau vechi şi demodate şi se defectau frecvent. Deocamdată nu se punea problema să fie înlocuite cu modelele noi, verticale, ce funcţionau pe baza efectului Coandă, despre care învăţase la Şcoala Superioară. Autarhia avea nevoie de fiecare watt de energie electrică ce putea fi produs, în special după ce generatoarele de pe platformele marine din Atlantic, care foloseau forţa valurilor, fuseseră, pe rând, distruse de furtunile violente.

Îi luă o oră de pedalat lejer ca să parcurgă cei aproape zece kilometri, până unde începea ferma de elice eoliene. Ca de obicei, nu întâlni pe nimeni. De altfel, o întâlnire ar fi fost cu totul neobişnuită, perioada de însămânţare pe pământul fermei eoliene în actualul ciclu agricol abia se încheiase. Deasupra capului său, la zece metri înălțime, aproape invizibilă, fusese întinsă și fixată de trunchiurile elicelor, deasupra întregii ferme, plasa antigrindină. După încă un sfert de oră, se opri la baza primei elice avariate pe care o avea pe listă. Sistemele de protecție o opriseră în poziția nefirească, cu palele îndreptate oblic spre cer, aliniate în așa fel încât să opună o rezistență minimă vântului. Deschise ușa de la baza turnului folosind o cheie specială, tubulară, urcă prin piciorul elicei, pe scara verticală, până în modulul de comandă și decuplă sistemul de ultrasunete care emitea continuu, pentru a alunga puținele păsări rămase după Prefacere ce se aventurau prin preajmă și riscau să fie ucise de palele în mișcare. Înainte de a se apuca de treabă, se relaxă câteva clipe privind, prin ferestruică, lumea, de la șaptezeci de metri înălțime. Chiar și de aici, atât cât îi permitea orizontul de observare, se vedeau doar elice, rotindu-se maiestuos. Firele fine ale plasei antigrindină, din monofilament de carbon acoperit cu depuneri de oxizi de aluminiu, produse de o subsidiară din Dresda a concernului Bayern, străluceau vag în soare. Plasa era electrificată atunci când bătea grindina, pentru a topi rapid bulgării de gheață pe care îi colecta. Consuma enorm de multă energie, însă până în prezent nu se găsise o altă soluție pentru a proteja culturile. Chiar și așa, își aminti că văzuse, după o rafală de grindină, cum plasa coborâse în unele locuri până aproape de pământ, exercitând o presiune uriașă asupra sistemelor de ancorare aflate la periferia fermei.

Elicele, albe, contrastau cu câmpul negru-maroniu, proaspăt semănat cu rapiță de toamnă, din care se extrăgeau uleiuri industriale și mult-căutata motorină vegetală, folosită pentru rarele vehicule oficiale sau militare care mai aveau motoare cu ardere internă. Era anul în care pe terenurile fermei eoliene se schimbau culturile. Nu o dată Mihailov chiar spusese că, dacă ar fi fost posibil, ar fi cultivat numai rapiță. Planta era puțin pretențioasă, iar guvernul autarhic o plătea mai bine decât grâul scund, modificat genetic, pentru a rezista furtunilor, pe care erau obligați să-l cultive anul următor.

Lucră concentrat, rulând testele interne ale sistemelor pe calculatorul elicei. Și calculatorul, desfăcut, funcționând doar la un sfert din capacitatea inițială, cu plăcile conectate printr-o pădure de șunturi făcute de-a lungul anilor, ar fi avut nevoie de o revizie, însă componentele electronice se găseau foarte greu. Atât concernele Philips, cât și Telefunken, lucrau aproape numai pentru industria militară, angrenate în efortul de apărare al Autarhiei, nemaiavând capacitatea să producă suficient și pentru industria civilă. Descoperi repede avaria, la unul din regulatorii de viteză, care se decalibrase. Nici nu termină înlocuirea acestuia când, cu un clinchet, ecranul computerului prinse viață. Apăru figura transpirată a șefului său, Mihailov. Imaginea avea numeroase pete negre, acolo unde se arseseră ledurile organice ale displayului, a cărui durată proiectată de viață fusese, de asemenea, de mulți ani depășită.

— Ai terminat? Ar fi bine să te grăbești, mai ai de verificat încă două, ți-am zis, îl luă din scurt.

— Dacă tot știai ce au, de ce n-ai spus de la început? se încruntă Ivan, însă Mihailov încheiase deja transmisia.

Starea elicelor putea fi verificată prin cablurile optice de comunicații și de la bază, probabil așa și făcuse Mihailov, însă era un şef de modă veche şi prefera să-şi testeze permanent subordonaţii, lăsându-i să descopere singuri defectele.

Ivan resetă computerul elicei şi aşteptă să se încarce sistemul de operare. Urmări cum palele revin pe direcţia vântului şi încep să se rotească. După ce elicea intră în sincronism, iar parametrii de lucru îi permiseră să reintre în sistemul energetic autarhic, reporni ultrasunetele pentru alungarea păsărilor, coborî şi încuie.

Celelalte două elice pe care mai trebuia să le verifice nu aveau avarii grave. Doar clasicele fuzibile sărite de la suprasarcini pe care le repară ca de obicei cu câteva fire de liţă subţire, de cupru. Se întrebă de ce oare nu au automatizat şi siguranţele. La asemenea defecţiuni, dura mai mult drumul decât depanarea. Îşi permise o pauză în care mâncă sandvişurile primite de dimineaţă, de la cantină, bău cafeaua din termos şi luă o gură de apă din bidon. Pedală agale spre sediul EON, unde nu mai găsi pe nimeni. Îşi lăsă sculele şi porni spre casă, unde ajunse puţin înainte de a apune soarele.

Aşteptă până când Ibrahim eliberă cabina de duş. Se bărbierise şi se parfumase. Intră şi el, pentru un duş scurt, pe care îl scurtă şi mai mult deoarece Ibrahim folosise în mare parte din apa încălzită cu ajutorul captatorului solar de pe acoperiş. Ieşi, ştergându-şi părul.

— Ţinuta pentru Orator este obligatorie? îl întrebă pe Ibrahim, care renunţase la salopeta standard, de lucru, şi îşi îmbrăcase hainele cele mai bune: o pereche de pantaloni uzaţi din lână, un tricou cu mâneci lungi şi un sacou puţin purtat, pentru care plătise salariul pe o lună. Ibrahim îşi curăţase şi lustruise ghetele scâlciate. Cum fiecare avea doar câte o pereche, nu se putea face mai mult.

— Este o formă de respect, îi răspunse acesta, iar Ivan nu mai insistă, colegul său fiind mai tipicar decât de obicei. Cu toate acestea, îmbrăcă şi el rândul de haine curate.

— Putem lua triciclul meu, spuse Ibrahim. Am reuşit să-l încarc şi nu va trebui să pedalăm.

— Poate ar fi mai bine să îl iau şi pe al meu. Dacă mă plictisesc am de gând să plec la Tothaim, nu aş vrea să îmi stric seara.

— Îţi garantez că este foarte interesant. Dacă se termină mai repede, putem merge împreună la Tothaim.

Urcară în triciclu şi porniră către sala de cinematograf în care avea loc adunarea, aflată la niciun kilometru de locuinţa lor, imediat după Primărie. Sala era folosită în special pentru difuzarea jurnalelor zilnice de două ore, cu actualităţi din Autarhie, primite prin reţeaua de fibră optică. Ibrahim era prezent la toate, ba chiar o dată, când au fost împreună, Ivan l-a văzut vorbind ceva cu unul dintre tehnicienii din cabina de control, ceea ce l-a făcut să creadă că meseria prietenului său are legătură cu transmisiunile. Însă, când l-a întrebat, Ibrahim a tăcut mâlc.

În parcare se aflau numeroase alte tricicluri, dintre care cel al lui Rolf Altman, Oratorul, se distingea prin dimensiunile sale, de două ori mai mari. De altfel, era şi singurul racordat la priza de curent electric a parcării cinematografului, pentru reîncărcarea resortului.

— Ţi-am spus că va fi interesant, au venit oameni şi din împrejurimi pentru întrunire. Altman este unul dintre englezii adevăraţi, care au sosit după ce insula

lor nu a mai putut fi locuită. Oficial, vom vedea o pre-
zentare a ameliorării efectelor climatice, șopti Ibra-
him în timp ce intrau în sala cinematografului.

Ecranul de proiecție era derulat și întins, semn că
Altman avea de gând să se folosească și de imagini.
Găsiră cu greu două locuri în partea din față. Însă în
scurtă vreme sala se umplu, dar oamenii continu-
au să vină. Într-un grup, Ivan recunoscu doi bărbați
despre care aflase că lucrau în uzinele subterane de
la Monning, acolo unde spera și el să ajungă să an-
gajeze, după terminarea stagiului și completarea stu-
diilor. Fără îndoială, aceștia se învoiseră de la lucru
și plecaseră de la amiază pentru a ajunge la timp la
expunerea Oratorului. Unii se așezaseră direct pe
podele, în timp ce ultimii sosiți se ridicau pe vârfuri
pentru a-i vedea pe vorbitorii așezați de-a lungul
unei mese, pe o mică tribună, aflată în față, chiar sub
ecranul de proiecție. Altman, un bărbat vânjos, de o
vârstă incertă, cu barba sură și pletele alb-gri prin-
se în coadă de cal la ceafă, se întreținea în șoaptă cu
un bărbat și cu o tânără plinuță și energică, așezați
în stânga și în dreapta sa. Din când în când se aple-
ca spre câte unul dintre ei pentru a-l auzi mai bine
în rumoarea surdă a sălii. Pe cel din dreapta sa, un
bărbat voinic și jovial, cu pete mari și roșii în obraji,
îl recunoscu. Era Pavel Uqhart, primarul independent
din Totheim. Altman i se adresă fetei din stânga sa,
cerându-i în mod evident să facă aranjamentele pen-
tru a putea începe cuvântarea; deduse că aceasta era
asistenta sa. Tânăra se ridică și șopti ceva la urechea
primarului, care aprobă din cap. Atent la ce se pe-
trece pe scenă, Ivan nu remarcă faptul că prietenu-
lui său, Ibrahim, îi fugise sângele din obraji. Tânăra
care îl însoțea pe Altman era Theodora Vassilis, pri-

etena sa de care se despărțise în urmă cu câțiva ani.

Primarul Uqhart se ridică de pe scaun și flutură mâna dreaptă, solicitându-le celor prezenți să facă liniște. Foiala și murmurele încetară în câteva clipe. Ivan aprecie că se adunaseră peste trei sute de oameni, cu mult peste capacitatea sălii.

— Bine ați venit tuturor, începu primarul Uqhart. Ca să nu mai întind vorba, știm cu toții de ce ne-am adunat aici. Vi-l prezint pe Oratorul Rolf Altman, care are să ne spună lucruri mult mai interesante decât aș putea spune eu.

Acesta se ridică în aplauze și salută scurt, din cap, publicul. Așteptă câteva secunde să se facă liniște.

— Mă bucur că mă aflu acum aici și în special că ați venit atât de mulți, începu, ridicând brațele ca și cum ar fi vrut să cuprindă întreaga sală.

Engleza sa diferea de cea vorbită în comunitate, era profundă, ușor cântată, iar vocea-i baritonală părea să aibă efect hipnotic.

— Sunt tot mai puțini cei care își amintesc de vremurile vechi. Când nu erau furtuni, când oamenii puteau călători liber oriunde doreau. Trăim în lumea lăsată de bunicii noștri, care nu au avut înțelepciunea să o înțeleagă și i-au risipit prostește resursele. Fără îndoială, cel mai mult rău au făcut americanii.

— Blestemați să fie, strigă cineva din sală. Blestemați, blestemați, blestemați, îi ținură mai multe voci isonul, până când întreaga sală strigă la unison: Blestemați, blestemați... minute în șir.

Altman ridică iar brațele cerând liniște. După ce rumoarea se domoli, își relua discursul.

— Însă nu doar despre americani vreau să vorbesc acum. Răul a fost făcut de toate popoarele lumii. Cu toții au poluat și au stors planeta de resurse.

Făcu un semn, cineva stinse luminile în sală, iar pe ecran fu proiectat un decor mirific, cu un parc înverzit, în care zburdau copii, supravegheați de părinți. Pe un mic lac, pluteau câteva păsări de apă. Cadrul se schimbă apoi spre o stradă aglomerată, pe care mii de autovehicule abia se târau, scoțând fum din țevile de eșapament.

— Aceste secvențe au fost filmate într-un mare oraș american, de dinainte de Prefacere. La fel a fost însă și în Europa. Și în Asia, peste tot. Și datorită acestui lux stupid și inutil, de a pune în mișcare tone de metal pentru plăcerea de a transporta de cele mai multe ori doar o singură persoană, am ajuns în lumea pe care o cunoașteți cu toții, aproape șopti Altman.

Următoarele cadre arătară mulțimi înfuriate luptând pe străzi, se auziră focuri de armă și explozii. Trupuri însângerate zăceau peste tot.

— Și americanii au plătit prețul. Sunt imagini din luptele urbane care au avut loc după Prefacere. Orașele lor, ca și ale noastre, au fost asaltate de refugiații veniți din zonele inundate sau distruse de uragane. Sunt imagini înregistrate în timpul Prefacerii. Populația planetei este acum, probabil, doar un sfert din ce a fost în urmă cu treizeci de ani. Ne-am izolat și ei și noi și alții. Acum, după ce am poluat împreună planeta, americanii o păzesc cu strășnicie din sateliți pentru a detecta focarele de poluare rămase, pe care le distrug din spațiu. Au bombardat mii de fabrici în care topeam metale, distilam hidrocarburi. Au ucis oameni. Au impus cu pumnul, acum douăzeci și cinci de ani, Acordul de la New Washington, pentru reducerea poluării. La ei acasă însă nu au ucis pe nimeni și nu au distrus nimic. De mai bine de două decenii nu au mai primit pe nimeni în țara lor. Au spus că au fost depăşiţi de valul de terorism care i-a lovit. Au protestat, atunci, aşa cum au putut, ţările lumii.

Ivan se pomeni că urlă şi el, împreună cu toată sala. Combinaţia de imagini proiectate şi cuvintele lui Altman aveau un efect năucitor. Urmări fermecat povestea Marii migraţii engleze, când, în urmă cu douăzeci de ani, britanicii şi-au abandonat insula în favoarea emigranţilor, deveniţi extrem de agresivi, cum Germania, cea mai puţin afectată de Prefacere, a format în jurul ei Autarhia, împiedicând căderea în barbarie a celor mai multe popoare din Europa, aşa cum se întâmplase cu cele din estul continentului.

— Însă nu ură am venit să vă aduc, strigă Altman. Ci răzbunare am venit să vă cer. Am venit să vă spun că a trecut timpul urii şi a venit cel al răzbunării, pentru că greşelile trecutului nu mai pot fi îndreptate şi trebuie să le ţinem minte şi să nu le mai repetăm. Răzbunare pentru părinţii voştri. Răzbunare pentru lumea care a fost şi care acum nu mai este. Răzbunare pentru planeta stoarsă de resurse şi pentru viaţa grea pe care o ducem. Iar răzbunarea noastră să fie îndreptată asupra americanilor şi tuturor celor ca ei, care continuă să polueze, să ne otrăvească aerul şi apa şi hrana.

Ivan pierdu complet noţiunea timpului şi, când Altman îşi încheie expunerea, simţi din tot sufletul că ar fi vrut să mai continue. Planul de colinda prin crâşmele din Totheim fusese uitat cu desăvârşire. După ce ieşi din sală, află cu mirare că trecuse de mult miezul nopţii, după cum indica ceasul de pe turnul primăriei. Pedală spre casă, alături de Ibrahim, nefericit că nu îndrăznise să se apropie de fosta sa dragoste, Theodora Vassilis, care nu păruse să-l fi remarcat. Ploaia deasă încă nu se transformase în furtună. Se ghidară după benzile fosforescente imprimate pe asfaltul crăpat, amândoi pierduți în propriile gânduri, fără să schimbe o vorbă.

Capitolul 4

3 septembrie 2051
Autarhia Europeană

Imediat ce aplauzele se stinseră, Rolf Altman şi Theodora Vassilis, asistenta sa, părăsiră sala printr-o uşă laterală. În urma lor, oamenii ieşiră pe uşa principală, discutând însufleţit. Cei doi urcară în triciclu şi porniră spre nord, în pofida orei foarte târzii. Refuzaseră politicoşi oferta amabilă a primarului din Totheim de a rămâne peste noapte, motivând că sunt aşteptaţi în alt loc, chiar de dimineaţă. După trei kilometri, în locul în care şoseaua intra în pădurea Totheim, părăsiră asfaltul crăpat al drumului şi se pierdură printre copaci. Ajunseră la o formă care lesne putea fi confundată cu o movilă. Theodora sări din triciclu, trase şi apoi împături plasa de camuflaj de pe falsa movilă, descoperind un transportor militar, propulsat de un motor cu ardere internă, dar având şi unul electric. Îi desfăcu panoul din spate care coborî încet, susţinut de amortizoare şi, folosindu-l ca rampă, împinse triciclul în interior. Urcară în faţă; fata, la volan, aprinse farurile şi porni. Altman îşi scoase peruca, îşi dezlipi barba şi mustăţile false, iar cu o batistă îşi îndepărtă machiajul de pe faţă, ajutându-se de o mică oglindă, prinsă de bord. De sub straturile de fard apăru, cu zece ani mai tânăr, chipul inconfundabil al lui Paul Frankhaim, preşedintele în exerciţiu al Autarhiei.

— Ţi-am spus, Theo, exerciţiile astea de imagine aduc succesul. Ai văzut cum strigau cu toţii. Moarte americanilor! Nimic nu este mai important decât să ţii legătura cu oamenii, ori asta nu o pot face din capitală, de la Cancelaria din Frankfurt.

— Astfel de ieșiri sunt din ce în ce mai periculoase, domnule. Știu că vă plac în mod special, însă ele pot fi organizate și altfel, nu este deloc nevoie să vă expuneți așa. Aveți numeroși dușmani și în Autarhie, asta ca să nu mai vorbim de agenții americanilor, dacă or mai fi existând, răspunse fata fără să-și ia ochii de la drum.

Cu transportorul călătoreau numai noaptea; în pofida propulsiei hibride, repulsia oamenilor la vederea vehiculelor cu ardere internă era încă mult prea mare. În schimb, drumurile distruse sau neîntreținute de zeci de ani, uneori presărate cu resturi de vehicule încă nereciclate sau arborii prăbușiți de furtuni, puteau crea probleme.

— Se apropie alegerile, Theo, și mai vreau neapărat un mandat. Parcă ieri l-am obținut pe primul și, iată, după zece ani, nu se vede nimic despre care să pot spune că am lăsat în urmă. Iar tu și partidul tău, cu Lumea Nouă, îmi suflați în ceafă.

— Sunteți prea aspru cu dumneavoastră, domnule. Granițele Autarhiei sunt mai sigure ca niciodată, atacurile barbarilor din est aproape au încetat, industria s-a dezvoltat și, mai ales, ați ținut Europa unită și la adăpost de primejdia americană. Partidul Noii Lumi, din care fac parte, nu poate reprezenta o amenințare pentru dumneavoastră sau pentru Partidul Autarhic și știți asta. Mai mult, acum suntem împreună în coaliție. Noi dorim doar ceva mai multă deschidere. Este clar că numai prin forțe proprii, așa cum facem acum, nu ne mai descurcăm multă vreme.

Președintele Autarhiei scoase un trabuc, fabricat din tutunul pe care îl cultiva chiar pe domeniul reședinței sale de lângă Salzburg. Pufăi mulțumit, scoțând un nor gros de fum. Discret, fata deschise puțin geamul din partea sa. În anii petrecuţi în preajma lui Frankhaim, nu reuşise să se obişnuiască cu fumul de tutun. De altfel preşedintele era singurul fumător pe care îl cunoştea, dacă îi excepta pe unii dintre membrii mai în vârstă ai Consiliului care pufăiau, când tot preşedintele le oferea, ocazional, vreun trabuc.

— Dacă am reuşi să punem în funcţiune rachetele cu rază lungă de acţiune de la baza din Pirinei, am putea lovi America. Am reuşi, în sfârşit, să ne răzbunăm. Am avea alegerile ca şi câştigate.

Theodora auzise de nenumărate ori acest discurs pe care îl transmisese la timp şi mai-marilor partidului ei. Însă Frankhaim visa cu ochii deschişi. Asistase la mai multe confruntări ale preşedintelui cu savanţii care susţineau că nimeni nu mai putea repara rachetele rămase de dinainte de Prefacere, mai ales după ce se încercase, fără succes, conversia încărcăturilor nucleare în combustibil pentru uzinele atomice de electricitate, acum închise de ani buni, la presiunea ecologiştilor europeni sau pentru că îşi epuizaseră stocurile de material fisionabil. De altfel nici starea ogivelor nu era cea mai bună. Ca urmare a insistenţelor prezidenţiale pentru obţinerea de rezultate, avuseseră loc deja două accidente nucleare în uzinele ascunse în fostele mine din bazinul carbonifer Ruhr. Nu explodase nimic, însă doar scurgerile radioactive omorâseră zeci de cercetători şi ingineri de neînlocuit.

— Nu vă gândiţi că şi America are focoase nucleare cu care ne poate bombarda?

— America nu mai are nimic. Şi-a epuizat stocul de sateliţi militari. S-au închis între graniţele lor. Au avut loc şi la ei războaie. America este la pământ, iar eu am de gând să o îngrop definitiv. Ei au distrus lu-

mea şi merită să plătească pentru asta. Toţi, dar abso-
lut toţi sunt vinovaţi.

— Bine, dar transmisiunile pe care le intercep-
tăm...

Preşedintele tuşi zgomotos. Deschise geamul de
pe partea lui, scuipă o flegmă prelungă şi îl închise
înapoi. Transmisiunile video şi radio americane erau
permanent urmărite de centralele de interceptare
care aveau nenumărate antene presărate pe coasta
Atlantică a Autarhiei. Zilnic, acestea ofereau pentru
membrii Consiliului Autarhic Superior şi cabinetelor
lor, rezumate şi analize clasificate secrete, asupra po-
tenţialelor pericole. La cerere, puteau oferi şi înregis-
trări complete. Unii făcuseră chiar o pasiune din a ur-
mări programele televiziunilor americane. La câţiva
ani după Prefacere, transmisiile electromagnetice ale
Autarhiei deveniseră aproape inexistente, strategii
europeni preferând să folosească pentru comunicaţii
vasta reţea de fibre optice subterană moştenită de la
fosta Uniune Europeană. Aceasta avea dezavantajul
lipsei de mobilitate, considerat un neajuns minor în
comparaţie cu faptul că transmisiunile nu putea fi in-
terceptate.

— Minciuni, rosti Frankhaim pufăind liniştit din
trabuc. Numai minciuni. I-ai văzut, se distrează, fac
concursuri imbecile, filme stupide şi muzică de ne-
înţeles. Atât a mai rămas din americani: saltimban-
cii şi lăutarii. N-o să mă convingă nimeni că America
încă mai are armată şi mai ales că poate riposta. Nu
şi după ce o voi lovi eu. De altfel le suntem datori su-
telor de milioane de morţi din timpul Prefacerii. Cei
mai mulţi dintre ei ar fi şi acum în viaţă dacă ameri-
canii ne-ar fi lăsat în pace.

Preşedintele se aprinse şi peroră minute în şir

despre cum le va veni el de hac americanilor. Theodora însă nu îl mai asculta. Şirul de absurdităţi debitate de Frankhaim, despre cum recuperase un plan de atac nuclear al Americii conceput de fosta URSS şi adus în arhivele NATO, de spionii de atunci, se dovedise de mult o pistă falsă pentru şefii partidului său. Se întreba frecvent de ce fusese de acord preşedintele să o ţină în preajma sa cu toate că ştia precis că fata raportează totul şefilor partidului ei. Era convinsă şi le-o spusese, că Frankhaim încearcă s-o folosească drept canal de dezinformare. Însă aceştia insistaseră să rămână în preajma preşedintelui lucru pe care chiar îl şi făcuse în ultimii trei ani, de când PNL intrase în parlamentul autarhic european.

Theodora zâmbi scurt, amintindu-şi de Ibrahim, pe care îl cunoscuse la Karlsruhe, pe vremea când erau amândoi studenţi, el la institutul militar. Fuseseră pe punctul să se căsătorească, numai că ea avea deja ambiţii politice. La Tothaim se prefăcuse că nu îl văzuse, însă îl observase discret, pe tot parcursul întrunirii. În mod evident, el o recunoscuse şi păruse foarte tulburat.

Lăsă însă alte gânduri şi se concentră asupra drumului, întrucât în seara următoare urmau să susţină o conferinţă, la Celestate, până la care mai erau cinci sute de kilometri.

Capitolul 5

3 septembrie 2051
New Washington
America

Pentru Alice Marshall, viaţa adevărată începea după lăsarea întunericului. Nu că ar fi părăsit reşedinţa confortabilă, pe care o împărţea cu tatăl ei, celebrul senator Luke Marshall, aflată pe mult-râvnitul nivel de suprafaţă al capitalei New W. De fapt, nici nu îşi mai amintea de când nu mai ieşise să se plimbe pe Pennsylvania Avenue, care unea parcul Casei Albe cu dealul Capitoliului. Iar în nivelele subterane nu fusese vreodată.

Alice era, la nici douăzeci şi patru de ani, unul dintre milioanele de şomeri pe care America îi ţinea într-o viaţă lipsită de griji, din dorinţa de a evita problemele sociale. Dacă ar fi lucrat, aşa cum făcuse vreo doi ani, ca avocat practicant într-o comunitate de artişti, ar fi câştigat cel puţin dublu faţă de cât primea acum de la stat, ca ajutor social. Erau însă alte vremuri. Se considera responsabilă, dornică să îşi croiască un drum propriu în viaţă, să îi dovedească tatălui ei, senatorul, că poate reuşi prin forţe proprii. Se simţea utilă când îi scotea pe artişti din frecventele conflicte pe care le aveau cu legea, ba chiar uneori le oblojea rănile dobândite în încăierări, folosindu-şi cunoştinţele dobândite în anul petrecut la facultatea de medicină pe care o abandonase pentru a se dedica dreptului penal. Însă toate acestea parcă se petrecuseră demult, ca într-o altă viaţă, sau i se întâmplaseră unei alte persoane, cu care nu mai avea nimic în comun, decât că împărţeau acelaşi trup.

În comunitatea artiştilor descoperise drogurile şi

avusese prima tentativă de sinucidere, în grup, prin supradoză. Numai rezistența ei neobișnuită la metilamfetamină a făcut-o să scape cu viață în timp ce ceilalți patru tineri, cu care plănuise „trecerea" fuseseră mai puțin norocoși și încetaseră din viață. Sau poate că ei fuseseră norocoșii, încă nu se lămurise. Atunci, cam cu vreun an în urmă, a luat-o tatăl ei, senatorul, la New W, să locuiască împreună, liniștit să își știe unicul copil în siguranța relativă a casei sale și mai ales pentru a evita scandalurile care îi puteau afecta cariera politică. Alice își putea însă cumpăra absolut tot ce dorea datorită rentei generoase pe care i-o plătea tatăl în fiecare lună, dar și din moștenirea consistentă rămasă de la mama sa.

Zăbovi mult în pat, deși trecuse de ora prânzului. Baleie canalele Rețelei, fără să se poată hotărî ce anume să urmărească fără să se plictisească. Jocuri interactive, filme siropoase, de epocă sau porno, canale de tele-shopping sau de știri, de altfel nici acestea prea proaspete. Trăia cu adevărat, la fel ca mulți alți tineri americani, doar în fața consolei ce o lega la Rețeaua americană, urmașa internetului, rămasă după Prefacere, pe canalele private de chat, care însă ziua erau aproape goale. Coborî din pat, încă amețită de Funky Synthesizer, alcaloidul sintetic legal care imita cocaina, prizat de-a lungul nopții și își târșâi picioarele către baie. Cei mai bătrâni de pe chat povesteau despre cocaina adevărată, din America de Sud, însă așa ceva nu se mai găsea de mulți ani, de când cu Izolarea de după Prefacere.

Vru să facă un duș, însă renunță și își aruncă o mână de apă rece pe obraji. Se studie în oglindă, nu foarte fericită de ceea ce vedea: obraji scofâlciți, trup aproape anorexic, o claie de păr blond-arămiu ce-i curgea în bucle neîngrijite pe frunte. Din fericire, efectele operaţiilor estetice pe care le făcuse odată cu tatuajele, pe la douăzeci de ani, încă se mai păstrau. Nasul fin, cârn, pomeţii uşor ridicaţi, urechile frumos modelate. Sânii mici şi tari sau ochii albaştri, acum injectaţi, nu avuseseră nevoie de îmbunătăţiri. Cu toate acestea, nu îi plăcu deloc imaginea pe care i-o întorcea oglinda. Îşi spuse că ar fi timpul să facă ceva în această privinţă, însă, ca de fiecare dată, amână decizia pentru un viitor apropiat, dar niciodată stabilit. Sau poate era doar depresia care rămânea după ce trecea efectul cocainei sintetice. Tot din Reţea avea însă şi remediul. Scoase dintr-un dulăpior, din dreapta oglinzii, un flacon mic, ascuns între multe altele cu medicamente. Pescui şi o seringă în care trase puţin lichid din flacon, stăpânindu-şi cu greu tremuratul mâinilor.

Aproape scăpă seringa când auzi sunetul ca de clopoţel, scos de consolă, semn că cineva o căuta prin Reţea.

— Bună, tata, murmură fără vlagă spre imaginea de pe ecran.

Senatorul Marshall bea ceva dintr-un pahar de plastic în timp ce cu cealaltă mână răsfoia câteva hârtii.

— A, Alice, ce mai faci. Nu ăsta l-am cerut, se adresă cuiva dinafara câmpului de captură al camerei video. Vreau...

Alice nu mai auzi ce anume dorea senatorul, întrucât acesta se ridicase din faţa consolei sale. Reveni peste câteva clipe.

— Scuză-mă. Eşti bine?

— Da, tată.

Senatorul lovi cu cotul paharul de plastic pe care

îl lăsase în faţa sa. Din el curse un lichid negru, cafea fără îndoială. Senatorul înjură, iar o mână îi întinse câteva şerveţele de hârtie. Alice urmări apatică ecranul.

— Scuză-mă, nu mai pot să stau. Vroiam să te aud, să văd ce mai faci. A, ştiu că e week-end, însă mâine m-a chemat preşedintele. Mă întâlnesc cu el şi apoi poate îţi faci timp să ieşim în oraş. OK?

— Da, tată, murmură mecanic Alice, în faţa ecranului deja gol.

Nu îşi mai amintea când îşi văzuse ultima oară tatăl în carne şi oase şi nu prin sistemul de comunicare al Reţelei. Se obişnuise, ba chiar o aranja, faptul că senatorul nu avea niciodată vreme şi era mai tot timpul plecat.

Reveni în baie, se aşeză pe vasul de toaletă şi îşi puse piciorul stâng peste genunchiul drept. Căută un punct aflat între degetul mare şi cel vecin şi injectă conţinutul seringii. Oftă uşurată, pe măsură ce se instala euforia, ignorând picătura de sânge rămasă între degetele picioarelor după ce scosese acul. Despre noul drog aflase de la prietenii de pe canalul de chat. Tot ei îi aranjaseră livrarea, de la un oficiu public a poştei pneumatice din New W, după ce transferase o sută de dolari într-un cont anonim, prin Reţea. Fusese, aşa cum aceştia îi ceruseră, foarte atentă. Drogul cel nou era ilegal.

Starea de bine o cuprinse complet. Simţea că ar fi putut să plutească, dacă ar fi vrut. Imaginea din oglindă se schimbase, îi arăta acum o fată frumoasă, plină de viaţă, cu ochi mari, strălucitori. Nu ar mai fi conceput viaţa fără droguri şi fără Reţea. Ba chiar se îndoia serios că ar fi fost posibilă. Viaţa ei, ca a atâtor alţi tineri şomeri cărora America le asigura traiul lipsit de griji, începea şi se termina în Reţea. Restul zilei trecu în mare viteză, trăind senzaţii uluitoare, despre care abia aştepta să discute cu prietenii din Reţea.

Cu toate că, dacă ar fi fost capabilă să se priveas-că din afara propriului corp, s-ar fi văzut zăcând în-cremenită vreme de mai multe ore în aceeaşi poziţie, aşezată la masa din bucătărie unde înghiţise mecanic câte ceva, cu capul întins pe mâna dreaptă, cu stân-ga bălăbănindu-i mecanic pe lângă corp, cu privirea fixând un acelaşi punct, cu un zâmbet abulic de mulţu-mire întins pe faţa încremenită într-o expresie tâmpă.

***

Ecranul-perete prinse viaţă, pe măsură ce mem-brii camerei de chat, găzduită de Reţea, se conectau. În pofida faptului că imaginile lor tridimensionale pă-reau cât se poate de veridice, nu era sigură dacă erau personaje reale, identităţi împrumutate sau doar re-prezentări virtuale ale unor software conversaţiona-le, puse la dispoziţie de Reţea pentru cei care aveau nevoie de companie. Nu îi păsa însă de asemenea amănunte. Tehnic, şi ea ar fi putut alege să apară ca o personalitate diferită în Reţea, să îşi schimbe vârsta sau chiar sexul: exista o interfaţă cu o mulţime de op-ţiuni. I se păruse prea complicat şi preferase să apară cum era în realitate.

Deocamdată, doar doi dintre prietenii din Reţea se conectaseră. Se conectă şi ea în momentul în care Freddy îşi clătina capul mare, complet ras, ca răspuns la ceva ce tocmai spusese Ina, o adolescentă grasă, cu faţa plină de coşuri, despre care era convinsă că aşa arată şi în realitate. Ridurile de la colţurile ochilor lui Freddy se adânciră când o remarcă. Amândoi îi urară bun venit. Aproape imediat apăru şi Tania, o bătrâni-că sfătoasă, cu părul – sau poate o perucă – vopsit în roşu aprins, cu faţa ca de ceară în urma numeroaselor operaţii estetice ieftine, despre care vorbiseră odată. Alice era nerăbdătoare să le povestească.

— Vai, Ina, este minunat ce mi-ai spus să iau. Ar trebui să încercaţi şi voi, se adresă celorlalţi. Pur şi simplu pluteşti, nu m-am mai simţit atât de bine în viaţa mea.

— O să-ţi pierzi minţile, fetiţo, îi răspunse Tania. Cunosc o mulţime de băieţi şi fete care s-au drogat până nu au mai ştiut de ei. Ina, ce i-ai dat, Crack?

— Ştiu, ştiu că te simţi bine, iar asta e nemaipo-menit, făcu Ina împăciuitor. Şi nu e Crack, e doar un amestec, cu metadonă şi amfetamine şi cu alte câteva chestii, fabricat de nişte prieteni de-ai colegilor mei, dintr-o comunitate industrială de chimişti, după o re-ţetă de dinainte de Prefacere. Se cheamă Ecstasy. E inofensiv şi te ajută să te simţi bine. Uite-o pe Alice cât e de fericită.

Discutară în contradictoriu douăzeci de minute, încercând să se convingă reciproc dacă noul drog e o binefacere sau nu. Nu ajunseră la nicio concluzie aşa că se opriră pentru a priza câte o doză din legalul Funky, care îi binedispuse pe toţi. Alice se simţea pli-nă de viaţă, capabilă să înţeleagă orice. Pe măsură ce drogul îşi făcea efectul, conversaţia prietenilor de chat deveni plină de profunzime, cu mult deasupra nivelului la care ar fi putut fi înţeleasă de alţi oameni. Ca de obicei, Freddy părea cel mai lucid.

— Propun să reluăm conversaţia noastră de unde am lăsat-o noaptea trecută, mai exact în zorii zilei de astăzi. Este bună sau nu izolarea Americii?

Alice nu îşi mai amintea de noaptea trecută şi cu

atât mai puţin despre vreo conversaţie. Nu era foarte sigură nici cum ajunsese în pat, după ce pierduse numărul prizelor de Funky inhalate.

— Eu nu sunt de acord cu izolarea, începu Ina. Aş vrea să călătoresc, să văd lumea, cum făceau oamenii înainte de Prefacere. Ca în vechile filme sau ca în cărţile de dinainte de Prefacere. Să descopăr locuri noi şi neobişnuite. Să-mi fac prieteni peste tot. Să îmi adun poveştile mele, amintirile mele, întâmplările mele. La şcoală, colegii îmi spun că sunt ciudată, dar chiar asta simt că aş vrea să fac. Până una alta, Ecstasy mă ajută să plutesc. Să zbor. Să visez la locuri în care, probabil, n-o să ajung vreodată.

— Izolarea este cel mai bun lucru care i s-a putut întâmpla Americii, o contrazise Tania. Nu uita că eu am trăit şi înainte de Prefacere. Lumea aia din filme şi cărţi la care visezi s-a dus de mult, Ina. Acum civilizaţia a rămas probabil numai în America, iar dacă vrem s-o păstrăm, trebuie să ne apărăm graniţele. Uite, voi chiar nu vă mai amintiţi de anii atentatelor. Bine, tu nu ai cum Ina, probabil nici nu erai născută pe atunci.

Alice îşi aducea vag aminte de atentatul nuclear din New York, petrecut pe vremea când avea cam patru ani. Atunci îşi pierduse mama, ucisă împreună cu un milion de alţi oameni. În acei ani atentatele deveniseră frecvente la New York, uneori erau peste o sută pe zi, însă cel nuclear, din primăvara lui 2028, lăsase cele mai multe victime. La şcoală învăţase că după New York urmase San Francisco, atacat cu agenţi chimici, apoi tot mai multe alte oraşe. Atentatele convinseseră americanii să renunţe la oraşele gigant şi să se mute sau să înfiinţeze comunităţi cât mai mici şi cât mai dispersate. Nimeni nu mai dorea să locuiască sau să lucreze în metropole, după cum nimeni nu mai voia să se deplaseze cu mijloace de transport în comun, să participe la întruniri cu mai mult de câteva persoane sau să cumpere din hypermarket-uri. În bună măsură, Rețeaua rezolvase aceste neajunsuri.

— Să nu uităm Războaiele de Secesiune, interveni Freddy. Atentatele au golit marile orașe, iar oamenii și-au căutat atunci refugii în statele mai puțin populate. Însă capacitatea acestora de a primi refugiați a fost repede depășită și, rând pe rând, statele americane și-au proclamat independența.

— Nu doar de asta au fost părăsite orașele, sări Ina. Au fost și catastrofele naturale provocate de Prefacere. De asta a fost construit New Washington, chiar la începuturile Prefacerii, și a fost abandonată vechea capitală, care fusese inundată. Și insula Manhattan din New York a fost inundată după ce eforturile de ridicare de noi diguri n-au rezolvat mare lucru, dar asta s-a întâmplat înainte de atentatul nuclear. Scrie în istorie și știu, chiar dacă n-am trăit în acele vremuri, zâmbi ironic către Tania.

Alice nu își amintea mare lucru despre Războaiele de Secesiune în care tatăl său devenise erou. Fuseseră câțiva ani zbuciumați, în care Luke Marshall o lăsase la o mătușă îndepărtată, în Florida, statul cel mai puțin afectat de război, chiar dacă inundațiile Atlanticului mutaseră țărmul cu o sută de mile înspre interior. Florida tocmai terminase de construit Coridorul Uraganelor, scăpând de urgia acestor stihii, mai mult, transformând-o în energie. Ori de energie avea nevoie întreaga Americă, îi explicase o dată tatăl ei, așa că nimeni nu-și permise să atace Florida. Mai mult, din Florida pornise Jim Conrad reunificarea Americii.

— Tu ce crezi, Alice? E bună sau nu Izolarea? întrebă Freddy, iar acum toți îi așteptau răspunsul.

— Eu, nu ştiu... Nu m-am gândit la asta. Cel puţin nu până acum. Însă vă ascult cu atenţie, îmi place cum discutaţi.

Tania îşi drese glasul.

— Uite, de exemplu, tu ai fi de acord să împarţi ce ai cu vreun european sălbăticit? Adică l-ai primi în casă? Nu te-ai teme că ar putea să te omoare? Până înainte de Prefacere, ba chiar şi ani buni după, America a primit pe oricine, din toată lumea. A împărţit cu emigranţii bunăstarea şi prosperitatea ei. Iar ei au răspuns cu atentate. Au încercat şi au reuşit să ne ucidă. Iar acum, loviţi de Prefacere, sunt încă şi mai disperaţi, şi mai puşi pe jaf.

— Nu e chiar aşa, sări Ina. Să ne gândim că au şi ei copii care suferă. Care nu au nicio vină. Câţi din cei care au plănuit atentatele mai sunt încă în viaţă? Au trecut douăzeci şi cinci de ani de atunci. America ar trebui să ajute lumea. America a fost o mare putere, scrie în istorie. America este şi acum o mare putere. Cea mai mare. La ce foloseşte însă să ai putere dacă nu ştii ce să faci cu ea? Şi, să nu uităm, până la Europa îi avem pe vecinii noştri din America de Sud. Uite, citeam despre o plantă, numită coca. Măcar că din ea se făcea cocaină de bună calitate, nu praful ăsta insipid.

Pentru Alice, restul conversaţiei deveni un murmur confuz. Vru să mai ia o priză de Funky, însă flaconul se terminase. Aceasta deveni, brusc, cea mai importantă problemă. Căută înfrigurată, prin sertare, sări din faţa consolei şi răscoli peste tot. Nevoia devenise atroce. Pe ecranul consolei, cele trei personaje se opriseră din conversaţie şi o urmăreau în tăcere. Năvăli în baie, unde răsturnă în chiuvetă conţinutul dulăpiorului cu medicamente. Alese flaconul cu drogul cel nou şi îl desfăcu. Mâinile îi tremurau atât de tare, încât conținutul se împrăștie în chiuvetă, după care se prelinse, printre flacoanele de medicamente, spre gura de scurgere. Alice crezu că o să-și iasă din minți. Nevoia de drog devenise de nesuportat. Simțea că o doare tot corpul, ca și cum fiecare organ ar fi încercat să iasă afară.

Atunci cedă.

Înșfacă o mică forfecuță de unghii pe care o înfipse sălbatic, de mai multe ori, în brațul stâng, în căutarea venei pe care o nimeri o dată. Sângele țâșni cu presiune și, după niciun minut, simți liniștea cuprinzând-o. Se strecură afară din baie, cu sângele șiroindu-i pe braț. Se prăbuși inconștientă în fața ecranului, lovind consola cu fruntea, sub privirile celor trei prieteni de chat. Freddy și Tania, două software guvernamentale de propagandă, care susțineau simultan nenumărate alte dialoguri pro și contra Izolare, se retraseră imediat. Ina, un software lansat de o firmă de publicitate în Rețea, se retrase ultimul, nu înainte de a-i salva viața. Ina, care și ea avea nenumărate alte nume în Rețea, activă senzorul biometric al consolei pe care Alice, ca orice narcodependent, îl lăsase inactiv. Acesta, la rândul său, analiză cu iuțeală situația și ceru imediat sprijin la cel mai apropiat spital.

Capitolul 6

4 septembrie 2051
Tothaim
Autarhia Europeană

Peticul de hârtie gălbuie, reciclată, pe care sosise convocarea pentru serviciul militar obligatoriu de o lună ținea loc de bilet la cursa săptămânală a balonu-lui-dirijabil ce pornea din Lyon, oprea peste noapte la Tothaim, cu destinația finală Oradea, unul dintre orașele de graniță cele mai estice ale Autarhiei, în fapt doar o suburbie încă locuită de civilii care serveau efectivele militare cantonate aici. Ivan pornise de dimineață, înainte de venirea zorilor, cu triciclul, împreună cu Ibrahim care îl însoțise pentru a duce vehiculul înapoi. Călătoriseră în tăcere, fiecare cu gândurile lui, obosiți de duminica petrecută ca voluntari la una dintre noile gropi de gunoi descoperite și date în exploatare. Munca la gropile de gunoi nu era remunerată, se plătea însă orice fel de materie primă găsită. Nu avuseseră mare noroc; groapa la care fuseseră repartizați avea probabil o sută de ani și majoritatea metalelor oxidaseră aproape complet, iar materialele plastice se descompuseseră. Mirosul pestilențial le rămăsese încă în nări.

Ivan se concentră asupra condusului triciclului, uneori pedalând simultan, pentru a ajuta arcul propulsor, solicitat suplimentar de dinamul farului de pe capotă care lumina drumul din fața lor. Se despărțiseră repede, cu o strângere de mână, după care Ibrahim luă triciclul și pedală grăbit îndărăt, pentru a ajunge la timp la muncă.

Balonul, cu structură nerigidă, care înnoptase la Totheim, pe jumătate dezumflat, zăcea agățat de turnul de ancorare, susţinut şi de cele câteva ancore cu cabestan ale docului, fixate în inelele nacelei. Ivan aşteptă, împreună cu ceilalţi pasageri, mai bine de două ore până celulele solare plasate pe anvelopa neagră, termoizolantă, ajutate de electricitatea primită de la sistemul naţional de elice eoliene, să genereze suficientă energie care să încălzească benzile din wolfram depuse în anvelopă, iar acestea, la rândul lor, să încălzească aerul până într-atât încât balonul să dobândească flotabilitate pozitivă şi să se ridice. Se gândi că, din fericire, aeronavele militare erau umplute cu heliu, gaz obţinut cu mare cheltuială de energie, livrat de concernul Bayern Chemie.

Folosi acest timp aţipind pe o bancă, în baraca din scânduri, aproape goală, botezată pompos sală de aşteptare. Pasagerii, care îşi petrecuseră noaptea la Totheim, se plimbau ca să se dezmorţească sau admirau răsăritul Soarelui. Nu recunoscu vreunul. Rumoarea vocilor lor pătrundea prin geamurile sălii de aşteptare. Preţul uriaş al unui bilet – depăşea salariul său pe o lună – lăsase câteva locuri neocupate. Un difuzor străvechi cârâi în sala de aşteptare şi anunţă îmbarcarea. Se aşeză la rând şi urcă ultimul scara de lemn fixată de nacela în care fusese deschisă uşiţa de acces. Scaunele, puse roată în jurul cilindrului central în vârful căruia, la un metru şi jumătate de capetele pasagerilor aşezaţi, se găsea cabina transparentă de comandă a pilotului, nu aveau numere sau rezervări. Fiecare călător ocupa ce loc dorea. Toate erau la fel de incomode. Nu puteau întinde picioarele, iar spaţiul dintre scaune şi marginea nacelei era peste tot la fel, de o jumătate de metru. Îşi găsi un loc în apropiere de motorul uneia dintre cele patru elice, ridicate cu palele în sus momentan, în poziţia folosită la coborâre sau la aterizare.

— Pleci în armată, nu-i aşa?

Ivan întoarse, mirat, privirea. Vocea îi aparţinea unui bărbat solid, între două vârste, aşezat cu două locuri mai în dreapta, care întinse, prietenos, degetul arătător spre el.

— Te întrebi de unde ştiu. Nu ai niciun bagaj – degetul i se mişcă spre geanta proprie, pusă sub scaunul pe care îl ocupa, fixată cu o plasă de protecţie – şi eşti prea tânăr pentru a călători cu balonul. Deci în mod sigur te duci să-ţi faci stagiul de o lună. Unde anume?

— Nu cred că am voie să vorbesc despre aşa ceva, mormăi Ivan.

— Nici nu are importanţă. Cursa aceasta merge spre est, probabil te duci la graniţă. Eu mă numesc Victor. Victor Leone, spuse în timp ce se ridică şi se aşeză pe locul liber de lângă tânăr.

— Ivan, mormăi acesta fără chef. Ivan Hill.

Când ceasul de bord mai avea câteva minute până să arate ora zece, doi manipulanţi eliberară din ancore balonul umflat care se ridică leneş până la înălţimea de croazieră de o sută de metri. Pilotul roti cu nouăzeci de grade planul elicelor, până le aduse la verticală, le alinie pe direcţie, după care le puse în mişcare. Porni cu treisprezece pasageri – cei mai mulţi dintre ei probabil funcţionari, aflaţi în deplasări oficiale – cu alte trei locuri rămase goale, în drumul de şase ore, spre prima destinaţie, Viena. Pentru a uşura cât mai mult aeronava, nacela fusese lăsată descoperită, cu excepţia carlingii din sticlă organică, aflată pe turnul de navigare de undc, înconjurat de pârghii mecanice, comutatoare, robinete şi aparate de măsură, manevra, preocupat, pilotul.

— Un nume neobişnuit, rosti Leone. Un nume rusesc. Or fi avut părinţii tăi un motiv să te boteze aşa.

— Nu ei l-au ales, aşa mi-au spus la orfelinat.

— Scuză-mă, eşti unul dintre orfanii lăsaţi de Pre-facere. Ar fi trebuit să îmi dau seama, spuse, deşi Ivan nu pricepu deloc cum anume ar fi putut deduce pasa-gerul vecin că este orfan.

Bărbatul scoase o cărţulie cu colţurile roase, o deschise şi se cufundă în lectură. Ivan o privi curios. Cu excepţia manualelor, nu mai văzuse cărţi decât la biblioteca publică, şi niciodată în posesia unei per-soane private. Remarcă, în momentul în care însoţi-torul său deschise cartea, iar mâneca stângă a hainei i se suflecă puţin, un ceas mecanic complicat, cu mai multe limbi şi cadrane, produs fără îndoială în Confe-deraţia Helvetă despre care auzise că făcea comerţ cu Autarhia. Ivan nu avea ceas şi până acum nu cunos-cuse pe cineva care să deţină un asemenea dispozitiv îngrozitor de scump. În Manham, ca şi peste tot unde fusese, ora putea fi aflată de la cele două ceasuri pu-blice, unul aflat pe cantină şi celălalt pe primărie, de pe consolele calculatoarelor, atunci când avea treabă cu ele sau pur şi simplu apreciind poziţia Soarelui. Se ghemui respectuos în scaunul său şi închise ochii, în-cercând să adoarmă.

La ora trei după amiază coborârâ la staţia pentru dirijabile din sud-estul Vienei, aflată la şaisprezece ki-lometri de oraş, pe locul fostului aeroport internaţio-nal. Cum mai multe baloane-dirijabile efectuau mane-vre de decolare sau aterizare, au fost nevoiţi să aştepte un sfert de oră suspendaţi în aer, până când reflecto-rul cu lumină roşie al turnului de control de la sol le-a desemnat, clipind în cod Morse, un turn de ancorare. Primirâ cu toţii apă şi sandvişuri şi li se permise să co-boare pentru jumătate de oră, ca să se dezmorţească.

Se înălțară din nou. Cum drumul lor survola ora-
șul, toți pasagerii se aplecară să vadă panorama. De
sus, distrugerile aduse de Prefacere nu erau atât de
evidente.

— Acela este Palatul Schönbrunn, spuse Leone,
care apăruse iar lângă Ivan. Pare maiestuos, cu toate
că grădinile sale nu mai sunt de multă vreme îngrijite.
Acolo au locuit, în urmă cu două sute de ani, conducă-
torii unui imperiu.

Îi arătă și biserica Sfântul Ștefan, în a cărei turlă
se vedeau spărturi mari. Zidurile, în mod remarca-
bil, erau strălucitor de albe, grație renovărilor făcu-
te în secolul trecut, după cum îl lămuri proaspăta sa
cunoștință. În depărtare, în sud, se vedea un imens
centru comercial, abandonat, iar Leone îi povesti cu
lux de amănunte modul cum, pe vremea când era co-
pil, părinții săi obișnuiau să își facă acolo, o dată pe
săptămână, cumpărăturile. Multe dintre produsele
enumerate de Leone ca fiind, înainte de Prefacere, de
cumpărat, nu însemnau nimic pentru Ivan.

La vreo oră de la plecarea din Viena, după ce de-
pășiseră Lacul Balaton, pilotul închise carlinga și le
vorbi la difuzor.

— Vine o furtună. Puneți-vă centurile de siguranță
și fixați orice obiect s-ar putea desprinde. Găsiți man-
tale impermeabile sub scaune.

Baloanele de transport nu erau automatizate, așa
că pilotul solicită și obținu imediat ajutorul câtorva
pasageri, printre care și Leone. Împreună traseră de
pârghiile de control ale elicelor până le aduseră în
plan orizontal, apoi le porniră în așa fel încât rotațiile
acestora să urgenteze coborârea. Ivan ar fi vrut să-i
ajute și el în vreun fel, ba chiar încercă, însă îl opri
Leone, cerându-i să nu-i încurce. La vreo cincizeci de

metri, pilotul lansă ancora de urgenţă care se târî o vreme pe sol, zgâlţâindu-i ori de ori se agăţa ceva care nu rezista prea mult la masa şi mişcarea balonului. Până la urmă, ancora se propti zdravăn într-o ridicătură şi alţi doi pasageri se repezirâ la cele două manivele ale troliului unde, la indicaţiile pilotului, pornirâ să-i strângă firul, coborând şi mai mult balonul, până când nacela atinse solul. Pilotul deschise grăbit uşiţa de acces şi le făcu semn celor care îl ajutaseră. Aceştia coborârâ şi fixarâ în mare viteză trei dintre cele cinci ancore de furtună, aflate la exteriorul nacelei, care foloseau şi ca paratrăsnet, după care urcarâ, folosindu-se de scăriţa de frânghie aruncată de un alt pasager. Troliile ancorelor se încordarâ simultan şi lipirâ nacela de sol. Pilotul comută rezistoarele electrice din anvelopa balonului pe acumulatori, pentru a menţine aerul cald, păstrând portanţa aparatului de zbor până la trecerea norilor. Nici bine nu terminaseră pregătirile, că vântului tot mai puternic i se adăugă ploaia.

Cele mai multe trăsnete îl ocolirâ, însă câteva înroşirâ şufele împletite din fire de oţel şi cupru ale ancorelor de furtună. Câmpul electric foarte de intens şi căldura degajată, electriză părul pasagerilor, iar unora le provocă arsuri superficiale. Toţi au fost udaţi şi scuturaţi zdravăn. Ivan tremură necontrolat de groază, iar descărcările trăsnetelor care îi pârlirâ uşor sprâncenele îi adusera în imaginaţie scenariile unor incendii catastrofice. Tehnicianul din el nu se putu totuşi abţine să nu aprecieze ordinul de mărime al uriaşei energii a trăsnetelor şi să se întrebe dacă nu s-ar putea colecta cumva. Ancorele vibrarâ, asemeni unor strune, scoţând sunete ascuţite care, uneori, acopereau zgomotele furtunii. Numai Victor Leone urmărea impasibil desfășurarea sălbatică de forțe ale naturii, fără a da niciun semn de teamă. Ivan ar fi putut să jure că l-a văzut zâmbind. După zece minute, care îi părură veacuri, furtuna trecu.

Au ajuns la Oradea când se înserase de-a binelea, cu aproape o oră întârziere, cu acumulatorii goliți, la limita capacității de plutire a balonului, ale cărui celule solare nu mai puteau produce electricitate suficientă din lumina tot mai slabă a apusului.

— La revedere, s-ar putea să ne mai întâlnim, cine știe, îi spuse Leone strângându-i mâna, după care se strecură printre ceilalți pasageri și coborî primul.

După ce debarcă, Ivan mai aruncă o ultimă privire balonului din nacela căruia hamalii, ajutați de macarale manuale, descărcau deja containere cu mărfuri.

Ajunse după o scurtă plimbare la comandamentul militar al regiunii și prezentă ordinul de convocare. Un sergent plictisit îl îndrumă către o magazie unde primi pe semnătură echipament și armament, câteva articole de toaletă, și un triciclu cu arcul încărcat, cu care parcurse câțiva kilometri, până la baza militară aflată la granița cu Estul Sălbatic. Ajunse pe întuneric, însă primi o pungă cu o cină rece pe care o mâncă chiar în sala de gardă. Ofițerul de serviciu îi repartiză un pat și un mic dulap, în care așeză cele primite, într-unul dintre dormitoarele comune, de câte zece persoane, ale bazei.

Capitolul 7

4 septembrie 2051
New Washington
America

Luke Marshall parcurse cele şase sute cincizeci de mile care despărţeau mărunta comunitate universitară a Bostonului de New Washington în timpul record de trei ore şi jumătate. Imediat ce primise vestea despre noua tentativă de sinucidere a lui Alice, folosise fără ezitare toate prerogativele sale de senator al Americii pentru a-şi elibera traseul. Sistemul de control al autostrăzilor blocase, uneori pe câte zece mile, traficul auto redus al nopţii, pentru a-i asigura cale liberă. Din vehiculul său oficial se aflase permanent în comunicare, prin Reţea, cu spitalul din New Washington, pentru a afla evoluţia stării fiicei sale, Alice.

Ajunsese la spitalul aflat la primul nivel subteran al capitalei pe la cinci dimineaţa, cu rezervorul de hidrogen al maşinii aproape gol şi fusese primit imediat chiar de şeful clinicii care se ocupase de intervenţia chirurgicală pe care o suferise fiica sa. Medicul se prezentase, însă, în pofida faptului că anii de politică îi antrenaseră memoria, senatorul îi uitase imediat numele.

— Fiica dumneavoastră este în afara oricărui pericol, îl asigură medicul, iar Marshall se simţi ceva mai liniştit cu toate că, prin Reţea, primise aceeaşi informaţie în urmă cu mai bine de două ore. I-am suturat rănile şi i-am făcut o transfuzie.

Ceru să o vadă, iar medicul îl conduse la o rezervă unde, printr-un geam mare de sticlă, o văzu pe Alice dormind liniştită. Mâna stângă îi era înfăşurată în bandaje de sub care ieşeau tuburi de perfuzie. Medicul îi puse o mână pe umăr.

— A pierdut mult sânge, dar îşi va reveni. Am preferat să o ţinem sedată măcar încă o zi, pentru a evita sevrajul. Fiica dumneavoastră a căpătat narcodependenţă, însă vom rezolva şi această problemă. Vă propun să discutăm în biroul meu, aici nu puteţi să o ajutaţi în niciun fel.

Mâna medicului se strecură pe sub braţul senatorului, care se lăsă condus într-un mic birou, aflat pe acelaşi nivel. Se aşezară, iar medicul îi oferi o cană cu cafea din care Marshall bău fără să-i simtă nici gustul nici fierbinţeala.

— Deşi vi s-a explicat deja, prin Reţea, în timp ce veneaţi încoace, voi relua. Fiica dumneavoastră a ajuns la limita rezistenţei. Cauza nu o constituie narcoticele, de care a devenit dependentă, consumul este mai degrabă o consecinţă.

— O să-i interzic să se mai apropie de ele, o să...

— Nu o să rezolvaţi nimic aşa, domnule. Fie va găsi o altă cale să şi le procure, fie va ajunge iar aici. Însă data viitoare când veţi veni s-o vedeţi este posibil să purtaţi doliu. Nu aş vrea să par morbid, însă din statistici reiese că doar un caz din trei tentative de sinucidere mai poate fi salvat.

— Ce statistici, doctore, este vorba de fata mea!

— Oricât v-ar părea de ciudat, fiica dumneavoastră suferă o depresie profundă. Aparent nu e ceva îngrijorător, e o boală psihosomatică uşoară. Numai că în America ultimilor zece ani, statisticile de care vă vorbeam arată că numărul cazurilor a crescut exponenţial, în special la tineri. Dacă la fete, în urmă cu un deceniu una din patru avea depresie, şi în forme uşor tratabile, astăzi această afecţiune s-a generalizat. A scăzut şi vârsta la care apare primul episod depresiv.

Practic Alice suferă de ceea ce suferă mai toți tinerii din America.

Cu nicio zi în urmă, senatorul își urmase programul politic, stabilit de staff-ul său. Ținuse cuvântări, strânsese mâini, participase la o conferință. Noaptea nedormită și tensiunea indusă de teama pentru viața lui Alice îl epuizaseră. Simți cum îl cuprinde oboseala, însă o alungă cu un efort de voință, concentrându-se asupra a ceea ce spunea medicul până își simți tâmplele pocnind.

— Ce pot să fac? Dacă trebuie, las politica, las totul. Doctore, pricepe, e singura mea fată. Ea e toată familia mea.

Medicul își făcu de lucru, pe birou, cu agenda.

— E nevoie să înțelegeți și abia apoi o puteți ajuta în mod eficient. Tinerii se simt inutili. Părăsiți, abandonați.

— Dar le oferim școli gratuite. Venitul minim garantat e suficient pentru ca toți să trăiască în confort. Cu toate că personal nu am fost de acord, s-au legalizat și anumite droguri. Pot să facă orice doresc.

— Ați văzut consecințele. Tinerii au nevoie de sentimentul că pot realiza ceva. Cred însă că dacă ați cere staff-ului dumneavoastră mai multe informații despre acest subiect ați putea face bine nu numai lui Alice, ci altor milioane de tineri americani. De fapt, tuturor familiilor care au copii. În treacăt fie zis, n-ar fi rău să cereți și statisticile despre natalitate. Presupun că sunteți la curent cu ritmul scăzut de nașteri. În pofida asistenței medicale cea mai performantă pe care a avut-o vreodată America, ritmul nașterilor e tot mai scăzut. Îmbătrânim, domnule senator, îmbătrânim ca popor.

Marshall nu pricepu mare lucru. Se afla aici pentru

Alice, iar acest medic îi povestea despre problemele Americii. Mai mult, avea impresia că îi face recomandări politice de felul celor pe care le primea de la alegătorii săi mai avizați. Cărora le strângea mâinile, le zâmbea și le mulțumea. Acum însă nu îi ardea nici de mulțumiri și nici de zâmbete. Cu toate astea, își trecu mâna prin părul grizonant, tuns scurt, și spuse din reflex:

— O să văd ce pot face, doctore.

— Cât despre Alice, imediat ce va ieși de aici, v-aș recomanda să o trimiteți într-o călătorie, oricum undeva departe de New W. În niciun caz nu trebuie să o însoțiți, va trebui să redobândească sentimentul că se poate descurca singură. Să cunoască oameni, să reînvețe să trăiască. E primul pas, după care va trebui să-și găsească o ocupație așa cum, am văzut în fișa ei, a avut în urmă cu câțiva ani. La noi o să mai stea două sau trei zile, aș vrea să o țin sub observație.

Capitolul 8

5 septembrie 2051
Oradea
Autarhia Europeană

Obosit, dormise profund până la ora şase, când o sirenă dăduse deşteptarea. Constată că în dormitor mai veniseră, probabil în cursul nopţii, alţi patru tineri care începuseră programul matinal. Ca de fiecare dată când fusese convocat pentru serviciul militar, nu cunoştea pe nimeni. După micul dejun, ieşiră cu toţii la raport, pe un platou pavat cu dale mari, de beton, aflat în faţa clădirii de comandă. Aici se adunaseră deja alţi şase tineri soldaţi. Fără să scoată o vorbă, se aliniaseră cu toţii, aşa cum fuseseră instruiţi, în ordinea înălţimii, de la stânga la dreapta, cu spatele la clădire.

— Sunt căpitanul Victor Leone, rosti un ofiţer vânjos, proaspăt bărbierit, trecut de cincizeci de ani, apărut din lumina încă palidă a zorilor, ca de nicăieri în faţa lor.

Uniforma militară îl transformase complet pe pasagerul jovial cu care Ivan sporovăise în balonul de transport cu o zi în urmă. Acesta nu dădu vreun semn că l-a recunoscut.

— Autarhia vă este recunoscătoare pentru faptul că v-aţi prezentat să efectuaţi serviciul militar, le spuse pe un ton grav, cu toate că ştia şi el, ştiau şi ei, că nu aveau de ales: lipsa nejustificată de la convocare se pedepsea cu închisoare. Vom efectua programul matinal de instrucţie, după care vom efectua antrenament pentru a vă reaminti de armată. Avem şase zile pentru asta. De luni vom patrula pe graniţă. S-au semnalat atacuri ale unor grupuri înarmate din est, aşa că vă cer să fiţi extrem de atenţi. Încolonaţi-vă şi veniţi după mine.

Au urcat într-un transportor şi au pornit spre poligonul de trageri, aflat în vecinătatea bazei. Vehiculul funcţiona cu motor cu ardere internă, care duduia zgomotos, arzând biomotorina extrasă din rapiţă. Ivan privi scârbit dâra de fum ce ieşea din ţeava de eşapament; întreaga sa educaţie, ca şi a celorlalţi tineri, fusese direcţionată împotriva utilizării oricăror poluanţi. Au mers mai bine de trei kilometri pe lângă dirijabilele de atac, cu structură rigidă, ancorate la sol pe platforme magnetice, pe un câmp imens, la mare distanţă unul de altul, pentru a nu se încurca la manevrele de decolare sau aterizare. Cu toate că în ciclul de instrucţie învăţase despre aceste aparate, Ivan rămase uimit de mărimea aeronavelor, ancorate la sol, ovoizi imenşi, asemănători cu nişte castraveţi turtiţi, negri, a căror lungime atingea o sută de metri. Din capetele anvelopei fiecăruia ieşeau, pliate în mănunchi, cele şaisprezece pale ale elicelor pupa şi prova, dând impresia că dirijabilul era străpuns de o tijă prelungă. În zare se desluşea, ancorat la sol, un dirijabil de transport, de cel puţin trei ori mai mare.

Armamentul individual consta în puşca automată de duraluminiu care trăgea cu gloanţe propulsate de explozia hidrogenului comprimat în cartuşe de sticlă. Mai existau încă arme clasice, cu piese din oţel, care foloseau pulbere explozivă dar care, din cauza câmpului magnetic utilizat de dirijabilele de atac la decolare şi la aterizare, nu puteau fi folosite.

Au împuşcat o vreme ţinte aflate la limita vizibilităţii. Umărul lui Ivan zvâcnea deja dureros după fiecare foc, dc la reculul puternic. Era sigur că se alesese cu o vânătaie. Norişorul de vapori de apă, rezultat din amestecul exploziv al oxigenului cu hidrogenul, care ţâşnea prin partea laterală a armei după ieşirea glonțului, estompa pentru o clipă ținta. Căpitanul Leone analiza, ajutat de un aparat optic, rezultatele tirului. Se plimba printre ei, se apleca să le arate, repetând:

— De un țintaș bun poate depinde succesul misiunii. Nu plecăm până nu suntem siguri că putem alcătui o formație aptă de luptă.

Spre amiază, căpitanul se declară mulțumit, așa că urcară iar în transportor și porniră îndărăt spre cazarmă, unde primiră de mâncare, la popota soldaților.

După masă, transportorul îi lăsă lângă o baracă joasă, în care se găseau mese și scaune, folosită ca sală de instruire. Se așezară la întâmplare prin sală, însă căpitanul Victor Leone le ceru să ocupe rândul din față, aproape de micul birou de conferințe în spatele căruia se afla o tablă verde, din lemn. Scoase o planșă mare, colorată, pe care o alese din mai multe care stăteau agățate pe un rastel aflat în dreapta catedrei. O atârnă de un cui bătut în partea de sus a tablei.

— Vom recapitula acum ce ați învățat la ultima instruire. Acesta este un dirijabil de atac – arătă spre planșă – după cum v-ați putut da seama. Unii dintre voi veți zbura pentru prima dată cu un astfel de aparat care, după cum o să aflați, diferă mult de dirijabilele de antrenament.

Urmară două ore de prezentări de schițe și diagrame. Ivan află, printre altele, că forma turtită a anvelopei dirijabilelor nu fusese un capriciu de proiectare, ci urmărise mărirea suprafeței emisferei superioare, pentru a permite captarea mai eficientă a energiei solare, prin puzderia de fotocelule. Căpitanul vorbea rar, se ajuta tot timpul de planșe, uneori mai desena, cu creta, câte o schiță pe tablă, pentru a explica traiectorii posibile, manevre aeriene sau de aterizare. Lui Ivan i se învârteau toate în cap, iar la sfârșitul cursului nu era foarte sigur câte elice de manevră se găsesc la prora şi câte la pupa, însă îşi zise că oricum o să le numere când se vor îmbarca. Căpitanul începu să strângă planşele pe care le aşeză înapoi în rastel.

— Toate cele spuse aici le veţi vedea cât de curând cu ochii voştri. Doar o mică parte din ce v-am prezentat vă foloseşte în mod direct, însă am considerat că trebuie să ştiţi câte ceva despre nava pe care vă veţi executa misiunea. Vom merge acum la simulator, unde veţi studia diferite situaţii de luptă, le spuse, după ce îşi consultă ceasul de la mână.

Ieşiră din sala de cursuri şi porniră în şir indian în urma căpitanului. Au intrat într-o altă baracă, foarte joasă, unde, după ce au coborât mai multe trepte, au ajuns într-o sală mare, puternic luminată, în care se aflau şirurile de simulatoare, pe care, sub stema Confederaţiei Helvete, scria mare numele producătorului: Oerlikon. Simulatoarele, albe asemeni unor ouă, aşezate orizontal, cu câte un sas întunecat, deschis în lateral, erau susţinute de câte un braţ metalic, articulat, fixat în podea. La un capăt al sălii, câţiva operatori se agitau în spatele unui perete de sticlă dinspre care se auzi o voce metalică, uşor distorsionată de difuzoare. Primiră fiecare câte o cască, cu vizorul ridicat.

— Intraţi în simulatoare şi executaţi instrucţiunile. Umblaţi cu grijă, aparatele sunt importate, iar stricăciunile se consideră acte de sabotaj.

Ivan se strecură prin sasul simulatorului la care fusese repartizat, ajutându-se de mânerele interioare, puse special în acest scop. Nu era pentru prima oară când făcea asta, la toate celelalte stagii militare de instrucţie lucrase ore bune cu maşinării asemănătoare. Erau deschise, imaginea se proiecta pe un ecran aflat în dreptul ochilor iar un instructor îi arăta permanent unde şi pe ce să apese. Însă acele simulatoare erau primitive în comparaţie cu maşinăria sofisticată în care intrase. Aici nimeri direct într-un fotoliu, pe burtă, şi fu nevoit să se răsucească pentru a se putea aşeza, notându-şi instinctiv în minte ca data viitoare să intre direct cu spatele. Îşi introduse picioarele în lăcaşurile de la baza fotoliului. Fotoliul se roti cu nouăzeci de grade, iar uşa sasului de acces se închise cu un fâşâit. Panoul de bord se aprinse spectaculos, în albastru, în faţa lui, dând la iveală butoane şi instrumente. Mai spectaculos însă se dovedi ecranul curbat, iar imaginea ceţoasă căpătă claritate şi relief imediat ce ochii îi fură acoperiţi de vizorul stereoscopic al căştii ce coborâse din partea superioară a simulatorului.

— Soldaţi, asiguraţi-vă, rosti un difuzor din simulator.

Căută şi găsi setul de centuri de siguranţă pe care şi le încheie peste piept. Avu impresia că fotoliul culisează în faţă, încet. Brusc, partea din faţa sa încetă să mai existe, fiind înlocuită cu un câmp agricol înverzit, văzut de sus, pe care se agitau nişte siluete călare. Fotoliul se rotise deja, aducându-l cu faţa în jos. Vocea le ceru să tragă în siluete, însă acestea ieşiseră deja din perimetrul de vizibilitate. Apucă joystick-urile aflate pe braţele fotoliului, iar instinctele, formate în anii anteriori, la antrenamente, preluară controlul. Din când în când, vocea de la difuzor le semnala noi inamici pe care, pentru a-i anihila, trebuia să manevreze violent fotoliul de luptă cu joystick-ul stâng, în timp ce din cel drept focaliza ţinta şi deschidea focul.

Nici nu simţi când s-au terminat cele patru ore de simulări, în care împuşcase zeci de siluete electronice, ce se foiau ameninţător pe ecran.

În mod identic, cu antrenamente tot mai complexe, cursuri de teorie, şi ore de simulator, trecură şi următoarele cinci zile, întrerupte scurt de mese sau ore de somn. Fu uşor surprins când căpitanul Victor Leone i-a scris numele pe tabela de zbor, nu pentru că nu şi-ar fi dorit, ci pentru că pierduse deja noţiunea timpului.

Capitolul 9

4 septembrie 2051
New Washington
America

Marshall petrecu două din cele trei ore care îl despărțeau de întâlnirea cu președintele Conrad în stare de semitrezie, în dormitorul casei sale din New Washington,. Sângele din camera lui Alice încă nu fusese șters, iar dezordinea făcută de echipa de salvare, în graba ei de a o ridica pe Alice, făcea ca încăperea să pară scena unei bătălii de coșmar.

Simți că nu mai poate rămâne în casa în care fiica sa, în urmă cu numai câteva ore, fusese atât de aproape de moarte, așa că plecă la întâlnirea cu Conrad cu o oră mai devreme decât fusese chemat, programându-și vehiculul să meargă foarte încet, pe un traseu ce traversa sinuos orașul. Luându-și cu greu gândurile de la Alice, se întrebă ce ar vrea de la el președintele Americii, cu care se întâlnise numai în câteva ocazii oficiale. Își lăsă mașina în parcarea somptuoasă a Casei Albe; clădirea fusese demontată și adusă din vechiul Washington, inundat și abandonat chiar la începutul Prefacerii, pentru a fi refăcută și modernizată în noua capitală.

De regulă, președintele nu stătea prea mult în reședința din exterior și Casa Albă era folosită pentru recepții sau discursuri adresate națiunii. Din motive de securitate, Conrad prefera facilitățile oferite de al șaptelea și ultimul nivel subteran inferior al New W, special amenajat pentru el și echipa sa, considerat cel mai sigur. Marshall socoti că trebuie să fie ceva important de președintele făcuse o excepție, și îl primea în Casa Albă.

Urmă absent procedurile de securitate; asemeni tuturor americanilor, se obișnuise într-atât cu ele, încât nu le dădu atenție. De zeci de ani făceau parte din firesc. După ce automatele și cei doi gardieni umani se convinseră că era într-adevăr el și nu avea bombe sau arme, i se permise accesul în clădire. Un bărbat îmbrăcat în costum, care degaja un aer militar, îl conduse până la Biroul Oval, ciocăni și îi deschise ușa pe care o ținu până îl văzu intrat. Președintele John Conrad, fiul fostului președinte, Jimmy Conrad, se ridică de la birou și îi întinse mâna.

— A, bătrânul Luke Marshall, ce mai faci? Îmi pare rău pentru ce a... Mă rog, pentru fiica ta. Dacă te putem ajuta..., de fapt chiar o vom face, dar să lăsăm asta pe mai târziu.

Senatorul făcu cei câțiva pași care îl despărțeau de președinte și îi strânse mâna. Abia atunci îl remarcă pe David Salazar, consilierul personal al lui John Conrad, ascuns în canapeaua aflată în fața biroului prezidențial.

— Vă mulțumesc, domnule.

— Ia loc, ia loc, îi arătă vag.

Marshall se așeză însă într-unul din cele două fotolii îmbrăcate în pânză galbenă cu dungi verzi, care flancau șemineul. Pe o măsuță cu rotile, aflată între fotolii, se afla un termos sclipitor, cu cafea și o ceașcă goală. Salazar își turnase deja o ceașcă.

— Îmi amintesc că tata mi-a spus că ai luptat sub comanda lui. Cum te numea? – președintele ridică ochii spre tavan – un tânăr sclipitor și curajos.

Marshall se foi stingherit.

— Vă mulțumesc domnule, într-adevăr, am luptat câțiva ani sub comanda tatălui dumneavoastră, în Garda Națională, în perioada Războaielor de Secesiune.

Pentru o clipă, Marshall se lăsă furat de amintiri. Jim Conrad – bătrânul Jimmy – câştigase alegerile în 2028 ca guvernator al Floridei, după care urmară primele victorii împotriva statelor secesioniste. Mai fusese nevoie însă de alţi doisprezece ani de războaie pentru a reunifica America, cu toate că în ultimii cinci războiul se dusese aproape numai la nivel diplomatic. Datorită stării de necesitate, mandatul popularului Jimmy, niciodată ales ca preşedinte al Americii, se prelungise de la sine. Fusese ucis cu puţin înainte de a-şi încheia cel de-al cincilea mandat, într-un spectaculos atentat, cu o rachetă teleghidată, ai cărui autori au rămas, în mod curios, nedescoperiţi, în pofida faptului că America se izolase de zeci de ani. Candidase fiul său, John, care nu avusese practic contracandidat. Şi el se afla spre sfârşitul celui de-al doilea şi ultim mandat constituţional, însă Partidul Republican, care îl adusese la putere, nu desemnase încă pe nimeni pentru viitoarele alegeri.

Conrad păru să-i citească gândurile.

— Şi eu îmi amintesc deseori de tata. Mă întreb ce s-ar fi ales din America dacă nu era el. Sau dacă n-ai fi fost tu, sau fără atâţia alţii ca voi. Probabil o naţiune spartă în nenumărate stătuleţe conduse de tot felul de bandiţi care ar fi făcut rău oamenilor. Însă am rămas o naţiune mare şi puternică. De fapt, singura.

Nici unul din cei doi nu îl întrerupse pe preşedinte.

— Eşti deja la al şaptelea mandat de senator. Tot mai susţii prostia aia cu deschiderea Americii?

— Da, domnule şi nu o consider o prostie. Sunt mai mulţi care gândesc ca mine.

Conrad făcu un semn plictisit cu mâna.

— Da, da, ştiu. Nu e doar o prostie, e o aberaţie de-a binelea. Ce să căutăm în restul lumii? Îţi mai

aminteşti, desigur. Mi s-a spus că ai luptat şi în răz-
boaiele urbane care au precedat Secesiunea. Ai văzut
ce ne-a dat restul lumii nouă: atentate peste atentate
şi o mulţime de cetăţeni americani morţi. Restul lu-
mii n-are decât să stea unde e acum. Nu au ce căuta în
America. Şi pot fi siguri că nici America nu va merge
la ei.

— Dar Izolarea trebuie să ia odată şi odată sfârşit,
domnule, încercă Marshall. Ar trebui să ştim ce se pe-
trece, Prefacerea a adus schimbări pe toată planeta.
Mai mult, ne confruntăm în viitorul apropiat cu o cri-
ză majoră: ne scade populaţia. Până şi medicul care a
tratat-o pe fiică-mea ştie asta.

— Prin Izolare am reuşit să redăm America pro-
priilor cetăţeni. Nu să o împărţim cu alţii, veniţi să
ne omoare. Vrei să ştii ce e în restul lumii? Avem
sateliţi, afli tot ce doreşti. Mai ales dacă există vreo
ameninţare la adresa noastră. La care poţi fi sigur că
avem puterea şi voinţa să răspundem. O bună parte
din restul lumii s-a reîntors la sălbăticie. Ştiu că ne
scade populaţia, dar e de preferat să existe mai pu-
ţini americani şi mai prosperi decât mulţi americani
morţi. Vom trece la programul de clonări masive,
tehnologia e disponibilă încă din secolul trecut. Vom
încuraja cumva natalitatea. Ce-ai vrea, să aducem pe
alţii? Dacă deschidem graniţele, vor năvăli peste noi
sud-americanii, cu cuţite şi droguri. Sau chinezii, care
tot mulţi sunt şi vor să fugă de noul lor împărat. Sau
europenii, din Autarhie, care de fapt sunt adevărata
primejdie. Ei au păstrat un oarecare ritm tehnologic,
detectăm numeroase activităţi industriale. Da, pri-
mejdia cea mare vine de la europeni, ai uitat anii de
atentate? Cele mai multe le-au organizat ei.

Preşedintele se enervase şi se înroşise la faţă. Ultimele cuvinte aproape le strigase cu voce pițigăiată. După câteva clipe, cât îl aşteptă să se potolească, Salazar tuşi discret.

— Domnule, poate ar trebui să-i spunem senatorului Marshall de ce l-ați invitat aici.

Conrad îşi schimbă imediat mimica feței. Din oratorul care susținea înfocat o cauză, sări la o expresie preocupată, subliniată de un zâmbet viclean. Tonul vocii îi redeveni grav.

— Aşa este, nu te-am chemat să combatem în politică. Să trecem la afaceri. Marshall, aş dori să devii vicepreşedintele meu.

Salazar remarcă uimirea senatorului. Aşeză jos, cu grijă, ceaşca de cafea din care tocmai băuse.

— Domnule senator, după cum ştiți, vicepreşedintele Russel Dewine a murit ieri. Oficial, a fost o sinucidere provocată de stres. În realitate, a luat o supradoză de droguri. După cum de asemenea ştiți, este prerogativă prezidențială, aceea că preşedintele îşi poate alege vicepreşedintele fără a mai fi nevoie de votul comun al Senatului şi Congresului. Care, nu am nicio îndoială, l-ați obține cu siguranță. Preşedintele vrea să-i fiți alături.

Salazar şi Conrad dezbătuseră îndelung problema găsirii unui înlocuitor pentru Dewine, prieten din copilărie cu actualul preşedinte. Dewine însă, o luase la vale rău de tot, se droga mai tot timpul. Atât cât a fost posibil, Conrad l-a acoperit, dar isprăvile vicepreşedintelui începuseră să răsufle cu consecințe vizibile în sondajele de popularitate ale instituției. Până la urmă însă Conrad a înțeles şi a fost de acord că Dewine trebuia să dispară. O operațiune Delta Force curată şi Dewine a devenit amintire. Cum consuma droguri, simplificase chiar el lucrurile.

Marshall se ridică în picioare.

— Nu ştiu... M-aţi luat prin surprindere, domnule. E o onoare deosebită...

Alegerea lui Marshall se datora popularităţii crescânde a senatorului. Iar faptul că luptase în Războaiele de Secesiune, alături de fostul preşedinte, nu putea decât să confere instituţiei conduse de Conrad un spor de prestigiu.

— Ţara are nevoie de tine, Luke, cred că aşa îţi spunea şi tata. Acceptă şi hai să batem palma.

Salazar se ridică şi el din fotoliu.

— Vom face anunţul chiar astăzi, am aranjat o conferinţă de presă pentru ora 14. Ştirea poate intra pe fluxurile de seară. De mâine vă puteţi instala în biroul vicepreşedintelui de la Casa Albă. Dacă acceptaţi, bineînţeles.

Marshall ezită. Părea incredibil. Conrad avea numeroase alte posibilităţi şi mai ales obligaţii politice. Un gând, ca un semnal de alarmă, îi răsună în cap, întrebându-se ce urmăreşte preşedintele să obţină de la el. Îl alungă. Miza politică, la fel ca propriul orgoliu, era mult prea mare.

— Accept. Şi vă mulţumesc mult, domnule.

— Grozav, şi eu îţi mulţumesc Luke. A, încă ceva. Cu fata ta, cu..., preşedintele răsfoi un dosar aflat în faţa sa, cu Alice. Înţeleg că medicul i-a recomandat o călătorie, să îşi revină.

Preşedintele îl privi zâmbitor.

— Ce te uiţi aşa? Nu crezi că e normal să ştiu ce probleme are familia vicepreşedintelui meu? Uite, de ce n-o trimiţi pentru vreo două săptămâni pe Heaven? Se spune că e cea mai tare călătorie posibilă.

Dată în folosinţă de zece ani, după ce un consorţiu finanţase transformarea Staţiei Spaţiale Internaţionale, pe care Prefacerea o lăsase ani la rând în paragină, o vacanţă pe Heaven reprezenta visul suprem pentru americanii cu bani. Sejururile erau extrem de scumpe, însă chiar şi aşa, locurile erau rezervate cu ani în avans.

— Nu cred că îmi pot permite, domnule.

Preşedintele făcu un semn cu mâna, ca şi cum ar fi izgonit o muscă sâcâitoare.

— E cadoul meu pentru liniştea ta. Nu poţi să munceşti pentru mine dacă ai probleme în familie. Naveta pentru Heaven pleacă..., se uită întrebător la Salazar.

— Vineri, domnule. Am făcut rezervarea, în numele dumneavoastră. Cineva a renunţat în ultima clipă. Mă rog, privilegiile prezidenţiale, spuse făcându-i cu ochiul lui Marshall.

Conrad făcu un semn imperceptibil spre Salazar care se îndreptă spre uşă, dând de înţeles că întrevederea se terminase. Marshall se ridică la rândul său şi porni, năucit de noua sa investitură, spre ieşire.

— Şi, Luke, încă ceva. Spune-mi John, dacă tot o să lucrăm împreună.

Capitolul 10

8 septembrie 2051
Spațiul circumterestru

Pentru Alice Marshall, prima parte a zborului cu naveta Solaris, până la ieșirea din atmosferă și înscrierea pe orbita de joncțiune cu Heaven fusese un adevărat calvar. Se gândi la tatăl său, ajuns vicepreședinte, și și-l imagină cum urmărește lansarea, din zona de siguranță. Poate făcuse un semn de rămas bun cu mâna, iar acum, la un sfert de oră după ce nava părăsise rampa de lansare, el o și uitase, convins că își făcuse datoria de tată, îndreptându-se preocupat spre una dintre numeroasele lui întâlniri politice. Costumul de zbor i se păruse greoi, iar accelerația și zgomotul strident și puternic făcut de motoarele navetei la decolare îi tăiaseră răsuflarea. De altfel majoritatea celor o sută patru pasageri avuseseră probleme în primele minute de la decolare. Odată cu ieșirea navetei în spațiul extraterestru, călătoria, datorită lipsei gravitației, devenise chiar plăcută, cu toate că nu li se permise să-și desfacă centurile de siguranță.

Alice nu ținuse deloc să facă voiajul circumterestru cu Heaven. Teoretic, nici nu ar fi fost posibil, locurile erau rezervate cu mulți ani înainte. Tatăl ei însă se dăduse probabil peste cap și, cu speranța de a-i face o surpriză, îi obținuse un loc pentru două săptămâni în ceea ce era considerat de americani cea mai extravagantă și dorită vacanță posibilă. Doar din milă pentru efortul său mimase bucuria și surprinderea la aflarea veștii. De altfel, după ultima ei tentativă de sinucidere care mai că îl scosese din minți pe actualul vicepreședinte al Americii, își propusese să nu mai facă mofturi, cu atât mai mult cu cât sejurul ei spațial trebuie să îl fi costat cel puţin salariul până la sfârşitul mandatului. Cert este că merseseră repede toate formalităţile, inclusiv examenele medicale obligatorii care îi fuseseră făcute chiar în spital. Ar mai fi contat şi părerea psihiatrului care îi tratase narcodependenţa, sau cel puţin aşa îşi imaginase. Acesta, după ce aflase că petrecuse ultimul an în autoclaustrare, în locuinţa din New Washington a lui Luke Marshall, insistase să o convingă să călătorească, să cunoască alţi oameni şi să îşi facă prieteni. Acea parte a raţiunii ei care încă nu fusese afectată de droguri îi dăduse dreptate, mai ales după ce aflase că prietenii din Reţea erau de fapt interfeţe software pe care orice om cu mintea întreagă le-ar fi dibuit imediat. În plus, după trei zile de spital, de tratamente şi şedinţe de psihanaliză, ar fi făcut şi ar fi promis orice ca să scape de acolo. Chiar dacă trupul ei tânjea uneori dureros după o doză, ca urmare a tratamentelor, îi revenise foarte vie amintirea unei altfel de Alice, inteligentă şi energică, lucidă, capabilă să îşi controleze singură viaţa.

Odată cu ejectarea boosterelor atmosferice, vibraţiile navetei aproape încetară. Se aprinse semnalul care permitea scoaterea căştilor, însă doar câţiva dintre călători îndrăzniseră să facă asta. Alice îşi păstrase şi mâinile strâns încleştate de cotierele fotoliului său, aflat chiar lângă un hublou, pe penultimul rând de patru locuri al şirului din stânga. Vecinul său îşi scosese senin casca pe care o împinse într-un suport aflat deasupra capetelor, dezvăluind o faţă imberbă, uşor fardată, cu ochi mari, migdalaţi şi nas acvilin, modificat evident prin operaţii estetice de bună calitate. Îşi scutură chica de păr creţ, care aproape că îi ajungea la până la umeri şi îi făcu semn şi ei să şi-o scoată dar, văzându-i lipsa de reacţie, îi ridică vizorul.

— Bine ați venit în Cosmos, le spuse o voce feminină, plăcută, care căpătă chip pe un ecran de mari dimensiuni, așezat astfel încât să poată fi văzut de toți pasagerii, în partea din față a navetei. Sunteți printre cei câțiva pământeni fericiți care ajungeți în Heaven în timpul vieții. Căpitanul navetei Solaris, Mark Hensaw, împreună cu echipajul său, vă felicită și vă doresc să vă bucurați de acest sejur unic.

— Nu chiar câțiva, în zece ani, de când e operațională, au fost pe Heaven peste o sută de mii de turiști. Cei mai mulți doar o prima dată, însă unii au revenit. Dar asta-i prezentarea, îți lasă sentimentul că faci parte dintr-o elită. Pe undeva chiar așa e, făcu plictisit vecinul lui Alice. Mai bine ți-ai scoate casca, e mai comod fără. Oricum nu se mai întâmplă nimic interesant în următoarele ore.

Vocea prezentatoarei continuă pe un ton triumfal, descriind măreața perspectivă a zborului spațial. În același timp, pe ecranul din fața lor apăru Pământul, așa cum se vedea de la altitudinea de două sute de mile unde ajunseseră.

— Mai sunt trei ore bune până la joncțiunea cu Heaven, îi spuse bărbatul, arătând neglijent spre șirurile de cifre care se perindau în partea de jos a ecranului. Apropo, eu sunt François Dupont. Franky pentru prieteni, adăugă și îi întinse mâna.

— Alice, murmură ea, strângându-i mâna.

Contactul celor două mănuși produse un zgomot sec. Figura bărbatului i se păru vag familiară. Îl văzuse în mod sigur pe unul dintre canalele rețelei de știri, era un actor sau cântăreț în vogă, un soi de rudă rebelă a magnaților Dupont, creatorii de modă.

Ecranul se umplu cu imaginea lui Heaven, privit din spațiu. Vocea prezentatoarei povestea despre cum fusese construită stația spațială turistică, plecând de la componentele Stației Spațiale Internaționale, abandonată la începutul Prefacerii. După câțiva ani, prin 2036, când în America încă se mai desfășurau Războaiele Secesiunii, un puternic consorțiu industrialo-bancar obținuse o sentință la Curtea Supremă prin care SSI fusese declarată definitiv abandonată, aparținând primului care ajungea la ea și o revendica. De fapt, Prefacerea oprise zborurile către Stația Spațială Internațională, iar cel mai mare obiect construit de om în spațiul cosmic devenise o primejdie care trecea în fiecare zi de mai multe ori și pe deasupra capetelor americane, gata oricând să cadă. Orbita nu mai fusese corectată și, datorită frecării infime dar continue cu urmele atmosferei terestre aflate în termosferă, scădea continuu.

Aproape cinci ani durase construcția lui Heaven, până în 2041, pornind de la cele două mii de tone de structuri și module ale SSI. În decembrie, pe 31, stația urma să împlinească un deceniu de existență, ani în care Heaven devenise demult un simbol național. Arăta spectaculos, în trecerea prin ziua terestră, cu cele trei inele care se roteau maiestuos, cu viteze diferite, în jurul axului central ale cărui capete se terminau cu turelele semisferice ale sistemului de apărare cu laser împotriva meteoriților. O sferă umfla axul, asemenea unui bulb, la mijloc, chiar în dreptul inelului central. Franky arătă inelul cu degetul.

— Acolo, în inelul cel mare, sunt camerele noastre. E destul de drăguț, podeaua se poate face transparentă și poți vedea Pământul. În centru, în bulb, nu este deloc pseudogravitație. Găsești acolo cea mai trăsnită grădină botanică pe care ai văzut-o vreodată.

Pe ecran, prezentarea complexului spațial continua neîntreruptă. Imaginile redară interioare, dezvăluind un lux orbitor. Oamenii se mişcau cu nefirească uşurinţă de colo-colo. Plante luxuriante, atent îngrijite, creşteau în poziţii care ar fi fost imposibile pe Pământ.

— Gravitaţia în cabine este jumătate din cea terestră, spuse atoateştiutor Franky. De fapt nu e gravitaţie, e un simulacru, ceva cu forţe centrifuge, nu prea mă pricep. Numai că, dacă stai un timp pe staţie, vrând-nevrând tot înveţi câte ceva din jargonul ştiinţifico-spaţial. Există şi zone de zero G, adică se află în imponderabilitate, cum ar fi centrul bulbului şi întreg axul. E foarte amuzant.

— Ai mai fost pe Heaven?

— Oh, da, de câteva ori, spuse neglijent bărbatul. Uite, în inelul superior, ăla care se învârte ceva mai repede, se află cazinoul, piscinele şi sălile de sport. Acolo gravitaţia este apropiată de cea terestră. Au şi câteva camere, acolo locuiesc în ultima zi pe cei ce pleacă. Chestiune de adaptare la revenirea pe Pământ. Dar e OK şi acolo. Au un bar foarte drăguţ.

— Ce sunt luminiţele alea?

Imaginea mărită a inelelor staţiei le arăta îmbrăcate ca într-o pânză mişcătoare diafană, cu lumini multicolore.

— Şi eu m-am mirat prima dată, chestia asta nu o menţionează niciun prospect turistic. Staţia are câmp magnetic propriu, ceva care să nu permită radiaţiei solare să ajungă la noi. Radiaţie solară, ştii, nişte particule foarte mici emise de Soare. Ceea ce vezi este efectul interferenţei lor cu câmpul magnetic, mi s-a spus că seamănă cu aurora boreală; eu unul n-am văzut aşa ceva pe Pământ. Nu cred că ar fi avut prea mulţi turiştii dacă i-ar fi prevenit că ar putea fi iradiaţi. Mai ales cu cei care nu au trecut niciodată prin camerele de readaptare. Vreau să spun că sunt câţiva cu domiciliul permanent pe Heaven. Locuiesc acolo chiar de la început. Nu mulţi, vreo zece sau cincisprezece cred, asta dacă nu or mai fi venit şi alţii. Nici nu vreau să mă gândesc cât plătesc.

Prezentarea de pe ecran se mută în cazino, unde crupieri cu livrele şi figuri sobre amestecau cărţi de joc pe mese acoperite cu postav verde. Prezentarea continuă cu o discotecă în care mai multe persoane dansau cu entuziasm, executând figuri complicate, de-a dreptul acrobatice.

— Tu cum ai ajuns aici? Te-au trimis ai tăi? Haide, zâmbi Franky, văzându-i nedumerirea, eşti mult prea tânără ca să ai bani pentru aşa ceva. Ai să vezi, toţi cei tineri – şi nu sunt mulţi – au în spate câte un sponsor, de regulă babacii. Ai mei m-au trimis ca să scape iar de mine. Nu mult, măcar pentru două săptămâni. Probabil atât ai şi tu, e rezervarea minimă. Şi cea mai ieftină, dacă se poate spune aşa la un milion de dolari pe zi. Deci ce sunt ai tăi? Sau, mai bine, cum te mai numeşti?

— Marshall. Alice Marshall.

— Uau, făcu Franky, fata vicepreşedintelui. Chiar mă bucur să te cunosc, în carne şi oase vreau să zic. Ţi-am văzut poza de câteva ori în Reţea, însă aşa, pe viu, arăţi cu totul altfel. Bine, mai e şi costumul. Spuneau la ştiri, acum vreo două sau trei zile, că ai încercat să pleci... Mă rog, ştii tu ce fel de plecare... Se vede treaba că n-ai reuşit, îi spuse cu o urmă de respect în glas.

Mai mulţi pasageri prinseseră curaj şi îşi scoseseră căştile. Două stewardese mergeau mecanic, printre culoare, oferind călătorilor tuburi cu băuturi sau cu hrană lichidă. Franky chicoti.

— E foarte amuzant cum merg. Au tălpi magnetice sau aşa ceva. E nevoie de exerciţiu să umbli ca ele. Am auzit că Solaris e pe jumătate gol la tura asta, îi spuse complice.

Făcu semn unei stewardese. Femeia veni şontâcăit spre el, iar Franky alese, din cutia pe care aceasta o purta ca pe un marsupiu, două tuburi transparente, pline cu un lichid rubiniu. În timp ce le primea, scăpă unul din ele însă stewardesa, cu un reflex rapid, prinse tubul care pornise deja pe o traiectorie necontrolată.

— Ce-ai vrut să spui? îi şopti Alice la ureche după ce stewardesa se îndepărtase. Chiar aşa, de ce e naveta pe jumătate goală? Credeam că se rezervările se fac cu ani buni înainte.

Franky era însă preocupat de cele două tuburi. Îi întinse unul, arătându-i cum să-l folosească.

— Ai grijă să nu-l scapi. Coniac de cea mai bună calitate. Cultivat pe Heaven, din struguri crescuţi şi fermentaţi în imponderabilitate. Noroc! îi spuse, ciocnind uşor tubul său de cel pe care i-l dăduse. Uite, are o mică supapă. Sugi puţin şi apeşi pe tub.

Alice făcu cum i se arătase. Apăsă însă prea tare şi în gură îi năvăli un jet de alcool care îi arse limba. Tuşi necontrolat, fără a da drumul recipientului, însă picături de salivă şi alcool se răspândiră în toate părţile; un curent invizibil le adună în partea de sus, într-o duză asemănătoare cu o trompetă.

— Nu aşa, trebuie să strângi cu grijă. E tare, după cum te-ai convins. Dar e şi foarte aromat. Nu găseşti aşa ceva pe Pământ pentru că producţia se distribuie numai în spaţiu. Să guşti biftecurile, spuse visător şi supse puţin din cilindrul său, acum deformat. Cu naveta... A, da, aşa am auzit. Că nivelul de sub noi e liber.

Adică nu au luat oameni. Cică au tot soiul de chestii pentru reaprovizionare sau vor să înlocuiască, să modernizeze, sau aşa ceva. Unii care s-au înscris au mai renunţat. De fapt, cei de la agenţie mi-au spus că e mare cerere pentru revelion. La drept vorbind cam atunci ar fi trebuit să-mi vină rândul, însă când m-au întrebat dacă nu vreau să merg mai repede am fost imediat de acord. Mai ales că mi-au ieftinit biletul. O să-ţi placă pe Heaven, o să vezi.

Sporovăiala voioasă a lui Franky, care se adăuga la efectul produs de înghiţitura zdravănă de alcool, o binedispuse pe Alice. Glumi cu vecinul de zbor şi râse la micile poveşti sau glume pe care acesta le spunea cu umor, scoase ca dintr-o rezervă ce părea inepuizabilă. Nici nu simţi când a trecut timpul, când vocea prezentatoarei le ceru să îşi pună căştile. Din nou, pe ecran apăru imaginea lui Heaven.

— Începem manevrele de andocare, îi mai spuse Franky înainte de a închide, cu un sunet sec, clapele căştii costumului spaţial.

Stewardesele trecură tăcute printre rânduri, luând recipientele golite, verificând atent dispozitivele de închidere ale căştilor şi starea centurilor de siguranţă care fixau pasagerii de fotoliile de zbor, după care dispărură în partea din faţă a lui Solaris.

În următorul sfert de oră, naveta făcu mai multe manevre subtile, pentru a se alinia cu portul de primire al lui Heaven. De fiecare dată când unul sau altul din motoarele de corecţie erau pornite, Alice simţea o uşoară împunsătură, prin costumul spaţial, ca şi cum cineva ar fi împins-o delicat. Cu zgomot metalic, care reverberă în toată nava, Solaris se fixă delicat de Heaven.

Capitolul 11

11 septembrie 2051
Granița de Est
Autarhia Europeană

Ivan remarcă în treacăt că era luni, cu toate că n-ar fi putut spune când a trecut prima săptămână de armată. Într-un fel, ziua i se părea importantă, măcar pentru că urma să efectueze prima misiune adevărată de luptă. Și-ar fi dorit să poată povesti despre asta, la Manham, însă chiar din prima zi semnase un angajament, întrucât urma să afle date militare secrete pe care nu avea voie în niciun caz să le dezvăluie. Li se spusese de nenumărate ori că până și o simplă scăpare poate ajunge la urechile americanilor, iar consecințele puteau fi din cele mai grave.

Parcurse programul matinal cu un ghem de emoție ce i se oprise în stomac, din cauza căruia micul dejun intrase doar pe jumătate. Primiseră cu toții combinezoane negre de zbor, nu foarte uzate, din neopren, menite să-i protejeze de frigul înălțimilor, cu însemnele Autarhiei pe mâneca stângă, un A și un E galbene, înconjurate de un cerc format din șapte steluțe, tot galbene, pe fond albastru, din care cea mai mare, în partea de sus, simboliza Germania, țară în jurul căreia se constituise Autarhia împreună cu rămășițele altor șase țări, rămase după inundațiile Prefacerii, din fosta Uniuni Europene. Admirase îndelung micul dreptunghi negru, cusut deasupra inimii, pe care fusese scris numele său, cu litere albe, înainte de a trage fermoarul lung, pe care îl încheie regulamentar, sub bărbie. Neoprenul era cam găurit în locul în care fusese cusut dreptunghiul, de la etichetele precedenților purtători ai combinezonului, însă Ivan aprecie că arată încă foarte bine și impune respect, la fel ca și bocancii înalți, îmblăniți, care se încheiau peste pantaloni cu șireturi trecute prin capsele de cupru.

Închise solemn centura lată de piele, în teaca căreia puse cuțitul din aliaj de nichel-zinc și îl asigură cu o cureluşă.

Se alinie în fața cazărmii, în poziție de drepți, împreună cu alți cinci tineri soldați, aflați la prima misiune de luptă la graniță, cărora li se adăugară după câteva minute trei ofițeri blazați, pentru inspecția căpitanului Leone. Acesta îi cercetă, în special pe tineri, le aranjă ba un fermoar, ba poziția unei teci, dădu mâna cu ofițerii și, când isprăvi, se așeză în fața lor.

— Astăzi vom zbura cu Aether. Este o navă de luptă bună, intrată de numai doi ani în serviciul activ, le spuse, iar ofițerii dădură aprobator din cap. Am primit misiunea de a identifica și distruge grupurile înarmate care forțează granița estică. Aștept de la voi să aplicați întocmai ceea ce ați învățat la antrenamente. Nu uitați nicio clipă că de fiecare dintre voi poate depinde soarta tuturor. Pentru cei tineri, în special. Veți servi la turelele de tragere, de unde vă cer să raportați orice mișcare vi se pare suspectă, chiar dacă doar vi se pare. Mai bine mai multe alarme false decât una reală, dar ignorată. Aveți întrebări? Nu. Atunci am să vă spun eu: nava noastră, Aether, este numită după un personaj din mitologia greacă, care emană viața. Asta facem noi, luptăm ca să menținem viața în Autarhie.

Cu toate că nu avea habar de vechile zeități grecești, lui Ivan i se păru totuși un pic deplasată explicația. Cum poți să emani viață când ai ordin să o distrugi, chiar dacă este vorba despre oamenii sălbăticiți din Est? Porniră în marș spre transportorul militar descoperit, al cărui șofer, pentru a economisi carburant, îi aşteptă să urce înainte de a porni motorul. Căpitanul Leone îi opri iar, chiar înainte de a sui pe platforma din spatele vehiculului, prevăzută cu băncuţe laterale.

— Verificaţi încă o dată să nu cumva să aveţi metale magnetice.

Mai verificaseră o dată, înainte de a-şi îmbrăca combinezoanele şi încă o dată după masa de la popotă. Ivan nu prea vedea unde ar fi putut ascunde metale magnetice, exact din acest motiv combinezoanele de zbor nu aveau buzunare. Însă ordinul dat de comandat îşi avea rostul său. Dirijabilele de atac erau ţinute la sol de o platformă care genera un câmp magnetic foarte intens, folosit şi la aterizare. Ivan îşi amintea foarte bine momentul primului zbor de antrenament în care câmpul magnetic atrăsese brusc dirijabilul-şcoală, aruncându-l din scaun după ce, imprudent, îşi decuplase centurile de protecţie cu puţin înainte de aterizare. Mai circula şi o legendă despre un tânăr recrut, căsătorit, care se rănise serios atunci când, la îmbarcare, descoperise că a uitat pe deget un ineluş minuscul, din fier aurit. Bijuteria, atrasă de intensul câmpul magnetic, îi smulsese cu totul degetul, iar acesta, purtat de inel, se lipise de platforma magnetică.

Călătorîră în tăcere până la dirijabil. Liniştea era întreruptă doar de bâzâitul uniform al motorului transportorului care lăsa în urmă un fum alburiu, poluant, la vederea căruia Ivan întoarse scârbit capul, pentru a nu-i simţi mirosul.

Pe câmpul aflat în apropierea cazărmii, majoritatea platformelor magnetice erau goale. Doar patru sau cinci dirijabile, între care şi al lor, îşi aşteptau echipajele.

Urcară toți zece în nacela blindată, cu o singură punte, deasupra căreia anvelopa neagră, perfect întinsă, părea ca turnată. Pe nacelă strălucea mândră stema turnată în cupru acoperit cu zinc a meșterilor din Toulouse care, în fostele uzine Airbus, construiau acum dirijabile de luptă, după cum cele de transport erau produse la Hamburg. Căpitanul Leone și secundul său, un ofiter înalt și plăpând, intrară ultimii. Se strecurară pe o scăriță pe care o deplie secundul, în anvelopa rigidă a aparatului de zbor, pentru o ultimă verificare a celor șapte baloane uriașe, umplute cu heliu, care asigurau forța ascensională a dirijabilului.

Echipajul își ocupă locurile, conform repartiției făcute cu o zi înainte. Ofițerul bombardier se instală la postul de luptă central, pentru a se ocupa de bombe și de bateriile de rachete. Controlul sistemelor de navigare și apărare se găsea în cabina de comandă frontală, sub controlul direct al căpitanului și adjunctului său. Tot acolo își avea locul și operatorul sistemelor de comunicație și de detecție care avea delicata misiune de e evita pe cât posibil să folosească radioul. Comunicațiile radio erau interzise în Autarhie, cu excepția celor militare. Dar și aici se foloseau doar în cazuri cu totul deosebite, fiind preferate transmisiunile cu semnale luminoase sau cu laser. Rămânea la latitudinea căpitanului să decidă dacă vreo situație necesita utilizarea radioului și nu puține au fost cazurile când aceștia au fost retrogradați, considerându-se că au abuzat.

Ceilalți șase tineri soldați și-au ocupat posturile conform repartiției, la turelele de tragere: cea de la prova, două la babord și alte două la tribord și cea de la pupa, unde Ivan se strecură sprinten, trăgându-și reflex centurile de siguranță aproape înainte de a se așeza în scaunul de luptă.

Căpitanul Leone comandă reducerea treptată a câmpului magnetic al platformei care ținea la sol aeronava. Încet, aceasta se ridică vertical, trasă de puterea ascensională a celor șapte mii cinci sute de metri cubi de heliu din baloanele ascunse de anvelopă. Perspectiva se schimba mult când era privită de la trei sute de metri altitudine, stabilită ca plafon de patrulare.

Interfonul cârâi brusc, iar vocea căpitanului îl scoase pe Ivan din contemplare:

— Către tot echipajul. Începeți testarea armamentului.

Ivan roti în toate părțile turela și, lipindu-și ochii de inelele cauciucate, fixă dispozitivul de ochire inițial pe un alt dirijabil aflat la sol, țintă pe care o schimbă urgent cu un copac dintr-un pâlc. După cum li se spusese de nenumărate ori la instructaje, armamentul ar fi putut fi încărcat, iar a ținti un dirijabil putea duce la o catastrofă. Țăcăni în gol de câteva ori percutorul mitralierei sale cu șase țevi rotitoare în sistem Gaitling, ale cărei țevi de nichel, răcite cu apă, sclipiră în lumina răsăritului. Mitraliera era una dintre cele fabricate la Oerlikon, în Confederația Helvetă, cu care Autarhia făcea schimburi comerciale. Se spunea că elvețienii scăpaseră de bombardamentele americane și aveau industria intactă, însă Ivan nu auzise de cineva care să fi călătorit pe acolo și să se fi întors să povestească. Se părea că helveții trăiau într-o lume de basm, așa cum fusese și Europa înainte de Prefacere. Era chiar mai greu de imaginat ce anume putea da la schimb Autarhia unei țări atât de bogate.

Introduse banda cu cartușe de cupru cu gloanțe de plumb în încărcător și asigură arma pentru a nu se descărca accidental. Raportă primul prin laringofon:

— Turela pupa, în stare de luptă.

Privi în sus, spre negrul mat al fibrei de carbon din care era făcută anvelopa, până terminară și ceilalți membri ai echipajului de raportat, de la posturile lor.

Căpitanul deplie elicele sincrone, fiecare cu câte șaisprezece pale subțiri, de duraluminiu, de la pupa și prova, amplasate pe un ax care traversa direct scheletul anvelopei. Deschise, asemeni unor margarete uriașe, elicele depășeau în diametru anvelopa și nacela laolaltă. Palele aveau lățime de doar jumătate de metru la ax, subțiindu-se și mai mult spre extremități. Datorită lungimii lor, de câte cincisprezece metri, păreau subțiri și firave ca niște ace. În afară de propulsie, ele asigurau principalul sistem defensiv al dirijabilului. Elicele, antrenate fiecare de câte un tăcut motor electric Bosch, de cinci sute de kilowați, prinseră a se roti tot mai repede, până când palele nu se mai distinseră, contopindu-se în discuri argintii prin care Ivan văzu, ca prin ceață, câțiva nori răzleți.

Aparența de fragilitate a imensului aparat de zbor era spulberată de cele șaisprezece lasere rotitoare de mare putere, cu emisie în ultraviolet, plasate pe extremitățile palelor elicelor sincrone, care vaporizau instantaneu orice proiectil agresor. Pornite, laserele îmbrăcau nava de luptă într-un cilindru de foc invizibil, alimentate de puzderia de celule fotovoltaice presărate pe cei șase mii de metri pătrați ai anvelopei. Laserele erau sincronizate în dreptul turelelor, pentru fracțiunea de secundă necesară trecerii gloanțelor, atunci când acestea deschideau focul. Căpitanul nu porni însă laserele, preferând să se adune cât mai mult din energia fotocelulelor în acumulatoare, până la intrarea în zona de patrulare. Secundul comandă înclinarea palelor subțiri ale elicelor, iar dirijabilul începu să ia viteză.

Aether depăși Oradea și ajunse în zona considerată drept prima linie de apărare, la sud de râul Crișul Repede, unde angajă curs spre sud-sud-est, pornind pe un foarte larg arc de cerc, traiectorie care intra serios în Estul Sălbatic. În acele locuri, nu se mai găsea nimeni care să protesteze. Președintele Frankhaim ar fi abandonat de mult teritoriile de la graniță, slab populate și dificil de protejat, însă opoziția constantă, surdă la argumentele logice, din guvernul său, care coincidea cu opinia publică, nu putuse fi învinsă deocamdată.

Așa cum se întâmpla frecvent în Europa, furtuna porni aproape fără niciun semn prevestitor. Nori grei, negri, acoperiră orizontul. Căpitanul Leone îi ordonă ofițerului bombardier lansarea unui balon meteo cu fir. Ivan urmări cu interes delicata operațiune, despre care avea doar cunoștințe vagi, teoretice. Pocnetul făcut de aerul comprimat, evacuat cu viteză din tubul lansator de baloane, răsună în toată nacela. Forma, ca un cocoloș de hârtie mototolită, porni cu mare viteză, oblic, în jos, trăgând după ea firul care deja făcuse câteva bucle mari. Aici ofițerul bombardier își dovedi priceperea: aprecie exact momentul și comandă, prin fir, explozia micii capsule cu heliu aflată în interiorul balonului pliat. Acesta se umflă imediat, mărindu-și de douăzeci de ori volumul, și porni să se înalțe cu mare viteză, fără să încâlcească firul și fără să se agațe în elice sau în anvelopă, ajungând în câteva minute la altitudinea de cinci mii de metri, lungimea totală a firului dar și înălțimea maximă până la care putea urca Aether. Înainte ca primele fulgere să lumineze norii, în interfon răsună un nou ordin. Ivan avu impresia că, deși distorsionată de difuzoare, vocea căpitanului era ceva mai încordată ca de obicei.

— Puneți-vă glugile și măștile de oxigen. Asigurați armamentul. Pregătiți-vă de traversarea furtunii. Urcăm.

Ivan își acoperi capul cu gluga combinezonului de zbor și își puse masca de oxigen aflată în turelă. Nacela nu era nici presurizată și nici încălzită. Ținând seama că plafonul de patrulare a dirijabilelor de atac nu depășea trei sute de metri, proiectanții militari apreciaseră că misiunile executate la altitudini ridicate pot fi excepții care nu ar fi justificat amplasarea de echipamente suplimentare. Costumele termoizolante din neopren și măștile de oxigen fuseseră considerate compromisuri satisfăcătoare.

Din cabina de comandă, Victor Leone transferă mai bine de jumătate din apa folosită ca balast din rezervoarele de la prova către cele de la pupa, până înclină dirijabilul cu treizeci de grade și îl înscrise pe o traiectorie oblică, ascendentă. Ca toți ceilalți membri ai echipajului, și Ivan în turelă o consolă cu câteva aparate indicatoare; învățase temeinic la ce folosesc. Le privi emoționat, pentru o clipă, fără să poată interpreta datele, cu toate că exersase asta de nenumărate ori, la antrenamente. Însă rafalele de tunete, care răsunau mai tare decât își amintea să le fi auzit vreodată. Fulgerele albe și dese, traversau șerpuit norii, dând impresia că sunt pe punctul să străpungă aparatul de zbor. Îl cuprinse o teamă totală, irațională. Ca prin vis, văzu cum elicea de la pupa își sporește la maxim numărul de turații și devine un cerc alb, aproape mat. Simți, vag, efectul accelerației aeronavei, printre zgâlțâiturile rafalelor de vânt, printre vibrațiile motoarelor electrice, transmise de axul comun al elicelor prin scheletul anvelopei, în nacelă. Mitraliera zdrăngăni puternic în suportul ei împreună cu alte obiecte din turelă, fără ca vreunul să se desprindă. Orizontul dispăru, iar în nacelă se întunecă aproape total imediat ce Aether pătrunse în nori. Vălătuci întunecați se răsuceau și șuierau pe lângă nacelă, purtați de vânturile aduse de furtună. Liniile frânte ale fulgerelor loveau norii și luminau orbitor pentru o clipă, urmate aproape imediat de bubuiturile cumplite ale tunetelor. Ivan, convins că n-avea să mai scape cu viață, depășise momentul de groază. Urmări resemnat și fascinat dezlănțuirea forțelor naturii de care îl despărțeau doar cei trei centimetri de sticlă organică ai turelei sale. O dată sau de două ori avu impresia că fulgerele au trecut la o palmă de fruntea sa, iar tunetele i s-au spart în urechi.

Țâșniră brusc din stratul de nori negri, către Soarele ce strălucea cu putere pe cerul senin. Sub ei, norii negri ai furtunii, își deșertau ploile, fulgerele și trăsnetele către pământ. Ivan văzu aparatele din turelă arătând că viteza dirijabilului depășise două sute de kilometri la oră, că ajunseseră la patru mii opt sute de metri altitudine și că traversarea furtunii nu durase nici cinci minute. Într-un târziu, realiză că zgomotul sacadat era clănțănitul necontrolat al propriilor dinți, după care percepu durerea din umeri și din palmele strâns înclestate pe suporții laterali ai scaunului pivotant de luptă în care se ghemuise.

Căpitanul Leone readuse calm aeronava la orizontală și, profitând de lipsa momentană a vreunui curent atmosferic, opri complet motoarele. Purtat de inerție, dirijabilul parcurse încă doi kilometri pe orizontală și se opri leneș, luminat din plin de Soare, pentru a-și încărca bateriile suprasolicitate la traversarea furtunii. Ofițerul bombardier solicită și obținu permisiunea căpitanului de a recupera ce se mai pu-

tea din cablul cu care fusese legat balonul meteoro-
logic, desprins chiar de la începutul traversării de
violența rafalelor. Un ofițer din cabina de comandă le
ceru rapoarte ale eventualelor avarii. Turela pupa nu
avea avarii, iar Ivan raportă acest lucru când îi veni
rândul. În pofida faptului că atât afară cât și în turelă
erau minus douăzeci și cinci de grade Celsius, Ivan, al
cărui corp începuse să se relaxeze, transpirase abun-
dent sub costumul de neopren, însă acest amănunt îl
ținu sub tăcere.

Capitolul 12

10 septembrie 2051
Heaven
Spațiul circumterestru

Stația spațială Heaven intrase în spațiul aerian al Autarhiei. Se abătuse de la traiectorie cu peste douăsprezece grade latitudine, către nord, departe de orbita inițial stabilită, care trecea pe deasupra Mediteranei. Abaterea, de câte un grad la fiecare rotație a lui Heaven în jurul Pământului, începuse în urmă cu două zile terestre. Cei doi piloți aflați în cabina de comandă, inutili de altfel, întrucât zborul era complet automatizat, ceruseră lămuriri controlului terestru, însă li se răspunsese că modificarea, făcută la cererea agenției de turism care dorea să își distreze pasagerii, arătându-le Pământul de pe altă orbită, fusese aprobată de Agenția Spațială. Unul dintre ei consemnă răspunsul în jurnalul electronic de bord care îl înregistră cu data de 10 septembrie, ora 23.10, dată pe care o comentă amuzat cu celălalt. Zburau pe deasupra Europei, unde era de mult 11 septembrie, însă ora oficială pe navetă era cea a capitalei, New Washington. Nici nu ar fi fost posibil vreun alt reper orar, câtă vreme înconjurau de șase ori Pământul la fiecare douăzeci și patru de ore.

Acela a fost momentul în care Heaven a fost localizată de rămășițele sistemului Kiron, ale cărui componente se activară exact așa cum fusese proiectate. K 117, aflat la granița de sud-est a Autarhiei, se afla în poziția cea mai bună pentru atac, la puțin peste o mie de kilometri în linie dreaptă. După ce recepționă datele privind traiectoria estimată și viteza lui Heaven de la celelalte baloane Kiron care încă funcționau, le încărcă în computerul rachetei şi îşi autocomandă lansarea. În treapta rachetei Final HellFire, perclorhidratul de amoniu aprinse pulberea fină de aluminiu folosită drept combustibil solid şi polibutadina care ţinea laolaltă substanţele. Cele trei baloane stratosferice se sparseră şi bucăţi din anvelopele sfâşiate porniră haotic într-o lungă călătorie către Pământ. Dintre ele ţâşni, într-o trâmbă de foc, racheta. Odată cu aprinderea combustibilului, nimic nu o mai putea opri până la epuizarea încărcăturii sau până când lovea ţinta. După un minut şi jumătate, în care acceleră cu de zece de ori mai mult decât atracţia gravitaţională, îşi ejectă treapta. Odată ajunsă în spaţiul extraatmosferic, comută pe motoarele proprii şi porni pe o traiectorie complicată, cu manevre evazive menite să îngreuneze misiunea eventualelor sisteme antirachetă, în urmărirea lui Heaven, care se afla exact acolo unde estimase computerul de bord, făcând astfel inutilă sarcina detectoarelor radar frontale, care intraseră automat în modul activ de achiziţie de date.

Dacă ar fi putut să se mire, Final HellFire ar fi făcut-o. Heaven nu întreprinse absolut nimic pentru a evita racheta. De altfel, nici nu ar fi putut-o face, era o staţie spaţială turistică; pe Pământ ar fi cântărit două mii cinci sute de tone. Fusese proiectată pentru confort şi se afla în imposibilitatea de a efectua manevre violente de evitare. Nu lansă contramăsuri şi nu încercă în niciun fel să doboare racheta urmăritoare din simplul motiv că nu dispunea de armament. Sistemul de apărare împotriva meteoriţilor, aflat în turelele din extremele axului central, fu complet depăşit de manevrele evazive ale rachetei. Încercă să calculeze traiectoria ameninţătorului obiect cosmic, dar nici măcar nu se activă, apreciind că primeşte date eronate. Meteoriții aveau traiectorii lesne predictibile, care nu se puteau compara cu complicatele manevre aleatoare ale lui Final HellFire. Scurtul semnal disperat de cerere de ajutor fu recepționat jumătate de secundă mai târziu la centrul de comandă de la nivelul subteran șapte din New Washington, însă nici de aici nu se putea face nimic. Militarii aflați în serviciu au trecut cu greu de la faza de neîncredere până la cea în care au luat decizia de a raporta mai sus, pe lanțul ierarhic. Nici nu ar fi putut fi de vreun ajutor; cel mai apropiat satelit militar se afla la cincisprezece mii de kilometri, deasupra coastei americane de la Pacific, mult prea departe pentru a-și putea reorienta tunul laser cu care să încerce distrugerea agresorului. America își păstrase sateliții militari pentru propria protecție, cu toate că în ultimul sfert de secol nu o mai amenințase nimeni.

Cu toate acestea, computerul de bord, împreună cu cei doi piloți, avertizați de impactul iminent, folosiră la maxim cele câteva secunde pentru a-l pregăti pe Heaven și a încerca să salveze ce se mai putea, activând sistemul de avarii majore.

Conform reglementărilor Agenției Spațiale, numărul modulelor de salvare depășea de două ori pe cel al persoanelor care s-ar fi putut afla la bordul lui Heaven. Dispuse din loc în loc, pe toate culoarele, dar și în fiecare cabină individuală, modulele își aprinseră în interior lumini roșii, clipitoare, și se deschiseră, în așteptarea pasagerilor. Toate ușile glisante, ale tuturor compartimentelor și cabinelor de locuit, se retraseră simultan pentru a permite turiștilor și personalului de bord să ajungă cât mai repede la o capsulă de salvare. O alarmă prinse a se tângui, întrerupându-se din când în când pentru a lăsa o voce calmă, de femeie, înregistrată, să ceară tuturor să se îndrepte spre cea mai apropiată capsulă de salvare. În pofida orei târzii, după standardul terestru, momentul a surprins aproape toți turiștii pe puntea de promenadă, admirând stelele, la bar, savurându-și băuturile, în cazino sau în piscină, bucurându-se de gravitația redusă. Cei mai mulți au ignorat alarma sau nu au înțeles primejdia. Aceștia, precum și personalul care îi servea, nu au avut nicio șansă.

***

Alice renunțase să mai numere de câte ori se învârtiseră în jurul Pământului. De altfel era inutil, un contor afișat permanent într-un colț al consolei-ecran din camera ei ținea socoteala. Văzuse polii planetei, apoi trecuse peste oceane, însă vocea ghidului nu i se mai părea interesantă, după cum nici imaginile proiectate pe ecran, care redau ceea ce fusese înainte jos, pe Pământ, pentru a permite comparația cu ceea ce se afla acum, nu îi mai spuneau nimic. În ultimele șapte ore rămăsese în cabina sa, plictisită, regretând din suflet că urmase sfatul tatălui ei de a pleca în excursia spațială. În pofida tratamentului de dezintoxicare pe care abia îl terminase când părăsise spitalul, nu mai rezistase și luase un drog ușor care, adăugat la euforizantul difuzat prin aerosoli în aerul de pe Heaven, îi dăduse o stare de mulțumire abulică, chimică. Se părea că nu era nicio problemă cu drogurile pe Heaven. Se găseau de toate, la liber, ca de altfel orice ar fi dorit să primească, incluse în prețul de un milion de dolari pe zi. Petrecuse primele zile împreună cu tânărul Freddy Dupont, care făcuse pe ghidul, și renunțase la însoțitorul oficial, pus la dispoziție de gazde.

În prima noapte câștigase la cazino, mai întâi la blackjack, apoi la ruleta electronică, pentru a pierde întreg câştigul la poker, după ce Freddy îi explicase regulile. Nu îşi mai amintea cum ajunsese în cabina ei, se ameţise de la nenumăratele cocktailuri cu nume şi gusturi ciudate; o trezise, după un somn chinuit, sforăitul lui Freddy, pe care îl găsise la ea în pat. Mai târziu, acesta îi spusese că fusese prea beat pentru a mai încerca să ajungă la cabina sa şi că oricum nu se întâmplase nimic. Se plimbaseră prin parcul cu plante crescute în imponderabilitate, multe cu flori deschise, cu parfumuri îmbătătoare, despre care Freddy îi explicase că fuseseră obţinute prin inginerie genetică, special pentru a-i impresiona pe turiştii lui Heaven, iar lui Alice nu-i mai plăcură aşa de mult. În parc crescuse şi numărul aluziilor cu tentă sexuală pe care Freddy le tot făcea, cu toate că ea se prefăcea că nu pricepe. Fuseseră şi la piscină, unde suprafaţa apei era curbă, ca efect al forţei centrifuge, îi explicase Freddy, după care o întrebase pe şleau dacă vrea să se culce cu el după ce se vor fi drogat împreună. I-a spus că nu, nu vrea, iar Freddy i-a întors spatele după care l-a mai văzut doar de două ori, întâmplător, de fiecare dată cu altă femeie, vreo animatoare de pe Heaven sau poate vreo turistă. Rămânând singură, a regretat imediat, în definitiv o parte a ei tânjea după droguri, după care chiar şi sexul devenea plăcut, cu toate că încă se mai înfiora la amintirea orgiilor sexuale la care, în transa indusă de halucinogene, participase în comunitatea de artişti, pentru care lucrase vreme de doi ani. Bântuise o zi şi jumătate, după timpul Americii, prin Heaven, fără însă să-şi găsească locul, cu toate că nu doar o dată bărbaţi atrăgători şi interesanţi, probabil animatori sau poate turişti, asemeni ei, se oferiseră să-i ţină companie.

În a patra zi, plictisită, rămăsese în cameră şi pur

şi simplu nu a mai rezistat tentaţiei de a lua un drog. Se consolă la gândul că era drogul era considerat unul uşor dar care, imediat ce a început să-şi facă efectul, i-a readus fericirea. Până şi hubloul din podea care, dezopacizat, dădea pe rând spre Pământ sau spre stele, după cum se rotea Heaven, devenise suportabil.

Aşa o surprinse alarma: ameţită, plutind în cu nervii destinşi prin cabină. Urmase ca prin vis instrucţiunile vocii de femeie care pusese stăpânire pe sistemul audio al încăperii sale şi păşise în modulul de salvare, călăuzită de lumina roşie, clipitoare, hipnotică. Se aşezase moale în fotoliul din modul şi se pomenise înşfăcată strâns de un sistem de curele ieşite de nicăieri. Uşa modulului se închise cu un fâsâit, dar printr-un hublou al acesteia putea vedea, prin uşa cabinei sale de locuit, larg deschisă, harababura care cuprinsese întreg inelul unde se afla cabina ei.

Alice, din modulul ei de salvare, deveni spectator fără voie la programul de salvare care, pentru evitarea incendiilor, pornise prea devreme depresurizarea controlată a lui Heaven. Îi îngheţă sângele în vine: prin micul ei vizor, văzu crâmpeie din întreaga tragedie. Oameni care încercau să ajungă la modulele de salvare dar, lipsiţi de aer, începeau să se sufoce. Aceiaşi pe care, într-un fel, îi cunoscuse, cu care călătorise deja, în spaţiu, peste patru zile. După câteva secunde, oamenii pur şi simplu explodau din cauza depresurizării.

Heaven începu să ejecteze modulele de salvare cu pasageri după un algoritm menit să împiedice ciocnirile între ele. Lui Alice i se făcu rău în momentul ejectării, dar putu vedea cum capsulele erau aruncate în toate părţile. În pofida faptului că adrenalina pe care spaima i-o pompa în inimă alungase de mult efectul drogurilor, leşină, iar ultimul gând pe care îl avu fu că ejectarea capsulelor de salvare seamănă cu picăturile de apă de pe blana udă a unui câine care se scutură.

Alice nu văzu explozia lui Final HellFire care lovi în cilindrii uriași, cu hidrogen lichid, prinși ca pe un brâu de partea inferioară a axului central, unde explozivul amestec de fluorelastomer și hexahidrotrinitrotiazină, HBX, împreună cu combustibilul aflat în rezervorul încă plin pe un sfert al rachetei, detonă tăcut. Explozia provocă deflagrația, mult mai violentă, a rezervoarelor de hidrogen, care pur și simplu sfâșie axul central al lui Heaven, cu mult înainte ca ejectarea tuturor modulelor de salvare să se fi încheiat. Fragmente ale axului loviră interiorul inelelor, provocându-le găuri mari prin care atât aerul cât și obiecte și oameni țâșniră în vidul din spațiu. Inelele, rămase fără ax de sprijin, căpătară pentru câteva clipe traiectorii haotice, după care se îndreptară, ca trase de sfori invizibile, spre Pământ. Nu auzi, pe canalul radio de urgență, țipetele disperate, de agonie, ale celor rămași în zonele etanșe din inelele grav avariate, și nici nu văzu cum acestea, după ce se înscriseră lent pe o traiectorie descendentă, arseră în straturile superioare ale atmosferei, incinerând deopotrivă obiecte și pasageri, unii din ei aflați în capsule care nu mai putuseră fi ejectate.

Îşi reveni din leşin la puţin timp după ce capsula ei de salvare, spre deosebire de multe altele care ricoşaseră de straturile superioare ale atmosferei pentru a se pierde în nemărginirea Cosmosului, se înscrise corect, pe traiectoria cu unghiul de intrare de cinci grade, şi începu aerofrânarea. Rămase cu ochii strâns închişi, fără să se poată gândi la nimic altceva decât că în modul mirosea foarte tare a urină dar abia mult mai târziu realiză care era sursa mirosului.

Capitolul 13

11 septembrie 2051
Autarhia Europeană
Tothaim

Pentru Ibrahim O'Neal se anunţa o zi grea. La o
săptămână după ce îşi lăsase prietenul, pe Ivan, la
aerodromul de unde plecase în armată, primise or-
din să se prezinte imediat la Tothaim pentru a prelua
atribuţiile omologului său, avansat pe neaşteptate. Şi
pentru el era practic o avansare. Centrala de trans-
misiuni din Tothaim, bănuia, era mult mai dotată cu
echipamente decât cea din Manham. Credea că era o
componentă a lanţului de prelucrare a interceptărilor
transmisiunilor americane pe care antenele de la ma-
lul european al Atlanticului le recepţionau continuu.
Conţinutul interceptărilor era distribuit centralelor
de comunicaţii din întreaga Autarhie. Acestea trebu-
iau urmărite, selectate şi transformate în rapoarte
care să semnaleze potenţiale primejdii sau puncte
slabe ale duşmanului american. Rapoartele se trimi-
teau spre prelucrare şi centralizare ministerului de
interne, care reprezenta următorul nivel de decizie,
ajungând în final la conducătorii Autarhiei.

Teoretic, Ibrahim era bine pregătit pentru asta.
Terminase printre primii şcoala de ofiţeri de con-
trainformaţii din cadrul institutului militar de la
Karlsruhe. Ba chiar fusese surprins când îşi primise
repartiţia la centrala rudimentară de comunicaţii a
măruntului Manham, însă fusese sfătuit de superi-
ori să nu protesteze, chiar dacă asigurarea difuzării
buletinului zilnic de ştiri, de două ore, sau efectuarea
ocazională a unei legături de comunicaţie prin fibră
optică pentru primar sau pentru vreo oficialitate care

se întâmpla să treacă prin oraş, erau treburi mărunte, cu mult sub calificarea lui. O vreme fusese convins că i se trage de la discuţiile aprinse purtate în studenţie cu Theodora Vassilis, iubita sa din acea perioadă. Fata era militant înfocat al Partidului Noii Lumi, aflat pe atunci în opoziţie cu Partidul Autarhic care conducea Europa încă de după Prefacere. Şi-o amintea bine pe Theodora şi discuţiile lor interminabile despre politică. Uneori, ca acum, când pedala grăbit spre Totheim, discuta cu ea în gând, schimbând rafale de argumente:

— Partidul Autarhic a dovedit că Europa se poate descurca şi singură, fără americani. Ba chiar se poate descurca mai bine.

La care Theodora din gând, cu faţa aprinsă de furie, asemeni celei reale, îi replica:

— S-o crezi tu, Ibby! Uită-te în jur, să vezi cât de bine ne descurcăm. Totul este raţionalizat. Industria de larg consum aproape că nu mai există. Agricultura cu greu mai poate asigura subzistenţa oamenilor. Singuri nu putem face mai mult de atât.

O plăcuse mult pe Theodora. După atâţia ani, încă regreta că se despărţiseră. Însă fata nu concepea să renunţe la politică şi plănuia ca, după terminarea facultăţii de istorie, la care era înscrisă, să se mute la Frankfurt, în capitală.

Lăsă neterminată, în gând, o frază prin care îi argumenta Theodorei că actuala stare grea în care se afla Europa era numai din cauza americanilor şi acordului odios de la New Washington, când ajunse la primăria din Tothaim, unde se afla şi centrala de comunicaţii. Introduse codul primit în urmă cu o zi, împreună cu ordinul de detaşare, pe o tastatură aflată lângă intrarea centralei, separată de cea a primăriei.

Intră şi închise uşa, după care coborî cele câteva trep-te care duceau spre subsolul clădirii. Bâjbâi după un întrerupător şi aprinse lumina, regretând risipa de energie electrică, însă centralele de comunicaţii erau obiective secrete, lipsite de ferestre, şi trebuiau ferite de ochii vreunui spion.

Fluieră încetişor de uimire când, după ce pâlpâiră de câteva ori, neoanele umplură încăperea cu lumina lor alb-albăstruie. Mângâie pe rând cele trei monitoa-re Philips aproape noi, plasate pe un birou mare în formă de careu, cu latura liberă către operator, impri-manta şi micul, dar preţiosul stoc de hârtii cu antetul AE al Autarhiei, pentru ordinele ce trebuiau trans-mise în scris, apoi bateria de rezervă, transmiţătorul Telefunken în care intra, asemeni unui şarpe subţire, fibra optică, şi micul generator de avarie cu motor Sti-hl, cu rezervorul plin cu biodiesel. Cutiile în care se păstrau înregistrările se aflau ordonate pe rafturi, aşa cum le lăsase predecesorul său pe care îl ştia vag, din vedere, de printr-o cârciumă din Tothaim pe care o părăsise imediat ce aflase de la un cunoscut cine este, respectând ordinele stricte de a nu intra în contact cu alţi ofiţeri de transmisiuni.

Aproape că nu exista comparaţie între cămăruţa igrasioasă din subsolul primăriei din Tothaim, în care monitorul uzat de atâta folosinţă îşi pierduse de mult atât marca fabricantului cât şi capacitatea de a reda culori, sau tastatura de pe care se şterseseră simbo-lurile, care dotau centrala de transmisiuni în care lu-crase până cu o zi în urmă. Nu avea de unde să ştie dacă detaşarea e temporară sau nu. Ordinul primit nu preciza asta, ceea ce însemna că va trebui, cumva, să asigure comunicaţiile şi difuzarea buletinelor de ştiri pentru ambele oraşe, asta fără să îşi neglijeze princi-

pala îndatorire, de a întocmi rapoarte despre emisiu-
nile americane.

Se aşeză în faţa monitoarelor şi le porni, hotărât
să înceapă prelucrarea fluxului de date interceptate
de la americani. Monitoarele laterale încărcară ima-
gini din două programe diferite în timp ce monitorul
frontal afişa titlurile interceptărilor curente, colorân-
du-le în roşu pe cele aflate în curs de prelucrare, la
alte centrale din Autarhie. Alese un titlu dintre cele
disponibile, nimerind peste o emisiune de varietăţi
pe care începu s-o urmărească fascinat, fără să pri-
ceapă prea bine ce se întâmplă. Prezentatorii şi spec-
tatorii râdeau, dansau, cântau, fără niciun fel de griji.
Cu toţii păreau bine hrăniţi, aveau chipurile rumene,
râdeau şi se bucurau din toată inima. Nu semănau de-
loc cu acei americani răi şi fioroşi descrişi de propa-
ganda autarhică. Baleie alte interceptări în timp real,
găsind de fiecare dată oameni fericiţi. Urmări şi câ-
teva înregistrări cu buletine de ştiri, la fel de anoste
ca şi cele transmise prin fibră optică în Autarhie, însă
avu impresia că dincolo de monitoarele sale se află o
lume de vis: vehicule care şuierau cu mare viteză pe
autostrăzi largi, perfect întreţinute, case cochete cu
alei flancate de vegetaţie din care răsăreau lămpi or-
namentale, la vederea cărora tresări, imaginându-şi
câtă energie risipeau atunci când erau aprinse.

N-ar fi băgat de seamă că a trecut amiaza dacă nu
i-ar fi amintit-o golul din stomac, pe care se grăbi să-l
umple cu două sandvişuri luate de la cantină. Le care
le mâncă grăbit, fără să se desprindă din faţa monitoa-
relor. Încet, fluxul interceptărilor scăzu. Pe coasta de
est a Americii se apropia miezul nopţii, iar programele
Reţelei lor se mutau spre vest de unde, din păcate, nu
puteau fi interceptate datorită curburii Pământului.

Strânse grijuliu câteva firimituri rămase pe birou de la prânzul său frugal, întrebându-se ce anume o să scrie în raportul care trebuia trimis zilnic către eşalonul superior, când pe monitorul central apăru un rând clipitor, scris cu litere de două ori mai mari decât ale titlurilor: „Salut Ibrahim. Eşti bine?" Se uită de jur împrejur, aşteptându-se să vadă pe cineva ascuns, pus pe şotii, însă în centrală nu era, fireşte, nimeni altcineva. Tastă şi el. „Cine eşti?", adăugând: „Ce vrei?" Zâmbi, bănuind că e vreun test la care e supus de superiori. Ba chiar se întrebă unde trebuie să raporteze. Nu mai apucă să afle răspunsurile misteriosului corespondent pentru că atenţia îi fu atrasă de monitorul din stânga, uitat pe un canal de ştiri, apoi de cel din dreapta, lăsat pe un canal de divertisment, care întrerupse brusc filmul pe care îl difuza pentru a transmite aceleaşi imagini ca şi canalul de ştiri. Comută pe monitorul central, de unde încercă mai multe canale americane însă toate, fără excepţie, transmiteau imagini cu un bărbat care vorbea apăsat de la o mică tribună pe care se afla stema cu vultur, însemnul Americii.

Ibrahim îl ascultă, fără să-i vină să creadă, pe bărbatul despre care scria în partea de jos a monitorului că este preşedintele Americii, vorbind despre un atac fără precedent săvârşit de Autarhie împotriva unei staţii spaţiale americane care fusese distrusă. Chipul bărbatului se schimonosi când anunţă posibile represalii asupra Europei; Ibrahim tresări, realizând că uitase să înregistreze, însă, imediat ce preşedintele Americii îşi termină discursul, alte canale îl reluară, aşa că rezolvă rapid problema. Baleie şi alte programe, unde experţii analizau deja discursul şi incredibilul eveniment.

Începu să-și scrie concentrat raportul, relatând în amănunt ce auzise și ce înțelesese, exact așa cum fusese instruit la școala de ofițeri. Îl codifică și expedie împreună cu înregistrarea, după ce stabili conexiunea cu un for superior de decizie, aflat cine știe unde.

Cu toate acestea, primi ca de obicei buletinul de știri zilnic de două ore pe care trebuia să-l difuzeze la Manham și la Tothaim. Îl parcurse în grabă, fără să găsească nici cea mai mică referire la faptele grave pe care tocmai le semnalase. Cuprindea doar obișnuitele laude la adresa realizărilor Partidului Autarhic, îndemnuri și exemple de economie și deja banalele sloganuri antiamericane.

Încuie cu regret centrala de transmisiuni pentru a merge la cinematograful din Manham, unde urma să difuzeze mai întâi buletinul de știri.

Simți mai tare ca niciodată lipsa Theodorei sau a lui Ivan, prietenul cu care împărțea de patru ani aceeași cameră din habitat. Erau singurele persoane cu care, încălcând ordinele care îi interziceau cu strășnicie, poate, ar fi îndrăznit să comenteze evenimentele de la americani. Sau poate nu.

Capitolul 14

11 septembrie
Graniţa de Est
Autarhia Europeană

Plutiră mai bine de o oră, expuşi în plin soare, aproape de limita ascensională a dirijabilului, până ce căpitanul Victor Leone socoti că bateriile se încărcaseră suficient pentru a-şi continua misiunea. La o mie cinci sute de metri mai jos, furtuna dădea semne că se potoleşte. Tunetele se auzeau tot mai rar, iar fulgerele scăzuseră mult în intensitate, luminând sporadic norii negri care încă se mai rostogoleau pe cerul de dedesubtul lor. Interfonul păcăni iar.

— Pregătiţi-vă pentru coborâre. În zece minute, fiţi gata de luptă, reluăm misiunea. Sunt condiţii de ploaie, aşa că, atenţie, vizibilitatea este redusă, anunţă căpitanul şi înclină aeronava spre prova-tribord, ajustând corespunzător apa-balast din cele patru tancuri dispuse câte două, la pupa şi prova. Concomitent, porni elicele, la viteză minimă.

Prin turela sa, de unde se vedea partea de jos a elicei pupa ale cărei pale se succedau lent, despicând cu fâşâit puternic aerul, Ivan îşi aminti, nostalgic, de elicele eoliene la care lucra în civilie, cărora începuse deja să le ducă dorul.

În timp ce cobora lent, Aether viră cu o sută optzeci de grade la tribord, revenind în zona de patrulare. Traversă plafonul jos de nori, mult mai rarefiat, însă pământul deveni vizibil abia la altitudinea de cinci sute de metri, prin ploaie.

Patru sute cincizeci de kilometri mai sus, drama staţiei spaţiale turistice Heaven se consumase. Atacul şi detonarea lui Final HellFire lansat de Kiron 117 antrenase explozia rezervoarelor de hidrogen lichid, iar Heaven se sparse în mii de bucăți care intrară în atmosferă asemeni unei ploi de meteoriți. O bună parte dintre acestea, bagajele și trupurile pasagerilor, alături de opere de artă și dotările luxoase din interiore, arseseră în atmosferă cu mult înainte de a atinge solul. Nu același lucru se petrecu însă cu fragmentele din motoarele pentru corecții orbitale; aliajul metalo-ceramic fusese special proiectat pentru a rezista la temperaturile înalte dezvoltate de aprinderea hidrogenului, folosit drept combustibil. Fragmente din Heaven, aruncate de explozie, se împrăștiară pe sute de kilometri pătrați. Cele care nu arseseră în atmosferă, loviră solul fără să provoace daune.

Un fragment incandescent, încălzit la trecerea prin atmosferă la patru mii de grade Celsius, asemănător cu un triunghi de patruzeci de centimetri pătrați cu laturile neregulate, vâjâi prin aer și străpunse, în dreptul provei, anvelopa exterioară a dirijabilului pe care o traversă în diagonală. Ieși într-o fracțiune de secundă prin partea inferioară, în dreptul pupei, rată cu puțin nacela și produse o ruptură la ieșire de peste un metru pătrat. După mai puțin de o secundă, lovi solul degajând atât de multă energie cinetică încât se vaporiză instantaneu. În drumul ei însă, așchia din Heaven sparse cinci din cele șapte baloane cu heliu, adăpostite în anvelopă, care asigurau plutirea lui Aether, micșorând dramatic, sub limită, flotabilitatea aparatului de zbor, proiectat să poată fi manevrat chiar și cu trei dintre baloanele interioare distruse. Poate că sistemul defensiv cu lasere dc pe elice, oprit în momentul impactului, ar fi vaporizat proiectilul venit din spațiu, însă căpitanul Leone nu intenționase să îl pornească decât după ce mai coborau două sute de metri, când Aether intra efectiv în patrulare, la altitudinea de trei sute de metri.

Nimeni nu se gândise la o avarie de asemenea proporţii. Prin spărtura mai mare, de ieşire, la pupa, heliul din cele cinci baloane sparte, aflat la presiunea de două atmosfere, ţâşni năvalnic, lărgind-o şi mai mult. Aerostatul ţâşni în direcţia opusă jetului de heliu, scăpă de sub controlul elicelor care încercară, cu un ultim efort să îl stabilizeze şi, pe măsură ce pierdu gaz, începu să se prăbuşească.

Totul dură câteva minute, însă pentru Ivan, ca şi pentru ceilalţi camarazi, mai puţin pentru ofiţerii de pe puntea de comandă care au luptat până în ultima clipă să păstreze controlul aeronavei, timpul căpătă o cu totul altă dimensiune. Zgomotul anvelopei sfâşiate, urmat imediat de fluieratul ascuţit, apoi tot mai grav, al curentului de heliul ce ieşea din baloanele sparte, amestecat cu vaietul mai multor alarme pornite simultan, câteva sute de metri de cădere, frânată doar de cele două baloane rămase întregi, cu acele altimetrului rotindu-se nebuneşte, i-au atins şi depăşit starea până la care mai putea percepe frica. Cu o anumită detaşare, constată că viteza de coborâre a scăzut simţitor, abia acum înţelegând rostul unuia dintre multele ordine răcnite prin interfon, către cineva de pe puntea de comandă, de a arunca apa, folosită ca lest. Zâmbi trist când a auzit şi ordinul de largare a tălpii de ancorare magnetică şi a nouă din cele zece preţioase baterii de acumulatori cu ioni de litiu, produse cu mare efort de Philips. Pierdusera posibilitatea de a mai ateriza, dar viteza de coborâre scăzu şi mai mult.

La şase minute după ce fusese lovită, aeronava, cu anvelopa sfâşiată de presiunea heliului care ţâşnise din baloanele sparte, atinse coasta unui munte, iar

vârfurile copacilor se frecară de duraluminiul nace-
lei. Aruncară şi ultima baterie de acumulatori, aflată
la pupa. Aether se ridică puţin, din pupa, pentru a co-
borî din nou, cu prova înainte. Elicea prova, rămasă
fără electricitate, dar încă rotindu-se din inerţie, lovi
brazii şi îşi micşoră turaţia. Trei din cele şaisprezece
pale se sparseră iar bucăţi din acestea şfichiuiră în
toate părţile. Lagărele care fixau elicea de ax se de-
formară şi înţepeniră, iar elicea deveni corp comun
cu axul şi cu dirijabilul. Următoarea pală nu se mai
sparse, ci se blocă între brazi şi transferă inerţia elicei
pupa către anvelopă şi nacelă, care se rotiră cu o ju-
mătate de cerc. Epava păru să rămână o clipă într-un
echilibru precar, după care căzu şi pupa. Palele elicei
pupa sfâşiară brazii şi se înfipseră în pământ. Pentru
o clipă, Ivan văzu cerul şi ploaia care nu mai conte-
nea, până ce scheletul anvelopei cedă de la greutatea
nacelei ajunsă deasupra. Axul central al elicelor, îna-
inte de a se rupe, amortiză căderea nacelei. Şansa lui
Ivan au fost însă cele două baloane cu heliu, rămase
intacte, peste care a căzut pupa. Baloanele se sparse-
ră sub greutatea nacelei, amortizând însă şocul.

Nacela, intrată în anvelopa cu baloanele sparte a
ceea ce în urmă cu câteva minute fusese o modernă
aeronavă de luptă, se rostogoli pe panta muntelui şi
se opri, după ce lăsă în urmă o dâră, lungă de trei sute
de metri, de brazi culcaţi la pământ. Nacela se trans-
formă într-un imens mixer, în care se amestecară de-a
valma obiecte şi trupuri omeneşti. Alarmele încetase-
ră să se mai tânguie, însă câteva luminiţe de avarie,
echipate cu baterii proprii, continuau să clipească.

Când nacela se opri într-un luminiş, înfăşurată în
giulgiul negru, din fibra de carbon a anvelopei sfâşia-
te, din întreg echipajul numai trei mitraliori din ture-

lele blindate, strâns prinşi în centurile de siguranţă, scăpaseră cu viaţă.

***

Prăbuşirea aeronavei fusese atent urmărită de soldaţii din plutonul lui Vlad, ajuns cu efectivele la doar douăzeci şi opt de soldaţi, la care se adăugau doi sergenţi, locotenentul său, Gligor şi el însuşi. Fuseseră vremuri când trupa avusese mărimea unei companii, cu patru plutoane complete, de câte treizeci şi cinci de soldaţi, constituind probabil cea mai numeroasă formaţiune paramilitară care opera în Est, după Prefacere. Însă asta se întâmpla în urmă cu mai bine de douăzeci de ani, când s-au desfiinţat unităţile militare. Vlad era în acea vreme tânăr locotenent, proaspăt ieşit din şcoala militară, a cărui carieră promiţătoare a dispărut în momentul în care au încetat să mai sosească ordine. Au plecat, pe rând, comandantul, şeful de Stat Major, maiorii şi căpitanii, sub diferite pretexte, pentru a avea grijă de familiile lor, grav afectate de Prefacere şi de disoluţia statului. A rămas doar el la comanda unităţii militare, pentru că nu avea familie şi nici nu ştia să facă altceva, ca singurul ofiţer peste o cazarmă din care dezertaseră mai mult de trei sferturi dintre soldaţi.

Urmăriseră evoluţia aeronavei chiar de când devenise vizibilă, aşteptând ca acesta să părăsească zona pentru a profita de lipsa de supraveghere şi a trece graniţa prin coridorul pe care îl deschiseseră prin câmpul minat cu preţul unei turme de vite furate de la o fermă. Gligor, ajutorul lui Vlad, lovise un proaspăt recrut care trăsese fără niciun rost o rafală plină de ură către dirijabil.

— Neisprăvitule, vrei să ne localizeze?, îl sfădise, pocnindu-l cu năduf cu vârful bocancului.

Vlad urmări nepăsător scena. Gligor era singurul rămas din compania inițială, cu care pornise propria luptă pentru supraviețuire. Actuala trupă, jerpelită, mai tot timpul flămândă, fusese adunată și păstrată cu greu. Aveau prea puțin de-a face cu milităria de pe vremuri, însă cam asta era tot ce se putea recruta. Gligor, ca toți membrii plutonului, îi ura de moarte pe aroganții militari din Autarhie și raidurile lor ucigașe, duse de la adăpostul dirijabilelor cu care treceau mult peste granițe, pentru a-i vâna. Dar dirijabilele reprezentau numai una dintre primejdii. Erau dureros de conștienți de prezența minelor mișcătoare, plantate după Prefacere de Autarhie, atâtea câte or mai fi funcționat, cu toate că cele mai multe, în anii trecuți de la Prefacere, probabil că-și epuizaseră energia. Însă explozia lor atrăgea trupele de sol sau dirijabilele care nu o dată îi exterminaseră, urmărindu-i fără milă.

Așteptaseră cu toții ca dirijabilul să fugă de furtună, așa cum de altfel și făcuse dar, chiar când se pregăteau să își pornească în galop cailor către orășelul aflat la câteva sute de metri de graniță, de unde să fure lucruri folositoare din prăvălii și, poate, niscai provizii de la localnici, aeronava a coborât iar din nori. În primii ani fusese ușor să adune hrană pentru trupă, iar recruți hămesiți, rămași muritori de foame în urma disparției industriilor, dispuși să facă orice pentru o gamelă cu mâncare, se găseau pe toate drumurile.

— Se prăbușește, căpitane, îi arătă Gligor, locotenentul și mâna sa dreaptă. L-o fi nimerit cumva netotul ăla. Balonul are mari probleme. Zic să atacăm chiar acum.

De-a lungul anilor, Vlad fusese, pe rând, maior, colonel apoi iar căpitan, funcție de mărimea trupei pe care o comanda, după cum şi Gligor, fost sergent, avansase până la gradul de căpitan după care fusese degradat din aceleaşi motive.

Vlad ridică o mână, în timp ce cu cealaltă duse la ochi un binoclu militar, cu lentile zgâriate, prin care urmări atent traiectoria dirijabilului, care trecu aproape razant peste capetele lor şi căzu, cam la trei kilometri de locul în care se aflau. Vlad era porecla primită când a început să execute soldaţi, fără milă, hotărât să oprească dezertările şi să păstreze unitatea militară în funcţiune. I se spusese că porecla venea de la numele unui tiran sadic ce trăise prin acele părţi în alte vremuri, sau poate era doar o legendă. Odinioară purtase un alt nume, pe care nu şi-l mai amintea sau prefera să nu şi-l mai amintească.

— Mergem la balon, decise cu un gest Vlad.

— Eşti nebun? Nu o să mai prindem niciodată o asemenea ocazie. Putem ataca nestingheriţi, balonul lor a căzut, iar altul nu au cum trimite prea repede.

Comandantul păru să se gândească o clipă, apoi decise. Gligor era un bun executant, îl ajuta să păstreze disciplina în pluton şi era neîntrecut când trebuiau găsiţi noi recruţi. Luptaseră împreună încă de la început, timp mai mult decât suficient să se cunoască. Era un bun soldat, avea multe calităţi, însă imaginaţia nu făcea parte dintre ele. Îl înşfăcă de guler, şuierându-i lângă ureche.

— Mergem la balon, aşa cum spun. Îţi închipui ce arme are? Ce provizii? Imediat ce o să treacă furtuna, ai lor or să trimită pe careva să-l adune. Vrei să te mulţumeşti să furi câteva lăzi cu conserve, când adevărata comoară e acolo? Adună imediat oamenii!

Pe jumătate convins, Gligor se depărtă, strigând ordinele. Era, într-adevăr posibil ca balonul să fie plin cu arme, din care aveau mare nevoie. Unealta unui militar este arma. După atâția ani, armele se uzaseră sau se defectaseră iremediabil. Nimic nu mai era ca la început. Pe atunci, tehnica militară era în stare bună; au mai găsit carburanți câțiva ani după Prefacere, după care au trecut la cai, renunțând fără tragere de inimă la armele grele. Pe atunci campaniile acopereau și câte o mie de kilometri și nimeni nu îndrăznea să se împotrivească. Necazurile adevărate au început odată cu primele confruntări cu alții asemeni lor, rămași fără muniții, piese de schimb sau carburanți. Se măcinau prostește, risipind resurse militare de neînlocuit, dar nu găsiseră nicăieri înțelegere.

Ajunseră repede la epava dirijabilului pe care o înconjurară. Vlad făcu un semn și patru oameni descălecară, se apropiară și, cu cuțite lungi, începură să lărgească găurile din anvelopa sfâșiată până apăru nacela, turtită, zgâriată, dar întreagă. Se deschise o trapă de evacuare, prin care unul dintre artileriști încercă, amețit, să iasă. Nu reuși decât pe jumătate, pentru că îl ciuruiră zeci de gloanțe, trase de soldați. Gligor îi înjură cu foc, pentru risipa de muniție. Cadavrul se prăbuși moale îndărăt însă din trapă țâșni un șuvoi de proiectile, ca un evantai mortal, care doborî de-a valma oameni și cai. Gligor scoase una dintre prețioasele grenade, îi smulse cuiul și o aruncă îndemânatic prin trapă. Se auzi o explozie surdă, amortizată de carcasa nacelei, iar tirul încetă.

Se apropiară temători de trapă și aruncară o privire înăuntru. Unele lumini mai continuau să funcționeze în nacelă. După ce fumul grenadei se mai răspândi, intră Vlad, urmat de Gligor și de alți doi soldați.

Cu toate că erau obişnuiţi cu moartea, în feluritele ei ipostaze, rămaseră impresionaţi de amploarea catastrofei. Trupuri sau bucăţi de trupuri, amestecate de-a valma cu felurite obiecte, erau împrăştiate peste tot, iar explozia grenadei aruncată de Gligor agitase şi mai mult macabrul amestec. Vlad îl trimise pe Gligor afară, să mai aducă oameni. Îi aranjă în şir indian şi trecură din mână în mână orice obiect socoteau că le-ar putea fi folositor.

Pe jumătate leşinat, simţindu-şi trupul zvâcnind dureros, Ivan văzu ca prin vis o persoană care se apleca asupra lui şi-i pipăi carotida. Încercă să spună ceva, însă persoana vorbi într-o limbă necunoscută.

— Am găsit aici unul care mai mişcă, anunţă Gligor. Îi mierlesc cu cuţitul, n-are rost să mai stric un glonţ.

— Nu, lasă-l în viaţă, strigă Vlad. Cineva trebuie să ne arate la ce sunt bune toate astea, mai adăugă, văzând privirea nedumerită a locotenentului său. Îl luăm cu noi. Scoateţi-l cu atenţie şi aveţi grijă de el ca de ochii din cap, să se înzdrăvenească.

Capitolul 15

11 septembrie 2051
Estul Sălbatic
vecinătatea satului Oblitza

Cei doi copii mai mici ai familiei Bradony, Anna și Michael, lăsară pentru câteva momente munca de la fermă și urmăriră puzderia de fragmente din Heaven care umplură cerul dimineții cu dâre strălucitoare.

— N-am mai văzut așa ceva niciodată, spuse Anna, lăsând să cadă brațul de nutreț pe care îl ducea spre staulul vitelor, după ce hrănise mai întâi caii. Își șterse palmele bătătorite de șorțul legat în jurul brâului.

Michael, fratele ei mai mic cu doi ani, o privi cu seriozitate. La cei treisprezece ani neîmpliniți ai săi, Anna văzuse multe, fiind nevoită să se adapteze, împreună cu numeroșii membri ai familiei Bradony la schimbările aduse de Prefacere.

— Nici eu n-am mai văzut atât de multe stele căzătoare și niciodată în plină zi, șopti Michael, sprijinindu-se în grebla cu care aduna nutrețul. O fi vreun semn. Așa cum spune și părintele, duminica, la biserică.

Își împreună trei degete ale mâinii drepte și își făcu o cruce mare, murmurând o scurtă rugăciune. Cracii ițarilor, deja rămași scurți, îi fâlfâiră pe gleznele goale de la o pală de vânt, stârnită ca din senin. O stea mai mare decât celelalte sclipi dintr-odată foarte intens și parcă încremeni pe cer. Se stinse după câteva minute.

Se deschise în schimb o ciupercă mare, albă, se umflă în văzduh și se îndreptă agale spre malul râului aflat la vreo trei sute de metri depărtare. Ciuperca se agăță de brazii de pe malul stâng și rămase un moment suspendată în corzi. Atârnat la capătul corzilor, pendulă un obiect ca un cilindru cu capetele rotunjite. Pânza ciupercii sau ce-o fi fost se sfâşie şi cilindrul se căzu greoi spre pământ, se rostogoli peste malul râului, căzu în apa puţin adâncă această perioadă a anului, şi se opri în mâl. Dinspre locul unde căzuse se ridică imediat un val de abur, semn că cilindrul era foarte fierbinte.

— Hai repede, să vedem ce-i, se agită Anna.

— Ba mai bine să le spunem alor noştri. Ei vor şti se să facă, ar putea să mai cheme câţiva oameni din sat, ar putea fi primejdios. Sau ar putea fi un înger, căzut din Rai. Părintele spunea...

— Nu-i niciun înger, îl întrerupse fata cu o uşoară urmă de dispreţ pentru naivitatea fratelui mai mic. Tata mi-a povestit mai demult cum, la începutul Prefacerii, când el şi mama erau tineri şi stăteau la oraş, primeau în tuburi cam ca acesta pe care l-am văzut căzând, alimente şi alte bunătăţi, trimise din aer de cei ce voiau să-i ajute. Le dădeau drumul de sus de tot, din nişte maşinării care zburau prin aer, iar ciuperca, se numeşte cumva, mi-a spus, dar nu mai ţin minte, încetinea căderea tuburilor, să nu se zdrobească de pământ. Este sigur ceva de preţ, venit din cer, poate or mai fi rămas tuburi, aşa cum a primit tata, la începutul Prefacerii. Dacă chemăm sătenii, or să vrea şi ei. Bineînţeles, o să le dăm şi lor, dar e mai bine să alegem noi primii.

— Eu zic că ar fi mai bine să-l aducem pe părinte cu crucea. Poate să spună o rugăciune, ceva, să ne apere dacă e vreun înger rău înăuntru. Ar putea stropi cu apă sfinţită...

Fără să îl bage în seamă pe fratele mai mic, fata se uită îngrijorată în jur.

— Hai să ne grăbim, poate au mai văzut și alții și vin încoace. Luăm și șareta, zise, și porni înainte. După ce punem mâna pe tub, o să-l ducem la fermă și o să-l arătăm alor noștri. Tata sigur va ști ce să facă cu el.

Cu toate că, în pofida diferenței de vârstă, era ceva mai înalt decât sora sa și mult mai vânjos, Michael o asculta întotdeauna. Așa că se grăbi să înhame calul care tocmai isprăvise de mâncat brațul de fân din iesle și îl zori, să-și ajungă din urmă sora.

***

Dacă nu ar fi fost spaima profundă, ca o durere atroce, dificil de localizat, Alice ar fi crezut că are un coșmar din care și-ar fi dorit să se trezească. Ținuse ochii strâns închiși imediat ce modulul în care se găsea își începuse căderea; șuieratul produs de capsulă la traversarea atmosferei încă îi mai răsuna în urechi. Știa că transpirase intens, își simțea hainele ude leoarcă, parte din cauza căldurii ridicate, produse de frecarea modulului cu aerul, pe care sistemul intern de climatizare nu reușise să o elimine complet, parte de frică – cea mai intensă pe care o trăise vreodată.

Deschisese ochii pentru câteva clipe, însă imaginea terifiantă a fluviului de foc ce se prelingea pe hublou o făcu să îi închidă iar, sau mai degrabă leșină pentru un minut. Când își revenise, pe retină îi rămăsese întipărită imaginea indicatorului de altitudine, cu cifrele jucând nebunește. Din cauza decelerației violente, curelele îi tăiaseră umerii, mușcând în carne vie, după ce tunica lejeră cu care era îmbrăcată pe Heaven se rosese în contact cu centurile ce o țineau, pe cât posibil, fixată de fotoliul capsulei. Rememoră fragmente din viață și fu sigură că nu va supraviețui; citise undeva că oamenii ajunși în preajma morții au astfel de trăiri. Constată, uimită, că amintirile îi vin brusc și intens, fără însă să se poată gândi cum ar fi fost dacă ar fi schimbat ceva. Aproape că se liniști când își aminti de cele două tentative de sinucidere și zâmbi chinuit, din cauza decelerației care îi întinsese caraghios pielea de pe pomeți către tâmple, spunându-și că și capsula în care se afla era de fapt tot o metodă de sinucidere, una foarte scumpă. Nu lăsa nimic în urmă, nu regreta nimic. Poate doar pe tatăl ei, vicepreședintele Americii, care, în mod cert, se va cufunda și mai mult în muncă după ce va afla că fata lui nu mai este în viață. Constată cu surprindere, ca într-o revelație, că îl regretă, că ar fi vrut să-i spună cât de mult îl iubește și că ar fi avut mare nevoie să fie aici, alături de ea, să o liniștească și să o cuprindă în brațe, așa cum făcea când era fetiță, iar tata, cel mai puternic bărbat pe care îl cunoscuse vreodată.

Cu o bubuitură ce acoperi pentru un moment vâjâitul trecerii prin straturile superioare ale atmosferei, retrofuzeele se aprinseră automat, la altitudinea programată, de cinci mile. Pentru câteva zeci de secunde, care i se părură ani, presiunea din umeri se mută dureros în șezut; forța retrofuzeelor învinse, lent, forța gravitațională. Între cele două forțe se afla ea, un boț îngrozit de carne însuflețită. La trei mile altitudine, retrofuzeele își epuizară combustibilul, dar înainte ca gravitația să pună din nou stăpânire pe micul modul, cu un pocnet sec, acesta eliberă o parașută mare, albă, care se umflă după o cădere liberă de câteva sute de picioare. Vâjâitul cumplit al trecerii prin atmosferă încetase brusc, ca și forța decelerației. Simți modulul de salvare legănându-se lent. Ar fi auzit și fâlfâitul parașutei dacă timpanele nu i-ar fi fost aproape sparte. Îndrăzni iar să deschidă ochii. Cifrele indicatorului de altitudine se schimbau leneș, rămăsese mai puțin de jumătate de milă până la pământ, care o fi fost acela. Se destinse, realizând pentru întâia oară după ce fusese ejectată din Heaven, că e posibil să scape cu viață. Privi iar spre hubloul cu porțiuni încă transparente printre cele negre, arse după trecerea prin atmosferă, și se liniști când văzu, încă departe, sub ea, pământ și vegetație și nu apa vreunei mări sau a vreunui ocean.

Capsula intră agale într-o zonă cu vegetație înaltă, de care se agăță parașuta. Urmă o cădere liberă și iar o oprire scurtă, cât parașuta sfâșiată susținu greutatea capsulei, după care din nou o cădere, din fericire nu pe ceva foarte tare. Auzul îi reveni suficient cât să deslușească vag un plescăit, urmat de câteva rostogoliri, după care capsula se opri, cu ușa de evacuare îndreptată pe trei sferturi către cer. Computerul care o ghidase își încheie misiunea cu ultimele două instrucțiuni din program: debloca zăvorul ușii de evacuare și încercă să transmită poziția capsulei pe o frecvență de urgență. Dintre aceste ultime instrucțiuni, numai una reuși să o îndeplinească până la capăt. Deblocată, ușa săltă puțin, ajutată de ușoara suprapresiune din interior. Prin fanta astfel creată, năvăli lumina de afară împreună cu un abur dens și cald, evacuat de sistemul intern de climatizare care încă mai funcționa. Alice auzi sfârâitul apei evaporate, din mocirla unde căzuse capsula, încă fierbinte de la frecarea cu aerul atmosferei. Semnalul de ajutor fu emis doar pentru mai puțin de jumătate de secundă, după care bateria electrică suprasolicitată a capsulei se epuiză, energia scăzând sub limita de funcționare a computerului.

Alice clipi des, atât din pricina luminii cât și a lacrimilor care îi țâșniseră necontrolat din colțurile ochilor. Plânse cu suspine, plânse pentru cei care își găsiseră sfârșitul pe Heaven, plânse pentru că scăpase cu viață, plânse pentru tatăl ei, plânse până i se terminară lacrimile, dar nu și suspinele. Capul îi bubuia, iar zgomotele din jur le auzea înfundat, de parcă urechile i-ar fi fost umplute cu vată. Ca prin vis, ușa modulului fu dată complet la o parte, iar lumina zilei o orbi.

Distinse vag două siluete aplecate asupra ei și, dacă ar fi fost în stare, ar fi scos micul pistolet cu șocuri electrice, de autoapărare, din kitul de supraviețuire, de care știa de la instructajul obligatoriu, ascultat cu gândurile în altă parte, făcut de însoțitorii de zbor, la venirea pe Heaven.

Cu mare grijă, siluetele îi desfăcură centurile, o ridicară încet din fotoliu și o întinseră pe iarbă. Gemu prelung atunci când îi atinseră piciorul stâng pe care încercă și reuși să-l miște cu oarecare dificultate. Izbuti să le deslușească chipurile; păreau foarte tineri, doi copii, un băiat și o fată care discutau grăbit, într-o limbă necunoscută. Se ridică greoi, susținută de cei doi copii și se lăsă urcată într-un loc moale, care mirosea a iarbă proaspătă, pe care se întinse.

Alice leșină din nou.

Capitolul 16

10 – 11 septembrie 2051
New Washington
America

La New Washington, vestea distrugerii lui Heaven căzu ca un trăsnet. Primii aflară militarii din tura de noapte, de la Controlul Spațial, situat la al șaptelea nivel subteran, doi tineri subofițeri, aflați sub comanda unui maior. În zborul orbital circumterestru al lui Heaven nu se întâmpla nimic, niciodată. Turele de noapte, când înceta și perindarea diverșilor șefi, erau considerate ușoare. Cea mai puțin solicitantă era cea de duminică spre luni, cum era și actuala tură. Parametrii orbitali de zbor, funcțiunile stației, ba chiar și starea de sănătate a pasagerilor erau permanent și automat monitorizate, într-un lung flux de date, stocate în memoria unui computer care genera un raport zilnic. Nimănui nu-i era clar rostul operatorilor umani, decât poate acela de a mai conversa din când în când cu piloții. Din acest motiv maiorul, ca de altfel toți predecesorii săi aflați nopțile în serviciu, dormea pe un pat adus de cine știe câți ani, în biroul comandantului, încăpere separată de camera operatorilor printr-un perete de sticlă.

Tinerii săi subordonați crezuseră inițial că sunt victimele unei glume proaste când, înainte de miezul nopții de 10 spre 11 septembrie, la ora douăzeci și trei și optsprezece minute, primiră semnalul disperat emis de Heaven. Urmăriră de mai multe ori înregistrarea audio-video de doar trei secunde în care unul dintre piloți, cu fața crispată, țipa disperat: „Suntem atacați, suntem atacați! Ajutor!", mesaj urmat de transmisia automată a coordonatelor lui Heaven, după care încetă orice transmisie, umană sau automată, în pofida eforturilor celor doi de a restabili comunicațiile. Abia după ce computerul confirmă că vocea aparținea într-adevăr unuia dintre piloți, iar coordonatele din care fusese făcută transmisia coincideau cu cele în care se găsea Heaven în acel moment, cei doi îl treziră pe maior care reluă procedura de identificare până se convinse de autenticitatea mesajului. Trezit de-a binelea, intră în cabina sa de sticlă, a cărei ușă o închise cu grijă. Introduse un cod pe o tastatură și efectuă procedura de identificare pe bază de amprentă palmară, scanarea retinei și analiza vocii. Apoi scoase o cheie specială, cu chip electronic de securitate, de pe un lănțișor pe care îl purta în jurul gâtului, și o introduse într-o fantă a terminalului din biroul său, declanșând o procedură care nu fusese niciodată activată în deceniul de existență a Centrului de Control Spațial, exceptând exercițiile și testele, la care se renunțase de mai mulți ani. Simultan, doar trei sonerii din cele doisprezece programate în urmă cu zece ani, prinseră viață în tot atâtea locuințe din capitala Americii, trezindu-i din somn pe unii membri ai Celulei de criză. Celelalte nouă alarme, fuseseră decuplate de-a lungul anilor, din diferite motive. Lista membrilor celulei de criză, care își schimbaseră funcțiile sau domiciliile, nu mai fusese de multă vreme actualizată și nici completată cu noi membri care să-i înlocuiască pe cei plecați. Se făcuse ora douăzeci și trei și cincizeci și cinci de minute.

Fu nevoie de mai bine de o oră până să se reunească Celula de criză, în componență restrânsă. Primul veni, după doar cincisprezece minute de la declanșarea alertei, generalul Norris Hood, ce ocupa funcția de subsecretar al apărării. Îmbrăcat în uniforma

militară, impecabil, fără să arate în vreun fel că fuse-
se trezit din somn, generalul, fără să piardă timp, se
puse rapid la curent cu situația, urmări înregistrarea
venită de pe Heaven, după care aprobă procedura,
trecând cu vederea ținuta dezordonată a maiorului.
Vicepreședintele Marshall sosi aproape odată cu pre-
ședintele Conrad. Președintele era însoțit de David
Salazar, consilierul său personal, care nu era membru
al Celulei de criză însă nimeni nu observă, sau cel pu-
țin nu comentă acest amănunt. Intrară cu toții în biro-
ul maiorului care, împreună cu cele două ajutoare ale
sale, se făcuse nevăzut.

— Ce s-a întâmplat? întrebă, scurt, președintele,
privind monitoarele din spatele generalului, fără să
înțeleagă mare lucru din datele afișate.

Acesta se întoarse și-i răspunse militărește.

— Stația spațială turistică Heaven a fost atacată și
doborâtă, la optsprezece minute după ora douăzeci și
trei de sute, ieri, după ora noastră, în timp ce survo-
la estul Europei, cu o abatere de douăsprezece grade
nord de la traiectorie. A fost lovită de o rachetă, de
origine deocamdată necunoscută, lansată din spațiul
aerian al Autarhiei Europene. Lansarea a fost înregis-
trată de unul dintre sateliții noștri meteorologici, cu
câteva minute înainte ca misila să lovească și să dis-
trugă stația.

— Ți-ai pierdut mințile? șuieră Conrad. Vrei să-mi
spui că europenii au arme capabile să ne atace în spa-
țiu? De ce nu am știut până acum? Dacă ne pot lovi în
spațiu, pot să ne lovească și aici, la noi acasă.

— Domnule, lucrăm la asta. În plus, vi s-a raportat
despre satelitul meteo, acum vreo doi ani...

— Care este starea pasagerilor? întrebă gâtuit vi-
cepreședintele Marshall.

— Conform informațiilor centrului de control, pe Heaven se aflau o sută patruzeci și doi de oameni, din care treisprezece rezidenți și douăzeci și cinci de membri ai echipajului. Pe Heaven tocmai se făcuse, în urmă cu patru zile, schimbul de turiști. Sosiseră o sută patru pasageri cu naveta Solaris. Cam toate cele o sută de prime familii ale Americii aveau pe cineva acolo. Avem motive să credem că au fost ejectate câteva capsule de salvare, însă nu știm dacă ocupanții acestora sunt în viață. Am deplasat deja doi sateliți care acoperă fiecare, pentru câte două ore, zona și am reprogramat un al treilea care va ajunge azi, la ora cinci sute, cel târziu. Simulările arată că modulele de salvare ar fi căzut în zona triburilor din estul Europei.

— Bine, când le recuperăm? aproape strigă Marshall.

În sală se lăsă tăcerea, spartă doar de scurte sunete de avertizare scoase de aparatură. Generalul plecă privirea.

— Mă tem că nu putem, domnule vicepreședinte.

Marshall se lăsă greoi pe patul cazon pe care, până nu demult, dormise militarul aflat la comanda Centrului Spațial. Se ridică brusc, după câteva clipe, îl prinse pe secretarul apărării de umeri și își apropie fața până aproape își atinseră frunțile. Îi vorbi încet, ca și cum ar fi explicat unui copil.

— Cum adică nu putem? Ba putem, vom trimite imediat o escadrilă de avioane de vânătoare sau mai bine parașutăm mai întâi câteva echipe Delta Force în locurile unde au căzut capsulele de salvare. Lansăm un submarin, care o să-i aducă pe toți înapoi acasă. Nu-i putem lăsa acolo. Sunt cetățeni americani. Este și fata mea printre ei... America are cea mai puternică armată de după Prefacere, a avut dintotdeauna, noi putem orice. Dă odată ordinele acelea, generale.

Hood privi neajutorat spre preşedinte, care nu dădu niciun semn că ar dori să spună ceva. Salazar îşi drese glasul şi îl ajută.

— Nu mai putem, domnule. Acum douăzeci şi cinci de ani am retras forţele militare din întreaga lume, după cum ştiţi. Mai întâi ca să facem faţă terorismului, apoi Războaielor de Secesiune, iar apoi ca să sigilăm graniţele. Totul, portavioane, submarine, baze militare. Tot. Atât pentru armament, pe care n-am fi putut în niciun caz să-l lăsăm împrăştiat prin lume, cât mai ales pentru soldaţi. Care au luptat, unii au murit şi am pierdut de fapt specialişti şi proceduri pe care nu le-am mai înlocuit. Atunci n-a fost timp, apoi... Mă rog, apoi s-a decis, politic, altfel. Ar mai fi şi carburanţii, de fapt lipsa lor. Stocurile au fost epuizate spre sfârşitul Războaielor de Secesiune. Iar cei pe bază de hidrocarburi au fost interzişi, că poluau. De altfel nici nu mai aveam de unde face rost, am bombardat sau închis probabil toate rafinăriile din lume. Noi trecusem deja şi transportoarele armatei pe hidrogen. N-a fost nevoie de mai mult pentru a readuce ordinea în ţară. Aşa că nu s-a mai construit nimic nou în materie de armament şi nici vechile arme nu au fost modificate, pentru a putea funcţiona cu hidrogen.

Lui Marshall îi trecură fulgerător prin faţa ochilor amintiri din acea perioadă. Chiar el insistase, în perioada Războaielor de Secesiune, pe lângă fostul preşedinte, tatăl actualului, să aducă acasă din străinătate militarii şi marinarii, singurele forţe care mai răspundeau ordinelor prezidenţiale. Revăzu într-o clipă şirurile lungi de nave abandonate în porturile militare inundate şi părăsite pentru a căror reciclare votase, ca politician, la scurtă vreme după ce America fusese reunificată, după cum votase, an de an, politica și bugetul de apărare, tot mai redus, al țării sale.

— Au fost alte vremuri, Luke, se amestecă și Conrad, dregându-și glasul. America a avut prioritate. Iar pentru America, nimic nu a fost prea mult, chiar cu riscul de a pierde armele grele. Nu doream, și nici acum nu dorim să cucerim pe careva. Prefacerea a adus destule probleme tuturor pentru a vrea să ne facem părtași la ele. Armata a trebuit să se adapteze. Iar pentru a ne apăra granițele nu avem nevoie de submarine și nici de avioane de bombardament ci de arme ușoare, extrem de mobile.

Marshall se lăsă din nou pe pat, își puse coatele pe genunchi și, copleșit de cele auzite, își îndoi spinarea și își prinse capul între palme.

— Vreți să spuneți că armata americană nu poate face chiar nimic? Adică nu îi putem aduce acasă pe acei oameni?

Din colțul unde se retrăsese, Salazar tuși discret pentru a atrage atenția.

— Domnul vicepreședinte nu este complet informat. America și-a păstrat capacitatea de ripostă intactă. Numai că, nefiind interesați ocuparea unor noi teritorii și nici de victime americane în rândul soldaților trimiși să lupte peste mări și țări, avem sateliți și rachete care pot pedepsi pentru noi. Cred că europenii, care au comis acest infam act, vor trebui să dea socoteală...

— Ai înnebunit? Ție îți arde de represalii, când fata mea e acolo? Când ar trebui să te gândești cum să o aduc acasă! Pe ea și pe cine a mai supraviețuit. Dacă n-aș fi insistat, dacă n-aș fi trimis-o...

Conrad se așeză alături de Marshall și-i puse o mână pe umăr. Îi vorbi cu blândețe.

— Uite ce-i, Luke, e greu, dar cineva trebuie totuşi să ţi-o spună. L-ai auzit pe general: nu avem niciun fel de informaţii despre eventuali supravieţuitori. Evident, nu vom înceta să facem tot ce ne stă în putinţă pentru a-i căuta, însă, cum să-ţi spun, şansele sunt extrem de mici. Este foarte probabil ca fata ta să nu fi reuşit să scape. La fel ca şi ceilalţi de pe Heaven. Nu are rost să te învinovăţeşti pentru asta. Călătoria pe Heaven ar fi trebuit să fie cea mai frumoasă vacanţă pentru Alice. Nu aveai de unde să ştii că o mână de ticăloşi vor ataca Staţia. Au atacat de fapt America. Iar noi, tu şi cum mine, ne vom ocupa să-i plesnim zdravăn pe cei care au făcut asta. Ca aşa ceva să nu se mai petreacă niciodată. Ai înţeles, John?

Vicepreşedintele îşi ascunse faţa în palme însă, după câteva clipe, aprobă uşor din cap. Umerii i se zguduiră, într-o durere mută, iar dintre palme i se prelinse o lacrimă. Preşedintele Conrad plecă în tăcere, însoţit de secretarul său, Salazar. Hood, după ce se opri o clipă lângă vicepreşedinte, dădu să-i spună ceva însă, negăsindu-şi cuvintele, se răzgândi şi plecă la rândul său, lăsându-l pe Marshall să-şi plângă singur durerea.

Capitolul 17

11 septembrie 2051
Sunville, Florida
America

Pentru Ariel Mordecai, jurnalist la AOL, week-end-ul începuse în urmă cu patru zile. Îşi luase cu de la sine putere liber de la biroul AmericaOnLine din New W unde era acreditat, pentru a-şi petrece sfârşitul de săptămână în Sunville, una dintre comunităţile de pensionari din Florida, proaspăt înfiinţată datorită preţurilor încă scăzute ale terenurilor din zonă. Chiar dacă nu prezenta niciun pericol, vecinătatea cu Coridorul de captare a uraganelor făcea ca oferta imobiliară să fie puţin tentantă. În urmă cu doi ani, chiar când obţinuse postul de corespondent la New W, rămas liber după pensionarea fostului ocupant, îşi cumpărase o casă – de fapt intrase în caruselul ratelor la bancă – în care intenţiona să se mute după ce se va pensiona. Locul îi convenea de minune. Se obişnuise de mult cu singurătatea; cele două foste soţii cu care mai păstra, ocazional, legătura, se recăsătoriseră, iar copiii – avea câte un băiat cu fiecare – de care nu fusese niciodată prea apropiat, îşi duceau viaţa lor, pe undeva prin Est, din câte auzise. Nu fusese un familist prea grozav, iar desele-i călătorii de-a lungul şi de-a latul Americii, făcute ca jurnalist, nu-i ajutaseră deloc căsniciile.

La cincizeci şi şapte de ani, încă într-o formă fizică destul de bună, Ariel se simţea destul de mulţumit de cariera sa, ba chiar şi de actuala însărcinare, cu toate că unii îl invidiau pentru slujba uşoară din capitală unde, de ani buni, nu se petrecea nimic neobişnuit, sau oricum nu răsufla nimic. Aproape toate ştirile despre activitatea guvernului condus de preşedinte

erau plate şi plictisitoare, trimise sub formă de co-
municate. Extrem de rar, doar de trei sau patru ori,
în cei doi ani de corespondenţă, din câte îşi amintea,
se organizaseră conferinţe de presă. Mai rar, isprăvile
amoroase ale vreunui congresman ori senator um-
pleau canalele de bârfe, cu toate că era aproape con-
vins că până şi asemenea scăpări erau intenţionate.
Lui, ca şi celorlalţi corespondenţi de presă, nu îi mai
rămânea altceva de făcut decât să transmită mai de-
parte, către reţelele de ştiri, ceea ce oficialii ofereau,
iar în rest să se bucure de libertate.

Aranjamentul îi convenea de minune pentru că îi
lăsa mult timp liber. Se simţea obosit, după treizeci şi
şase de ani de jurnalism, din care primii unsprezece
lucrase în epoca ziarelor de hârtie.

Plecase de joi în weekend, cu gândul ca nu cum-
va să piardă captarea lui Missy, cel de-al patruzeci şi
doilea uragan al sezonului care, după ce se transfor-
mase la începutul săptămânii dintr-o banală furtună
tropicală, urma să ajungă în mod fericit, în week-end,
cel mai probabil sâmbătă, pe coasta de est a Floridei.
Fireşte, existau o mulţime de înregistrări detaliate
despre captarea uraganelor. Personal însă nu văzuse
încă fenomenul cu proprii ochi, deşi, chiar de când
cumpărase casa, îşi propusese mereu să o facă.

Sâmbătă vremea fusese acceptabilă, ţinând seama
de ploile aduse de uragan, iar ziua trecuse în mod plă-
cut, urmărind alături de câteva mii de turişti, capta-
rea lui Missy prin Coridor. Turişti veneau mereu, în
număr mare, mai ales când se anunţau uragane, cu
toate că se împlineau douăzeci şi trei de ani de când
acestea erau captate de Coridor pentru a fi trans-
formate în electricitate, apoi în hidrogen, sursa de
energie a Americii. Fusese de vreo două ori şi până

la Coridor – a cărui margine nordică trecea la numai cincisprezece mile de Sunville – când nu erau uragane, evident. Impresionanta construcție constituise ani de zile subiect de presă. Coridorul, lat de o milă și jumătate, traversa Florida prin sud, pe suta de mile ce rămăsese neinundată. Fusese special proiectat pentru captarea uraganelor. Gura de captare se desfășura în V, cu laturile de câte trei sute de mile, în nordul și sudul fostului lac Okeechobee, care, de la inundații, se unise cu Atlanticul.

Coridorul, ca ansamblu, era spectaculos. Peste două milioane de elice mici, cu pale de un picior și jumătate, păreau înfipte haotic în interiorul și pe pereții Culoarului, pe piloni de înălțimi diferite, aparent fără nicio regulă. Însă Mordecai, asemeni întregii Americi, aflase că, odată pornite, exact amplasarea elicelor făcea posibilă generarea unui curent de aer foarte puternic care atrăgea uraganele în Coridor. Pe stâlpii elicelor, la fel ca mai peste tot în Coridor, alte milioane de paratrăsnete înfipte asemeni unor scobitori într-un platou cu mezeluri, colectau potențialul electric al trăsnetelor care însoțeau uraganele. Energia era trimisă prin conductori groși la stațiile de electroliză a apei, care generau hidrogen. Acest gaz care devenise principala resursă energetică ce alimenta națiunea americană.

Mai existaseră tentative de a produce energie care să o înlocuiască pe cea bazată pe arderea combustibililor fosili în America; unele, cum ar fi captatoarele solare, se mai foloseau încă, pe scară redusă, în regiunile calde.

Nimic însă nu se putea compara cu Coridorul.

Captarea uraganelor dura, de regulă, mai multe ore. Mordecai așteptase, împreună cu miile de turiști, la limita de siguranţă, sorbind beri sau răcoritoare, să pornească elicele din zona de captare, până când şuieratul curentului artificial de aer, chiar de la trei mile distanţă, devenise aproape insuportabil. Încet, masa rotitoare, imensă, de nori negri şi apă, intrase asemeni unui zid compact în Coridor, pe care păru că îl înghite. Trăsnetele începuseră aproape imediat; atât cât se putea vedea, părea că firele lor subţiri, orbitor de strălucitoare, pornesc de peste tot din masa întunecată şi lovesc fără milă Coridorul. Când Centrul pentru Control Meteo apreciase că s-a obţinut suficientă energie, decisese distrugerea uraganului.

Elicele, alimentate chiar cu energia obţinută de la uragan, schimbaseră sensul de rotaţie pentru a produce contracurenţi ce rupseră în mod eficient uraganul şi îl transformaseră, în mai puţin de treizeci de minute, într-o furtună banală, care se stinse de tot câteva ore mai târziu, hăt departe, dincolo de limita de vizibilitate, pe la sfertul Coridorului. După jumătate de oră, cerul se înseninase, ca şi cum nimic nu s-ar fi petrecut.

***

Plănuise să pornească spre New W luni dimineaţă şi să ajungă în capitală în jurul amiezii. Apelul nocturn de la editorii AOL l-a surprins în momentul în care, după ce băuse câteva beri şi citise o carte veche, tipărită pe hârtie, pe care o împrumutase de la un viitor vecin, aţipise câteva ceasuri. Cu ochii cârpiţi de somn, află despre prăbuşirea lui Heaven, ştire care monopolizase toate canalele de ştiri de mai bine de trei ore, de când fusese făcută publică. Îi sări pe loc somnul. Editorii îi cereau să meargă de urgenţă la New W pentru a afla noutăţi de la oficialităţi.

Comută ecranul-monitor pe canalul AOL şi mai mult ascultă decât privi ştirile, în timp ce se îmbrăca în grabă. Scană şi alte canale de informaţii însă, după câteva minute, înţelese că toate reluau aceleaşi fapte, adică prăbuşirea staţiei spaţiale turistice, dar nimeni nu aflase ceva concret.

Împachetă câteva lucruri şi le aruncă în portbagajul micului său Ford pe care îl programă pentru New W. Rezervorul de hidrogen era aproape gol, dar îşi propuse să alimenteze pe autostradă, de la vreuna dintre staţiile mobile.

Pilotul automat înscrise maşina pe Interstate 85 şi atinse repede viteza programată, de 150 de mile pe oră. Noua autostradă fusese dată de câţiva ani în folosinţă, înlocuind-o pe cea veche, care unise, înainte de Prefacere, puzderia de oraşe de pe coasta de est, inundate în urmă cu aproape trei decenii.

Mordecai comută pe sistemul video al vehiculului, la timp pentru a prinde începutul declaraţiei preşedintelui Conrad.

— ... Nu întâmplător naveta spaţială a fost doborâtă, deasupra Europei, pe 11 septembrie. Este ziua în care, acum jumătate de veac, a pornit valul de atentate, prin distrugerea a două dintre cele mai mari clădiri din lume, aflate la New York. Au murit atunci zeci de mii de oameni.

Mordecai zâmbi în sinea sa. O fi 11 septembrie una dintre cele mai mediatizate zile din istoria Americii, numai că Heaven fusese atacat cu aproape o oră înainte de schimbarea zilei, la unsprezece şi ceva p.m., cum scria clar în comunicatele agenţiilor de ştiri. Cele două turnuri ale World Trade Center nu erau nici la acea vreme cele mai mari din lume. Iar morţi fuseseră doar câteva mii. Însă preşedintele spera ca astfel să crească efectul discursului său. Menţionarea datelor reale nu ar fi însemnat mare lucru pentru americanii care îl ascultau prin Reţea. Valurile de atentate din anii 2020 până spre 2030 provocaseră zeci de milioane de morţi şi care, ajutate de schimbările meteorologice aduse de Prefacere, aproape distruseseră ţară, erau amintiri cu mult mai puternice decât un atentat de la începutul secolului, despre care cei mai mulţi aflaseră din manualele de istorie.

Vocea prezidenţială căpătase inflexiuni ameninţătoare:

— ... America nu va lăsa nepedepsit acest act terorist, săvârşit deasupra Europei. Ţara noastră este pregătită să răzbune memoria celor ucişi mişeleşte, indiferent cine sunt cei care ne-au atacat...

Mordecai deja îl asculta atent doar pe jumătate. Şi el, ca mai toţi americanii, ştia că America nu prea mai putea pedepsi pe nimeni. Forţele armate fuseseră retrase de peste tot din lume în urmă cu treizeci de ani, pentru a face faţă valului de atentate şi a ţine sub control războaiele urbane, duse de populaţia înfometată. Inundaţiile, mai întâi cele de pe coasta de Est apoi din Vest, dar mai ales anii de atentate, au provocat migraţiile masive de la mijlocul anilor '20 care au culminat cu Războaiele de Secesiune. Statele centrale, spre care se îndreptase fluxul tot mai mare de emigranţi, nu putuseră să-i primească pe toţi şi se folosiseră iniţial de gărzile naţionale proprii pentru a alunga oaspeţii nepoftiţi. Se ajunsese la lupte deschise după care, rând pe rând, statele americane îşi proclamaseră independenţa, dornice să-şi păstreze pentru proprii cetăţeni firavele rezerve de hrană, medicamente, şi mai ales de energie.

Bazele militare pe care America le avea în lume,

deveniseră ţinte predilecte pentru ura popoarelor ale căror industrii poluante începuseră să fie distruse, conform Acordului, mai mult impus ţărilor lumii decât acceptat de bunăvoie, de la New W.

De pe ecran, preşedintele continuă pe un ton beligerant:

— ...Mi s-au dat asigurări că armata noastră este perfect pregătită să apere America de orice pericol. Nu avem niciun motiv să credem că vreo ameninţare, dinspre Europa sau din altă parte, planează în acest moment asupra ţării noastre. Armata este perfect operaţională şi perfect capabilă să execute misiuni de luptă...

Mordecai relatase, pentru AOL, în urmă cu un deceniu, despre baza navală de la Norfolk. Imensele portavioane, laolaltă cu sute de alte nave de război, zăceau aliniate în docurile pe jumătate inundate, aşa cum fuseseră trecute în conservare în urmă cu un sfert de secol. Multe aveau carcasele străpunse de rugină; unele fuseseră luate şi reciclate. Baza militară era păzită superficial, dar cu toate acestea nu i se permisese să urce la bordul vreunei nave. Chiar şi accesul în bază era dificil, în urma inundaţiilor din anii 2024, care muşcaseră adânc din uscat. Pur şi simplu nu îşi putea imagina cum ar mai fi putut pluti vreodată acele nave.

— ... de la Centrul de control spaţial mi s-a spus că deja au repoziţionat mai mulţi sateliţi spre Europa, care acoperă zona în care Heaven a fost distrusă. În curând vom avea suficiente date ca să aflăm ce s-a întâmplat şi să decidem măsurile pe care le vom lua...

Aici preşedintele spunea adevărul. America avea sateliţi, ba chiar păstrase capacitatea de a lansa alţii noi, pentru a-i înlocui pe cei vechi. Însă majoritatea

sateliților erau dedicați telecomunicațiilor sau apli-
cațiilor meteorologice. Militarizarea tuturor sateliți-
lor, din timpul Războaielor de Secesiune, se păstra și
în prezent, iar cu excepția lui Heaven practic nu exista
niciun corp ceresc artificial civil. Însă pur și simplu
nu se auzise să se fi lansat în ultimii ani noi sateliți
militari înarmați. Nici nu și-ar fi avut rostul: America
nu mai dorea să cucerească pe nimeni, iar amenință-
rile altor popoare, odată cu Prefacerea, practic dispă-
ruseră. Restul lumii era preocupat să supraviețuias-
că, în niciun caz să atace sau să provoace America. Cu
atât mai suspectă părea izbucnirea războinică pusă
pe seama europenilor.

Se pomeni întrebându-se de ce era președintele
atât de sigur că europenii atacaseră stația spațială.
Ultimele știri din Europa, vechi de zeci de ani, ce-i
drept, descriau situația drept dramatică, cu oameni
care luptau pentru supraviețuire. Își amintea de pro-
testele vagi, despre încălcările drepturilor omului,
provocate de deportările în masă ale imigranților din
Europa spre țările lor de origine, indiferent de statu-
tul lor, legal sau ilegal, după ce mulți dintre aceștia
porniseră pretutindeni revolte fără sfârșit. Numai că
atunci și America avea propriile ei probleme.

Realiză că, prin discursul său, președintele indu-
sese deja ideea că europenii erau vinovați de prăbu-
șirea lui Heaven, caz în care ori știa mai multe decât
spusese, ori mințea, căutând un țap ispășitor de mo-
ment. Verifică din nou tot ceea ce se știa deocamdată
despre eveniment și reținu că Heaven căzuse puțin
după ora unsprezece seara, adică în urmă cu o zi,
sâmbătă. Când în America era încă 10 septembrie, zi
fără vreo semnificație specială. 11 septembrie fusese,
ce-i drept, în Europa, și părea greu de crezut ca preșe-

dintele Conrad nu ştiuse asta. Sau poate doar dorise să amplifice efectul discursului său.

Nu mai prinse sfârşitul discursului prezidenţial, dar ascultă neatent opiniile diverşilor experţi somnoroşi, aduşi în grabă de canalele de ştiri, care comentau deja cele întâmplate.

Străbătuse cel puţin două sute de mile de când plecase. În depărtare, ruinele lui Orlando, odinioară o aglomerare urbană cu aproape două milioane de locuitori, aruncau umbre prelungi, în lumina lunii. Flăcările unui incendiu încă mai pâlpâiau mocnit, stinse de furtuna transformată în ploaie rămasă în urma uraganului captat.

Mordecai zâmbi în întunericul habitaclului luminat doar de fosforescenţa vagă a instrumentelor de bord. După două decenii, vechile oraşe încă mai erau incendiate. Fenomenul începuse probabil în vechiul New York, în cartierul Queens. Iniţial, focul era pus de puţinii nostalgici care se încăpăţânau să nu îşi părăsească locuinţele şi doreau să obţină suprafeţe de teren pe care să le poată cultiva. Fuseseră numişi de cineva, din presă, Defrişatori, iar porecla prinsese. În principiu, incendierile fuseseră declarate ilegale, dar se dovedise repede că era imposibil de găsit vinovaţi. Oricum, focurile nu se puteau extinde prea mult; ploile aproape zilnice ce urmau furtunilor le stingeau după câteva ore de când fuseseră aprinse. Mai târziu, după încheierea Războaielor de Secesiune, Defrişatorii deveniseră exponenţii unui stil de viaţă adoptat pe scară largă de numeroşi tineri americani, despre care chiar el relatase pe larg cu cincisprezece ani în urmă. Odată cu vechile oraşe, ardea o fostă lume care nu avea să se mai întoarcă niciodată.

— Guvernul va aloca fonduri pentru a-i despăgubi pe investitorii lui Heaven, îşi continuă încruntat Conrad cuvântarea. Ne asumăm întreaga răspundere pentru faptul că nu am putut preveni atacul împotriva proprietăţilor americane, indiferent unde se află acestea.

Mordecai respiră uşurat. Şi el, asemeni mai multor milioane de investitori americani, deţinea un mic stoc de acţiuni Heaven, unanim apreciate ca foarte sigure, pentru care primise anual dividende. Spre deosebire de turişti, ale căror poliţe de asigurare erau incluse în costul sejurului, datorită valorii uriaşe, de o mie de miliarde de dolari, nicio companie sau grup de companii de asigurări nu-şi permisese să asigure Staţia Spaţială. Generozitatea lui Conrad, de a despăgubi investitorii din bani publici, avea să-i aducă un plus enorm de popularitate, iar Congresul n-ar fi îndrăznit să i se opună.

Autostrada era aproape pustie la acea oră. Micul Ford contactă o staţie mobilă de alimentare pentru a-şi umple rezervorul cu hidrogen. Urmări absent, prin parbriz, manevrele automate prin care Fordul se apropie, sincronizându-şi viteza, de silueta întunecată a staţiei mobile care coborî în spate rampa de acces. Vehiculul său urcă rampa cu o scurtă zdruncinătură, şi opri în interiorul staţiei. Automat, o tijă subţire şi lungă se conectă la rezervor, pentru a începe transferul borhidratului de sodiu, un compus chimic inert, din care se elibera hidrogenul necesar propulsiei vechiului său Ford. Ar fi trebuit să-şi schimbe de ani buni maşina, cu una modernă şi mai economică, cu pile de combustie, însă se obişnuise cu vehiculul său demodat, cu motor cu ardere internă, iar preţul hidrogenului era în continuare foarte scăzut. După o anumită vârstă realizase că nu mai dorea schimbări.

Ieşi din automobil pentru a comanda o cafea automatului din mica încăpere de odihnă a staţiei mobile de alimentare. De pe un ecran, află că următoarea staţie mobilă se găsea la trei sute de mile, fapt firesc pentru traficul redus de noapte. Spera să nu mai fie nevoit să oprească, un rezervor plin ar fi trebuit să-i ajungă până la New W. Comută ecranul pe ştiri, în timp ce-şi sorbea cafeaua fierbinte, în care automatul scăpase prea mult îndulcitor. Aşa cum se aştepta, canalele de ştiri transmiteau în continuare reportaje despre catastrofa lui Heaven. Reporterii CNN surprinseră chiar ieşirea preşedintelui Conrad şi a secretarului Apărării de la o şedinţă a Celulei de criză, însă consilierul prezidenţial, David Salazar chemă gărzile de corp şi nu le permise să se apropie de cei doi. Imediat ce privi imaginile, instinctul de jurnalist îi spuse lui Mordecai că ceva nu este în regulă. După o vreme, reporterii CNN transmiseră imagini cu proaspătul vicepreşedinte Marshall, care trecu repede printre ei fără ca, în mod ciudat, aceştia să îl bombardeze cu întrebări. După ce Marshall ieşi din cadru, explicaţia o dădu prezentatorul: fiica acestuia, Alice, se aflase pe Heaven.

După ce plăti combustibilul din contul AOL, părăsi staţia de alimentare mobilă care rămase rapid în urmă, în vreme ce Fordul îşi relua viteza de croazieră. Ceva continua totuşi să-l sâcâie. Îşi amintea precis că preşedintele îşi ţinuse discursul din Camera Ovală, replică identică a celei abandonate din vechiul Washington, îmbrăcat în unul dintre costumele sale negre, sobre, pe a cărui haină, prinsă discret de reverul stâng, se afla Army Distinguished Service Cross, decoraţie militară obţinută în Războaiele de Secesiune, la care ţinea foarte mult şi pe care o primise, aşa cum ştia toată lumea, chiar din mâinile tatălui său, fostul preşedinte Jim Conrad. Însă la ieşirea de la şe-dinţa Celulei de criză, preşedintele era îmbrăcat lejer, cu pantaloni sport şi o geacă subţire de piele galbe-nă. Normal ar fi fost ca discursul să fie difuzat după întâlnirea Celulei de criză, unde se presupunea că membrii acesteia, inclusiv preşedintele, aflaseră des-pre catastrofă. Poate materialele fuseseră difuzate în ordine inversă, însă nici acest fapt nu părea posibil, imaginile de la CNN fuseseră transmise în direct, la peste o oră de la discursul prezidenţial.

Încărcă din arhiva AOL partea cu discursul pentru a o analiza atent, mai târziu. Tot pentru o analiză ul-terioară, salvă şi imaginile transmise de CNN, de la sfârşitul şedinţei Celulei de criză. Era aproape con-vins că preşedintele Conrad aflase ceva mai devreme decât membrii Celulei de criză despre prăbuşirea lui Heaven şi înregistrase discursul înainte de a hotărî cu ceilalţi membri ce era de făcut. Nu ar fi fost prima dată când Conrad proceda de capul lui, ignorând re-guli şi proceduri.

Încercă să doarmă cât mai mult din cele trei ore ale drumului până la New W, presimţind că ziua ce tocmai începea avea să fie una grea. Nu reuşi; era surescitat, ca pe vremuri, când adulmeca un subiect bun. Baleie iar canalele de ştiri, dar nu află nimic nou.

Mai mult ca să aibă sentimentul că face ceva, acce-să, prin Reţea site-ul companiei Heaven, cea care ofe-rea excursii spaţiale, proprietara Staţiei Spaţiale. Află că o sută patru turişti spaţiali plătiseră echivalentul salariului său pe nouăzeci de ani de ani pentru a muri la trei sute de mile deasupra Pământului. La capitolul victime, se mai adăugau membrii echipajului şi rezi-denţii permanenţi.

Parcurse impresionat lista facilităţilor de recreere, admiră luxul exorbitant, în câteva instantanee luate de pe Heaven, apoi reveni la prezentarea introductivă, cu sentimentul că i-a scăpat ceva.

O reprezentare grafică a globului pământesc, învârtindu-se încet, înconjurat de un inel auriu, înclinat mult față de axa terestră, care reprezenta traiectoria navetei, umplu trei sferturi din ecran. Îl privi perplex câteva zeci de secunde. Inelul auriu nu trecea deloc pe deasupra Europei, loc în care toate canalele de știri susțineau că se prăbușise Heaven.

Căută febril informații referitoare la traiectoria Stației Spațiale: Atlantic, Mediterana, sudul Asiei, Pacific. Heaven ar fi trebuit să treacă la mai bine de cinci sute de mile sud de locul în care se prăbușise.

Capitolul 18

11 – 12 septembrie 2051
Estul Sălbatic

La șase ore după ce furtuna trecuse, la adăpostul întunericului, un dirijabil de transport cu nacelă dublă, imens, negru, alimentat din acumulatorii electrici, trecu frontiera și detectă aproape imediat, folosind un gravimetru ultrasensibil, anomalia provocată de miezul din oțel al electromagnetului aflat în talpa de aterizare, abandonată de dirijabil în încercarea de a întârzia prăbușirea. Câțiva kilometri spre est, urmele pe coasta muntoasă împădurită, lăsate de nacela lui Aether, și mai apoi epava, deveniră vizibile în lumina Lunii.

Dirijabilul de transport descrise în tăcere un cerc larg în jurul rămășițelor dirijabilului prăbușit, la altitudine joasă, de o sută de metri, cu detectoarele de căldură acordate pe sensibilitate maximă, pentru a se convinge că zona e pustie. Se îndreptă apoi spre locul dezastrului unde, profitând de acalmia momentană a vântului, coborî la doar cincisprezece metri de sol, până ce vârfurile brazilor aproape atinseră nacelele. Din nacele fură aruncate scări și cabluri pe care, cu dispozitivele de vedere pentru noapte activate, coborâră în viteză treizeci din membrii echipei de recuperare,.

Urmând ordinele date mai mult prin semne de către un ofițer, primii soldați care ajunseră la sol stabiliră în grabă un perimetru de apărare, luând nervoși poziții la câteva zeci de metri distanță de epavă. Unul dintre ei fu la un pas de a deschide focul asupra unui grup de umbre, ale unor brazi atinși de o adiere, tremurătoare sub lumina Lunii, însă un camarad aflat în preajmă îl opri în ultima clipă. Abia după ce semnalizară din lanternele în infraroşu că zona este sigură, coborâră şi geniştii.

Dirijabilul aprinse proiectoare puternice, în infraroşu, pentru a îmbunătăţi vizibilitatea echipei de la sol. În tensiunea aproape palpabilă, geniştii înregistrară totul, pentru a fi analizat mai târziu. Trecură la recuperarea cadavrelor pe care le aşezară cu atenţie în saci groşi de pânză tare şi le urcară, folosindu-se de cabluri, în nacelele de deasupra lor. Strânseră, rapid, toate resturile pe care le găsiră de jur împrejur, inclusiv tuburile goale de cartuşe care în mod evident nu proveneau de la armamentul dirijabilului prăbuşit. După care agăţară opt cabluri groase de inelele de ancorare ale nacelei deformate şi se reîntoarseră pe scările flexibile în cele două nacele ale aparatului de zbor cu care veniseră. Acesta aruncă masiv apă folosită ca lest şi se înălţă încet. Cablurile se întinseră, iar carcasa prăbuşită a lui Aether se înălţă din nou, greoi, în aer, pentru o ultimă călătorie, cu nacela sfâşiată şi baloanele interne sparte şi dezumflate, fluturând asemeni unui linţoliu.

După ce lucrase intens patru ore, echipa de recuperare nu mai lăsase în urmă decât copacii rupţi de prăbuşirea lui Aether. Dirijabilul de transport se deplasă încet, din cauza greutăţii suplimentare, spre baza militară de lângă Oradea, aflată în apropiere de graniţă. Ajunse înainte de zorii dimineţii la un hangar cu acoperişul larg deschis, unde îşi depuse încărcătura pe care alţi militari, aflaţi la sol, o desprinseră. Acoperişul se închise înainte ca dirijabilul de transport să fi atins altitudinea operaţională, de cinci sute de metri.

În hangar, se năpusti asupra epavei un roi de specialişti militari care începură imediat să o analizeze, pentru a încerca să înţeleagă ce s-a întâmplat. Concomitent, şeful lor solicită şi i se aprobă efectuarea unei transmisii de urgenţă, întrerupând tăcerea radio impusă pretutindeni în Autarhie. Informaţia în sine, un simplu semnal codificat, modulat în amplitudine, în banda de 2,72 MHz, de o zecime de secundă, nu însemna nimic. În orice receptor obişnuit s-ar fi auzit poate o păcănitură scurtă, uşor de confundat cu zgomotul de fond din banda undelor scurte. Semnalul ajunse instantaneu la receptorul aflat în transportorul preşedintelui Frankhaim, care se întorcea la Frankfurt după o întrevedere cu specialiştii de la o bază militară secretă. Aflat la trei sute de kilometri de capitală, preşedintele Autarhiei dorise să profite de deplasare. Ar fi vrut să facă un popas pentru o adunare atât de dragă lui, unde să îşi ia identitatea oratorului Altman, pentru a ţine un violent discurs antiamerican din cele foarte bine primite de public, într-un orăşel lângă Munchen. Îi schimbă planurile semnalul care, odată decodificat, aprinse o luminiţă roşie, clipitoare, pe panoul de control al vehiculului.

Theodora Vassilis, asistenta şi şoferul său, i-o arătă, uşor mirată. Ştia, fireşte, de la instructaje, semnificaţia luminiţei, însă de când lucra pentru preşedinte nu o văzuse niciodată aprinsă.

— Aveţi un semnal de urgenţă, domnule.

Urmând procedurile, se îndreptară spre centrala de transmisiuni din cea mai apropiată localitate, fără a mai ţine seama de faptul că motorul cu ardere internă al transportorului ar fi putut răni sensibilitatea localnicilor la poluarea produsă, cu atât mai mult cu cât abia se luminase de dimineaţă, încă prea devreme pentru ca oamenii să iasă din case. Odată ajunşi,

Vassilis se legitimă şi îl dădu afară din încăpere fără prea multă vorbă pe tehnicianul aflat de serviciu, pe jumătate adormit; dădu să iasă şi ea, însă Frankhaim o opri cu un gest.

— Rămâi, e posibil să am nevoie de tine, îi spuse fără să o privească, în timp ce tasta din memorie codul complicat de acces pe consola care îl conecta la canalul său privat, prin fibră optică. Facilităţile centralei de comunicaţii nu erau prea grozave, iar legătură video, chiar dacă procedura ar fi permis, ceea ce nu era cazul, nu putea fi iniţiată din cauza vechimii monitorului, lipsit de contrast, pe care abia se desluşeau comenzile scrise de la tastatură.

— Eu sunt cel care a acţionat semnalul, domnule, se auzi dintr-un difuzor hodorogit, aşezat deasupra consolei.

Procedurile militare ale Autarhiei frizau paranoia. Din teama de a nu fi interceptate, chiar şi pentru canalele considerate extrem de sigure ale fibrei optice, se dezvoltaseră proceduri speciale. După acţionarea semnalului de alarmă, nimeni nu avea dreptul săşi dezvăluie gradul şi numele şi nici să spună cui se adresează. Informările trebuiau făcute într-un limbaj sibilinic, bazat pe aluzii şi metafore, funcţie de imaginaţia ofiţerului cu care se desfăşura comunicarea. În principiu exista şi un ghid cu termeni şi echivalentul lor în limbaj real care însă nu puteau acoperi toate situaţiile posibile.

— Ce s-a petrecut?

Vocea lui Frankhaim, la fel ca şi cea a corespondentului său fuseseră distorsionate electronic, pentru a nu fi cumva recunoscute de un eventual interceptor.

— Rupere de nori, domnule. Repet, rupere de nori, repetă foarte sigură vocea metalică.

Vassilis răsfoi grăbită cărticica cu coduri pe care o luase din transportor însă, încă înainte de a găsi termenul echivalent, ştiu despre ce e vorba.

— A căzut unul sau mai multe dirijabile, domnule.

— Unde? aproape ţipă preşedintele în microfon. Unde? Când, câte?

— Prin locul pe unde intră soarele în patrie, aproape de acel moment, veni şovăielnic răspunsul. Un singur nor, mic, domnule, veni după o clipă răspunsul, a căzut la scurt timp după ce umbra a fost mică.

Frankhaim se înroşise la faţă. Vassilis socoti că nu trebuie să-i mai interpreteze răspunsul. Norii mici erau dirijabilele de atac, cu redutabilul lor sistem de apărare, iar norii mari erau dirijabilele de transport. Soarele, evident, intra pe la graniţa de est a Autarhiei. Probabil că dirijabilul căzuse în jurul amiezii, când umbrele obiectelor luminate de astru se micşorau. Faptul în sine era uimitor; de cincisprezece ani de când dirijabilele erau folosite pe scară largă în Autarhie, cele militare nu înregistraseră incidente majore, în pofida luptelor grele care se dădeau uneori la graniţe.

— Ce s-a întâmplat? La naiba!

— Mă tem că nu vă pot răspunde, domnule.

Datorită remodulării vocilor, era foarte probabil chiar ca ofiţerul care efectua transmisia să nu ştie cu cine stă de vorbă. Era însă fără îndoială un militar competent. Pentru rarele transmisiuni radio se foloseau numai ofiţeri experimentaţi, bine instruiţi, cu dosarele militare curate. Chiar dacă l-ar fi recunoscut cumva şi ar fi fost impresionat dc vocea lui Frankhaim, procedurile îi interziceau cu desăvârşire să descrie ceva ce putea fi un act militar ostil.

Theodora acoperi cu mâna microfonul şi-i şopti:

— N-o să vă spună nimic mai mult, domnule. Putem cere un curier.

— Cere-i ce vrei, numai spune-le să se grăbească cât pot de tare. Chestiune care e valabilă și pentru tine. Plecăm imediat.

Ieși, trântind ușa micului centru de transmisiuni, și urcă în transportor fără a o mai auzi pe Vassilis cum face cu operatorul de la celălalt capăt al liniei aranjamentele pentru trimiterea și întâlnirea curierului.

— Nu mai devreme de zece ore, domnule, răspunse, în timp ce urca în vehicul, întrebării pe care Frankhaim tocmai se pregătea să o rostească. Nu pot parcurge mai repede procedurile și pregătirile. Chiar și așa, obțin timpul ăsta dacă mergem noi la întâlnire. Am mai scos ceva de la cel cu care ați vorbit. Sper să fi înțeles bine. Nici ei nu știu încă ce s-a petrecut. Au recuperat norul prăbușit, mă rog, epava dirijabilului. De fapt, domnule... Le-am spus să nu mai trimită pe nimeni și nici să nu mai anunțe prin alte părți până nu veți lua o decizie. Curierul intermediar nu v-ar transmite decât ceea ce i s-a spus, domnule. Dacă mergem cu viteză maximă, putem ajunge în garnizoana aia din est în douăsprezece, maxim paisprezece ore, cel târziu la noapte ajungem. Ați putea afla direct de la sursă ce e cu prăbușirea. Până atunci, vă recomand să trageți un pui de somn. Cred că vă așteaptă o zi foarte grea.

Capitolul 19

12 septembrie 2051
zona Oblitza
Estul Sălbatic

Alice dormise tot restul zilei în care fusese găsită și întreaga noapte. Se trezise de mai multe ori, retrăind iar și iar fragmente din coșmarul prăbușirii lui Heaven, cuprinsă de frisoane și transpirație rece, însă vag, ca prin vis, simțise pe cineva alături, cu chipul ascuns de pâcla alburie care i se lăsase pe ochi, care îi ștergea grijuliu fruntea, îi dădea din când în când să soarbă un lichid călduț, amărui și-i șoptea vorbe pe care nu le înțelegea, dar o linișteau, sau îi cânta încet, până adormea din nou.

Când se trezi de-a binelea, afară era din nou lumină. Privi încet în jur; se afla întinsă pe un pat tare, cu așternuturi scorțoase care, în pofida faptului că erau jilave de la transpirația ei, încă miroseau plăcut. Lumina pătrundea printr-o fereastră aflată chiar deasupra patului său, filtrată de o perdea albă, țesută grosolan. Încăperea mai avea în partea opusă un dulap mare, vechi, din lemn crăpat pe alocuri, al cărui lac protector se scorojise pe suprafețe mari. În mijlocul odăii se aflau o masă înconjurată de câteva scaune, iar într-un colț un paralelipiped maro, din plăci de ceramică, cu o ușiță din metal înnegrit în partea de jos, al cărui rost nu îi înțelese. Încercă să se ridice, însă durerea din piciorul stâng îi smulse un strigăt care o trezi fetița pe ghemuită pe pat, la picioarele sale. Prezența neașteptată o sperie puțin, cu toate că fata îi păru vag cunoscută; copila spuse ceva, se ridică și fugi, lipăind dușumeaua din scânduri lustruite cu tălpile goale, lăsând ușa întredeschisă.

Dădu la o parte pledul gros cu care era învelită şi constată că cineva îi scosese hainele şi o îmbrăcase într-o cămeşoaie aspră, fără mâneci, din pânză groasă. Piciorul stâng îi fusese strâns bandajat mai jos de genunchi. Un bandaj alt îi înfăşura pieptul, chiar sub sâni. Mâinile îi erau pline de vânătăi, însă cel puţin nu o dureau.

Încet, coborî piciorul drept pe un covoraş moale, din cârpe multicolore împletite, ce se întindea pe toată lungimea patului, apoi îl trase şi pe cel stâng. Se ridică cu efort, tot trupul fiindu-i săgetat de junghiuri suportabile. Se mişcă încet, mai mult târâindu-şi piciorul stâng, până la uşa rămasă întredeschisă. O împinse; descoperi un hol întunecos, care se termina cu o altă uşă cu o fereastră cu perdea încastrată în partea superioară, şi aceasta întredeschisă, dinspre care venea lumina zilei, orbitor de intensă. Din exterior răzbăteau zgomote şi voci. Şontâcăi de-a lungul holului până spre uşă.

Glasurile se apropiară, iar uşa se deschise brusc, lăsând să pătrundă un val de lumină. Duse din reflex mâinile la ochi, însă ameţi şi se clătină periculos. Leşină pentru o clipă, şi când se trezi era dusă în braţe, ca un copil mic. Fu aşezată cu grijă în patul din care se ridicase.

— Eşti în siguranţă, nu trebuie... teamă.

Abia înţelese engleza vorbită de bărbatul mustăcios, trecut binişor de cincizeci de ani, cu faţa arsă de soare şi brăzdată de riduri. Accentul acestuia îi era complet necunoscut.

— Noi suntem familia Bradony. Te afli într-un loc, în Europa, în est. S-a chemat, ţara, înainte de... cum se spune... Transformare, Prefacere... Nu contează. Vecin cu Autarhia.

Abia acum Alice remarcă şi alte persoane în încăpere, printre care fetiţa pe care o găsise în pat, care acum ţinea de mână un băieţel ceva mai răsărit. Amândoi o priveau cu atenţie. Bărbatul continuă, vorbind rar, alegându-şi cu greutate cuvintele.

— Eu sunt Jon Bradony. Ei sunt Anna şi Michael, cei mai mici dintre copiii noştri. Ei te-au găsit ieri. Ei te-au adus aici. Noi toţi am avut grijă de tine. O să-i cunoşti şi pe ceilalţi. Mai târziu. Iartă-mi engleza. Doamne, n-am mai vorbit limba asta de peste douăzeci de ani. Chemat ieri doctor din sat. El pus bandaje pe tine. Nu crede ceva rupt. Doctor vrea sigur... ăăă, să fie sigur. Înţelegi ce spun? Tu cine eşti?

Înăbuşindu-şi un geamăt, Alice se ridică greoi în capul oaselor. Fetiţa se repezi să-i aşeze perna.

— Eu sunt Alice. Alice Marshall. Sunt din America. A avut loc un accident, sau aşa ceva. Mi-e foame...

Bărbatul se întoarse şi se răsti scurt la copii, care o luară la fugă. Reveniră în câteva minute, însoţiţi de o femeie voinică, cu obrajii roşii, cu părul adunat coc în vârful capului. Femeia aducea un castron în care aburea un lichid gălbui, cu miros apetisant. Băieţelul ţinea în mâini o farfurie cu felii groase de pâine. Fetiţa aduse un şervet alb de pânză pe care i-l puse delicat în jurul gâtului.

— Ea este Maria, soţia mea. Mama pentru Anna şi Michael. Şi la alţi fraţi. Ea vorbeşte engleza bine. A fost... o... profesoară.

— Dă-mi voie să te ajut.

Engleza Mariei era incomparabil mai bună decât a soţului ei. Umplu lingura cu fiertura groasă şi i-o apropie încet de buze. Alice sorbi cu nesaţ lichidul fierbinte, uşor sărat.

— Sper că nu este prea fierbinte. E supă de găină,

proaspătă, tocmai am făcut-o. Ia şi puţină pâine, abia am scos-o din cuptor. O, Dumnezeule, nu credeam că o să mai vorbesc vreodată cu cineva în engleză. De asta nu i-am învăţat nici pe copii, poate am greşit. Au trecut însă atâţia ani... E adevărat, chiar eşti din America? Te-aş servi şi cu ceva mai consistent, avem friptură de iepure azi, însă doctorul a zis că pentru început trebuie să mănânci ceva uşor.

Alice înghiţi toată supa, hrănită ca un bebeluş de femeia care sporovăia într-una, fără să aştepte răspunsuri. Însă tocmai vorbele ei o liniştiră şi mai mult; începu să se simtă, într-adevăr, în siguranţă printre aceşti oameni. Cu stomacul plin, simţi că îi revin puterile şi moralul.

Le povesti, pe scurt, cum ajunsese lângă ferma lor, oprindu-se frecvent pentru a le lăsa părinţilor timp să traducă sau pentru ca Maria să explice mai bine ce i se întâmplase neaşteptatului oaspete. Zâmbi amar când Maria îi traduse comentariile copiilor care, aflând că se prăbuşise de pe Heaven, traseră concluzia că era un înger. Fetiţa nu pricepu ce este o staţie spaţială, însă băieţelul aduse o revistă cu paginile uzate de atâta răsfoit şi i-o arătă. Copiii discutară o vreme în limba lor.

— E o revistă de benzi desenate, de dinainte de Prefacere. Am păstrat câteva pentru copii, o lămuri Maria.

— Superman. OK. Cool! strigă entuziasmat băieţelul.

Maria îi dădu castronul gol lui Ion după care adună ştergarul, grijulie să nu scape firmiturile.

— Tu rămâi să te odihneşti. Capsula, mă rog, nava cu care ai venit, au adus-o ieri bărbaţii, aici, într-o magazie. Poţi să o vezi când doreşti, am găsit ceva lucruri acolo pe care o să ți le dăm. Îi lăsăm pe copii să aibă grijă de tine. Noi trebuie să ne întoarcem la muncă, avem multe de făcut. Vorbim diseară, după lăsarea întunericului.

Încăperea păru să se strângă în jurul lui Alice. Pentru o clipă avu impresia că se află iar în capsula de salvare, și că aude vâjâitul sinistru făcut de aceasta la traversarea atmosferei.

— Nu, nu, vă rog, nu. Vreau să ies afară. Nu mai rezist să stau închisă. Vă rog, am nevoie de asta.

Femeia se consultă cu bărbatul său apoi le vorbi celor doi copii, care încuviințară din cap.

— Bine, dar te vor însoți ei. Dacă simți că amețești sau ți se face rău, te vor ajuta să intri imediat în casă. Fii prudentă, nu cred că ești pe deplin refăcută.

***

Mai șontăcăind, mai sprijinindu-se de cei doi copii, Alice ieși din casă. Lumina puternică a Soarelui o făcu să ducă reflex mâna la ochi. Auzi zgomote ciudate și simți mirosuri cu totul noi.

Privi, de jur împrejur, ferma care o găzduia. De la înălțimea micului deal pe care era construită, se vedea totul ca în palmă. Suprafețe mari, acoperite cu sticlă din borosilicat, al cărui rost îi rămase pe moment neînțeles, străluceau aproape peste tot de jur împrejurul dealului, reflectând intens din lumina Soarelui. Acoperișurile staulelor pentru animale, săpate în coasta dealului, pe care creștea iarbă, aproape de fermă, se confundau cu peisajul. Animalele, lăsate sloboade, pășteau nestingherite vegetația pipernicită de la baza dealului. Câțiva oameni mergeau preocupați, încoace și încolo, prin curtea mare, înconjurată de un gard care părea că abia stă în picioare, aflat cam la jumătatea dealului, făcut din bușteni de lemn negeluiți, așezați de-a lungul, unul peste altul, susținuți de alți bușteni, înfipți în pământ, înclinați spre vale. O pereche de câini lățoși, mari, cum nu mai văzuse vreodată, veni să o adulmece. Copiii vorbiră în limba lor cu câinii, iar aceștia își frecară prietenoși blănile de Alice, cât pe ce s-o doboare. Arătă cu degetul o elice cu numeroase pale, ce se rotea cu viteză, din dreptul grajdurilor. Băiatul mimă gestul de a duce un pahar la gură.

— Apă, spuse Alice.

— Apă, repetă băiatul în engleză, după care îi spuse cum se pronunță în limba lui.

Tustrei, coborâră încet dealul. Durerea surdă din piciorul stâng își pierduse mult din intensitate și Alice aproape uită de ea. Junghiul din piept dispăruse și constată că respira aproape normal. Pe măsură ce se apropiară de una dintre suprafețele acoperite cu sticlă, Alice realiză că de fapt este o imensă seră. Panourile de sticlă erau susținute de o puzderie de stâlpi din lemn, dispuși regulat, în formă de T, cu brațul vertical consolidat cu alte două segmente care îi uneau capetele de pilonul vertical, înalt cât doi oameni. Sera folosea abil forma reliefului, acoperind o mică vale ale cărei margini foloseau drept pereți. Traversară printr-un adevărat lan de grâu, ale cărui spice se unduiră la trecerea lor, până ajunseră la unul dintre capete, unde găsiră pomi fructiferi. Alice întinse uimită mâna și mângâie delicat un măr, însă Anna o atinse ușor, făcându-i semn să-l culeagă. Rupse fructul și mușcă din el, realizând că este pentru prima dată în viață când culege cu mâna ei un rod.

— Place? bubui de undeva de sus vocea lui Jon.

Ridică privirea. Bărbatul tocmai desfăcea un panou de sticlă crăpat.

— Sera. Vânturile... cum se spune... schimbările meteo, mimă o furtună, umflându-și obrajii, șuierând și agitându-și brațele. Nu crește nimic de mâncat afară, totul se distruge. Avem trei sere, patru hectare jumătate. Nu știu acum să-ți spun cât face în ce măsurați voi în America. Trebuie calculat.

După care schimbă câteva fraze cu copiii, din care Alice înțelese cuvântul apă, pe care tocmai îl învățase, pronunțat de mai multe ori.

— Impresionant, murmură. Foarte impresionant. De necrezut.

— Adaptare se cheamă, Alice, îi răspunse bărbatul. Copiii trebuie mers să desfunde scurgerile la apa de ploaie. Altfel, inundă și culturile, haști – făcu un semn cu palma în dreptul gâtului. Dacă vrei, însoțești la ei... nu, pe ei... of, engleza, uitat.

Îi ajută bucuroasă pe copii să scoată dopurile formate din crengi și vegetație măruntă, amestecată cu noroi întărit, din sistemul ingenios de șanțuri care colectau apa de ploaie pentru a o trimite către culturi. Munci cot la cot cu ei, fără să știe când a trecut timpul, realizând că îi face plăcere și, mai ales, că pentru prima oară după multă vreme se simte cu adevărat utilă. Își aminti vag de America, de parcă ar fi trăit acolo într-o altă viață. Un moment, crezu din tot sufletul că ar putea rămâne alături de acești oameni pentru totdeauna, ducând asemeni lor o viață simplă, fără griji sau nevoi sofisticate. Momentul trecu însă și realiză că s-ar putea să nu își mai vadă casa și mai ales pe tatăl său, pe care și-l închipui înnebunit de griji, disperat să o găsească, neștiind dacă mai trăiește sau nu. Și din acest motiv se gândi că trebuie să-l anunțe cumva,

aşa că, după ce Jon îi strigă că au terminat ziua de lu-
cru, găsi momentul în care să-l întrebe:

— Spune-mi te rog, unde este cel mai apropiat
oraş? Aş vrea să anunţ acasă că sunt bine.

Ion se gândi câteva clipe înainte de a-i răspunde.
Alice bănui că încearcă să traducă.

— Oraş... orăşel... Nu departe. Mergem acolo într-o
zi, nu mult.

Se întoarse gânditoare la fermă, urmată de cei doi
copii. Bărbatul rămăsese în urmă să închidă poarta
pentru a împiedica accesul animalelor în seră. Sub o
ţeavă din care curgea vesel un fir de apă, îşi spălară
mâinile cu un săpun mare, cu miros de sodă, produs
la fermă. Se adunară cu toţii într-o încăpere plină cu
mirosuri de mâncare gătită, cu o masă mare în mijloc,
înconjurată de scăunele rotunde, cu trei picioare. Ali-
ce înţelese la ce folosea paralelipipedul, asemănător
cu cel aflat în camera ei, din plăcuţe ceramice. Era o
sobă scundă, acoperită de o placă de fier înnegrită, pe
care erau aşezate mai multe oale. Maria aruncă, prin
portiţa de la bază sobei, câteva bucăţi de lemn.

O luminiţă sclipea veselă din balonul de sticlă al
unei lămpi atârnate în tavan. Îi cunoscu şi pe ceilalţi
membri ai familiei. Maria îi prezentă pe rând, însă
evenimentele prin care trecuse şi oboseala, învălmă-
şiră în mintea fetei numele lor, complet neobişnuite.
Reţinu însă că mai erau trei cupluri tinere, o pereche
de bătrâni şi alţi patru adolescenţi voinici, doi băieţi
şi două fete, fără însă a se strădui măcar să înţeleagă
gradele de rudenie.

— Mai vrei o porţie, dragă? o întrebă mai mult for-
mal Maria, înainte de a-i umple din nou farfuria.

Alice nu-şi amintea când mai mâncase cu atâta
poftă. Brânza de oi, amestecată cu o fiertură întărită

din făină de porumb, despre care află că se numeşte mămăligă, alături de două ouă moi, de găină şi câteva bucăţi de carne bine prăjită, toate amestecate cu untură fierbinte, îi părură absolut delicioase.

Capul familiei aduse o sticlă, plină pe trei sferturi cu un lichid limpede, din care turnă în câteva păhărele pe care le împărţi adulţilor. Alice sorbi doar puţin din lichidul aromat, puternic alcoolizat, însă tuşi imediat până simţi că-i dau lacrimile. Bărbaţii râseră prieteneşte de ea, alegându-se cu un potop de sudălmi de la Maria. Fără să se arate prea curioşi, încercară, timid, să o atragă într-o conversaţie, poticnită de desele pauze în care trebuia să aştepte ca Maria să le traducă, din care de fapt ea află mult mai multe despre familia Bradony. Jon luă de pe un raft mai multe manuale tehnice, de sticlărie, cu coperţile roase de atâta folosire, pe care i le arătă cu mândrie. Îşi fabrica singur plăcile de sticlă, într-o clădire mare, pe jumătate îngropată în pământ, din care ieşea un coş înalt, susţinut de mai multe ancore de sârmă. Panourile de sticlă, foarte căutate pentru construcţia serelor sau pentru a le înlocui pe cele distruse de furtuni, aduceau, prin troc, familiei bunuri pe care nu şi le puteau fabrica singuri, cum ar fi obiectele din metal, unele alimente sau conservanţi pentru alimente, Alice nu era sigură că înţelesese prea bine. Îi ascultă cu ochii mijiţi de oboseală, ameţită de păhărelul de alcool pe care, încet, îl băuse tot, până când Maria o ridică de la masă, tăind cu câteva vorbe răstite protestele celorlalţi. O conduse în camera ei şi aşteptă până o văzu băgată în pat.

— Maria, spune-mi, când putem merge în oraş? Aş vrea să anunţ acasă că sunt bine.

Femeia o înveli cu grijă, trăgându-i pledul gros până sub bărbie.

— Oraş? Nu mai există oraşe de mulţi ani, dragă. După cum nu mai există nici radiocomunicaţii sau altele. Oraşele au dispărut în primii ani de după Prefacere.

— Bine, dar Jon mi-a spus... Mi-a spus că este unul, un orăşel, prin apropiere. Poate acolo... Poate aş putea găsi ceva.

— Săracuţa de tine. Cred că Ion s-a referit de fapt la un biet sat. Nu au telefon sau nimic altceva din ce ţi-ar putea folosi. Nu mai avem aşa ceva de mulţi ani. Copiii noştri nu mai ştiu ce înseamnă radio, televiziune, internet. Nu au văzut vreodată aşa ceva. Mă tem că nici electricitate nu avem. Însă acum e mai bine să dormi. O să fie bine. O să fie bine.

Alice adormi repede, nu însă înainte de a realiza că Maria îi cânta iar cântecelul acela liniştitor, cu efecte aproape magice, pe care îl auzise şi în noaptea trecută, când fusese foarte agitată.

Capitolul 20

11 septembrie 2051
New Washington
America

Aron Mordecai îşi lăsă bătrânul Ford în parcarea subterană de la Casa Albă cu doar un sfert de oră înainte de începerea conferinţei de presă. Era insuficient pentru a ajunge la timp, chiar dacă alergă până la liftul ce-l adusese la nivelul de la suprafaţă, unde se găsea reşedinţa prezidenţială. Procedurile de securitate de la Casa Albă rămăseseră neschimbate. La ieşirea din lift, înainte de a o lua pe aleea ce ducea către reşedinţa preşedintelui Americii, o mică echipă de patru soldaţi, probabil asistaţi de mulţi alţii, aflaţi în spatele detectoarelor şi camerelor video cu circuit închis, l-a verificat şi controlat pe îndelete. Nu se opuse pentru că nu avea niciun rost; protestele îi făceau pe militari să devină mai meticuloşi. După ce retina i-a fost scanată, i-au recoltat o picătură infimă de sânge dintr-un deget, pentru proba ADN de verificare a identităţii. Între timp, ajutându-se de un detector sofisticat, unul din soldaţi l-a cercetat atent pentru ca nu cumva să deţină arme sau bombe. Abia apoi i s-a permis accesul pe aleea lungă de o sută cincizeci de metri ce ducea spre Casa Albă. Merse atât de repede pe cât era posibil; alergările prin parcul din faţa Casei Albe atrăgeau automat suspiciuni echipelor de pază şi, în cel mai bun caz, ar fi avut de dat alte explicaţii nesfârşite. Un corespondent fusese aproape ucis în urmă cu câţiva ani datorită grabei, considerate nefireşti, de a ajunge la o conferinţă de presă.

Profită de scurta plimbare pentru a admira clădirea în care se afla sediul puterii Americii. Casa Albă nu era o replică a celei din abandonatul Washington, ci chiar originalul. Fusese desfăcută şi transportată bucată cu bucată, la scurt timp după terminarea Războaielor de Secesiune, din ordinul lui Jimmy Conrad, care reunificase țara. Din păcate, asemeni lui George Washington, primul preşedinte american şi constructorul originalului, acesta nu mai apucase să vadă clădirea terminată şi să stea la Biroul Oval din aripa de vest, cum adesea spunea că îşi doreşte. Un complot, ai cărui autori nu fuseseră găsiţi, l-a ucis spre sfârşitul celui de al cincilea mandat. Bineînţeles, profitând de strămutare, din raţiuni de securitate, constructorii aduseseră modificări subtile interioarelor. Sau mai puţin subtile, cum era cea din Camera de Est, folosită în mod tradiţional pentru conferinţe de presă. Aici bătrânul pian Steinway, la care se cântase, pe vechiul amplasament al Casei, la sumedenie de recepţii şi baluri, fusese înlocuit cu un masiv ecran transparent de protecţie, de după care cuvânta preşedintele.

Pentru corespondenţi se instalaseră fotolii comode, prevăzute cu tastaturi şi ecrane, de la care puteau transmite în direct către canalele media pe care le reprezentau. Încercând să facă cât mai puţin zgomot cu putinţă, Isaac se strecură spre fotoliul său, aflat chiar spre mijlocul celui de-al treilea rând din faţă. În orice caz, erau semne evidente de progres; el prinsese şi vremurile, din vechea capitală, când era foarte dificil să prinzi un loc pe scaun la conferinţele de presă ale Casei Albe. Preşedintele încă nu apăruse; lipsea chiar şi hărmălaia conversaţiilor obişnuite ale corespondenţilor de presă, redusă doar la un murmur neinteligibil. Tragedia lui Heaven îi marcase pe toţi. Neobişnuită era şi apariţia lui Conrad într-o conferinţă de presă. În ultimul an refuzase orice interviu, preferând să trimită din când în când comunicate înregistrate canalelor media. Isaac se aşeză greoi la locul său şi îşi porni monitorul exact când în sală luară poziţie militarii din serviciul de protecţie a preşedintelui, cu armele la vedere, aruncând priviri reci în jur, în căutarea vreunei primejdii. După ce se convinseseră că totul e în regulă, şeful lor validă venirea preşedintelui. Acesta apăru pe un piedestal din spatele pupitrului inscripţionat cu însemnele prezidenţiale, care se ridică încet din podea, în spatele ecranului de protecţie. În stânga preşedintelui, uşor retras în spate, stătea generalul Norris Hood, iar în dreapta, noul vicepreşedinte, Luke Marshall. Conrad privi o clipă sala, apoi începu să-şi citească discursul de pe un ecran încastrat în pupitru. Felul în care ridica privirea, pentru perioade lungi, lăsa clar să se înţeleagă că îşi învăţase discursul pe de rost.

— După cum ştiţi din comunicatul dat de Casa Albă în urmă cu câteva ore, aproape imediat ce am aflat şi noi, staţia spaţială turistică Heaven s-a prăbuşit noaptea trecută, la ora 23 şi 18 minute, deasupra Europei de Est, cu puţin în afara graniţelor Autarhiei Europene. Heaven avea la bord o sută patruzeci şi doi de cetăţeni americani, dintre care douăzeci şi cinci erau membri ai echipajului. Avem motive să credem că toţi şi-au pierdut viaţa. Ei au ajuns pe Heaven în urmă cu patru zile, iar îmbarcarea s-a desfăşurat normal.

Pe ecranele corespondenţilor de presă se proiectă o animaţie, cu globul pământesc şi un mic punct alăturat, care o reprezenta pe Heaven. Punctul se învârti cu mare viteză de mai multe ori, lăsând în urmă un cercuri subţiri, colorate în galben, reprezentând orbita staţiei. Impresia produsă jurnaliştilor fu cu atât mai puternică cu cât animaţia era arhicunoscută: fusese folosită până la saturaţie pentru promovare, de către consorţiul industrialo-financiar care preluase Staţia Spaţială Internaţională, abandonată, asemeni bazelor lunare, pentru a o transforma într-o staţiune turistică spaţială. Pe ecrane, punctul care o reprezenta pe Heaven se opri, fiind înlocuit cu o pată roşie, sugerând explozia. Animaţia focaliză în acel loc, apărură şi linii şerpuite reprezentând graniţele, arătând fără nicio îndoială că prăbuşirea avusese loc deasupra Europei, în est.

— Nu ştim deocamdată mult mai multe decât ştiam în urmă cu câteva ore. Generalul Hood – făcu un semn uşor cu bărbia, spre acesta – a ordonat deja deplasarea mai multor sateliţi militari spre zona dezastrului. Aşteptăm noutăţi din clipă în clipă. Până ne vom lămuri ce s-a petrecut, orice activitate civilă spaţială este suspendată.

Mordecai râse în sinea sa, urmărindu-şi colegii care transmiteau de zor, pe nemestecate, către reţelele lor, discursul prezidenţial. În afară de Heaven, nu mai existau şi alte activităţi spaţiale civile. Până şi sateliţii civili de telecomunicaţii fuseseră rechiziţionaţi de armată, chiar de la începutul Războaielor de Secesiune, chipurile doar pe durata ostilităţilor, însă situaţia se permanentizase. Staţia Spaţială turistică fusese singura concesie făcută industriei civile de fostul preşedinte, Jimmy Conrad. Se făcuseră mai multe speculaţii la acea vreme, despre neobişnuitul gest, din care cea mai plauzibilă fusese că nici măcar preşedintele nu-şi putea permite să refuze consorţiul industrialo-financiar special creat pentru a-l construi pe Heaven, ai cărui membri îi finanţaseră de mai multe ori campaniile militare. În acea vreme, ţara îşi re-

venea cu greu de după transformările aduse de Pre-
facere, dar mai ales de după Războaiele de Secesiune.

De după peretele transparent de protecție, Conrad
făcu o pauză, își plecă privirea pentru câteva clipe,
apoi reluă grav:

— Trebuie să mai fac un anunț. Conform listei pa-
sagerilor, la bordul lui Heaven se afla și Alice, fiica vi-
cepreședintelui Marshall.

Atenția tuturor, monopolizată de președinte, se
îndreptă acum asupra lui Marshall. Era evident că nu
dormise de când aflase de Heaven. Umerii căzuți, pri-
virea rătăcită și barba nerasă îi dădeau un aer de om
terminat. Când socoti că l-au cercetat suficient, Con-
rad se pregăti să-și reia discursul, după ce-și petrecu-
se protector un braț peste umerii lui Marshall. Însă
vicepreședintele ridică privirea și vorbi:

— Voi face totul, dar absolut totul ca să-mi aduc
fata acasă, indiferent dacă este vie sau...

Conrad așteptă câteva secunde, după care sparse
tăcerea ce se lăsase în sală:

— Suntem alături de prietenul și colegul nostru, în
durerea lui și vom face tot ce ține de această adminis-
trație pentru a-i fi de ajutor. Îi asigur atât pe vicepre-
ședinte, cât și pe toți americanii, că vinovații pentru
această faptă odioasă vor fi pedepsiți cum se cuvine.

Mordecai tastase deja o întrebare și o introduse
în sistem. Întrebarea apăru imediat pe banda de jos a
tuturor ecranelor corespondenților de presă. Simul-
tan, ea fu citită și de echipa condusă de David Salazar,
asistentul personal al președintelui, care pregăti răs-
punsul.

— Ariel Mordecai, de la AOL. Heaven avea un nu-
măr dublu de capsule de salvare față de numărul total
de locuri. Chiar nu a scăpat nimeni?

Îşi făcuse bine temele, cercetând în drum spre New Washington pe îndelete site-ul agenţiei de turism spaţial. Despre sistemele de siguranţă cu care era dotat Heaven dăduse aproape întâmplător. Agenţia nu se străduise prea tare să le promoveze, strategii lor în marketing insistând pe ideea siguranţei absolute pe care o oferea Staţia Spaţială. Doar simpla prezenţă a capsulelor de salvare obligatorii inducea turiştilor un sentiment de nesiguranţă aşa că, cel puţin în faza contractării sejururilor, subiectul era evitat.

Conrad luă un pahar cu apă din care sorbi puţin. Citi repede răspunsul pregătit de Salazar care însă nu îl mulţumi. Îi făcu semn generalului Hood să răspundă la întrebare.

— Deocamdată nu ştim nimic despre eventuali supravieţuitori. Nu uitaţi că sistemele de salvare ale lui Heaven au fost testate doar în laborator. Până acum n-au fost folosite vreodată în cazuri reale, aşa că nu putem şti cum s-au comportat. Aş vrea însă să insist asupra faptului că Staţia Spaţială turistică a fost atacată şi distrusă de o rachetă lansată din spaţiul aerian al Autarhiei Europene. Nu există niciun dubiu. Lansarea rachetei a fost înregistrată de mai mulţi sateliţi, ba chiar şi de senzorii de la bordul staţiei spaţiale, care ne-au transmis date până la impact. A fost un act premeditat de agresiune, neprovocat, în fapt asupra unui teritoriu american şi asupra cetăţenilor americani.

Hărmălaia cuprinse Camera de Est a Casei Albe. Pe banda de dialog de pe ecran curgeau întrebările. Mai mulţi jurnalişti renunţaseră să le mai scrie şi le strigau şi cu voce tare. Pe ecran, întrebările adresate ce intrau din nou pe bandă, aveau deja ataşate răspunsuri, date de echipa condusă de Salazar. Mordecai renunță să le mai parcurgă; la sfârșitul conferinței de presă putea accesa, la fel ca și ceilalți corespondenți, fișierul cu înregistrarea acesteia. Conrad alese o altă întrebare pe care dori s-o comenteze personal, adresată de o tânără durdulie, plină de pistrui. Mordecai nu-și amintea s-o mai fi văzut.

— Cum are de gând America să răspundă la această agresiune?

— Analiștii militari și civili ai președinției analizează în acest moment situația. În funcție de concluziile lor, vom formula propunerea noastră de ripostă, o vom supune ratificării Congresului apoi o vom pune în practică. Vă vom informa la momentul respectiv, dar vă asigur că va fi o ripostă pe măsura acestei incredibile atrocități.

— Intenționați să porniți războiul împotriva Autarhiei Europene?

Existau cel puțin cinci întrebări pe această temă, așa că, din nou, Conrad hotărî să le răspundă verbal.

— Nu este exclusă nicio posibilitate. Renunță la tonul calm și diplomat. Da, este foarte posibil. Nu că vom duce un război în sensul clasic, la care vă gândiți. Nu o să mai moară niciun american în Europa sau de mâna unor europeni. S-a întâmplat acum douăzeci și cinci de ani, în perioada atentatelor, când a trebuit să ne închidem granițele. S-a întâmplat în două dintre cele mai crâncene războaie duse vreodată, în secolul trecut. S-a întâmplat din nou și acum zece ore. Ei bine, vă asigur că asta nu se va mai întâmpla vreodată. Când vom termina cu ei n-or să mai fie în stare să ne atace nici măcar cu o piatră.

Mordecai rămase indiferent la elanul războinic al președintelui. Apăsă clapele tastaturii cu repeziciune:

— Ce căuta naveta noastră deasupra Europei, la sute de mile de traiectoria autorizată?

Fluxul de răspunsuri la întrebările deja adresate se opri brusc. Acestea defilară către partea din dreapta a ecranului şi dispărură. Rămase numai întrebarea lui Mordecai care părăsi şi ea ecranul. Ceilalţi corespondenţi încetară pe moment alte activităţi, aşteptând răspunsul. Conrad îi făcu semn generalului să răspundă. Acesta păru încurcat pentru o clipă însă îşi reveni imediat.

— Este posibil să fi suferit vreo avarie minoră, încă nu ştim. Imediat ce vom afla, vă vom informa. Mulţumesc, asta e tot.

Tastaturile se blocară, semn că nu mai puteau fi puse întrebări. De altfel, piedestalul pe care se aflau cei trei începuse deja să coboare. După ce dispăru, se retraseră şi gărzile.

Mai târziu, căutând în fişierul memo al conferinţei de presă, Mordecai nu fu deloc surprins să descopere că întrebarea sa, ultima, nu numai că nu primise răspuns, dar nici măcar nu fusese înregistrată.

Capitolul 21

13 septembrie 2051
zona Oblitza
Estul Sălbatic

Spre surprinderea ei, cu toate că se trezise de dimineaţă, Alice nu mai fu lăsată să iasă afară. Cei doi copii au împins-o încet, spre bucătărie, unde primi un mic dejun consistent, din ouă fierte, moi, cu brânză şi roşii, la care se adăugă o felie groasă de pâine pufoasă, din cea rămasă de la masa de seară. Băiatul silabisi cu greu ce notase cu creta pe o plăcuţă de lemn, vopsită în negru.

— Tu... stai. Afară... rău. Tata Jon roagă.

Şi încă ceva, ce nu putea înţelege. Pe fereastră se vedeau nori negri. Alice nu terminase micul dejun, când izbucni furtuna. Vreme de două ore, vijelia frământă ploaia într-o perdea aproape continuă, ondulată, spartă la răstimpuri neregulate de fulgere prelungi, prin care nu se putea zări nimic aflat la o depărtare mai mare de câţiva paşi. Tunetele făceau geamurile să zdrăngăne. Alice îi ajută pe cei doi copii să deretice prin casă, iar ceva mai târziu dejunară împreună, mirându-se de lipsa adulţilor. La încercările repetate de a mai afla câte ceva, Michael îşi lua tăbliţa, de pe care îi silabisea, cu greutate, ceea ce deja îi spusese.

Nemaiştiind ce altceva să facă, ceru, prin semne, băiatului tăbliţa şi bucata de cretă. Scrise câteva cuvinte simple. Copiii se prinseră în joc: scriau un cuvânt şi îi arătau obiectul corespunzător după care îi cereau şi ei să îl scrie, în engleză. Afară, ploaia deasă luase locul furtunii. Maria veni când aproape se întunecase, după ce Ana aprinsese două lămpi cu ulei. De cum o văzu, Alice o potopi cu întrebări:

— Unde-i toată lumea? Ce ați făcut astăzi? Ați fost la sere? De ce nu m-ați luat și pe mine?...

— Uite ce-i, nu aș vrea să te sperii. Trebuie să cobori acum cu copiii în pivniță. O să venim și noi, mai târziu. O să-ți răspund, mai târziu, la tot, îi mai spuse, potolindu-i cu un gest șuvoiul de întrebări. Te rog, ai grijă de ei.

***

Plutonul lui Vlad plănuise să atace ferma familiei Bradony la un ceas după ce se vor fi stins toate luminile de la ferestre. Trupa, împuținată de lupta de la epava dirijabilului, îngropase deja trei soldați, iar un al patrulea trăgea să moară. Alți doi erau răniți serios și nu puteau participa, o vreme, la niciun fel de bătălie. Vlad hotărâse să atace ferma la căderea nopții după ce o observase atent, ore în șir, pândind obiceiurile localnicilor, analizând posibile puncte de rezistență. Merseseră aproape fără oprire de când prădaseră dirijabilul prăbușit pentru a mări cât mai mult distanța dintre ei și militarii Autarhiei care – Vlad era absolut convins – veniseră să-l caute. Dormiseră pe apucate, câte două-trei ore în ultimele două nopți până când, în zori, ajunseră la codrul de lângă ferma familiei Bradony, iar Vlad ordonase popasul. Unii soldați găsiră puterea să mai înalțe corturi, însă cei mai mulți se prăbușiseră epuizați de pe cai, și adormiseră direct pe pământul îmbibat cu apă, complet indiferenți la furtuna de afară. Biruindu-și oboseala, Vlad îl luă deoparte pe Gligor, mâna sa dreaptă, și-l duse până spre ultimii copaci din codru de unde-i arătă, pe deal, ferma.

— Avem nevoie de alimente. Avem nevoie să ne hrănim caii. Trebuie să ne odihnim, să ne uscăm și să îngrijim răniții. Poate găsim şi răcani. Îi atacăm la noapte.

Gligor nu spuse nimic. Îi ceru binoclul militar stră-vechi, cu lentilele foarte zgâriate, prin care, după ce îl primi, analiză îndelung ferma şi împrejurimile, atât cât se putea desluşi prin furtună.

— O să ne încurce atâta ploaie. Şi cam sus aşezată. Dacă se apără, o să avem pierderi grele.

Vlad studie la rându-i, prin binoclu, ferma şi îm-prejurimile, protejând lentilele cu palmele făcute căuş.

— Ploaia o să ne ajute, n-or să ne audă venind. N-o să avem pierderi, noaptea nici n-or să ne poată vedea până când nu va fi prea târziu pentru ei. Şi-apoi, cine vrei să se apere, sunt nişte ţărănoi proşti. Am putea năvăli şi acum.

Gligor nu părea însă convins.

— Poate ar fi mai bine să-l punem pe soldatul ăla să ne arate cum merg armele pe care le-am luat de la balon, dacă tot le-am cărat atâta amar de drum. Da-că-s aşa de tari cum se zice, am putea să trăsnim de aici ferma, cu ţărănoi cu tot şi-apoi să înşfăcăm tot ce vrem.

— Pe soldat l-aţi atins cam tare, e năuc de cap. E şi rănit, l-au pălit ai noştri acolo, la balon, a avut febră mare până mai ieri. Poate scapă. Apoi poate n-o să vrea să zică şi l-om pune la cazne, iară dacă urlă, prind ăia de veste. Şi nici nu-i cum te înţelege cu el, ăla de ştie să vorbească precum europenii a încasat un glonţ şi delirează. Nu, după ce luăm ferma, om avea destulă vreme să iscodim pe îndelete ce-i cu noile arme. Aşa că atacăm la noapte. Noi vom dormi cu schimbul, vom şade când unul, când altul, să vedem ce fac ţărănoii, ca să ştim cum să-i lovim.

Cum se întunecă, Vlad îl puse pe Gligor să-şi trezească, pe rând, oamenii. Mâncară cam tot ce mai rămăsese din firavele lor provizii, iar Vlad le împărţi câte un păhărel cu răchie, din provizia proprie, ca să prindă curaj. Ploaia se oprise, iar cerul se înseninase aproape complet. Doar câţiva nori răzleţi treceau leneş prin dreptul Lunii, ascunzând-o pentru câteva clipe. Liniştea era spartă de sforăitul vreunui cal, de zăngănitul armelor sau de trosnetul vreascurilor rupte sub picioarele soldaţilor care pregăteau atacul. Dinspre fermă nu se auzea niciun sunet şi nu se vedea vreo mişcare.

Vlad porni atacul, trimiţând zece călăreţi care se apropiară în cea mai adâncă linişte, cu copitele cailor învelite în cârpe. Ajunseră la dâmbul pe care se afla ferma, la nu mai mult de o sută de metri, încălecară şi se hotărâră să îşi mâne caii în galop ca să ajungă mai repede la ograda fermei. Abia porniră când, de nicăieri, şfichiuiră crengi de răchite tinere între care erau întinse fire subţiri dar solide de sârmă în care caii se răniră, se poticniră şi îşi azvârliră călăreţii din şei. Întunericul fu străbătut de nechezatul cailor şi de urletele de durere ale atacatorilor, care se aleseseră cu fracturi deschise sau vânătăi zdravene. Bătură imediat în retragere, sprijinindu-se unii de alţii, păşind cu greu prin pământul îmbibat cu apă. Pierdură cele mai multe dintre arme dar nu mai zăboviră să le caute în întuneric.

Un al doilea val, de zece pedestraşi, porni să urce panta dealului, deschizând furioşi focul din puşti şi arme automate, asupra clădirilor întunecate, luminate vag de Lună. Nici ei nu ajunseră mai departe de jumătatea pantei, când asupra lor se rostogoliră buştenii mari, scobiţi asemeni mosoarelor şi împănaţi de piroane ascuţite de fier, din care fuseseră făcute gardurile. De această dată fu un adevărat masacru. Toţi atacatorii căzură la pământ, cei mai mulţi ucişi pe loc de tăvălugurile lansate de apărători. Noaptea se umplu de ţipetele răniţilor. Asupra celor patru soldaţi pe care Vlad îi păstrase în rezervă, precum şi asupra sa şi a lui Gligor, se abătu un potop de pietre ascuţite aruncate cu multă îndemânare, din praştii, de sătenii chemaţi din vreme în ajutor.

Apărătorii fermei, se năpustiră din toate părţile cu cuţite lungi şi topoare asupra soldaţilor îngroziţi. Lupta se sparse în mai multe încăierări individuale. Câţiva câini mari lătrară printre caii care cambrară speriaţi, aruncându-şi călăreţii. Alţii săriră, aşa cum fuseseră dresaţi, la beregatele atacatorilor. Sătenii îşi copleşiseră numeric adversarii. Atacau câte patru sau cinci vreun soldat îngrozit, care îşi rotea arma în toate părţile, nehotărându-se unde să tragă mai întâi. Un sătean îl ameţea din spate cu o lovitură la ceafă iar soldatul se prăbuşea în timp ce ceilalţi se năpusteau asupra lui. Dacă avea noroc, leşina şi era ucis fără să ştie şi fără să îl doară. Dacă nu, bulbuca ochii şi striga după îndurare în timp ce sătenii îi înfigeau o furcă sau un cuţit în piept, ori îi crăpau capul cu sapa. Mai mulţi agresori au încercat inutil să-şi predea armele, însă sătenii nu aveau nici cea mai mică intenţie să ia prizonieri. Gligor, împreună cu patru soldaţi ce scăpaseră din plutonul lui Vlad, o luă la fugă, abandonând răniţii, prada luată de la dirijabil, caii, aproape toate armele, proviziile şi prizonierul. Îşi lăsară chiar şi căpetenia, pe Vlad, cu capul crăpat de un bolovan, agonizând.

Ambuscada celor de la fermă, pusă la cale chiar în acea dimineaţă, imediat ce plutonul fusese reperat, funcţionase desăvârşit. Sătenii şi fermierii, cu făclii

aprinse, au căutat şi soldaţii răniţi, pe care i-au omo-
rât imediat ce i-au găsit.

— Cu ăsta ce-i? se răsti un sătean, când dădu peste
Ivan, cu mâinile şi picioarele legate şi cu un căluş în
gură.

Jon Bradony, aflat în preajmă, se apropie curios.
Ridică făclia pe care o ţinea în mână. Flăcările jucară
o clipă pe chipul tânărului.

— O fi de-al lor, cine ştie ce o fi făcut. Lasă-mă să-l
termin şi gata, zise cu ură săteanul, ridicând securea.

— Stai, îl opri Jon. Priveşte-i hainele. Nu e dintre
bandiţi, e îmbrăcat în uniformă.

Se ridicară amândoi. Ion îndreptă făclia către tâ-
năr.

— E uniforma Autarhiei. Soldaţii l-au luat prins
cumva. Zic să-l ţinem viu, poate vom scoate un folos,
cumva, de pe urma lui.

**

Alice, împreună cu copiii cei mici ai familiei Bra-
dosy, aşteptase înfrigurată, în pivniţă. Înainte de înce-
perea bătăliei, veni Maria însoţită de celelalte femei
de la fermă. Înăuntru, la lumina unui opaiţ, Maria îi
explicase pe îndelete ce se pune la cale. Cu toate că, în
mod evident, nu puteau fi auzite de afară, amândouă
vorbiseră în şoaptă.

— Există mai multe bande de indivizi înarmaţi, o
lămuri Maria. Atacă tot ce pot, jefuiesc, ucid, dau foc
şi pleacă. Uneori ne iau copiii pe care îi cresc ei, să
devină nelegiuiţi, asemeni lor. Pe femei le violează şi
abia apoi le omoară, îi şopti abia auzit, atentă să nu o
audă celelalte femei din pivniţă, cu toate că acestea
nu înţelegeau deloc engleza.

Alice se foise, fără să priceapă. De afară răzbăteau vag, ca o părere, zgomotele bătăliei. Maria spuse ceva în limba ei, pentru a le liniști pe celelalte femei.

— Noi i-am văzut de dimineață, nici n-apucaseră să descalece bine. Jon al meu a dat imediat fuga în sat, să cheme ajutoare. Şi oamenii au venit să ne apere, aşa cum facem şi noi când ne cheamă. La început, acum mai mulți ani, ne-a fost tuturor frică, şi tâlharii ne-au luat pe rând, fermă cu fermă. Numai satul de câte ori l-au prădat! Când veneau tâlharii – şi erau chiar mai mulți în acele vremuri – fugeam cu toții în pădure, ca să scăpăm cu viață. Aveam locuri în care ascundeam din vreme provizii. Tâlharii rămâneau câteva zile, furau, iar la ce nu puteau căra sau nu le era de trebuință, dădeau foc. Iar noi o luam iar de la capăt. Numai satul de câte ori a fost reconstruit! Până când l-au mutat oamenii pe deal, unde e mai uşor de apărat; să tot fie vreo zece ani de atunci. Jon, în schimb, n-a vrut cu niciun chip să mergem şi noi în sat, la adăpost. A zis că el aici s-a aciuat şi aici rămâne.

Una dintre femeile tinere o întrerupse. Schimbară câteva cuvinte, fiind aprobate de către celelalte, după care se întoarse să-i traducă.

— Vor să mergem să dăm o mână de ajutor, să îngrijim de răniți. Le e teamă pentru bărbații lor. Tu poți să rămâi aici până se termină totul, o să trimit pe careva după tine.

— Nu, în niciun caz. Vin şi eu.

Afară însă bătălia se sfârşise la jumătate de ceas după ce începuse.

***

Alice îl privi cu curiozitate pe tânărul lăsat de săteni într-una dintre magaziile în care se păstra fânul pentru animale. Îl așezaseră sprijinit de un perete de scândură, aproape de ușă și plecaseră în grabă, lămurind-o prin semne să rămână alături de el. Se lăsă pe vine și îi desfăcu călușul, lăsându-i totuși mâinile legate, așa cum fusese adus. Mirosea puternic a transpirație. Bărbatul spuse ceva, rotindu-și privirea în toate părțile.

— Îmi pare rău, nu înțeleg, îi răspunse Alice, bănuind că i se adresează.

— Unde mă aflu?

Engleza lui avea un accent neobișnuit, dar era perfect inteligibilă.

— Undeva, în estul Europei. La ferma familiei Bradony. Cei care au luptat cu soldații. Cum ai ajuns la ei?

— Tu cine ești? Cine sunt cei care te însoțesc? Ce vreți de la mine? Și desfă-mi naibii legăturile astea, arătă cu bărbia către sforile care-i legau mâinile în față, și-i lăsaseră dâre vineții de sânge închegat.

Se priviră în tăcere câteva clipe, după care Alice se ridică și luă o seceră atârnată într-un cui bătut în peretele de scânduri al magaziei, aflată lângă mai multe unelte agricole, cu care îi tăie legăturile. Tânărul își masă îndelung încheieturile și se ridică greoi în picioare. Îi întinse mâna dreaptă.

— Eu mă numesc Ivan Hill. Sunt soldat, din Autarhia Europeană.

— Alice Marshall. Sunt – ezită o clipă – din America.

Ivan se trase înapoi. Fața i se crispă, după care se destinse.

— Glumești, nu-i așa? Ce să caute americanii în estul Europei? Nici noi nu venim pe aici, printre sălbatici. Serios, de unde ești? Nu credeam că prin aceste

locuri ştie cineva engleza. Va trebui să mă ajuţi să mă
întorc, trebuie să raportez ce s-a întâmplat...

— Sunt exact de unde ţi-am spus. A avut loc un
accident, ceva, pe staţia spaţială Heaven, unde mă
aflam şi eu. Am scăpat cu o capsulă de salvare. Iar cât
despre sălbatici, o să te convingi că nu sunt deloc aşa.
Sunt oameni amabili şi primitori, asta în pofida a tot
ceea ce se spune acasă despre Europa. De fapt, multe
lucruri nu sunt aşa cum mi s-a spus acasă. Dar tu cum
ai ajuns aici?

Uimirea se aşternu din nou pe chipul lui Ivan. În-
ghiţi în sec de câteva ori. Înşfăcă ameninţător secera
cu care Alice îi tăiase legăturile.

— Tu... după cum vorbeşti... Voi, americanii... Mi-
aţi ucis părinţii. Aţi distrus lumea. Trebuie să vă uci-
dem până la ultimul.

Alice se retrase până se lipi cu spatele de peretele
de scânduri al magaziei. Pe dibuite, nimeri peste coa-
da unei furci pe care o prinse şi o îndreptă spre Ivan.

— Lasă aia jos. Mama mea a murit într-unul dintre
atentatele comise de europeni. Voi sunteţi adevărata
primejdie. Din cauza voastră ne-am închis graniţele.
Nu te apropia mai mult, strigă şi împunse aerul.

— Potoliţi-vă, şi unul şi altul, strigă Maria, pe care
nu o auziseră când intrase în magazie. Vă purtaţi ca
doi copii. Am auzit ce v-aţi spus. Sunt doar prostii,
care v-au fost băgate în cap acasă la voi. Lucrurile nu
stau deloc aşa. Dacă vreţi să vă ucideţi pentru fapte
care s-au petrecut cu zeci de ani în urmă şi care nu
mai pot fi schimbate, n-aveţi decât s-o faceţi. Dar nu
aici. Nu în casa mea.

Alice lăsă, încet, furca. Ivan dădu drumul secerii
care căzu, scoţând un zgomot înfundat când atinse
pământul bătătorit. După care tânărul se prăbuşi şi

el; epuizase ultimul dram de energie în disputa cu Alice. Ambele femei se repeziră să îl ajute.

— Alice, acest bărbat e rănit, ar fi trebuit să-l îngrijeşti.

Maria plecă în grabă pentru a reveni în câteva minute cu un lighean cu apă şi câteva cârpe curate. Amândouă şterseră şi pansară cu băgare de seamă rănile tânărului care gemu încet în vreme ce era îngrijit. După ce isprăviră, Maria chemă în ajutor doi bărbaţi care îl cărară pe Ivan în casă şi-l aşezară pe o laviţă.

Capitolul 22

12 septembrie 2051
Autarhia Europeană

Lui Frankhaim, drumul până la baza militară de la Oradea, singura din zonă care deținea facilitățile necesare pentru a analiza cauzele prăbușirii dirijabilului, i s-a părut cel mai lung din viață. Ațipise de câteva ori, dar îl trezise de fiecare dată același coșmar, trăit pe viu în tinerețe, când fusese surprins de două ori de bombardamentele americane asupra capacităților industriale din bazinul Ruhr al Germaniei de atunci. Deși țara sa, în urmă cu un sfert de secol, fusese cel mai puțin afectată din Europa de bombardamentele americane antipoluare, cu excepția Confederației Helvete, bineînțeles, își promisese lui și supraviețuitorilor că asemenea lucruri nu aveau să se mai repete. Lumea devenise prea mică pentru America și Europa.

Theodora renunțase la drumurile ascunse, de țară, și înscrisese transportorul pe rețeaua de autostrăzi, aflate încă în stare bună, nu atât datorită reparațiilor, care nu se mai făcuseră de zeci de ani, cât traficului foarte redus, de după Prefacere, limitat la autovehicule militare sau oficiale. Se opriseră doar de trei ori la garnizoanele aflate pe traseu, producând mare agitație în rândurile militarilor dar și ușurare după ce aflau că președintele și însoțitoarea lui, doreau doar să mănânce, în fugă, la popotă.

Oricât își frământă mintea, lui Frankhaim îi era greu să imagineze cine și ce ar fi putut doborî un dirijabil de atac despre care primise asigurări că erau aproape inexpugnabile. Chiar el participase la demonstrații de luptă și se convinsese că, cel puțin în Europa, aceste aparate de zbor nu aveau rivali. Frământă în minte tot felul de scenarii, fără însă a avea cu cine să le comenteze, întrucât asistenta sa, Theodora Vassilis, făcea parte din Partidul Noii Lumi, aliat politic conjunctural în parlament, ale cărui şanse păreau să crească odată cu apropierea alegerilor pentru un nou guvern. Chiar dacă PNL mai avea mult până să devină un adversar politic serios pentru Partidul Autarhic, preferase să-şi păstreze asistenta din două motive. Primul ar fi fost că, dacă ar fi schimbat-o, cei de la PNL ar fi căutat o altă breşă prin care să se înfiltreze până la vârful puterii Autarhiei, pe care poate n-ar mai fi fost atât de norocos să o descopere. Al doilea motiv era acela că îşi folosea asistenta pentru a-i intoxica pe concurenţii politici cu informaţii false sau parţial adevărate. Mai avea nevoie de atât de puţin timp! Doar câteva săptămâni până când Khymera, proiectul militar ţinut de patru ani în cel mai strict secret, avea să fie gata. După care chiar nu mai conta. Se deschidea calea pentru ca Europa să redevină, în următorul secol, ceea ce a fost înainte de Prefacere, chiar dacă el, Frankhaim, nu va fi de faţă să se bucure de noile vremuri.

Aşa cum promisese Vassilis, ajunseseră Oradea cu puţin după miezul nopţii. Cu toate că erau aşteptaţi la baza militară, parcurseră procedurile de securitate, desfăşurate ca la carte. Pentru prima oară, Frankhaim regretă pierderea de timp care o presupunea rutina verificărilor de securitate, dar ani în şir insistase asupra lor, ba chiar destituise de mai multe ori militari care nu le urmaseră cu stricteţe. Li se verificară datele biometrice înscrise în cardurile de identitate, procedură care luă ceva timp întrucât, în lipsa computerelor, folosite aproape exclusiv pentru operaţiuni militare, bună parte din proceduri erau efectuate manual. Într-un târziu, după ce li se permise accesul în bază, veni și comandantul acesteia, un colonel cu fața palidă de nesomn, care se oferi să-i însoțească după ce își declarase gradul și funcția, nu însă și numele, așa cum prevedea regulamentul când în bază veneau civili autorizați.

Urcară cu toții într-un mic vehicul electric descoperit, de patru locuri, dispuse câte două, spate în spate, condus de un șofer tăcut, lângă care se așeză comandantul. Frankhaim și Vassilis ocupară locurile rămase libere, cu spatele la direcția de mers.

În interiorul bazei militare era semiîntuneric, spre deosebire de perimetrul scăldat în lumina albă a reflectoarelor cu halogen. Șoferul aprinse farurile și conduse cu viteză redusă spre un șir de cinci hangare joase, înconjurate de un gard din plasă de oțel galvanizat, în care se deschidea o poartă păzită de un soldat aflat într-o mică gheretă.

Recunoscându-și comandantul, soldatul sări să deschidă poarta, pe care o ținu astfel până trecu micul vehicul, după care o închise. Frankhaim se abținu să comenteze ignorarea procedurilor de securitate, dornic să ajungă mai repede la dirijabilul prăbușit. Opriră în fața ultimului hangar, aparent cu nimic diferit de celelalte. Șoferul îi așteptă să coboare, întoarse și se depărtă în direcția porții. Folosind o cheie specială, comandantul descuie o ușă, încastrată într-o alta, mult mai mare, o deschise și îi invită înăuntru. Străbătură o pasarelă metalică ce înconjura hangarul, suspendată de pereți. Sub ei se deschidea, asemenea unei prăpastii, o incintă betonată săpată în pământ, cel puțin la fel de mare cât mărimea văzută din exterior a hangarului, pe fundul căreia se aflau, contorsionate, rămășițele dirijabilului de atac Aether. În jurul acestuia, roboteau o armată de militari îmbrăcați în salopete albe, cu mâinile acoperite de mănuși și chipurile ascunse de măști de gaze.

Conduși de comandant, coborâră un șir lung de scări metalice, până ajunseră la nivelul epavei, la pupa acesteia. Porniră spre prova, aflată o sută de metri mai în față, privind uimiți la ceea ce mai rămăsese din Aether. Anvelopa, complet dezumflată, era întinsă alături de nacela contorsionată. Cioturile palelor elicelor prova și pupa depășeau înălțimea a doi oameni. Frankhaim nu păru impresionat de dimensiunile epavei care, în pofida numeroaselor avarii, păstrase un aer amenințător. Îl întrebă precipitat pe comandant:

— Ați aflat de ce s-a prăbușit?

Acesta îi conduse spre o cabină încăpătoare, cu peretele care dădea spre hangar pe jumătate din sticlă polarizată, în care intrară. Mai mulți militari lucrau concentrați la aparatele presărate de jur împrejur. La un semn al comandantului, ieșiră cu toții. După ce rămaseră singuri, acesta se întoarse spre Frankhaim.

— Am găsit și decodat cutia neagră, domnule. Înregistratorul de bord, care memorează toate manevrele făcute de aparatul de zbor, adăugă, citind nedumerirea din privirea președintelui. Am găsit și am recuperat și acumulatorii, pe care căpitanul aparatului i-a largat, în încercarea de a evita sau întârzia prăbușirea, după ce a golit de apă tancurile cu balast pentru manevre.

— Atunci știți ce s-a întâmplat. Cine i-a atacat? Cum a fost posibil să se prăbușească? Există supraviețuitori?

Militarul își făcu de lucru pe lângă un ecran. Imaginea de pe acesta tremură puțin însă se putu vedea destul de clar, în alb-negru, o încăpere în care se aflau mai mulți saci albi, lunguieți, aliniați pe podea.

— Acesta este echipajul, domnule. Trupurile lor au fost depuse la morga bazei, de acolo este legătura video. Au fost examinate de medicii noștri. Cei mai mulți au murit în timpul prăbușirii, în momentul impactului cu solul. Există însă doi care au fost uciși de gloanțe și schije de grenadă. Credem că, după prăbușire, supraviețuitorii au fost atacați de un grup numeros de agresori. Am recuperat tuburi de cartușe trase, vechi, probabil de dinainte de Prefacere, care nu ne aparțin. Mai credem că agresorii au luat din aparatul de zbor proviziile, tot armamentul ușor, muniție și ceva aparatură. Au demontat și luat tubul prova de lansare a rachetelor, mai multe rachete, trei mitraliere Gaitling de la turelele pupa, tribord și babord și muniții pentru acestea. Este posibil să fi luat și un prizonier. Din echipaj lipsește un membru, domnule. Un soldat aflat la prima lui misiune. Nu i-am găsit cadavrul.

Frankhaim își strânse pumnii la spate. Începu un du-te-vino, cu pași repezi, cu fruntea plecată. Păru că nu o aude pe Vassilis.

— Domnule comandant, cum au doborât agresorii dirijabilul?

— Așa am crezut și noi inițial. Însă pot să afirm că, în mod cert, agresorii de la sol nu au nicio legătură cu prăbușirea lui Aether. Din cercetările efectuate la fața locului, reiese că au fost câteva zeci de agresori, care au utilizat cai pentru transport și au folosit arme de foc de diferite calibre, predominant AK 47, grenade de mână cu fragmentație, care se află în dotarea obișnuită a formațiunilor paramilitare din est. De-a lungul anilor, am anihilat mai multe astfel de grupări. Acestea reprezintă de altfel motivul principal pentru care păstrăm trupe la graniţe. Armamentul lor exclude posibilitatea de a doborî un dirijabil al Autarhiei. Nu paramilitarii l-au doborât, doamnă.

Frankhaim se opri brusc, lângă Vassilis. Amândoi îl priviră întrebător pe comandantul care, din nou, îşi făcu de lucru la tastatura de lângă ecran.

— Ai noştri au pregătit o simulare. Cam aşa credem că au stat lucrurile.

Pe ecran apăru silueta dirijabilului, un oval alb, sub care se afla ataşată nacela, de forma unui mic dreptunghi. În momentul în care ovalul prinse viaţă şi începu să se mişte, comandantul le arătă, cu degetul, pe ecran:

— Aether a traversat o furtună, reuşind să se înalţe deasupra ei printr-o manevră clasică. Când intensitatea furtunii a scăzut, a început coborârea pentru a-şi relua misiunea de patrulare. La aproximativ cinci sute de metri altitudine, anvelopa i-a fost străpunsă de un obiect încă neidentificat, cu temperatură extrem de ridicată, după cum reiese din marginile topite ale găurilor pe care acesta le-a lăsat în anvelopă, venit de sus, din faţă, oblic. Obiectul a mai străpuns şi cinci dintre cele şapte baloane cu heliu, aflate în anvelopă, micşorând puterea ascensională până sub limita de flotabilitate. Baloanele rămase întregi s-au spart la impactul aparatului de zbor cu solul.

Frankhaim urmări atent animaţia, în care ovalul perfect care reprezenta anvelopa dirijabilului pornea în jos, pe o traiectorie aleatorie.

— Vrei să spui că Aether a fost atacat de sus? Proiectilul a reuşit să treacă de sistemul defensiv cu lasere fără să se evapore?

— Sistemul defensiv era oprit, domnule. Căpitanul lui Aether nu avea niciun motiv să îl ţină activat, la altitudinea la care se afla. Dorea probabil să economisească energie pentru momentul în care urma să înceapă patrularea, conform procedurilor. Aş fi înclinat să cred că a fost un meteorit, domnule, numai că...

— Ce anume? făcu Frankhaim ca trezit din visare.

— Numai că, puţin înainte de momentul impactului, s-a semnalat o lansare Kiron, domnule. Nu ştim ce anume a provocat-o, însă e foarte probabil ca Kiron să fi lovit ceva, domnule. Trebuie să vă mai informez că, pe o suprafaţă de trei sute de kilometri pătraţi, seismografele au înregistrat aproape concomitent o serie de impacturi cu solul ale unor obiecte cu energie cinetică ridicată.

— Kiron? Sistemul ăla vechi de baloane cu rachete? Mi s-a spus că nu funcţionează, că a fost scos din uz de ani de zile. Se defectase ceva. De fapt, cred că nu a funcţionat niciodată.

— Aţi fost incomplet informat, domnule. Am fost printre cei care au lucrat la acest sistem, acum cinci ani. Am raportat ierarhic, atunci, că sistemul nu putea funcţiona la parametrii proiectaţi, în stratosferă. Prea multe interferenţe cauzate de furtuni, păţim asta frecvent cu baloanele meteorologice. Am recuperat majoritatea baloanelor lansate, însă unele nu au mai răspuns la comenzile noastre şi au rămas în stratosferă, cu capacitatea ofensivă neafectată. Dacă doriţi o opinie personală, cred că Aether a fost distrus de un fragment rezultat dintr-o intercepţie Kiron care a nimerit ceva, acolo sus.

Theodora sparse tăcerea care se lăsase în sala de comandă.

— Comandante, putem folosi facilităţile de comunicaţii ale bazei?

— Sigur că da, pot trimite pe cineva să vă ajute.

Chiar aici există tot ceea ce e necesar pentru a realiza transmisii şi recepţii securizate.

— Am prefera să o facem singuri, domnule comandant.

Fără un cuvânt, militarul se răsuci pe călcâie şi ieşi, închizând cu grijă uşa în urma sa. Blestemând în gând că nu îi venise ideea la popasurile făcute pe drumul către Oradea, Vassilis se năpusti la consola de comunicaţii, parcurse în grabă procedura de identificare şi se conectă la nodul centralelor de intercepţie de pe coasta atlantică a Autarhiei. Baleie lista fişierelor cu înregistrări ale canalelor de ştiri americane, selectă un interval orar din urmă cu două zile, descărcă şi deschise înregistrarea. Urmări uluit, împreună cu Frankhaim, conferinţa de presă a preşedintelui american Conrad care îşi anunţa poporul despre tragedia lui Heaven, de deasupra Europei. Frankhaim se lăsă greoi pe un scaun. Nu îşi făcea iluzii cu privire la răspunsul americanilor. Cel mai frustrant era însă faptul că mai avea atât de puţin până la lansarea Khymerei, plan care ar fi înlăturat definitiv ameninţarea americană.

Tăcură amândoi, mult timp după ce înregistrarea se terminase.

— Am doborât o staţie spaţială americană. Plină cu americani, murmură într-un târziu Theodora. Dumnezeu să ne ajute, adăugă făcându-şi cruce.

Capitolul 23

14 septembrie 2051
zona satului Oblitza
Estul Sălbatic

Întreaga familie Bradony, ajutată de săteni, lucră mult după ivirea zorilor pentru a aduna caii, armele şi proviziile abandonate de soldaţi. Ploaia, care pornise puţin după încheierea luptelor, se oprise după ce spălase urmele bătăliei. Cu toate acestea, sub copaci se mai găseau băltoace de sânge roşu-închis, închegat. Alice se alăturase femeilor care pregăteau un mic dejun consistent pentru apărătorii fermei. Ivan primise haine uscate şi o cameră în care să se odihnească, dar se trezise după doar două ore de somn, când afară era încă întuneric şi se oferise să dea o mână de ajutor pretinzând că s-a întremat şi poate fi de folos.

— Mai bine nu, o să fie suficient de lucru şi după ce se luminează, îi spusese Maria şi-l trimise înapoi în pat. Acum, în beznă, te-ar putea confunda cu un tâlhar scăpat şi..., îşi trecu muchea palmei prin preajma gâtului ca să nu fie vreo umbră de îndoială asupra sorţii ce îi aştepta pe agresorii care cădeau vii în mâinile sătenilor.

În ciuda faptului că era extrem de obosit după cele două zile de marş istovitor cu soldaţii lui Vlad, Ivan nu reuşi să adoarmă din nou. Evenimentele din ultimele ore şi puţinele ore de somn de care avusese parte în casa familiei Bradony îi induseseră o stare de surescitare. Văzuse un american în carne şi oase. Era puţin dezamăgit. Se aştepta ca americanii să fie altfel, mai mari, mai puternici, un fel de zei ai distrugerii, având arme ucigaşe nemaivăzute, capabili să prefacă în fărâme chiar şi o fabrică uriaşă, aşa cum fusese cea în care lucraseră părinții lui; nu și-i mai amintea, cum de altfel i se ștersese din memorie tot ce se petrecuse înainte de acel bubuit îngrozitor care îi schimbase viața. Îi era greu să accepte că primul și singurul american pe care îl întâlnise vreodată era de fapt o fată obișnuită, cu nimic diferită de cele pe care le cunoscuse acasă. Părea la fel de străină și de speriată ca și el. Ațipi cu greu de mai multe ori, trezit de coșmaruri cu americani, soldați și săteni fioroși, care îi treceau prin fața ochilor înainte de a adormi iar.

Zgomotele de voci care se auzeau de afară, îl treziră, pentru scurtă vreme și se ridică în capul oaselor, cât să poată arunca o privire pe fereastră: încă era noapte. Câțiva săteni descoperiseră aruncătorul de rachete furat de soldați din epava lui Aether și îl cărau spre o magazie, sporovăind voioși în limba lor necunoscută. În vale se zăreau mai multe luminițe mișcătoare, făcliile apărătorilor fermei care, însoțiți de lătrăturile câinilor, continuau să-i caute pe soldați.

Căzu fără să-și dea seama într-un somn greu, de această dată lipsit de vise, iar când se deșteptă, brusc, după câteva ore, se simți chiar mai obosit. Scârțâitul ușii îl smulse de-a binelea din somn; al șaselea simț, al primejdiei, i se ascuțise mult în ultimele zile. Alice se strecură în odaie ducând un lighean și un prosop curat, țesut grosolan, alb-cenușiu.

— Vino să mănânci ceva. Uite, ai aici apă, să te speli puțin.

Se pregăti să îi spună ceva rău, să înțeleagă cât de mult îi ura pe americani, responsabili de toate astea, de moartea părinților lui, de sălbăticia din estul Europei, de prăbușirea dirijabilului militar în care s-a aflat, ba chiar și de tâlharii care își spuneau soldați și îi uciseseră camarazii, însă ceva îl opri să deschidă gura. Îşi înghiţi cu greu saliva, cleioasă de la somn. În definitiv, această fată din America se afla în aceeaşi situaţie ca şi el, stingheră şi departe de ai ei. În niciun caz nu şi-o putea imagina ucigând cu sânge rece şi nici nu-i putea pune în cârcă toate relele săvârşite de poporul ei. Mai mult, înţepăturile dureroase din stomac îi aminteau cât era de flămând, amintirea ultimei mese adevărate, luate la popota bazei militare, se estompase de mult. În ultimele două zile haiducii abia dacă îi azvârliseră câte o bucată uscată de turtă din mălai.

Fata lăsă ligheanul şi prosopul pe o policioară, scoase o coajă gălbuie de săpun dintr-un buzunar şi o aşeză lângă lighean. Îi aruncă o privire şi ieşi, lăsând uşa întredeschisă.

Se ridică greoi din pat şi se îndreptă spre lighean. Apa era călduţă şi limpede, dar se înnegri aproape imediat ce îşi spălă faţa şi mâinile şi mai apoi părul, folosind săpun din belşug. Reperă bucătăria după zgomot. Imediat ce intră, Maria îl conduse lângă Alice, aşezată pe o bancă, într-un capăt, în dreptul mesei lungi, de lemn geluit.

— Stai aici. O să mai puteţi schimba şi voi o vorbă. Cei prezenţi nu înţeleg engleza.

Maria îi puse în faţă o strachină cu brânză şi îi făcu semn să se servească dintr-un castron cu ouă fierte. Mesenii îşi aţintiră privirile asupra lor, însă Maria le spuse câteva cuvinte pe un ton răstit şi conversaţiile reîncepură. Alice rupse cu o lingură de lemn o bucată din mămăliga galbenă, aburindă, aşezată pe un fund rotund, de lemn, din mijlocul mesei şi i-o puse în faţă. Se făcu că nu o observă dar înfulecă în grabă hrana. Din când în când, sorbea din cana cu lapte bătut primită de una dintre fetele fermei Bradony.

Aproape că nu remarcă liniştea care se lăsase. Termină de mâncat, se şterse cu mâneca la gură şi dădu să se ridice însă Maria îl opri, apăsându-l uşor cu mâna pe umăr.

— Vor să ştie cum ai ajuns aici. Cum ai ajuns printre haiduci.

Ivan îşi roti privirea prin încăpere. Toţi ochii erau îndreptaţi spre el. Înghiţi în sec.

— Sunt din Autarhie...

— Ştim de unde eşti, îl întrerupse blând Maria.

— Efectuam serviciul militar de patrulare, la graniţă. În dirijabilul de atac Ae..., nu cred că am voie să spun asta. Ceva ne-a lovit şi aeronava s-a prăbuşit. După care ne-am luptat cu soldaţii care v-au atacat şi pe voi. Camarazii mei, care au scăpat cu viaţă după prăbuşire, au fost ucişi. Banditii care îşi spun soldaţi, şi alţii ca ei, ne încalcă frecvent graniţele. De asta patrulăm cu aeronavele. Până acum nu s-a prăbuşit vreuna. Pe mine m-au prins viu. Cred că voiau să le arăt cum funcţionează armele de pe dirijabil. Aşa am ajuns aici. Asta e tot.

Tăcerea mai ţinu câteva clipe, cât Maria traduse, după care asupra lui Ivan se revărsă un potop de întrebări. Tot Maria fu cea care îi opri. Bărbaţii se ridicară de la masă, bombănind nemulţumiţi.

— Le-am spus că vom avea vreme să stăm la palavre diseară, după ce se întunecă. Acum avem mult de lucru. Dacă vreţi, puteţi să ne daţi o mână de ajutor. Ne-ar prinde bine, mai ales că bărbaţii care au venit din sat să ne ajute trebuie să se întoarcă.

În restul zilei, Ivan nu a avut vreme să se gândească la soarta lui şi la ce ar fi de făcut. Munci cot la cot cu bărbaţii familiei Bradony, mai întâi la săparea unei gropi mari, la baza dealului, aproape de pădure. În ea

au băgat leşurile haiducilor ucişi peste care Jon Bra-
dony a presărat câţiva saci de var, aduşi de copii, apoi
au astupat-o, isprăvind chiar înainte să înceapă iar
ploaia.

Apoi a ajutat la hrănirea şi adăparea cailor lăsaţi
de haiduci, adunaţi într-unul dintre grajdurile sub-
terane ale fermei. Animalele, obişnuite cu bătăliile,
erau docile şi deloc speriate de noii stăpâni. Seara
veni pe nesimţite şi Ivan îi urmă pe membrii familiei
spre casa din centrul fermei. Se adunară din nou în
jurul mesei mari din bucătărie. Ivan îşi găsi liber locul
lângă Alice; realiză că nu o văzuse pe fată în cursul
zilei. Îşi reprimă un vag sentiment de bucurie, de ca şi
cum ar fi întâlnit o cunoştinţă apropiată.

Maria puse pe masă mai multe castroane mari,
din lut ars, cu carne friptă, care răspândea un miros
aţâţător. Mai aduse, ajutată de fetele ei, alte castroane
cu cartofi fierţi, peste care topise unt gras. Femeile îşi
serviră bărbaţii, după care îşi luară şi ele porţii din
castroanele comune. Cu un gest firesc, Alice îi puse lui
Ivan carne şi cartofi în blidul din dreptul său, iar el nu
protestă. Amândoi erau străini printre aceşti oameni
primitori şi, chiar dacă nu se cunoşteau, doar simplul
fapt că nu erau de-ai locului, îi apropiase într-un fel.
O vreme nu se auzi decât zgomotul înfundat al lingu-
rilor de lemn. Hrana era foarte gustoasă aşa că Ivan,
văzând cum fac ceilalţi, îşi mai puse o porţie.

După ce terminară de mâncat, Jon Bradony, scoa-
se apoi un şip pântecos, învelit într-o împletitură din
răchită. Turnă în pahare grosolane de sticlă, un lichid
incolor, pe care le dădu din mână în mână, până fieca-
re mesean primi unul. Spuse ceva şi dădu conţinutul
paharului său pe gât, urmat de toţi ceilalţi. Ivan făcu
la fel şi simţi cum căldura intensă, dată de tăria alco-

olului, i se răspândeşte în corp. Alice, ale cărei amintiri despre tăria răchiei erau foarte proaspete, refuză, stârnind zâmbetele unor meseni. Jon Bradony îşi mai turnă un pahar pentru sine, după care mai umplu alte câteva, sosite tot din mână în mână, de la cei care mai doreau un rând.

— Acum tu spune la noi cum mai e în Autarhie, articulă chinuit, în engleză, bărbatul.

Ivan bău puţin din paharul pe care cineva avusese grijă să i-l reumple. Uşor ameţit, începu să le povestească, întrerupt din când în când de Maria, care traducea pentru toţi sau îi traducea lui câte o întrebare la care se aştepta răspuns. Le vorbi despre elicele eoliene care generau preţiosul curent electric, despre fermele cu grâu mutant, singurul rezistent la furtuni, cultivat sub plasele antigrindină, despre serviciul militar obligatoriu şi despre graniţa de est a Autarhiei, mereu atacată de bandiţi.

Le vorbi despre Prefacere, de momentul în care s-a schimbat clima, aşa cum i se povestise, întrucât atunci nici nu se născuse, despre americanii care bombardaseră fabricile poluante, luând şi vieţile părinţilor săi şi, răspunzând la întrebarea cuiva, le explică, aşa cum i se explicase şi lui la şcoală, despre sateliţii cu care aceştia pândeau de sus sursele de poluare pe care le detectau, oricât ar fi fost de mici, pentru că sateliţii erau foarte sensibili, iar pentru ei nu conta dacă era zi sau noapte sau dacă erau nori pe cer. Le povesti toate astea dându-şi seama că el nu îi întrebase nimic despre viaţa lor în Estul Sălbatic, cu toate că din ceea ce văzuse până acum nimic nu i se păruse sălbatic, ci dimpotrivă. Cu excepţia soldaţilor puşi pe jafuri, care erau şi duşmanii Autarhiei, oamenii aceştia se dovediseră primitori şi de treabă.

— Ştiu cum să le spun alor mei că sunt teafără, auzi, şi dură puţin până înţelese că vorbise Alice. Ar o şansă bună să afle, dacă mă veţi ajuta. Ideea mi-a dat-o Ivan şi povestea lui.

Le explică ce fel de ajutor dorea de la ei.

Maria traduse rar, explicându-le ce avea fata de gând şi, după ce termină, mai mulţi bărbaţi îi cerură voie lui Jon Bradony, capul familiei, să-i lase s-o ajute. Ivan se pomeni că se ridică alături de ei şi, împreună cu Alice, ieşiră afară din casă. În aerul rece al nopţii, împrospătat de ploaia scurtă de după amiază, sub stelele unui cer neobişnuit de senin, simţi că planul fetei chiar are o şansă.

Capitolul 24

14 septembrie 2051
New Washington
America

Centrul Naţional de Urmărire şi Combatere a Poluării din New Washington era singura instituţie în care armata tolerase şi civili pentru a opera sateliţi. William Trasco, ştiut de toţi ca Bătrânul Will, prinsese în tinereţe vremurile bune. În urmă cu nouăsprezece ani însă, pe vremea Războaielor de Secesiune, un ordin prezidenţial limitase prerogativele Centrului, iar de atunci doar urmărea poluarea, fără însă să o şi combată. Din considerente militare, fostul preşedinte Conrad scosese de sub controlul civil şi numeroşii sateliţi cu potenţial ofensiv ai Centrului. Acele vremuri nu mai permiteau menţinerea deciziilor fostelor administraţii, din timpul Prefacerii, care insistaseră ca o organizaţie civilă să coordoneze Centrul, pentru a arăta lumii că nu armata americană se ocupa cu combaterea poluării, iar bombardamentele nu erau acte de război, ci acţiuni de curăţare a planetei.

Fostul preşedinte Conrad nu-şi mai permisese astfel de subtilităţi, aşa că trecuse toţi sateliţii care mai aveau proiectile balistice curate, din nichel-wolfram, menite să bombardeze centrele de poluare de pe glob, în subordinea armatei. Lăsase doar câţiva, cu muniţiile epuizate, pentru Centru, a cărui treabă se redusese brusc doar la activităţi de monitorizare. Numai că Războaiele de Secesiune se terminaseră de ani buni, iar sateliţii rechiziţionaţi de armată nu mai fuseseră înapoiaţi Centrului de vechiul preşedinte. Nici actualul nu părea să aibă de gând să o facă. Mai nou, în Congres, majoritatea se pusese de acord că poluarea nu se combate distrugând sursele, cu toate că Will nu înțelegea deloc cum s-ar putea face altfel. Este adevărat, după ce vreme de trei ani Centrul bombardase aproape orice sursă majoră de poluare existentă, pe întreaga planetă, nimeni nu mai îndrăznea să polueze masiv. În consecință, industriile popoarelor rămase după Prefacere se desființaseră. Națiunile nu se adaptaseră în timpul prevăzut de Acordul de la New Washington, din 2020, chiar dacă fusese aplicat de fapt la doi ani peste cei cinci, acordați ca termen limită, pentru găsirea de soluții industriale nepoluante sau de închidere a capacităților poluante.

Will, ca și majoritatea americanilor, era convins că Acordul de la New Washington fusese o consecință a Prefacerii și a presiunii opiniei publice asupra politicienilor de atunci. Americanii se speriaseră de schimbările meteorologice aduse de Prefacere, iar inundarea vechii capitale, Washington, în 2018, încinsese mult spiritele.

Pe atunci, treaba Centrului era să identifice poluatorii masivi și, dacă era posibil, să le ceară să respecte Acordul. În realitate, în cei șapte ani de dinaintea aplicării Acordului, Centrul cartografiase și monitorizase amănunțit poluatorii, care fuseseră împărțiți pe categorii, în mari, medii și mici. Se stabilise și o strategie pe un deceniu de eliminare a acestora, în caz că nu aveau să închidă singuri. În trei ani însă, din 2026 până în 2029, cât ținuseră bombardamentele, Centrul lichidase practic toți poluatorii mari și aproape un sfert din mult mai numeroșii poluatori medii. Will regretase atunci că nu i-a distrus pe toți, însă în mai puțin de un an dispăruseră toți poluatorii, indiferent de mărime. Unii închiseseră probabil de teama de a nu fi bombardați, alții ca o consecință a dispariției marilor poluatori, în special cei din petrochimie şi metalurgie, de a căror activitate depindeau mai toate industriile poluante.

Atunci, în cei şapte ani pe care poluatorii i-au avut la dispoziţie, din care doi obţinuţi prin tertipuri diplomatice – timp pierdut aiurea, după părerea lui Bil – poluarea continuase să crească în întreaga lume. Pur şi simplu nu se opreau şi continuau să distrugă planeta tuturor, care era şi a lui Will şi a copiilor săi, aşa că operaţiunea de lichidare a acestor criminali era binevenită şi aşteptată. Bombardamentul venea din spaţiu, de pe sateliţii Centrului, cu proiectile balistice curate, din nichel-wolfram, de douăzeci de kilograme, fără explozibil. Oprise astfel mii de poluatori din toată lumea şi făcuse treabă bună. Sateliţii meteorologici arătau că gaura din stratul de ozon aproape se închisese, nivelul dioxidului de carbon din atmosferă scăzuse cu câteva procente, ba chiar şi temperatura medie globală pierduse un grad Celsius în ultimul deceniu, ca urmare a diminuării efectului de seră. Atunci însă Will era tânăr şi suplu, proaspăt căsătorit, iar doi din cei patru copii ai săi încă nu veniseră pe lume.

Acum, activitatea Centrului se limita doar la a urmări în mod formal potenţialele surse de poluare care nu mai existau demult. Din cei peste o mie de angajaţi din urmă cu două decenii rămăseseră în prezent doar douăzeci şi nouă, organizaţi în ture de câte şase ore. Datorită vechimii sale în Centru, Will nu mai lucra în ture. În urmă cu cinci ani fusese numit director al Centrului, o activitate administrativă, plicticoasă, care, la drept vorbind, nu-i lua mai mult de jumătate de oră zilnic. În restul timpului rula înregistrările sau urmărea în direct imagini de pe Pământ, transmise continuu de cei şapte sateliţi de bombardament, încă activi, care orbitau la altitudini de patru până la cinci sute de mile. Sateliţii îşi epuizaseră cu mulţi ani în urmă proiectilele cu care bombardaseră ţintele poluante de pe planetă. Pentru ca să nu îl închidă de tot, militarii îi lăsaseră Centrului, să-i folosească pentru observaţii. Însă Will ştia, de ani buni, că doi dintre sateliţi mai aveau trei proiectile active, neraportate dintr-o eroare de sistem, pe care el nu avea în niciun caz de gând să o corecteze. Era convins că, dacă ar fi semnalat situaţia, că există potenţiale arme pe mâini civile în spaţiu, armata ar fi închis imediat Centrul.

Programul de lucru al turei de dimineaţă urma să se încheie în zece minute şi majoritatea colegilor săi din compartimentul administrativ, cu toate că mai aveau ore bune de lucru, se pregăteau, cu diferite pretexte, de plecare. Centrul nu mai era verificat de ani buni de nicio autoritate. Nu îi trecu nicio clipă prin cap să facă la fel pentru simplul motiv că, în afară de un apartament gol, nu îl aştepta nimeni. Copiii plecaseră de ani buni, uneori mai schimba, tot mai rar, câteva vorbe prin Reţea cu ei, iar soţia lui, Helen, făcea naveta de la un copil la altul, ajutându-i să-şi crească proprii copii.

Mai mult formal, primise o solicitare de la Controlul staţiei spaţiale turistice Heaven, prăbuşită deasupra Europei, căreia îşi propusese să-i dea curs. I se ceruse să trimită toate imaginile culese de sateliţii săi din momentul prăbuşirii până în prezent. Faptul în sine nu ar fi luat mult timp, ba chiar ar fi putut să pună unul dintre tehnicieni să se ocupe de colectarea înregistrărilor. Dori însă să verifice personal ceea ce trimisese, aşa că, pentru început, încărcă lista cu anomalii, generată automat de computer. Noaptea de

10 spre 11 septembrie fusese plină de anomalii. De fapt, în zona analizată din estul Europei, avuseseră loc mai multe anomalii decât în ultimul deceniu, în care înregistrase doar amprentele termice ale unor incendii locale, de mici proporţii. Revăzu momentul prăbuşirii lui Heaven, când o mulţime de fragmente incandescente, dintre cele care nu arseseră în atmosferă, loviseră solul. Urmări şi cele câteva capsule de salvare, lansate în ultimele clipe de pe Heaven, dintre care una ajunsese întreagă chiar în zona pentru care primise solicitarea.

Cu asta, lista anomaliilor se încheia chiar dacă senzorii de pe sateliţi erau foarte sensibili. De două-zeci de ani nu mai existau poluatori în estul Europei. Însă parametrii din lista anomaliilor fusese setaţi în urmă cu două decenii, până la nivelul micilor polua-tori, care erau catalogaţi, atunci, ca potenţiale ţinte. Cum tot nu avea ce face, Will preferă să urmărească, derulată cu viteză mare, întreaga înregistrare.

Din când în când, aduse înregistrarea ultimelor patru zile la viteză normală, imaginându-şi cum ar fi fost să călătorească în locurile pe care le privise de atâtea ori din cer. Termină cu înregistrările şi se pre-găti să încheie. Cât aşteptă ca arhiva imaginilor culese de sateliţi să fie comprimată şi pregătită pentru ex-pediere, urmări neatent imaginile culese chiar atunci de satelitul aflat deasupra zonei. O sclipire, ca o păre-re, îi atrase atenţia. Privi din nou, atent, însă satelitul deja se îndepărtase. Acolo era noapte şi era absolut sigur că, înainte de sclipire, nu existase nimic. Pentru mai multă siguranţă, revăzu înregistrarea din urmă cu o oră şi apoi din urmă cu zece minute. Găsi şi mări imaginea nou culeasă, de mai multe ori, aşteptând de fiecare dată ca software-ul de interpolare să o facă mai clară. Sclipirea îi umpluse ecranul la care Will se holbă perplex, fără să-i vină să creadă. Scăpă o înjurătură şi tastă, pentru prima oară în viață, codul care îi permitea oricând acces direct la cei ce conduceau America, declanşând pentru a doua oară în jumătate de săptămână reuniunea de urgență a Celulei de criză.

Capitolul 25

14 septembrie 2051
New Washington
America

Will transpirase din primul moment în care fuse-se chemat urgent la Casa Albă pentru a da explicaţii. În Biroul Oval se reunise deja celula de criză, în componenţă redusă doar la generalul Norris Hood, noul vicepreşedinte Marshall şi preşedintele Conrad. Întâmplător, semnalul declanşat de Will Trasco îi găsise pe cei trei împreună, analizând planul de represalii propus de general împotriva Autarhiei şi susţinut de preşedinte. Conrad insistase să se ajungă la o concluzie până după amiază pentru a prinde fluxurile de ştiri de ora şase ale principalelor canale ale Reţelei. Devenise evident că represaliile, cerute insistent de preşedinte, aveau să ducă la un război cu Autarhia Europeană.

Will fu introdus discret în Biroul Oval de un angajat al Casei Albe şi nimeri în toiul unei discuţii aprinse a celor trei. Generalul Hood îi aruncă în fugă o privire iscoditoare, însă reveni la explicaţii, fără să-l bage în seamă. Nici ceilalţi doi, prinşi în discuţii, nu îl remarcară. Planul urma să devină public în câteva ore.

— Nu am detectat activităţi militare, în ultimii cincisprezece ani, de când am reluat observaţiile asupra vestului Europei, pe teritoriul Autarhiei. Asta nu înseamnă că nu există, îl blocă pe Conrad care se pregătea să spună ceva. Însuşi faptul că au doborât-o pe Heaven, arată că europenii deţin armament modern. Însă nu avem ştiinţă să fi efectuat teste, detonări, manevre militare, concentrări de trupe şi tehnică sau orice altceva ar putea fi interpretat ca tentativă de înarmare, exceptând nişte baloane caraghioase şi lente, pe care presupunem că le folosesc în special pentru transport. Au însă câteva centre puternic populate, semiindustrializate. Putem desfăşura represalii asupra unităţilor lor de producţie, bombardându-le cu proiectile balistice, curate, din care cred că au mai rămas pe undeva, de la aplicarea Acordului de încetare a poluării.

Conrad ridică o mână, făcându-i semn să se oprească. Se ridică de la biroul său şi se întoarse cu spatele, părând că priveşte peisajul de afară prin fereastră. Din raţiuni de securitate însă, ferestrele Biroului Oval fuseseră înlocuite cu ecrane programabile, pe care erau redate imagini foarte realiste. Momentan, fereastra-ecran înfăţişa parcul exterior într-o frumoasă zi de toamnă, imagine fără nicio legătură cu furtuna care se abătuse asupra capitalei. Se întoarse brusc.

— Mă gândeam la ceva mai serios, Norris. Chestia asta cu proiectile balistice nu o să-i mai impresioneze. Le stricăm câteva clădiri, aşa cum am făcut şi acum douăzeci de ani, or să ne urască şi mai tare, iar data viitoare cine ştie ce-or să mai pună la cale. Aş zice că trei sau patru nucleare i-ar linişti definitiv. Şi, de ce nu, mai târziu am pune la cale şi o debarcare în Europa. Ştii tu, să prindem şi să pedepsim vinovaţii... Odată şi odată tot va trebui s-o facem. Hai măcar s-o facem în felul nostru.

— Dar asta ar însemna să angajăm ţara într-un război, domnule preşedinte, sări Marshall. Iar un război are şi victime, inclusiv americani. Încă nu ştim precis ce a fost cu racheta aceea, care a doborât-o pe Heaven.

— Victimă a fost şi fiica ta, Luke, iar ea nu era soldat, rosti brutal Conrad. După cum nici ceilalţi o sută şi ceva de cetăţeni americani nu aveau nimic de-a face cu armata. Cu toate astea, au fost ucişi fără milă de o rachetă, reţine, o rachetă militară, lansată foarte precis din spaţiul aerian al Autarhiei Europene. Aici nu este nicio îndoială. Îmi pare rău că ţi-am spus-o pe şleau, dar de când a căzut Heaven nu am primit niciun fel de semnal de la eventuali supravieţuitori.

Generalul simţi nevoia să adauge:

— Despre rachetele europenilor ştiam că e ceva în neregulă, domnule preşedinte. V-am anunţat la vremea respectivă: în urmă cu doi ani, când am vrut să ardem în atmosferă un satelit expirat...

Will Trasco tuşi discret, însă în liniştea bruscă ce se lăsase, răsună ca o lovitură de ciocan. Se întoarseră toţi către el.

— El este cel care a declanşat solicitarea de convocare a Celulei, îi lămuri Hood. Cum suntem toţi prezenţi, putem considera că Celula s-a constituit. A venit de la Centrul pentru controlul poluării. Nu ştiam că şi voi aveţi posibilitatea de a anunţa o criză.

Will se foi stingherit.

— Numele meu este Will... De fapt William Trasco. Da, domnule general, sunt de la controlul poluării, iar Centrul are, chiar de când a fost creat, posibilitatea, la care nu s-a recurs până în prezent, de a convoca Celula de criză. Putem cere constituirea Celulei de criză când descoperim poluatori mari, sau fenomene naturale care produc poluare majoră, sau în cazuri speciale. Avem datoria să angajăm toate resursele Centrului şi sprijinim autoritatea militară în cazul crizelor...

— După cum vezi, Will, ne aflăm în mijlocul unei crize. Tu vii cu ceva nou? Arde pe undeva?

— Da, domnule... De fapt nu, domnule..., cel puţin nu aşa cum vă închipuiţi. Are însă legătură cu criza despre care discutaţi, anume cu căderea lui Heaven. Am socotit necesar să vă aduc imediat la cunoştinţă. Dacă îmi permiteţi... Aveţi printurile mărite de două mii de ori a cincisprezece cadre surprinse de unul din sateliţii de observaţii ai Centrului, puţin deasupra paralelei de 45 de grade, nord. Aveţi coordonatele exacte ale locului de unde au fost culese aceste imagini la 22.27, ora locală.

— Şi de ce sunt anunţat abia acum? tună preşedintele.

— Au trecut patruzeci de minute, domnule. Ora locală e decalată cu zece ore faţă de New Washington.

Conrad îi făcu semn să continue.

— Astăzi am observat anomalia. De fapt, pot spune că am văzut-o în direct, satelitul tocmai parcurgea zona când s-a produs fenomenul. Am mărit imaginile şi vi le-am adus. În mod normal nu supraveghem zonele din Europa de Est. După Prefacere şi după intervenţiile noastre au încetat să mai polueze, adică nu mai au activitate industrială. Cel puţin nu din cele poluante. Numai că am primit o solicitare de la Controlul al lui Heaven, după ce aceasta s-a prăbuşit, să le dăm imagini culese de sateliţii noştri pentru a ajuta la căutarea unor eventuali supravieţuitori.

Hood introduse imaginile luate de satelit în sistemul de proiecţie, afişându-le pe un ecran de mari dimensiuni, aflat în dreapta biroului prezidenţial.

Cele două litere se vedeau clar: AL.

— Noi credem că literele au fost făcute din trunchiuri de copaci cărora li s-a dat foc, domnule. Literele au aproximativ cincisprezece metri fiecare, înclinate cu circa 70 de grade est şi în mod categoric nu e vreun fenomen natural.

— Aproximativ? se încruntă preşedintele.

— Plus minus douăzeci de inch. Sateliţii ar mai necesita reglaje. Însă am observat ceva interesant. Coordonatele sunt aproape aceleaşi cu ale unui modul de salvare, lansat de pe Heaven, care a emis un semnal foarte scurt după aterizare. Am bănuit că s-a zdrobit de pământ. Cineva de acolo încearcă să ne spună ceva. Este foarte posibil să fie chiar unul dintre supravieţuitori. Am analizat şi lista persoanelor care se aflau pe Heaven, e publică. Oricât ar părea de ciudat, doar o singură persoană avea în nume litere consecutive atât A cât şi L: Alice Marshall.

— Adică vrei să spui că fiica mea e în viaţă? sări senatorul.

Generalul Norris Hood schimbă o privire scurtă cu preşedintele. Se ridică, îl cuprinse de umeri pe Will şi-l conduse afară din Biroul Oval, amintindu-i de caracterul secret al celor discutate. Reveni imediat după ce închise, cu grijă, uşa.

— Nu am vrea să vă dăm speranţe false, domnule. Evident, pot fi şi alte explicaţii.

— Atunci să mergem s-o luăm, cât mai repede, spuse precipitat vicepreşedintele. Generale, organizează imediat o misiune de salvare, domnul preşedinte este de acord. Trebuie să fie de acord. Spune-i că eşti de acord, John.

Preşedintele îşi frământă bărbia cu mâna, părând că se gândeşte profund.

— Nu putem face asta, Luke. Ţi-am mai explicat.

— Cum adică nu putem? Fiica mea este cetăţean american. Noi facem totul pentru cetăţenii noştri, credeam că asta este politica echipei pentru care lucrez.

— Fizic nu putem, domnule vicepreşedinte, interveni generalul. După cum nu putem debarca în Europa nici soldaţi şi nici altceva. Preşedintele îmi ceruse să lucrez la un plan de război. Am analizat toate posibilitățile încă înainte de această întâlnire. Putem porni doar un război de la distanță. Trupe nu avem cu ce trimite prea curând, așa cum nu avem ce să trimitem ca să vedem ce-i cu semnalele astea. Submarinele nucleare sunt în conservare, ne-ar lua cel puțin un an să pornim unul, asta dacă mai reușim să rafinăm uraniul. Portavioanele, de la reducerile bugetare de acum cincisprezece ani, sunt tot în conservare; aici pur și simplu nu știu cât ne-ar lua ca să le reactivăm. Nu mai avem avioane de desant, armata, știți bine, menține America între granițele actuale și previne tulburările interne. Pentru războiul cu europenii o să construim ceva, mi s-au dat asigurări că a existat prototipul unui avion alimentat cu hidrogen care ar putea intra în teste în câteva luni și apoi în producție de serie. Însă acum, imediat, nu avem cum trece Atlanticul.

Marshall își ascunse pentru o clipă fața între mâini, după care și le trecu prin păr.

— Este totuși cu neputință să nu puteți face ceva. E singurul meu copil. Ar mai putea fi și alți supraviețuitori.

— Cred că ceva putem face totuși. Mai deținem câteva drone teleghidate care, din câte știu, n-au fost folosite. Sunt vechi de treizeci de ani, dar cred că mai funcționează. Putem trimite una pentru a lansa un colet în zona în care am detectat focul. Nu mult, maxim cinci kilograme, dronele nu sunt proiectate pentru asta. Putem să trimitem câte ceva: un comunicator, o armă. Nu știu cât contează, dar măcar veți afla dacă acolo e fata dumneavoastră. O să mă ocup personal de pilotarea prin telecomandă a aparatului, am făcut stagiu un an, în tinerețe, la drone. Cred că ar putea fi acolo în maxim zece-douăsprezece ore, poate mai puțin. Adică la noapte. În sfârșit, în Europa de Est va fi dimineață devreme.

Marshall se aprinse la față; părea că reîncepe să trăiască. Se năpusti febril peste reglajele proiectorului. Vorbi precipitat.

— Și ceva medicamente, neapărat. O să fac o listă. Uite, dacă mărim imaginea, se văd mai multe amprente termice, de mică intensitate, în spectrul de treizeci și șase de grade Celsius. Sunt oameni, cu siguranță, încă mai știu să citesc o imagine luată din satelit. Iar dacă o mărim, vedem un șir de alte amprente termice, slabe, dar regulate. Astea sunt clădiri. Probabil acolo s-a adăpostit Alice. Generale, drona să lanseze deasupra clădirilor. Pune-ți oamenii să calculeze să ajungă dimineața, la ora locală opt sau nouă, neapărat pe lumină. E în viață, știu sigur. Simt asta. Cineva a adăpostit-o pe Alice. A ajutat-o să semnalizeze, să aprindă focul ăsta. Până nu îmi văd fata acasă, nu vreau să mai aud nimic despre represalii asupra Europei. Poate o să ne spună și ea ce anume s-a întâmplat. Poate o să mai găsim și alți supraviețuitori. Sper că ne-am înțeles, John, rosti apăsat Marshall privindu-l în ochi pe președinte.

Capitolul 26

14 septembrie 2051
New Washington
America

În următoarele trei zile de ce trecuseră de la con-
ferința de presă în care Conrad a anunțat căderea
lui Heaven, Ariel Mordecai nu a avut timp să se plic-
tisească. Din biroul său minuscul, de la nivelul cinci
subteran al New Washington, a căutat și descărcat
din Rețea tot ce era disponibil despre Stația Spați-
ală, încercând să înțeleagă ce s-a petrecut. Redactă
și trimise către AOL încă un material de sinteză, în
care inserase imagini cu președintele Conrad și cu
vicepreședintele Marshall, insistând mult asupra ex-
presiei disperate a acestuia din urmă, așa cum fusese
surprinsă la ultima conferință de presă, chiar dacă
subiectul era depășit: deja întreaga Americă știa că
Alice, fiica vicepreședintelui, fusese pe Heaven și că
existau puține șanse să mai fie în viață. Se folosi însă
abil de imagini pentru a adăuga din nou câteva conclu-
zii proprii, insistând pe numeroasele întrebări răma-
se fără răspuns, despre cauzele catastrofei. Constată
nemulțumit că materialul său fusese din nou sărit din
fluxul de știri. Aceeași soartă o avuseseră și celelalte
reportaje, având drept subiect Heaven, pe care le tri-
misese în ultimele zile. AOL nu folosise nici unul din
materialele sale, preferând să-și ia informațiile oferite
de agenția de știri guvernamentală. Observă totodată
că majoritatea celorlalte canale informative existente
în Rețea procedaseră la fel, reproducând punctul de
vedere oficial. Doar un canal obscur de știri preluase
întrebarea sa, referitoare la abaterea stației de la tra-
iectoria stabilită. Aduseseră chiar și un specialist mi-

litar în sateliți artificiali, care dădu mai multe explica-
ții încâlcite, din care nu se înțelesese nimic. După care
și canalul cel obscur abandonase subiectul. Părea că
o pâclă se așternuse peste mass-media americană.

Nemaiavând pentru moment nimic de făcut, îl că-
ută pe William Trasco, la Centrul Național de Urmă-
rire și Combatere a Poluării. Când chipul îngrijorat
al prietenului său apăru pe ecran, vru să-l descoase,
cerându-i ceva amănunte despre Heaven.

Se cunoșteau de mulți ani, de când ziarul pe hârtie
la care lucra pe atunci îl trimisese să facă un repor-
taj despre aplicarea Acordului de la New Washing-
ton. Atunci îl cunoscuse pe Will, aflat printre cei care
puneau în practică aplicarea Acordului, adică bom-
bardau capacitățile poluante din întreaga lume, cu
proiectile curate, din nichel-wolfram, lansate din sa-
teliții americani. Avuseseră, atunci, mai multe dispu-
te, întrucât aveau păreri diferite despre Acord. Ariel,
chiar dacă ar fi trebuit să fie imparțial ca ziarist, nu
se sfiise să critice pe față bombardamentele, intuind
corect multe din consecințele viitoare ale acestora, în
vreme ce Will era convins că numai aplicarea strictă
a termenilor din Acord era soluția de a salva planeta
și rasa umană de la extincție.

După ce încercaseră în mai multe rânduri, fără
succes, să se convingă reciproc, sfârșiseră prin a de-
veni buni prieteni. În anii ce au urmat s-au întâlnit
rar, însă au ținut legătura prin Rețea. După numirea
lui Mordecai în postul de corespondent al AOL la New
W se vedeau aproape zilnic, după cum permitea pro-
gramul de serviciu ale lui Trasco.

Bătrânul Will era printre puținele cunoștințe din
capitală ale ziaristului, exceptându-le pe cele de pe li-
nie profesională. Cum și Will era practic singur, obiș-

nuiau să petreacă aproape tot timpul liber împreună. Ariel era pe punctul să-și convingă prietenul să investească într-o casă, în comunitatea de pensionari de la Sunville, pentru a fi vecini.

Acum însă, bătrânul Will însă îi făcu semn să tacă și îl expedie urgent, motivând că este foarte ocupat. Stabiliră totuși să se întâlnească, peste câteva ore, în apartamentul lui Mordecai, aflat în preajma biroului AOL, la nivelul trei, în subteran.

Comandă încă de la birou, prin Rețea, mai multe alimente și ceva băutură, o sticlă scumpă de whisky, din care știa că îi place prietenului său. Amândoi regretau nostalgic timpurile când încă mai erau baruri și restaurante și stadioane și supermarketuri, însă acele vremuri dispăruseră demult, din timpul atentatelor, și deocamdată nu existau semne să se întoarcă.

Mordecai își aranjase în apartamentul închiriat de AOL un bar ca pe vremuri, cu scaune înalte și panoplie de băuturi. În față pusese trei măsuțe și câteva fotolii, cu toate că, exceptându-l pe Will, foarte rar se întâmpla să invite pe cineva la el. Atât barul, cât și mobilierul le obținuse pe bani grei, în timp, de la recuperatorii autorizați, ce operau în fostele mari orașe, pe care îi cunoscuse relatând despre ei, ca ziarist.

Cum Will întârzia, simțind că nu mai are răbdare, ieși din apartament, cu gândul să-l aștepte la cel mai apropiat dintre lifturile ce făceau legătura între nivele. Se apropie de tubul central al New W și privi prin sticla groasă la mișcarea neîntreruptă a lifturilor. Din motive inexplicabile, majoritatea locuitorilor preferau lifturile din tub, în pofida existenței a nenumărate altele, plasate perimetral. Dezbătuse de mai multe ori tema cu alți corespondenți de presă, iar concluzia fusese că tunelul central, care folosea și pentru aerisire, oferea măcar în partea de sus un disc de lumină naturală, cu toate că asta nu explica de ce lifturile respective erau preferate și noaptea. Se plictisi să contemple viermuiala oamenilor din lifturile care opreau la fiecare etaj, pentru a lua sau lăsa pasageri și se întoarse la blocul său unde îl zări de departe pe Will, sosit probabil cu unul dintre lifturile perimetrale, care se învârtea nervos în fața intrării, după ce întârziase mai bine de o oră. Intrară ca doi străini, după ce parcurseră procedurile de securitate ale blocului de locuințe. În apartament se salutară și se îmbrățișară.

— N-o să mă pot obișnui niciodată. Apartamentul meu e doar cu două nivele mai sus; locuiesc aici chiar de când s-a construit New W și de fiecare dată mă scanează și mă verifică, oftă Will.

— Ia un loc, să-ți dau ceva de băut. După asta o să mâncăm o pizza și o să ne uităm la un film vechi.

Will se așeză pe scaunul lui favorit, de la bar. Era unul dintre cei care apreciau în mod special decorul. De-a lungul anilor, contribuise și el cu un vechi tonomat pentru care adusese și discuri, motivând zâmbitor, la protestele lui Ariel impresionat de prețiosul cadou, că nu își poate permite să țină așa ceva în propria casă pentru că nu îl lasă nevasta.

— Nu îmi mai văd capul de treabă, de când cu prăbușirea lui Heaven. Se pare că am rămas printre puținele agenții care mai pot fi de folos. Așa hărmălaie n-am mai prins de la distrugerea surselor de poluare. De fapt, nici atunci...

Mordecai ocoli tejgheaua și trecu pe partea barmanului. Pescui sticla cu whisky proaspăt cumpărată, dintre sticlele decorative, o desfăcu și turnă, până umplu pe jumătate un pahar, pe care îi puse în fața prietenului său.

— Şi pe mine m-au trezit, cei de la AOL, luni, cu noaptea-n cap. Am venit într-un suflet la New W, la o foarte neobişnuită conferinţă de presă, ca să-mi spună preşedintele baliverne. De atunci am trimis vreo zece materiale, însă AOL nu mi-a difuzat nici măcar o secundă în Reţea! M-a bătut gândul să demisionez, însă nici celelalte canale de ştiri nu au ieşit din linia oficială. Ce naiba căuta Heaven acolo, de ce anume au doborât-o europenii, dacă mai sunt sau nu supravieţuitori, chestiile astea nu le-a spus nimeni. Recunosc fenomenul, ăsta cu tăcerea canalelor de ştiri: acum douăzeci de ani era la fel. Nu aveam voie să relatăm despre atentate, ca să nu sporim panica. Nu aveam voie să relatăm despre Războaiele de Secesiune decât ceea ce se comunica oficial, restul era secret militar. Şi tot aşa. Îţi spun eu, aici s-a băgat cineva, de sus tare, de-a blocat canalele de ştiri.

Will dădu paharul peste cap, iar Isaac se grăbi să-i pună din nou băutură.

— Cred că exagerezi, Ari. Zilele astea, am urmărit şi eu ştirile. Cum adică ce a doborât-o? Europenii, evident. Probabil că vor difuza cât de curând şi restul, ştii tu, după ce vor fi absolut siguri. Anume că Autarhia a plasat mai demult nişte baloane stratosferice care transportau câte o rachetă. Unul dintre ele a atacat-o pe Heaven. Asta-i tot.

Mordecai îşi turnă şi el puţin whisky într-un pahar, ocoli tejgheaua şi se aşeză pe un scaun înalt, lângă Will. Sticla o lăsă la îndemână.

— Adică ştii ce anume a distrus-o pe Heaven?

Trasco ridică din umeri şi îşi făcu de lucru cu paharul său, învârtindu-l.

— De baloanele europene cu rachete ştim de vreo doi-trei ani, când unul dintre ele ne-a atacat un satelit expirat, pe care voiam să îl ardem în atmosferă. Cum traiectoria trecea pe deasupra Europei, ne-am pomenit că l-au lovit ei. A fost ceva agitație la vremea aia, s-au făcut analize. A fost, evident, o acțiune automată. Se crede că e vorba de un sistem defensiv ieșit din uz. O vreme chiar s-a pus problema să le distrugem baloanele dar, parcă din motive de costuri, s-a renunțat. Le-am fi făcut un serviciu nemeritat teroriștilor ăia de europeni, așa ni s-a spus, direct de la președinție. Normal că știam de baloanele alea, și noi și armata și cine știe ce alți mahări. Unde spuneai că e pizza aia?

Mordecai scoase pizza din cuptorul cu microunde. O puse pe o farfurie mare și o așeză pe bar. Aduse alte două farfurii mai mici, cuțite, furculițe și șervețele. Will nu îl mai aștepă și înșfăcă o felie, frigându-și degetele.

— Azi nu am avut timp nici să mănânc, mormăi cu gura plină. Bomba cea mare abia acum vine. Toată ziua am raportat pe la șefi. Ba chiar și președintelui. N-ai și niște ketchup?

Urmări mulțumit reacția prietenului său, care încremeni cu cuțitul și cu furculița în aer.

— Știu că n-ar trebui să-ți spun..., însă văzând căutătura crâncenă a lui Mordecai care mușcă furios din bucata sa de pizza, continuă grăbit. Bine, bine, știu că tot ce vorbim aici rămâne. Deși cred că or s-o facă public. Fata lui Marshall e în viață, asta e vestea.

Mordecai se îneacă cu îmbucătura lui. Tuși îndelung, până îi dădură lacrimile.

— Ce?... Cum să fie în viață, nu era și ea pe Heaven? Ba era, toată lumea știe asta. Taică-său, vicepreședintele, e disperat. L-am văzut cu ochii mei, la conferința de presă.

Will râgâi mulțumit, și mai luă o felie de pizza. Sorbi pe rând din paharul de whisky, apoi dintr-unul cu suc de portocale.

— A scăpat cu un modul de salvare, a căzut aproape de granița estică a Autarhiei, mormăi el cu gura plină. Știi cum aveau vapoarele de demult bărci de salvare, în care să se salveze călătorii, dacă se scufundau? Heaven avea și ea ceva asemănător, modulele de salvare. Au fost impuse de către Autoritatea Spațială iar proprietarii stației le-au instalat, mai mult ca să le închidă gura. Nu am auzit să le fi folosit sau măcar testat vreodată.

— Înseamnă că pot fi și alți supraviețuitori? Nu i-ați localizat încă? N-ar trebui să fie prea greu, îmi închipui că modulele au radioemisie.

Will își șterse delicat buzele cu un șervețel.

— Heaven a ejectat doar douăzeci și unu de module înainte de a exploda. Însă, după cum ți-am spus, acestea nu au fost testate. Probabil primele sisteme care au cedat la trecerea prin atmosferă au fost radiobalizele. Și cine știe ce alte defecte or mai fi avut. Nu am aflat dacă mai sunt sau nu supraviețuitori, deocamdată am reușit să aflăm doar de Alice, fata lui Marshall. De fapt, așa credem.

— Cum? Parcă ai spus că nu puteți comunica prin radio.

Will ridică un deget.

— Aici e partea frumoasă. E o fată isteață sau o ajută careva, acolo, în Europa de Est. A făcut primele două litere ale numelui ei din trunchiuri de copaci, după care le-a dat foc. Supraveghem de ani buni și zona aia, așa că eu am remarcat imediat vâlvătaia, spuse Will, trecând sub tăcere lista anomaliilor identificate de computere. Am convocat Celula de criză, după care am dat lămuriri. Nu oricui. Am fost drept la preşedinte. Era şi generalul Norris acolo şi, bineînţeles, Marshall. Când le-am spus, au încremenit. Să vezi ce faţă a făcut Conrad, credeam că o să mă înghită. Tocmai punea la cale un război când m-am înfiinţat acolo, de fapt Conrad ar fi vrut un bombardament atomic, ceva serios, să-i înveţe minte pe europeni. M-au dat afară după ce le-am spus ce am descoperit, dar tot am aflat că au de gând să-i trimită la noapte o dronă cu una-alta, s-o ajute pe fată să se descurce.

— Nu încearcă s-o recupereze? Pe fată, pe Alice.

— Cu ce, Ariel? Ştii la fel de bine ca mine că nu avem cu ce trece oceanul, nici pe apă şi nici prin aer. Ce film spuneai că ai pregătit?

Mordecai adună gânditor vesela folosită, apoi şterse tejgheaua cu un şervet. Trecu în spatele barului, umplu din nou paharele cu băutură şi se sprijini cu coatele pe tejghea, în dreptul lui Will.

— Ascultă, William. Sigur, Conrad ar vrea foarte mult să pornească un război cu Europa. Se inspiră din felul în care a procedat taică-său, care s-a menţinut la putere câtă vreme a fost război şi vrea să profite de drama lui Heaven. O să-i lovească pe amărâţii ăia de europeni drept represalii. Dacă face asta, nu doar el, ci noi toţi, vom avea pe conştiinţă zeci de milioane de morţi, iar Europa va înceta să mai existe pentru următoarele secole. Asta din cauză că nu ştiu ce sistem depăşit, despre care, culmea! noi ştiam, a lansat o rachetă împotriva unei staţii spaţiale turistice care nu avea ce căuta acolo. Apropo, Heaven s-a abătut zdravăn de la orbită, dacă nu ştiai. Nu crezi că e ceva putred în toate astea?

Will se întinse pe canapeaua lui favorită, cu vedere directă la ecranul-perete, aşezându-şi paharul la îndemână.

— Sincer să fiu, nu mă deranjează că nu or să mai existe europeni. Presupun că sentimentul e reciproc. Eu le-am bombardat atâția ani fabricile cu care poluau, așa că dacă îi mai bombardează și alții, de la armată, nu ar fi o problemă. Bineînțeles că știam de modificarea orbitei lui Heaven dar, uite, până acum, că mi-ai spus, nu m-am gândit la asta. Totuși, ai dreptate: e ceva neclar în toată povestea asta. Îți promit că o să mă interesez discret. Nu pui o dată filmul ăla? Nu te supăra, însă am avut o zi grea și am nevoie de puțină destindere.

Mordecai își făcu de lucru la consolă.

— *Stalker*, de Tarkovski, sau nu, mai bine *Casablanca*, cu Humphrey Bogart. Nu, nici ăsta nu-i bun, dacă ne amețim, iar plângem. Știu, *Rollerball* e ce ne trebuie. O să-ți placă, să vezi cum își închipuiau acum vreo optzeci de ani că o să arate viitorul! Iar cu Europa, câtă vreme fata lui Marshall e acolo, n-or să facă nimic. Mai ales după ce știrea intră în Rețea. Sigur o s-o dea Marshall, e singura șansă să-și scape fata, o să-i sară președintelui opinia publică în cap dacă atacă Europa cât e ea acolo. Ar fi cu totul neobișnuit ca o fetiță să-i oprească lui Conrad războiul, însă eu presimt că așa se va întâmpla.

Capitolul 27

15 septembrie 2051
Oblitza
Europa de Est

Dimineață, toată lumea înghețase când auzise șuieratul dronei care despicase aerul și explozia produsă în momentul în care aceasta se autodistrusese. Amintirea luptei cu soldații lui Vlad era încă proaspătă, iar gândul că atacatorii rămași făcuseră rost cumva de armament greu, în fața căruia nu aveau cu ce să se apere, le trecuse tuturor prin cap. Însă pe cer înflorise pașnic o parașută sub care pendula un cilindru. Alice și Ivan alergaseră împreună cu copiii familiei Bradony lângă staulele din curtea fermei unde containerul atinsese pământul și pe care parașuta, ușor umflată de vântul ce se întețise, începuse deja să-l târâie. Cilindrul metalic, mare cât un braț de om și de două ori mai gros, sclipea în lumina dimineții. Alice se apropiase fără teamă și, ajutată de Ivan, eliberase cilindrul din corzile parașutei, după care îl ridicase și îl strânsese la piept cu lacrimi în ochi.

— A mers, a mers! Ai mei au primit semnalul. Nu m-au uitat, știu că trăiesc.

Seara, la cină, când Alice le descrisese planul ei de a comunica cu America, inspirat de relatarea tânărului despre sateliții de urmărire a poluării, Ivan fusese foarte sceptic. Însă bărbații familiei Bradony, încălziți de răchie și de victoria asupra soldaților, o ajutaseră entuziaști să așeze câțiva bușteni de brazi doborâți de furtuni în forma literelor A și L și să-i aprindă. Focul arsese vreo două ore, atât cât fusese alimentat și cu alte crengi, culese de ajutoarele care se retrăseseră pe măsură ce își pierduseră elanul sau fuseseră ajun-

se de oboseală. La vreun ceas după miezul nopții, ple-
case și el, împreună cu Alice, ușor dezamăgit, chiar
dacă fusese sigur că nu va merge.

Lângă Alice și cilindrul ei se adună întreaga fami-
lie. La unul din capete, deasupra unei mici tastaturi,
metalul fusese zgâriat. Se putea citi clar: *Happy birth-
day*. Alice pricepu semnificația: pentru a fi siguri că
pachetul ajunge la ea, cei ce l-au trimis prevăzuseră un
cod simplu, doar de ea știut. Tastă data ei de naștere,
mai întâi luna, apoi ziua și anul. Cu un ușor clănțănit,
un zăvor electromagnetic eliberă capacul cilindrului,
care săltă puțin. Îl desfăcu nerăbdătoare. Găsi comu-
nicatorul cu dispozitiv GPS, o trusă medicală, o armă
cu șoc electric și un încărcător solar pentru baterii.

Alice porni comunicatorul și rosti cu voce tremu-
rată:

— Tati?

Pe ecranul comunicatorului apăru fața unui băr-
bat; imaginea dispăru și reapăru de câteva ori înainte
de a se stabiliza.

— Alice! Ești bine?

Din colțul ochilor, la zece mii de kilometri distan-
ță, lacrimi porniră necontrolat pe obrajii vicepreșe-
dintelui Lucas Marshall. Dădu să mai spună ceva care
se pierdu în aplauzele și strigătele de bucurie ale ce-
lor aflați în jurul său.

***

Bărbații de la fermă au tăiat unul dintre viței și un
porc, au tranșat carnea și au împachetat-o în ramuri
de cetină verde culese din brazii rămași întregi. Jon
Bradony scos o putinică de stejar, plină cu răchie și
un butoiaș cu vin. După amiază, au încărcat totul în-

tr-o căruţă, la care au înhămat doi cai puternici, şi au pornit, cu mic cu mare, către satul Oblitza, pentru a mulţumi cum se cuvine celor ce le-au sărit în ajutor, în lupta cu soldaţii. La fermă au rămas de pază doi tineri, ajutaţi de câini, cu vorbă să aibă grijă şi de animale şi păsări. Nouă din membrii familiei Bradony au încălecat pe cai, iar Alice şi Ivan au urcat în căruţă, unde s-au aşezat pe băncuţa vizitiului, alături de Jon, capul familiei, care luase deja hamurile şi biciuşca.

După o oră de mers hurducat, pe un drum brăzdat de şanţurile lăsate de roţile căruţelor, plin de bălţi rămase de la ploaia din noaptea trecută, a apărut satul Oblitza, ca o scânteiere în lumina Soarelui ce se îndrepta spre apus.

— E de la serele care înconjoară aşezarea, le-a explicat Jon Bradony, în engleza lui stâlcită. Când s-au apropiat, au văzut că strălucirea provenea de la reflexia razelor Soarelui în panourile de sticlă ale serelor ce înconjurau, asemeni unui inel argintiu şi sclipitor, dealul pe vârful căruia se afla satul. Vechiul sat se aflase în cu totul alt loc, câţiva kilometri mai spre sud; în urmă cu cincisprezece ani, localnicii rămaşi, sătui de jafurile banditţilor, de furtunile şi inundaţiile care le dărâmau casele, au hotărât să-şi mute aşezarea pe deal, le-a istorisit Jon.

Pe măsură ce se apropiau, se desluşeau detalii. Poala dealului era înconjurată de un taluz de pământ, înalt de cel puţin patru metri, înclinat spre exterior, după moda cetăţilor de odinioară, ale căror ziduri erau în aşa fel ridicate încât să nu permită atacatorilor să se caţere pe ele. Taluzul, aflat la treizeci-patruzeci de metri de deal, fusese placat cu bolovani rotunzi şi lucioşi, aduşi din albia râului ce susura în apropiere. Susţinută de buşteni uniţi într-o structură complicată, o punte zdravănă, făcută din scânduri groase de lemn geluit superficial, roase de atâta folosință, pornea chiar de pe drumul pe care veniseră și ajungea până pe creasta taluzului. Călăreții descălecară și, luându-și caii de căpestre, porniră să urce puntea. Coborâră și ei din căruță și urcară în șir indian, mai întâi oamenii, urmați de carul tras de caii mânați de Jon. De pe coama taluzului pornea o altă punte, tot din bârne de lemn, la fel de lată dar mai puțin înclinată, care trecea pe deasupra serelor făcând legătura cu un drumeag pavat tot cu pietre, de râu ce urca șerpuit pe deal. Sub punte se vedeau plăci mari de sticlă, susținute de căpriori din lemn, care uneau taluzul cu dealul, formând o seră imensă în care creșteau pomi fructiferi, grâu, porumb și legume, atent cultivate și îngrijite. În culturi, cam la un metru unii de alții, atât pe lung cât și pe lat, fuseseră înfipți pari ascuțiți, pentru a ucide agresorii care ar fi încercat să sară după ce ar fi spart plăcile de sticlă, le explică Jon Bradony. Într-un fel, satul semăna cu ferma familiei Bradony la scară mult mărită.

În sat, casele erau așezate în cercuri concentrice, care urcau dealul. Pentru a economisi iarna căldura, casele fuseseră îngropate pe trei sferturi în pământ. Cea mai mare construcție din sat era, de departe, biserica. O ridicaseră chiar pe vârful dealului. Acoperișul conic, foarte țuguiat, cobora până aproape de sol. Partea din vârf avea deschizături mari, către cele patru direcții, prin care se zărea clopotul, și un bărbat ce stătea de pază și scruta atent orizontul. În vârf, o cruce prinsă zdravăn cu mai multe ancore de sârmă împletită, domina localitatea. Așa cum aveau să afle mai târziu, biserica folosea și ca loc de adunare sau pentru petreceri.

Nu au întâlnit prăvălii sau cârciumi. Mirată, Alice i-a cerut lămuriri Mariei.

— Magazine? La ce ar fi bune? Aici toți știu ce fac ceilalți, iar dacă cineva are nevoie de ceva, merge și cere. De regulă dă ceva în schimb, sau se angajează la zile de muncă în folosul celui de la care a luat ceea ce a avut nevoie. Spre exemplu, cojocarul face o căciulă. Cine are nevoie de căciulă, se angajează să lucreze în locul lui, la sere, pentru o zi. E normal așa, meșterul pierde acea zi pentru a-i face căciula, dar culturile agricole nu trebuie să aibă de suferit. Cam așa merge pe aici comerțul, pe bază de troc. Banii au dispărut demult, chiar la Prefacere.

Cărările care urcau și coborau dealul erau pline de oameni care se mișcau grăbiți, cu treburi, sau însoțeau căruțe trase de cai sau boi. Cei mai mulți se salutau voioși cu membrii familiei Bradony. Majoritatea purtau opinci din piele, legate cu șireturi de jur împrejurul gleznelor. Pantalonii le erau strânși pe pulpe, iar pe deasupra lor cădea o cămeșoaie groasă, alb-gălbuie, prinsă cu o centură lată, din piele cu ținte metalice, sau din lână, cu broderii complicate. Aproape fiecare bărbat purta căciulă din blană de oaie, iar femeile basmale țesute fin din lână toarsă, viu colorate. O mulțime de șanțuri, puțin adânci, înconjurau casele, brăzdând aparent haotic drumurile, pentru a se pierde în serele de la baza dealului. Maria îi lămuri că erau șanțuri care colectau apa din precipitații pentru a o direcționa la culturile din sere.

Pe măsură ce înaintau, părea că întreg satul se strânge în jurul lor. Bărbații vorbeau tare, comentând probabil lupta la care luaseră parte. Unii se ajutau de gesturi, mimând câte o fază. Aproape se înserase când au ajuns la biserică unde, ajutați de câțiva săteni, au descărcat proviziile după care toată lumea s-a bulucit înăuntru. S-au aşezat pe bănci lungi, de lemn şi, încet, s-a lăsat linişte. Un preot bărbos, îmbrăcat în sutană lungă, neagră, vorbi adunării mult şi cu patos, citind dintr-o Biblie groasă şi foarte uzată, ale cărei pagini le întorcea cu mare grijă. Cei doi tineri nu pricepură o iotă însă se închinară, urmând exemplul celorlalţi. La sfârşit, preotul scutură o cădelniţă, din care ieşi un fum cu miros plăcut, de tămâie.

După slujbă, bărbaţii începură să aşeze una în capul alteia, mese lungi din lemn, ce se găseau stivuite într-un colţ al bisericii. Femeile întinseră pe ele ştergare albe. Alţii aprinseră focul afară, într-un cuptor, şi curând se simţiră arome îmbietoare de carne prăjită. Mai multe femei aduseră castroane mar, din lut ars, cu fructe, pâine şi plăcinte. Ca prin farmec, masa se umplu cu bucate. Maria îi conduse pe cei doi tineri către unul din capetele mesei, unde le făcu loc lângă un bărbat înalt şi subţire, cu barbă şi mustaţă tunse îngrijit, cu părul grizonat, împletit în coadă de cal.

— El este Ilya Proca, însă toată lumea îi spune Fierarul pentru că meştereşte din metal tot ce avem nevoie. Vorbeşte bine engleză, v-am aşezat lângă el, să aveţi cu cine discuta.

Alice şi Ivan se aşezară de o parte şi de alta a lui Proca. Acesta îi măsură în vreme ce se aşezau, mângâindu-şi gânditor barba.

— E adevărat ce mi-a spus Maria? Tu, domnişoară, chiar vii din...

— ... Din America. De fapt de pe Heaven, Staţia turistică orbitală. S-a prăbuşit, însă am reuşit în ultima clipă să urc într-o capsulă de salvare. Nu ştiu dacă a mai scăpat cineva. Presupun că am avut noroc.

O umbră de neîncredere trecu prin ochii fierarului. Se îneacă cu vinul pe care tocmai îl sorbea dintr-o cană de lut. Îi dădură lacrimile şi tuşi îndelung, până îşi recăpătă suflul.

— Asta e prea de tot. N-am mai cunoscut pe nimeni din America. Cel puţin – se gândi o clipă – nu în ultimii douăzeci de ani. Iar tu – se întoarse spre Ivan – eşti din Autarhie? Nici de pe-acolo nu am văzut de multă vreme pe careva. După haine, pari soldat.

— Da, mă aflam în serviciul militar, patrulam la graniţă. A izbucnit o furtună, apoi ceva a lovit dirijabilul. M-au prins nişte bandiţi, din banda unuia, Vlad. Poate ei au doborât şi dirijabilul, deşi nu înţeleg cum. Cred că voiau să le arăt cum funcţionează armamentul pe care l-au furat din dirijabil, de asta m-au ţinut în viaţă. Unul dintre ei rupea ceva engleză.

— Iar voi doi...

— Ne-am cunoscut la fermă. La ferma familiei Bradony. Oameni ospitalieri, n-aş fi crezut că aşa ceva e posibil. În Autarhie spuneam locurilor astea Estul Sălbatic. Apărăm graniţa de incursiunile hoardelor oamenilor sălbăticiţi după Prefacere. Însă am văzut că faceţi agricultură pe scară largă. Foarte ingenioasă utilizarea serelor. Noi nu avem aşa ceva, folosim un grâu modificat genetic, rezistă bine furtunilor, însă nu e prea productiv.

Alice prinse cu mâna ei mică palma aspră a lui Proca.

— Ştiu că e greu de crezut. Dar astea – şi scoase din traistă câteva obiecte din kitul de supravieţuire adus de dronă – de unde crezi că sunt? Iar dacă doreşti, poţi să vezi şi capsula, e la fermă.

Fierarul le cercetă atent, unul câte unul, zăbovind asupra comunicatorului.

— E drept, nu am mai văzut aşa ceva. Sunt noi. De

unde le-ai luat?

Alice îi povesti despre focul aprins în seara precedentă, însă trecu firesc, aproape fără să-şi dea seama, la viaţa ei din America, la dependenţa de droguri şi la tentativele de sinucidere, la tatăl său şi funcţia sa înaltă care îl ţinea tot timpul departe de casă, la mama pe care o cunoştea doar din fotografii, dispărută în atentatul nuclear din New York, atunci când ea avea doar trei ani. Îşi deschise sufletul, simţind că are deplină încredere în cei doi bărbaţi care o ascultară fără să o întrerupă, absenţi la zgomotele petrecerii din jur.

Unul din săteni scosese o vioară iar un altul un acordeon din care începuseră să cânte. Li se alătură un altul, cu un nai. Mesenii, sătui, începuseră să ducă ulcelele cu vin sau cu răchie tot mai des la gură. Petrecerea era în toi. Minute în şir după ce Alice îşi terminase povestea, Proca rămase tăcut. Sorbi îndelung din vin, câteva picături i se prelinseră pe bărbie. Puse pe masă cana cu vin şi îşi şterse cu dosul palmei barba.

— Şi tu? se întoarse spre Ivan.

Asemeni lui Alice, Ivan povesti despre viaţa cenuşie din Autarhie. Despre locuinţa sa modestă, despre serviciul său, despre speranţa de a ajunge într-o bună zi să lucreze în uzinele subterane. Despre fobia faţă de americani, vinovaţi de toate relele, chiar şi de Prefacere, chiar dacă nimeni nu-i mai văzuse de peste două decenii. Le mărturisi că, în ultimele trei zile, de când se afla în Est şi trecuse atât de aproape de moarte, a înţeles că lumea înseamnă mult mai mult decât ceea ce se difuza, în două ore de proiecţii zilnice, la buletinele oficiale de ştiri, transmise în Autarhie.

Sătenii şi membrii familiei Bradony încinseseră o horă. Chiuiau şi băteau cu picioarele în duşumele, zguduind biserica. De mai multe ori, când zgomotele petrecăreților deveneau prea puternice, Proca îl rugă să repete.

— Așa că v-ați pomenit izolați aici, strigă, ca să se facă înțeles.

Petrecerea se încinsese, iar conversația devenise aproape imposibilă. Fierarul se ridică și le făcu semn să iasă din sală. Porniră tustrei, strecurându-se printre dansatori. Petrecăreții zâmbeau larg și le spuneau ceva, pe limba lor. Fură sărutați și îmbrățișați de mai multe ori până izbutiră să se strecoare afară. Se lăsase întunericul și în unele case se vedeau deja luminițe pâlpâind în aerul rece. Cerul era înnorat, dar nu se vedeau încă semne de furtună. Cineva din sat aprinse pe rând candele mari, de pe taluzul de pământ ce înconjura satul. În spatele acestora, oglinzi mari reflectau lumina câteva zeci de metri, spre exterior. Urmăriră cu toții cum se aprind, ca prin farmec. Proca sparse tăcerea.

— În fiecare noapte sunt aprinse pentru ca cel de veghe din turnul bisericii să zărească dacă se apropie jefuitori și să dea alarma. Punțile pe care ați trecut le ridicăm pe deal. În seara asta o să le lăsăm până mai târziu, ca să puteți să vă întoarceți la fermă. Chiar dacă jefuitorii ne-ar surprinde cu punțile coborâte, le putem da foc. Sunt îmbibate pe dedesubt cu seu de oaie și se ard imediat.

— Am văzut că știți să vă apărați. Și să luptați. Nu aș fi crezut că ferma lui Bradony poate face față la atâția bandiți înarmați.

— Probabil nu ar fi rezistat dacă nu am fi venit și noi. Însă trebuia să scăpăm de banda lui Vlad. Ultima oară au încercat să ne atace pe noi – se gândi o clipă – să tot fie vreo trei ani. Erau de cel puțin trei ori mai mulţi. Numai că n-au reuşit din cauza lor – arătă vag spre taluz. Şi serele, tot din linia de apărare fac parte. Nu au reuşit să treacă de ele. Au căzut prin sticlă, s-au rănit în aracii de susţinere care nu degeaba sunt ascuţiţi. Au făcut ceva stricăciuni, dar nu au reuşit nici măcar să treacă. Au plecat, însă au strigat că se vor întoarce.

Dinspre sală, răzbăteau înfundat hohote de râs şi voci care strigau vesel. Muzica încetase.

— Hai să ne plimbăm puţin. Vedeţi satul şi vă pot arăta atelierul meu. Dacă tot veţi rămâne aici, va trebui să vă faceţi utili, iar eu chiar am mare nevoie de un ucenic.

Porniră pe uliţele pustii. Casa fierarului se afla la doar câteva minute de mers. Proca deschise uşa, lipsită de încuietori, şi coborâră câteva trepte, până într-o încăpere dreptunghiulară, nu prea mare, mobilată sumar. O laviţă acoperită cu o pătură grosolană se lipea de peretele din stânga intrării; în peretele din dreapta fusese încastrată o masă, acoperită cu o foaie de tablă inoxidabilă, sub care se afla un taburet. Uşa către atelier se afla drept în faţa. Un aparat de radio străvechi trona la loc de cinste, pe o policioară de scândură.

— Am întins firul antenei până la turnul bisericii. Uneori, când e senin, mai prind câte ceva din America. Foarte rar şi de prin Rusia, însă nu înţeleg limba. Niciodată din Autarhie însă, privi cu subînţeles către Ivan.

— La noi sunt limitate emisiile radio din motive de securitate, răspunse din reflex acesta. Nu trebuie să ne intercepteze americanii.

— De ce crezi că am avea nevoie să vă interceptăm?, se oţărî Alice.

Fierarul deschise uşa spre atelierul său. Îl săpase într-o cavitate a dealului. Puţin înalt, atelierul avea însă peste o sută de metri pătraţi. Într-un colţ, se aflau forja, cuptorul şi o nicovală mare, alături de care se afla un banc de lucru pe care erau presărate mai multe scule. Restul spaţiului era ocupat de cea mai mare colecţie de fiare vechi pe care cei doi tineri o văzuseră vreodată. Părţi din carcasele ruginite ale unor automobile străvechi, bucăţi de ţeavă groasă, table de diferite forme, toate puse ordonat. Un car mare, încărcat, se găsea în imediata apropiere a unei alte uşi, mult mai mari, folosită probabil pentru vehicul, care dădea spre exterior, probabil către o uliţă aflată mai jos decât cea pe care veniseră. Le făcu semn spre o masă de lemn înconjurată de patru scaune. Cei doi tineri se aşezară. Proca îşi făcu de lucru la o plită afumată, pe care aşeză un vas metalic cu apă. Un miros plăcut, de brad ars, ieşi din plită când îi deschise portiţa, pentru a mai adăuga lemne peste jarul dinăuntru.

— Imediat este gata şi ceaiul. E reţeta mea specială. O să vă placă, ierburile le adun cu mâna mea, în fiecare primăvară. Au efect calmant, sunt bune şi pentru somn. În seara asta va trebui să mă culc ceva mai devreme. Mâine dimineaţă plec spre Dunăre, să vând ce am lucrat – arătă cu bărbia spre căruţă. Unelte agricole, cuţite, cuie, scule pentru gospodărie, oale, fac de toate. Şi e nevoie de toate. Merg de două ori pe an, o dată primăvara şi încă o dată toamna. Aduc înapoi sare, peşte afumat, pânză, blănuri, piei de animale sălbatice, ce se găseşte. De fapt ar fi trebuit să fi plecat deja, numai că am rămas să ajut la lupta cu bandiţii ăia care au atacat ferma Bradony.

— Mergi la Dunăre? Păi Dunărea vine de la noi,

din Autarhie. Aş putea ajunge acasă. Nu mă iei şi pe mine? Dacă vrei, poţi veni şi tu, fireşte, spuse repede către Alice.

Proca aruncă o mână de ierburi în apa care dădea în clocot şi luă oala de pe plită. Luă trei căni de tablă dintr-un raft şi le puse pe masă. Acoperi oala cu o pânză fină prin care turnă lichidul fierbinte în căni.

— Nu trebuie lăsat să fiarbă, îşi pierde aroma. Dacă vreţi să-l îndulciţi, aici am nişte miere de albine. Eu îl prefer aşa, chiar dacă unii spun că-i cam amar. Să veniţi cu mine la Dunăre... Da, ar fi o şansă. Ştiu nişte pescari care ar putea să vă ducă până la graniţă. Iar tovarăşi de drum nu strică niciodată. Da, dacă vreţi, puteţi veni. De fapt, ar trebui să rămâneţi aici, în noaptea asta. Plecăm în zori.

Alice cuprinse cana cu ceai în palme pentru a se încălzi. O aşeză pe masă când metalul cănii deveni prea fierbinte.

— Nu ştiu ce să fac.

— În Autarhie ai posibilităţi mai mari să te întorci acasă. Există foste aeroporturi, ar putea să trimită un avion după tine. Sau o navă, care să treacă Atlanticul. Până la ţărm ai putea călători cu dirijabilul.

Ivan se însufleţise de-a binelea. Luă o gură de ceai, însă lichidul fierbinte îi arse limba.

— Din câte ştiu, nu mai există demult avioane, erau mult prea vulnerabile. S-a renunţat la ele chiar după Prefacere, pe vremea atentatelor. Nici nave nu cred că mai există. Odată cu izolarea Americii deveniseră inutile. Şi foarte poluante, ardeau combustibili fosili. Poate totuşi mai există avioane de război. Sau armata mai are ceva nave. Aş putea să-l întreb pe tata.

Fata deschise comunicatorul, însă pe ecranul aparatului nu apărură decât purici albicioşi. Ieşi pe uşa cea mare afară, pe uliță, însă nu obținu niciun rezultat.

— Probabil nu ne aflăm în raza vreunui satelit de comunicații. O să încerci mai târziu. Acum cred că ar trebui să îmi iau rămas bun de la familia Bradony. Iar tu o să te întorci cu ei, ești în siguranță acolo. Nu știu dacă pot face mare lucru, însă îți promit că voi încerca să te ajut cumva, după ce ajung în Autarhie.

Alice închise comunicatorul și îl puse cu un gest hotărât înapoi în traistă.

— Nu e nevoie. Nu mă întorc. Adică îmi iau și eu rămas bun de la familia Bradony. Vin cu voi.

Capitolul 28

15 septembrie 2051
Frankfurt
Autarhia Europeană

Preşedintele Frankhaim îşi plimbă privirea prin sala uriaşă, aflată în complexul de clădiri preluate de guvern de la fostul Messe din capitala Frankfurt. Convocase o sesiune de urgenţă a parlamentului chiar de la baza militară din Oradea, imediat după ce terminase de examinat rămăşiţele dirijabilului prăbuşit. În numai două zile, se adunaseră, de pe întreg cuprinsul Autarhiei, toţi cei o sută patruzeci şi opt de parlamentari europeni, din care şaptezeci şi trei aparţineau de Partidul Autarhic, silit pentru prima oară de la Prefacere să facă o alianţă cu un alt partid pentru a obţine majoritatea. Paradoxal, cel mai ieftin adversar politic care putuse fi atras, fusese chiar Partidul Noii Lumi, recent intrat în parlament cu doisprezece parlamentari. Din cele şapte ministere ale guvernului, PNL primise un minister nesemnificativ, cel al culturii. Nesemnificativ, deci neprimejdios. Dintre toate ministerele, celui al culturii i se aloca, invariabil, cel mai mic buget, care era cheltuit aproape integral pentru plata echipelor de restauratori, care lucrau la conservarea monumentelor arhitecturale din marile oraşe.

Nu că ar fi contat prea mult parlamentul european, organism birocratic greoi şi, după părerea lui Frankhaim, absolut inutil. Puterea adevărată o deţinea preşedintele Autarhiei. Din ea, câte o firimitură era dată şi celorlalţi miniştri. Cât despre parlamentari, aceştia erau mult mai preocupaţi de propriile privilegii decât de orice altceva. Aveau locuinţe bune, acces gratuit la mijloacele de transport, prioritate la împărţirea resurselor, salarii şi pensii consistente. Frankhaim era absolut convins că, pentru parlamentari, bunăstarea personală era prioritară. Aşa fusese şi înainte de Prefacere şi aşa avea să fie mereu.

Bineînţeles, sesiunea de informare a lor, despre prăbuşirea unui dirijabil al armatei sau despre doborârea staţiei turistice americane, despre care oricum aflaseră din interceptările mijloacelor media de peste Atlantic, era pierdere de timp. În primul rând ştiau cu toţii despre aceste evenimente. Sau ar fi trebuit să ştie. Parlamentarii primeau zilnic buletine de informare asupra evenimentelor din lume, care se rezumau aproape integral la America, ţara cu cea mai intensă activitate pe unde radio, interceptată permanent de staţiile de ascultare de pe malul european al Atlanticului. Deşi cunoşteau situaţia, parlamentarii aşteptau să le-o prezinte oficial preşedintele Autarhiei pentru ca apoi să dezbată zile în şir ce e de făcut, fără să ajungă la vreo concluzie. Aşa făcuse parlamentul european şi înainte de Prefacere, când clima se schimba practic de la o zi la alta, problemele sociale începuseră să capete amploare, americanii pretindeau reducerea poluării cu riscul dispariţiei industriilor, iar parlamentul dezbătea în nesfârşite şedinţe lipsite de rost, de parcă ar fi fost din altă lume. Şi era de fapt din altă lume, din cea de dinainte de Prefacere, când exista vreme şi pentru dezbateri. De acolo îl preluase Frankhaim şi, cu toate că îl dispreţuia, îl ţinea în viaţă, pentru că parlamentul era instituţia care încă mai păstra iluzia democraţiei într-o Europă post Prefacere, care ar fi dispărut demult dacă nu ar fi fost condusă cu o mână de fier. A lui. Această şedinţă avea să fie altfel.

Suflă discret în palme, ca să se încălzească. Aranja-

se ca temperatura din sala de şedinţe să nu depăşeas-
că doisprezece grade, cu două mai puţin decât la ulti-
ma şedinţă comună, contând pe faptul că disconfortul
creat de frig îi va împiedica pe parlamentari să ţină
cuvântări lungi şi inutile. Mai încercase acest truc şi
funcţionase, iar cele câteva proteste ale friguroşilor
le redusese scurt la tăcere, motivând economia de
energie, pe care erau cu toţii datori să o facă. Se ridică
în picioare şi lovi de câteva ori cu ciocănelul de lemn
în masa la care stătea, flancat de o parte şi de alta de
membrii guvernului său. Aşezaţi pe scaunele tari, in-
comode, din faţa sa parlamentarii încetară discuţiile,
pregătindu-se să-l asculte.

— După cum ştiţi, e de datoria mea să anunţ parla-
mentul de îndată ce intervin ameninţări la siguranţa
Autarhiei. Ei bine, o astfel de faptă este pe cale să se
producă, ameninţând grav însăşi existenţa noastră, a
tuturor.

Făcu o pauză de câteva secunde, aşteptând ca ru-
moarea din sală să se stingă. Reluă, pe tonul grav care
îl folosea în discursurile ţinute prin ţară, deghizat în
Orator.

— Avem informaţii foarte credibile şi de ultimă
oră, că americanii pun la cale distrugerea Autarhiei
Europene, drept represalii pentru staţia lor spaţială,
doborâtă de o rachetă de-a noastră ieşită din uz. După
cum ştiţi, din partea noastră nu a fost un act premedi-
tat. Însă americanii sunt de altă părere. Aşa că, proba-
bil, vor utiliza împotriva noastră arme de distrugere
în masă, nucleare, din care au cantităţi mari, de di-
nainte de Prefacere. Specialiştii noştri militari apreci-
ază că vom avea între zece şi cincizeci de milioane de
morţi, fără a mai pune la socoteală efectele pe termen
lung ale radiaţiilor şi pagubele colaterale. Efectele

asupra climei vor fi incalculabile. Altfel spus, Europa va înceta să mai existe.

Fu nevoit să strige ultimele cuvinte pentru a se face auzit în vacarmul care se pornise. Ridică o mână în timp ce cu cealaltă lovi de mai multe ori, minute în șir, cu ciocănelul de lemn pentru a cere liniște.

— Aceasta nu este o sesiune obișnuită a parlamentului. Nu avem vreme pentru dezbateri și declarații politice. E posibil ca în chiar acest moment atacul asupra noastră să fie pe punctul de a fi declanșat. Supraviețuirea noastră depinde de viteza cu care vom lua o decizie. Pentru că suntem pregătiți să-i înfruntăm. Să învingem America. Avem mijloacele prin care ne putem apăra, lovindu-i primii. Din acest motiv vă cer să autorizați, prin votul vostru, acum și aici, starea de război cu America. Vă cer să alegeți: noi sau ei. Copiii lor sau copiii noștri. Viitorul lor sau viitorul nostru.

Hărmălaia cuprinse din nou sala. Se ridicară mai multe mâini, cerând cuvântul. Însă coborâră la apariția lui Mateas Linghe, liderul Partidului Noii Lumi, partenerul de guvernare al Partidului Autarhic. Semeț, acesta merse la tribuna oratorilor, aflată în dreapta sălii și privi spre președintele Frankhaim.

— Pentru ce trebuie să moară copii, domnule președinte? Pentru ce să moară din nou copii? Nu știu ce arme aveți pentru a-i înfrunta pe americani, dar indiferent care ar fi acestea, vă cer explicit să nu le folosiți vreodată. În afara armelor, sunteți convins că ați epuizat celelalte căi? De ce nu vorbiți cu americanii? De ce nu le spuneți ce s-a întâmplat de fapt? De ce să nu găsim o soluție negociată, în care să nu mai moară nimeni?

Frankhaim profită de pauza pe care o luă Linghe pentru a sorbi puțină apă din paharul aflat la tribună.

— Credeam că am explicat că nu e timp de dezbateri. Mai mult, domnule Linghe, știam că suntem parteneri de guvernare. V-ați răzgândit cumva?

— Nu am intrat în guvernul dumneavoastră pentru a ne asocia la un genocid, domnule președinte. PNL dorește o lume post Prefacere deschisă, în care oamenii să se ajute unul pe altul, indiferent de povara trecutului fiecăruia. PNL este convins că putem supraviețui Prefacerii, doar prin cooperare și nu prin războaie care să ne sece puținele resurse rămase. PNL vrea pace, nu război, domnilor.

Sala izbucni simultan în aplauze și huiduieli. Frankhaim îi lăsă câteva minute.

— Poate nu m-am făcut bine înțeles, reluă, după ce parlamentarii se potoliră. Ne aflăm într-un moment critic. Ați văzut cu toții rezumatele emisiunilor interceptate din America. Ei vorbesc deschis despre război, despre rachete nucleare. Pe stația lor spațială se aflau numai oameni extrem de bogați, din cele mai influente familii. Cu toți vor acum sânge. Sângele nostru. Mass media americană e plină de invective la adresa noastră. Că i-am atacat fără să fim provocați. Că războiul este iminent. Că a sosit momentul răzbunării pentru atentatele de acum un sfert de secol. Și altele. Iar acum vine PNL și ne propune să negociem cu americanii! Ce să negociem, și mai ales cu cine? Oamenii ăia ne vor morți! Așa se va întâmpla, dacă nu îi lovim noi primi.

Sala izbucni iar în aplauze. Linghe reuși cu greu să se facă auzit.

— Și când se vor termina toate astea, domnule președinte, va fi mai sigură lumea fără americani?

— Și mai puțin poluată, strigă cineva din sală, stârnind hohote de râs.

— Vom fi noi mai fericiţi? continuă Linghe fără să bage în seamă întreruperea. Americanii au rezolvat cumva problema poluării dar şi a producerii de energie. Pot să ne ajute...

— Da, să plecăm mai repede de pe Pământ, strigă un alt hâtru din sală, stârnind râsete.

— ... Să ne rezolvăm şi noi problemele pe care singuri, s-a dovedit, nu le-am putut rezolva. A-i ataca este nu doar un act barbar, inconştient. E şi o prostie. Am auzit şi eu zvonul că s-ar fi reuşit reactivarea unor rachete cu încărcătură nucleară la o bază militară din Pirinei. Că s-ar fi descoperit în arhivele NATO un străvechi plan de atac al Americii, obţinut prin spionaj, de la fosta URSS. Chiar dacă ar fi aşa, chiar dacă nu ţinem seama că lumea, relieful, clima, s-a schimbat în şaptezeci de ani de când strategii URSS au conceput planul, nu trebuie să uităm că şi americanii au arme nucleare. Pe care, dacă îi atacăm noi, în mod sigur le vor folosi. Nu, soluţia nu este războiul. Nu a fost niciodată. Vă cer să votaţi împotriva războiului. Vă cer să votaţi pentru cooperare şi deschidere. Vă cer să gândiţi responsabil, în mâinile voastre stă viitorul planetei...

Frankhaim păru să îşi fi pierdut răbdarea. Îl întrerupse brutal.

— Constat, domnule, că nu realizaţi în ce situaţie ne aflăm. Din fericire, aici sunt mult mai mulţi oameni responsabili, apăsă el pe ultimul cuvânt. Care au înţeles situaţia şi care, ca adevăraţi patrioţi, vor vota pentru salvarea Europei şi a locuitorilor ei. Moarte americanilor!

— Moarte americanilor, moarte americanilor, moarte americanilor, strigă sala.

Parlamentarii se ridicaseră în picioare şi scandau sacadat. Linghe se întoarse înfrânt la locul său, nebăgat în seamă. După ce vacarmul se mai potoli, Frankhaim le ceru să voteze pentru război.

Toți parlamentarii, exceptându-i pe cei ai PNL, erau pentru război, de parcă numai asta ar fi așteptat. Sentimentele antiamericane rămăseseră adânc înrădăcinate.

Frankhaim oftă ușurat și declară închisă ședința comună. În entuziasmul general, nimeni nu-l întrebase cum anume are de gând să atace America, ceea ce însemna că putea păstra secretul până în ultima clipă.

Capitolul 29

16 septembrie 2051
Oblitza
Estul Sălbatic

Fierarul îi trezi dimineaţă, foarte devreme. Le cedase laviţa din camera sa, în timp ce el îşi întinsese o saltea de paie în atelier. Soarele încă nu răsărise. Ilya Proca încropi un mic dejun frugal, din şuncă şi pâine, pe care cei doi tineri îl mâncară, încă somnoroşi. Dădură o mână de ajutor la încărcarea ultimelor provizii în căruţă, după care Proca aduse doi cai mari, pe care îi ţinea într-un grajd vecin, şi-i înhămă. Scoaseră atelajul afară, în dimineaţa rece, ai cărei zori începuseră să mijească. Proca îi arătă lui Ivan dispozitivul simplu de frânare al căruţei: un şurub mare, cu manivelă la un capăt, iar la celălalt o scândură de lemn care, apropiată cu ajutorul şurubului, se freca de roţile din spate, micşorând viteza. Îi ceru să-l folosească în timp ce coborau agale străduţele satului. Punţile nu fusese coborâte încă. Aşteptară ca patru bărbaţi să elibereze şi să deruleze odgoanele groase ale unui sistem complicat de scripeţi. Dură jumătate de oră până când, cu o bufnitură, puntea exterioară atinse pământul.

După ce traversară, Proca le permise să urce, şi îndemnă caii la drum, şfichiuind un bici, fără însă să-i lovească. Respiraţia celor două animale se condensa, asemeni unui abur, în aerul rece. Roţile carului, învelite în străvechi anvelope de cauciuc, scârţâiră pe stratul fin de zăpadă moale căzut în timpul nopţii, care acoperise ca o peliculă drumul bătătorit. Merseră ore în şir amorţiţi, în tăcere; uneori fierarul îşi îndemna caii, vorbindu-le încet sau plescăind din limbă. Tinerii aţipeau din când în când, treziţi de frigul dimineţii.

Către amiază, fierarul opri caii pentru popas.

Au coborât, amorțiți de nemișcare și de frig. Proca îi puse să adune crengi căzute de copaci, în timp ce el șterse caii de sudoare, îi înveli în pături și îi hrăni cu ovăz. Aprinseră focul și încălziră, într-o tigaie neagră de atâta folosire, untură cu bucăți de carne, scoasă de fierar dintr-o oală de lut acoperită cu un capac de lemn. Mâncară în liniște după care Proca puse pe foc un ceainic cu apă. Când dădu în clocot, aruncă în ea o mână de ierburi uscate. Turnă licoarea plăcut mirositoare în căni de tablă și le oferi două. Sorbi zgomotos din cana sa.

— Pe aici e un traseu ceva mai sigur. Am mai încercat și alte căi, dar m-au prins de vreo două ori tâlharii și mi-au luat tot ce aveam. Am fost bucuros că am scăpat cu viață. Oricum, pe frigul ăsta nu prea cutreieră prin pustietate.

Alice suflă în pumni.

— E întotdeauna așa de frig toamna, pe aici?

— O să se încălzească pe măsură ce coborâm în vale. Pe podiș, acolo unde e satul, diminețile sunt mai friguroase, dar după ce iese Soarele, se face cald.

Sorbi ce rămăsese pe fundul cănii pe care o scutură de ultimele picături deasupra jăraticului. Ivan îl ajută să strângă masa, iar Alice clăti cu puțină apă farfuriile folosite, le șterse cu un șervet din pânză și le aranjă înapoi în coșul de papură de unde fuseseră scoase.

— Trebuie să ne grăbim. Toamna, se întunecă tot mai repede. Mai avem ceva de mers până să ajungem la adăpost.

În următoarele ceasuri au găsit porțiuni întinse de pământ fără pic de zăpadă. În alte locuri, umbrite de copaci înalți, stratul de omăt i-a silit să coboare și să

împingă căruţa pentru a ajuta caii. Aşa cum le spuse-
se Fierarul, afară se făcu tot mai cald, pe măsură ce se
apropiau de câmpie. Îşi mai scoaseră din haine.

Spre asfinţit au intrat pe un drum care mai avea
urme de asfalt, foarte degradat, cu multe gropi. În
zare, se desluşea, tremurător în pâcla amurgului, con-
tururile unor clădiri.

— O să oprim pe undeva, se întunecă în cel mult
o oră. Aici a fost un oraş, dar e părăsit de peste două-
zeci de ani. Mai sunt însă câteva locuri în care putem
poposi peste noapte.

Intrarea era marcată de un obelisc din beton, pe
care se mai puteau desluşi, vag, câteva litere, care
probabil făcuseră parte din numele oraşului pustiu.
De o parte şi de alta a străzii, blocuri de câteva eta-
je, vegheau ruinele cu miile de ochi ale ferestrelor
fără geamuri. După un sfert de oră de mers, în care
au schimbat de mai multe ori direcţia, afundându-se
adânc în inima oraşului, Fierarul conduse carul direct
în interiorul unei clădiri mari, ale cărei vitrine fuse-
ră de mult luate, unde opri şi coborî.

— Aici trag de fiecare dată când merg în sud. A
fost un mare magazin.

Ivan sări şi el din căruţă. O ajută pe Alice să coboare.

***

Gligor, împreună cu alţi patru soldaţi, scăpase tea-
făr din ambuscada de la ferma Bradony. Avuseseră
norocul de a fi călare în momentul în care năvăliseră
sătenii, iar camarazii lor începuseră să cadă, răpuşi
de furci şi cuţite. Gligor îl văzuse pe Vlad căzând. În
acel moment, înţelesese că nu mai au nicio şansă şi,
fără măcar să încerce să lupte, îşi înfipsese pintenii în

coastele calului şi fugise, urmat de ceilalţi patru, pier-
zându-se în pădure. Stătuseră îndelung la pândă, în
jurul satului Oblitza, suficient de departe pentru a nu
fi simţiţi de câini, dar având grijă ca localitatea să ră-
mână în raza de observaţie a binoclului. Se hrăniseră
mai mult cu rădăcini şi ciuperci; au prins un iepure şi
câteva păsări şi au mâncat carnea crudă, întrucât nu
au îndrăznit să aprindă focul. Urmăriseră permanent
mişcările celor din sat, pândind momentul potrivit ca
să se răzbune pentru înfrângerea umilitoare suferită,
dar mai ales pentru a recupera din armele şi din pro-
viziile de care aveau nevoie urgent. Însă în ultimele
două zile care trecuseră de la bătălie, prilejul întâr-
ziase să apară; sătenii se păzeau foarte atent ziua şi
noaptea.

După ce se crăpase de ziuă, urmele proaspete, nu
mai vechi de trei ore, lăsate de carul Fierarului, de-
veniseră perfect vizibile pe stratul subţire de zăpadă
apoasă, căzută peste noapte. S-au hotărât să le urmă-
rească, nădăjduind să dea peste vreun ţăran pe care
să-l prade, sau poate chiar să îi conducă la vreo gos-
podărie nepăzită. După înfrângerea de la fermă şi la
cât erau de slăbiţi de lipsa proviziilor, nici unul dintre
ei nu mai voia să rişte.

Au ajuns carul spre asfinţit, la timp să-l vadă in-
trând în oraş. Încărcătura era promiţătoare, iar cei
trei călători păreau o pradă uşoară; aşa că Gligor a
hotărât să atace imediat ce-i vor ajunge, înainte să se
piardă în întuneric.

⁎⁎⁎

Au luat o parte dintre bagaje, lăsând caii înhămaţi.
Proca a aprins un felinar şi, urmat de cei doi, a cobo-

rât câteva trepte, odinioară impunătoare, ce porneau din planşeu şi dădeau într-o cavitate puţin adâncă, umedă şi mirosind a igrasie. Planşeul de pe care coborâseră le ajungea acum la nivelul capetelor. Lumina gălbuie a felinarului proiecta o pată de câţiva metri pe fundul adânciturii. Alice aprinse lanterna ei, care se încărcase de la Soare întreaga zi. Într-un colţ se afla o mică sobă din metal, al cărei coş ieşea până după nivelul planşeului. Fierarul stinse felinarul şi îl aşeză direct pe podea. Scăpără un amnar cu care aprinse focul în sobă. Se aşezară cu toţii, pe jos, în jurul acesteia.

— Tot timpul o las plină cu resturi. Nu se ştie niciodată... La noapte, am putea coborî în subsol, e mai ferit acolo. Însă aş prefera să rămânem aici, nu îmi place să stau în spaţii închise dacă nu sunt la mine acasă. Nu se ştie niciodată când trebuie să pleci în grabă. Vom deshăma şi hrăni caii, înainte de a ne culca.

Încălzi ceva de mâncare pentru toţi, şi puse la fiert ceaiul. Soba radia o căldură plăcută. Părea că nu mai este nici foarte frig. Flăcările jucau vesel, aruncând pe pereţi umbre tot mai mari pe măsură ce Soarele apunea. Proca puse în foc un braţ de resturi textile, pe jumătate putrezite, dintr-o grămăjoară aflată într-un colţ.

— Sunt unii care s-au rătăcit în astfel de oraşe părăsite. Nu i-a mai găsit nimeni, aşa că s-a răspândit superstiţia că sunt blestemate, că sufletele vechilor locuitori iau vieţile celor ce îndrăznesc să le încalce teritoriile. Cum prostia asta o cred şi tâlharii, ar trebui să fim în siguranţă aici.

Ivan se înfăşură mai bine în pătura pe care o împărţea cu Alice.

— Pe aici oraşele au fost definitiv abandonate?, îl întrebă.

— Şi în America marile oraşe au fost abandonate, se amestecă fata. Chiar de dinainte de Prefacere nu mai voia nimeni să trăiască în aglomerările urbane. Nu mai erau sigure, din cauza teroriştilor. Megametropolele americane deveniseră mult prea mari şi extrem de vulnerabile. Pe asta au contat teroriştii. Atentatele la sistemele de alimentare cu apă au otrăvit sau îmbolnăvit o mulţime de oameni. Atentatele din mijloacele de transport în comun au paralizat o mulţime de alte activităţi. Sau arenele sportive, sălile de teatru sau cinema, expoziţiile... Acum trăim în comunităţi specializate, de maxim douăzeci de mii de locuitori. Te simţi mai în siguranţă printre cei care au aceleaşi preocupări.

— La noi, în Est, oraşele au dispărut de la sine. Cel în care ne aflăm acum nu era considerat unul foarte mare, cred că avea o sută de mii de locuitori.

— America nu mai are demult oraşe cu aşa de mulţi oameni, cu toate că înainte de Prefacere erau şi oraşe cu milioane de oameni. Există încă nostalgici care locuiesc în fostele mari oraşe. Uneori dau foc la câte un cvartal de locuinţe, ca să elibereze terenul şi să-l cultive. Li se spune Defrişatori. Locuiesc izolaţi şi evită să aibă de-a face cu alţi oameni în afară de cei asemeni lor. Tata mi-a povestit că, în tinereţea lui, devenise o modă să fii Defrişator de ocazie, adică să incendiezi oraşe vechi. Spuneau că ard de fapt un vechi mod de viaţă. Bineînţeles, incendierile erau ilegale. Poluau masiv şi distrugeau părţi importante din istoria noastră. Noroc cu ploile, care stingeau repede focurile. Iar în oraşele inundate de pe coaste n-a prea rămas mare lucru de incendiat.

— Şi în Autarhie au existat oraşe foarte mari. Însă nu au fost complet abandonate, există cartiere încă locuite. În anotimpul rece e foarte dificil, pentru că vechile clădiri nu sunt deloc eficiente energetic, iar rațiile de curent electric nu ajung nici pe departe pentru încălzire. Acolo unde a fost posibil, și zonele nelocuite sunt conservate. Există echipe de restauratori care lucrează pentru a păstra și reface vechile clădiri, afectate de Prefacere. În studenție, am lucrat și eu, ca voluntar, alături de restauratori. Nu sunt prea mulți, poate o mie, fără voluntari, bineînțeles, așa că mare lucru nu se cunoaște de pe urma lor, pentru că sunt împrăștiați în toată Europa. Resursele actuale ale Autarhiei nu permit mai mult. Din cauza penuriei de energie, și la noi oamenii preferă să locuiască în orașe mici sau la periferia marilor orașe.

Proca scoase de sub mormanul de cârpe o vergea de fier ruginită, cu care ațâță focul.

— Aici nu mai există niciun fel de orașe. Au fost abandonate treptat, iar ultimii rămași au supraviețuit ani buni cu ceea ce au lăsat alții în urmă. Declinul orașelor a început după ce industriile poluante au fost închise sau distruse de americani. Care erau vitale și pentru industriile puțin sau deloc poluante. De fapt pentru tot. Oamenii nu au mai avut de lucru în orașe și au plecat. Abandonarea orașelor a dus la disoluția statului. Autoritățile și instituțiile statului se aflau în orașele rămase fără locuitori. Așa că au plecat și autoritățile.

Fierarul se întinse către oala cu ceai din care își turnă în cană ce mai rămăsese. Ascultă preocupat o clipă zgomotul produs de vânt, afară, care ajungea la ei ca un șuierat înfundat.

— Eu și alții ca mine și, cred, generații după mine, în viitor, trăim de pe urma fostelor orașe. De aici iau metalele pe care le topesc și le transform în cuie, cuţite, unelte de tot felul. Uneori mai găsesc şi obiecte gata făcute, trebuiesc doar niţel curăţate. Sticla care acoperă câmpurile cu cereale tot de aici provine. Orice ciob e bun, poate fi topit. Din păcate foarte rar mai găsesc şi câte o carte ce poate fi citită. Cele mai multe au fost arse pentru încălzire, în iernile de după Prefacere. Mai sunt şi o mulţime de lucruri inutile: computere, televizoare, telefoane, aparate video, care nu merită recuperate pentru că nu conţin nimic folositor.

Ivan întinse mâinile deasupra focului.

— În Autarhie recuperăm tot ce este posibil. Însă în mod organizat. S-au deschis exploatări ale vechilor gropi de gunoi. Oricine poate să lucreze acolo în timpul liber, iar dacă descoperă resurse utilizabile, primeşte bani. Cele mai productive sunt gropile de acum şaizeci-şaptezeci de ani. E de necrezut câte aruncau pe atunci oamenii. Chiar mai bogate sunt gropile de acum o sută de ani însă, din păcate, mare parte din resurse s-au degradat atât de mult, încât nu mai pot fi folosite. Tot ce se găseşte pleacă spre fabricile subterane pentru prelucrarea metalelor şi materialelor plastice, pe care americanii nu le mai pot bombarda, mormăi Ivan.

Alice zgribuli în cojocelul primit în dar de la familia Brad, la despărţire.

— Cu ce e mai adăpostit locul ăsta decât oricare altul? Vântul suflă tot ca afară.

Fierarul îşi făcu de lucru prin bagaje, înghesuind resturile cinei. Luă de jos felinarul cu alcool şi îl aprinse cu amnarul din cremene.

— Mai întâi mergem să adăpăm şi să deshămăm caii. Alice, cruţă lanterna. O să avem nevoie de ea când ne întoarcem. O să coborâm la subsol, unde au fost magaziile. Acolo nu suflă vântul, aşa că putem înnopta.

Atunci au început împuşcăturile şi urletele solda-ţilor conduşi de Gligor. Un glonte rătăcit, ricoşă de un stâlp de beton şi îl nimeri pe Proca în umărul stâng, trântindu-l în timp ce urca treptele spre planşeu. Un alt glonţ lovi unul din cai, care cambră şi, împreună cu celălalt, porni speriat în galop, trăgând căruţa. Calul rănit se împletici după câteva zeci de metri şi căzu, nechezând amarnic. Căruţa, lovită de mai mul-te gloanţe, care zăngăniră la impactul cu obiectele de metal, se înclină violent pe două roţi, spre calul teafăr, gata să se răstoarne, însă şi animalul fu lovit de o ra-fală. Un glonţ îi străpunse craniul şi căzu, ucis pe loc.

— Alice, rămâi acolo unde eşti, îi strigă Ivan, şi se năpusti după un stâlp gros de beton, cu tencuiala să-rită, aflat în preajma locului în care căzuse Proca. Îl înşfăcă de braţ pe Fierar şi îl târâi la adăpost. Acesta scoase un geamăt prelung; fusese prins de braţul ră-nit. Se pitiră după stâlp, transpiraţi, în pofida frigului de afară unde ultimele raze ale asfinţitului aruncau o lumină palidă. Urlând ca din gură de şarpe, agresorii se năpustiră către clădire.

Din mica traistă a lui Alice se auzi un sunet ascuţit, urmat de un păcănit scurt. Fata îşi trase repede trais-ta de pe umăr şi o deschise în grabă. Scoase comu-nicatorul, care era sursa sunetului. Pe micul ecran al acestuia apăru chipul unui bărbat în uniformă.

— Sunt maiorul Tom Rogers, miss Marshall. Ştim că aţi fost atacată. Nu vă mişcaţi din locul în care sun-teţi, vă rog. Însoţitorii să rămână şi ei nemişcaţi. Vom cauteriza zona, pentru dumneavoastră.

Faţa maiorului dispăru, dar ecranul arătă o sală în care mai mulţi militari se agitau în jurul unor echipa-mente. Se auziră mai multe ordine răstite.

O lumină intensă alungă pentru o clipă înserarea.

Urmară mai multe bubuituri puternice. După ce ecourile acestora se stinseră, nu se mai auziră nici urletele atacatorilor şi nici focuri de armă. Se lăsă liniştea, nefirească după agitaţia din ultimele minute. Faţa maiorului apăru din nou pe ecran.

— Au mai rămas doi dintre ostili, miss Marshall. Unul pare grav rănit. Din păcate, peste câteva minute cerul din zona în care vă aflaţi va fi acoperit cu un strat de nori cumulonimbus şi nu vă vom mai putea ajuta.

— Ne-aţi urmărit? bâigui neîncrezătoare Alice.

— Permanent, de azi dimineaţă, când s-a finalizat poziţionarea a doi sateliţi geostaţionari în zona dumneavoastră, răspunse prompt maiorul. De acum nu vor mai fi întreruperi în comunicaţii. Am crezut că aţi fost informată. Misiunea noastră este să vă protejăm, miss Marshall.

Fata schimbă priviri uluite cu cei doi bărbaţi. Proca părea să fi uitat de durerea din umăr. Ivan descrise cu mâna un gest larg, arătând vag către exterior.

— Cum aţi făcut asta? Bubuiturile şi tot restul...

Maiorul se sfătui cu cineva aflat în afara ecranului comunicatorului.

— Nu sunt autorizat să dau vă informaţii.

— Hei, sunt prietenii mei, sări Alice. Am venit împreună până aici. Am trecut prin atâtea. Au tot dreptul să ştie. Şi eu vreau să ştiu. Cum aţi făcut?

Din nou maiorul se sfătui în şoaptă cu cineva şi, pentru câteva clipe, se văzu şi chipul unei persoane în vârstă, în uniformă militară.

— Îmi cer scuze. Aveţi tot dreptul să ştiţi, miss Marshall. Ostilii au fost anihilaţi cu un laser militar de mare putere, aflat pe unul din sateliţi. Degajă căldură extrem de intensă. Astfel am vaporizat unii din pereţii clădirilor şi am anihilat ostilii care au tras asupra grupului dumneavoastră. Din păcate raza acestuia nu poate trece prin nori. Din acest motiv, în acest moment nu suntem capabili să vă mai apărăm.

— Ne mai vedeţi?

— Asta nu este o problemă, miss Marshall, sistemul de observare a comutat în infraroşu, norii nu ne împiedică să vă urmărim. Au mai rămas însă doi ostili, şi credem că unul poate fi periculos. E la aproximativ o mie de picioare spre nord-vest de locul în care vă aflaţi. Sau, cam la trei sute de metri, pentru însoţitorii dumneavoastră.

Fierarul scoase un geamăt lung. Haina groasă i se îmbibase cu sânge în dreptul umărului rănit. Faţa îi devenise albă.

— Ivan, vezi unde e carul, şopti.

— Lasă carul acela afurisit, hai să îl pansăm, abia mai suflă, îl opri fata.

Alice se întoarse către comunicator:

— Spune-mi cum să îl ajutăm.

Maiorul făcu semn cuiva din preajmă şi părăsi ecranul. În locul lui apăru un alt militar, mult mai tânăr.

— Sunt medic al Armatei, miss Marshall. Dacă doriţi să îl ajutaţi pe însoţitorul dumneavoastră, vă rog să focalizaţi camera video a comunicatorului pe rana lui. Aşa, puţin mai aproape. Acum vă rog să îi aşezaţi aparatul într-o mână şi, atât cât este posibil, spuneţi-i să îl strângă între degete. Comunicatorul dumneavoastră este şi aparat medical, acum măsoară tensiunea şi pulsul, i-am făcut şi ecografia zonei rănite. E bine aşa, spuse medicul în timp ce citea informaţiile pe aparate aflate în afara ecranului. Acum vă rog să luaţi o picătură de sânge de la rănit şi să o aşezaţi pe fanta de sticlă de pe spatele aparatului.

Medicul plecă privirea şi analiză datele primite de la comunicator. Dispăru din ecran însă reapăru imediat, ceva mai departe, stând de vorbă cu alţi militari.

— Va trebui să-i scoateţi glonţul, miss Marshall. Să îl operaţi. Aveţi cam tot ce vă trebuie în trusa medicală. La final, îi veţi injecta din antibioticul pe care îl aveţi în trusă. Este foarte puternic. Vă voi ghida pas cu pas.

Din nou, pe ecran, medicul fu înlocuit cu maiorul.

— Mă tem că trebuie să cereţi însoţitorului dumneavoastră mai tânăr să anihileze ostilul valid, miss Marshall. Unul dintre cei doi a rămas pe loc, avem motive să credem că a murit, amprenta lui termică e în scădere. Celălalt se îndreaptă spre zona dumneavoastră, acum se află pe strada paralelă, la trei clădiri distanţă de locul în care vă aflaţi. Puteţi să daţi arma pe care aţi primit-o însoţitorului mai tânăr.

Ivan cotrobăi el în traistă de unde luă arma cu şocuri electrice. Scoase trusa medicală şi i-o întinse lui Alice.

— Vezi ce poţi să faci pentru Fierar, îi spuse şi ieşi de la adăpostul clădirii.

Tânărul se lipi de peretele exterior al clădirii şi se strecură nevăzut spre direcţia indicată de militarii americani. Fu cât pe ce să treacă de haiduc, însă acesta se mişcă. În Soarele ce sta să apună, umbra prelungă a acestuia tremură pe un perete. Ivan riscă o privire. Îl recunoscu pe Gligor, unul dintre cei mai sadici membri ai bandei care prădaseră dirijabilul. Ţinea, cu amândouă mâinile, o puşcă automată pe care o rotea în toate părţile, tresărind la cel mai mic zgomot. Era speriat.

Ivan se strecură printre ruinele clădirilor dărâmate, încercând să facă cât mai puţin zgomot. Ajunse la mai puţin de o sută de metri de banditul aflat la adăpostul unui zid prăbuşit, de după care îşi arunca din când în când privirea, iţind capul. Ivan călcă pe o bucată de moloz care se sparse, trosnind cu zgomot, se dezechilibră şi căzu. Locul în care stătuse cu doar o clipă înainte fu traversat de o rafală prelungă de gloanţe care loviră zidul din spatele său. În cădere, scăpă arma din mână. Se întinse, încercând să o ia, dar alte gloanţe şuierară ameninţător. Gligor se apropie, hotărât să-i dea lovitura de graţie. Ivan îl văzu, parcă mişcându-se cu încetinitorul, cum îndreaptă ţeava puştii către capul său şi apasă pe trăgaci. Percutorul clănţăni însă în gol. Târându-se pe spate, Ivan se dădu înapoi. Gligor păşi în continuare către el, îl mai fixă o dată şi din nou trăgaciul merse în gol; scoase încărcătorul armei, blestemă pe limba lui şi îl aruncă. Prinse arma de ţeavă, ca pe o bâtă şi se năpusti asupra lui Ivan care căută cu înfrigurare un adăpost. Se zgârie rău într-o bară de fier-beton ce ieşea dintr-o grindă prăbuşită, însă nu simţi niciun fel de durere. Se prinse de bara de fier şi trase de ea din răsputeri. Metalul cedă din locul în care era prins în betonul sfărâmat aşa că putu să ridice bara deasupra capului, într-o încercare de a se apăra de lovitura nimicitoare pe care haiducul se pregătea să i-o dea cu patul armei. Aceasta lovi fierul care, la rândul său îl lovi pe Ivan în frunte, năucindu-l pentru câteva clipe. Reflex, roti cu putere bara metalică şi nimeri picioarele atacatorului. Gligor, aflat în plin elan pentru o nouă lovitură, căzu ca retezat la pământ. Ivan lovi din nou, se ridică în genunchi şi lovi iar şi iar în trupul căzut. Lovi până când nu mai putu ridica mâinile, mult după ce trupul însângerat încetase să mai mişte.

Culese din mers arma pierdută şi se împletici, acoperit de sânge și de moloz, către locul unde îi lăsase pe Alice și pe Proca. O mișcare de după ruine zărită cu coada ochiului îi făcu să se arunce imediat la pământ, cu arma pregătită, bănuind că scăpaseră și alți bandiți. Ridică privirea și văzu, în una din clădirile prăbușite, trei cai de-ai haiducilor, foarte speriați, blocați în clădire de un perete care astupase parțial intrarea. Se apropie de ei, sărind prin locul în care odinioară fusese un geam. Le vorbi ușor, ca să-i calmeze. Le mângâie boturile înspumate și le luă frâiele, așa cum învățase la ferma Bradony. Înlătură obstacolul de la intrare și, însoțit de cai, se îndreptă spre locul unde își lăsase tovarășii.

O găsi pe Alice stropită de sânge, cu privirea pierdută, ținând capul lui Proca în poală, legănându-l încet, în lumina tot mai palidă a lanternei aproape descărcate. Fierarul era pansat și adormise, respirând regulat.

Capitolul 30

15 septembrie 2051
New Washington
America

În pofida obiceiurilor deprinse de ani de zile, Mordecai dormi până spre seară. Stătuse până în zori cu prietenul său, William Trasco. Urmăriseră, pe jumătate atenți, două sau trei filme vechi – nu mai era foarte sigur care – după care jucaseră Flipper la mașina pe care ziaristul o achiziționase de la recuperatori și o recondiționase pe o sumă pipărată. Porniseră și tonomatul adus cadou, în urmă cu un an de Will, iar lucrurile se încinseseră. Sticla de whisky se dovedise la un moment dat insuficientă, mai ales când amintirile, povestite când de unul, când de altul, despre o lume care nu mai exista, păruseră că prind viață. Își luaseră rămas bun spre dimineață, promițându-și că se vor revedea curând ceea ce, la drept vorbind, se întâmpla cu regularitate de câțiva ani.

Cu ultimele puteri, înainte de a se băga în pat, Mordecai lansase de la consolă un Scormonitor în Rețea, ca să afle tot ce se putea despre stația spațială turistică Heaven.

Când se trezise, în mijlocul ecranului clipea vesel un cerc verde, semn că Scormonitorul își făcuse treaba. Avea de cincisprezece ani programul de căutare care, în pofida unei interfețe grafice deloc atractive, se dovedea mult mai eficient decât oricare software comercial disponibil. Îl primise de la un prieten care, pe vremea când oamenii mai scriau programe de calculator, lucra pentru armată. Scormonitorul său era versiunea beta a unui software militar. Actualmente, programele, indiferent cât de complicate, erau generate automat, după seturi de specificații. Programe care scriau alte programe.

Deși mai lent decât alte programe de căutare, Scormonitorul mergea întotdeauna până la capăt, depășind căutările superficiale, de suprafață, generând singur întrebări legate de tema căutării, pentru ca apoi să le caute răspunsuri.

În urmă cu câteva ore când îl setase, cuprins de curajul căpătat de la câteva păhărele în plus, Mordecai ceruse baleierea, în premieră, și a bazelor de date militare sau private, în care scormonitorul intrase fără sfială și luase informațiile cerute pentru a se strecura îndărăt nevăzut. Sau cel puțin așa spera. În întreaga sa carieră nu îndrăznise să meargă atât de departe. Începu să-și calculeze șansele de a se apăra invocând legea liberului acces la informații pentru cazul că o trupă de agenți de guvernamentali i-ar năvăli în apartament.

Își clăti în baie gura cu puțină apă pentru a scăpa de gustul amar lăsat de alcool, bău apoi pe săturate după care, curios, se așeză în fața consolei pentru a vedea ce a descoperit Scormonitorul.

Heaven, stație spațială americană, amenajată de consorțiul industrialo-financiar cu același nume, între anii 2028 și 2041 – existau mai multe referințe diferite privitor la anii începerii și mai ales ai finalizării lui Heaven. Construită pe platforma Stației Spațiale Internaționale, preluată de consorțiul american după Prefacere, cu anumite perioade de întrerupere, Heaven fusese complet transformată și reamenajată. Preluarea fusese validată de Curtea Supremă de Justiție a Americii, la cererea avocaților consorțiului, care invocaseră că SSI oricum urma să se prăbușească pe Pământ din cauza epuizării combustibilului motoarelor cu care efectua corecţiile pentru a se menţine pe orbita joasă, dar permanent afectată de frecarea cu gazele foarte rarefiate din jurul Pământului. Mordecai parcurse la iuţeală aceste informaţii ştiute de toată lumea.

Se pregăti să sară şi peste datele la care avuseseră loc reviziile lui Heaven, însă ceva îi atrase atenţia. Ultima revizie fusese făcută la sfârşitul lui august, cu două săptămâni înainte de prăbuşire. O altă misiune fusese programată, tot cu scopul declarat de revizie tehnică, pentru cincisprezece septembrie. Ceru lista reviziilor de la darea în folosinţă a staţiei. Cu regularitate, fuseseră trimise câte două misiuni de revizii tehnice pe an, de fiecare dată în ianuarie şi în iulie. Doar datele în care fuseseră efectiv lansate misiunile difereau puţin de cele planificate, însă existau şi explicaţii pentru micile întârzieri, datorate de regulă condiţiilor meteo sau lipsei momentane a navetelor spaţiale, angajate în alte misiuni.

Nici o revizie nu întârziase mai mult de cinci zile de la data iniţial stabilită. Mai mult, toate reviziile aveau ataşate rapoarte cuprinzând lista componentelor care fuseseră schimbate, starea panourilor solare, a cilindrilor cu hidrogen, ba chiar şi observaţii despre sănătatea pasagerilor. Zâmbi citind cum în 2043, pe la începuturile turismului spaţial de masă, un banal virus de gripă ajunsese cumva la bordul lui Heaven şi îmbolnăvise în prima săptămână pe toată lumea. Consorţiul îşi asumase vina şi prelungise corespunzător şederea turiştilor, însă inserase purificatoare virale în sistemul de ventilaţie, şi antibiotice sub formă de aerosoli, în atmosfera staţiei.

Ziaristul, trezit de-a binelea, lăsă pentru o vreme consola din dormitor pentru a-şi face o cafea expreso, din care sorbi gânditor. După cum arătau înregistrările, Heaven făcuse revizia din ianuarie şi pe cea din iulie. Ce rost mai avusese atunci o altă revizie, la o lună după cea oficială, despre care însă nu exista niciun raport? Sau încă una, planificată în septembrie?

Mordecai transferă rezultatele căutărilor Scormonitorului către consola mai mică, pe care o avea în bucătărie, şi le privi în fugă în timp ce încerca să-şi prepare micul dejun în loc de cină, acelaşi ca în fiecare dimineaţă sau seară, de nici nu mai ştia când. De fapt era singura mâncare pe care se pricepea s-o gătească. Scoase două ouă, le sparse şi le mixă împreună cu un melanj de mirodenii. Adăugă câteva felii de şuncă, puţin cam vineţii după gustul său, dar asta era tot ce avea în frigider, şi se pregăti să le prăjească.

Fu însă cât pe ce să scape vasul în care ţinea amestecul când aruncă o privire peste lista pasagerilor. Heaven putea adăposti, în condiţii de mare lux, două sute cincizeci şi doi de oameni, cu tot cu membrii echipajului. Întotdeauna fusese plină ochi. Locurile se ocupau cu multă vreme înainte, coada ajunsese la doi ani. Cu excepţia ultimelor două schimburi de turişti, când numărul acestora începuse să scadă, ajungând ca, în momentul dezastrului, pe Heaven să se afle doar o sută patruzeci şi doi de oameni, cu tot cu echipaj şi rezidenţi.

Puse tigaia la prăjit şi reglă manual plita cu infraroşii. În niciun minut, din tigaie începură să iasă mirosuri îmbietoare, iar amestecul prinse consistenţă. Puse la prăjit două felii de pâine şi, aşteptând ca omleta să se coacă, sări la datele despre schimbarea traiectoriei care îi atraseră atenţia în prima zi de la dezastru.

Aici lucrurile erau chiar mai neobişnuite. De când

devenise hotel spaţial, Heaven fusese plasată pe o orbită terestră joasă, care varia de la două sute zece până la două sute cincizeci de mile, funcţie de corecţiile permanente ale motoarelor de compensare, cu o înclinaţie de cincizeci şi unu de grade şi şase minute faţă de axa terestră, de unde, conform prospectelor agenţiilor de turism, se putea observa aproape nouăzeci la sută din suprafaţa Pământului. Cu toate acestea, Heaven deviase puternic spre nord, părăsind orbita pe care se rotea de zece ani pentru o alta, ce trecea pe deasupra Europei. Mordecai ceru o simulare pe consolă şi analiză cum se vedea Pământul de la poziţia lui Heaven dinainte de începerea derivei şi până în momentul în care se prăbuşise. Procentul de observare a suprafeţei Pământului nu se îmbunătăţise, dimpotrivă, se micşorase puţin, datorită curburii de la polul Nord, zonă din care, ce-i drept, se vedea ceva mai mult. Ce noimă putea să aibă însă modificarea de traiectorie din ultimele două zile de existenţă a Staţiei, cu câte un grad la fiecare revoluţie de patru ore, spre nord, când explicaţia, lansată de agenţiile de turism şi acceptată neoficial, cum că orbita fusese schimbată deoarece pasagerii ar fi dorit să admire mai mult din suprafaţa planetei, era evident falsă?

Simţi că ceva îi scapă, aşa că îl căută, prin Reţea, pe prietenul său Will, de care se despărţise abia de câteva ore.

Imaginea lui Will, întins în pat, pe burtă, umplu ecranul consolei. Acesta îşi scoase capul cu părul vâlvoi de sub cearşaful cu care se învelise şi deschise un ochi:

— Ce-i, Ari, n-ai linişte? La noapte am treabă şi n-o să fiu bun de nimic dacă nu-mi fac somnul.

— Trebuie să vorbim. E important.

— Iar?...

— Priveşte aici ce-am aflat, şi-i trimise materialul obţinut de Scormonitor la care adăugase nedumeririle sale.

Will le urmări, la început lipsit de interes, apoi păru să se trezească de-a binelea. Sări din pat şi se instală în faţa consolei sale. După câteva minute deja lucra frenetic.

— Ei, ce spui? însă Will îi ignoră întrebarea cu un gest neglijent al mâinii.

— M-am conectat la Centru... Mda, e ceva necurat aici. Poate aflu mai multe diseară. Te caut eu, mâine, când ies din schimb. Oricum, ar mai fi şi fata lui Marshall...

— Ce-i cu ea? Ştie toată lumea că au localizat-o pe undeva, prin Europa de Est. La graniţa cu Autarhia, mi se pare. E secretul ce mi-ai spus ieri, dar nu m-ai lăsat să dau ştirea la AOL. S-a difuzat azi în Reţea, când dormeam, spuse cu năduf ziaristul, citind de pe banda de ştiri din partea de jos a ecranului.

Însă Will nu păru să-i observe nemulţumirea.

— Da, da, însă Alice a început să se deplaseze de vreo două ore. Acolo unde se află ea, e dimineaţă acum. Se pare că vrea să caute ajutor în Autarhie. Are şi nişte însoţitori. Trebuie să plec, vorbim mâine.

Lui Mordecai îi îngheţară pe limbă mai multe întrebări nerostite, dar Will ieşise deja din Reţea. Simţi că i se usucă gura la auzul noutăţii şi la ceea ce descoperise. Venindu-i o idee, programă Scormonitorul să afle câte ceva despre consorţiu, proprietarul lui Heaven.

Capitolul 31

17 septembrie 2051
Dunărea
Estul Sălbatic

Îi trezi Fierarul, care îşi revenise spectaculos după operaţia improvizată în care Alice îi extrăsese glonţul încasat de la soldaţi. Acesta mormăi, nemulţumit de durerea surdă pe care o simţea în braţul rănit însă, ajutându-se de braţul sănătos, aprinse felinarul, agită tăciunii aproape stinşi din sobă peste care mai aruncă din cârpele umede, pe jumătate putrede, aflate în mormanul apropiat. După ce focul prinse putere, aşeză oala cu apă la fiert. Mai spuse ceva, apoi luă felinarul şi se depărtă. Îl auziră cum se uşurează, ceva mai încolo. Se întoarse şi se aşeză greoi.

— Nu ştiam că te pricepi la medicină, Alice. Oricum, n-am văzut rană să se vindece aşa repede. Nu mai sângerează, cred că s-a închis.

Alice ieşi de sub pătura pe care o împărţise cu Ivan.

— Am făcut un an de facultate, în America. Am câteva noţiuni elementare. Însă fără asistenţă – arătă cu bărbia spre comunicator – n-aş fi reuşit. De fapt, ai fost operat de un medic militar de acasă. Eu n-am fost decât un simplu executant, oricine în locul meu ar fi reuşit. Tot el mi-a spus ce amestec antibiotic să-ţi injectez; e ceva de ultimă generaţie, era în trusa de prim ajutor.

Proca se hrăni lacom, însă nici Alice şi nici Ivan nu aveau poftă de mâncare şi abia s-au atins de bucate. Folosindu-şi mâna teafără, Fierarul i-a arătat lui Ivan cum să înhame caii luaţi de la soldaţi, cu care să-i înlocuiască pe cei ucişi în timpul atacului. Nu au plecat imediat pentru că fierarul a insistat să adune armele şi orice alt obiect util,. de la soldaţii doborâţi. Cei doi tineri, învingându-şi scârba, au cules de pe leşuri centuri cu gloanţe şi cuţite, arme automate, refuzând însă categoric să ia şi încălţările sau îmbrăcămintea. Proca, deloc deranjat de faptul că unele cadavre aveau membrele rupte şi împrăştiate, a adunat singur tot ce a crezut de cuviinţă. Trecuse de ora zece când au pornit traversarea oraşul părăsit. Carul ce îşi mărise considerabil greutatea cu bunurile haiducilor ucişi. CA să cruţe caii, au mers o vreme pe jos. Au trecut peste porţiuni acoperite cu băltoace, nu prea adânci, pline cu o mâzgă neagră, îngheţată, care se transforma într-un lichid cenuşiu pe măsură ce Soarele se ridica pe cerul dimineţii neobişnuit de senine.

Au ţinut drumul drept spre sud, mergând fără să se mai ferească, pe o fostă şosea pe care mai erau încă urme de asfalt. Raidurile bandelor înarmate nu ajungeau niciodată prin acele locuri, i-a lămurit Proca, locuitorii, câţi or mai fi fost, erau mult prea săraci ca să li se mai poată fura ceva. Chiar şi după ce clădirile cenuşii, dărăpănate, rămăseseră cu mult în urmă, nu au văzut, cale de zeci de kilometri, semne că pe acolo ar trăi oameni. Drumul era pustiu, uneori aproape acoperit de vegetaţia sălbatică, pipernicită şi deasă, ce ocupase orice petic liber din asfalt. Urcat în car, fierarul avea chef de vorbă.

— Istoria e plină de indivizi care, ajunşi conducători, au crezut că ştiu ei ce-i mai bine pentru cei mulţi, le spuse, răsucindu-şi capul către tinerii care continuau să meargă pe lângă car, până caii soldaţilor vor fi învăţat să tragă împreună. Istoria e plină şi de războaie, iar consecinţele le putem vedea cu toţii – arătă, cu un gest larg, către ruinele oraşului, pierdute în zare.

— Dar ce legătură are cu oraşul? În Europa n-a

mai fost război de foarte mulţi ani. Chiar tu ne-ai spus că aici oraşele au dispărut de la sine.

— Poate în Autarhie, de unde vii tu, Ivan, aşa o fi. Însă nu asta am vrut să spun. Oraşul ruinat, prin care am trecut, e o consecinţă a războaielor. Gândeş-te-te cam ce resurse s-au cheltuit pentru războaie inutile. Ce energii şi materii prime s-au irosit pentru pregătirea unor războaie care, fie nu au mai avut loc, fie, dacă s-au petrecut, nu au adus decât suferinţă şi morţi. Secolul XX a fost cel mai distructiv dintre toate. Maşinării de război se mai găsesc şi acum, ruginite. Mările sunt pline cu epave ale unor nave distruse de războaie, nemaivorbind de încărcăturile lor. Mă refer la secolul trecut ca la acela al războaielor provocate de tirani care nu mai încăpeau în propriile ţări.

Ivan se scărpină în cap, nedumerit.

— Nu cred că te înţeleg Distrugerile cele mai mari, de când e omenirea, le-a făcut Prefacerea.

Fierarul pufni nervos. În aerul ce începuse să se răcească, expiraţia i se transforma în aburi. Plesni apăsat din hăţuri, îndemnând caii.

— E adevărat, Prefacerea a fost cea mai distruc-tivă, însă a fost un răspuns natural al climei, care s-a schimbat ca o consecinţă a poluării fără precedent. Oraşele ruinate, toată lumea noastră de acum, e o consecinţă a risipei făcute fără măsură, în trecutul apropiat. Cea mai mare risipă au fost însă războaie-le şi pregătirea lor. S-au dus bătălii pentru a cuceri vremelnic câte o palmă de pământ. Cu ce preţ? Cu ce resurse? Cu câte vieţi risipite? Apoi, în numele pre-venirii războiului, s-au înarmat cu toţii, cheltuind din nou resurse cu nemiluita. De fapt, am folosit resurse-le planetei ca să o distrugem cât mai repede.

— Nu este deloc aşa. Noi avem oraşe curate, folosim hidrogen produs prin captarea uraganelor, din care obținem energie nepoluantă, și nu pornim război cu nimeni. E pace de când s-au terminat Războaiele de Secesiune.

— Nu ceea ce a ajuns America acum e problema, Alice. Ci ceea ce au făcut bunicii tăi. Știi că, la un moment dat, erau cei mai mari poluatori din lume? Și Europa – se întoarse spre Ivan care se pregătea să spună ceva – a pornit două dintre cele mai distrugătoare războaie pe care le-a cunoscut omenirea.

— Așa este, americanii au distrus lumea, se grăbi Ivan să aprobe. După ce au poluat-o, au impus odiosul Acord de la New Washington, de eliminare a poluării. Așa ne-au distrus industriile și, odată cu ele, o bună parte din populația planetei.

Alice sări ca arsă.

— Dacă America n-ar fi luat inițiativa și nu ar fi impus limitarea poluării, omenirea ar fi dispărut de mult. Acum trăim în armonie cu natura. Acordul de la New W asta prevedea. Bilanț poluant zero. Dacă fabrici un obiect, asigură-te că îl produci din resurse regenerabile și îl poți recicla. Cheltuind energie regenerabilă. America respectă întrutotul aceste principii.

Caii se învățaseră cu jugul carului și începuseră să tragă fără să mai fie nevoie ca Proca să intervină mereu, plesnind în aer din bici. Opri și le ceru să urce. Se așezară alături de el, pe bancheta din față.

— Ce copii sunteți! Recitați întocmai ce v-au spus conducătorii țărilor voastre. Care conducători, ne spune istoria, întotdeauna au pretins că vorbesc în numele poporului lor, dar de fapt vorbeau și hotărau în numele și în folosul lor propriu. Folosiți-vă capetele și gândiți singuri. Nici un stat al lumii nu s-a opus semnării Tratatului de la New Washington! A, că am mai temporizat sau că nu l-au respectat, asta e alt-ceva. Asta înseamnă că toate naţiunile planetei erau conştiente de Prefacere, de schimbările de climă. Au fost luate prin surprindere de viteza cu care s-au pe-trecut. Unele s-au adaptat şi şi-au păstrat nivelul ri-dicat de trai cum e la tine, Alice, în America. Alţii au reuşit să-şi păstreze măcar statul şi funcţiunile lui, cum e la tine, Ivan, în Autarhie. Noi doar am reuşit să supravieţuim şi, după cum aţi văzut, nu e deloc sim-plu. Oameni, sunt convins, au supravieţuit peste tot, la fel ca noi. Veţi vedea: încet, încet, lumea va renaşte. Se vor forma din nou oraşele – aţi văzut, Oblitza e un bun viitor nucleu – şi vor reapare banii, electricitatea, administrarea democratică. Nici măcar nu vor trebui reinventate, nu a trecut suficient timp pentru a fi ui-tate. Totul depinde de voi şi cei ca voi, tinerii. Eu am văzut cum lumea pe care o ştiam a dispărut. Nu cred să apuc vremuri mai bune. Voi, însă, cu siguranţă.

***

Satul ponosit, aproape lipit de Dunăre, apăru pe neaşteptate în amurg. Chiar şi de la mică distanţă, satul era aproape invizibil. Au trecut cu carul pe sin-gura uliţă, noroioasă, pe care se înşirau de o parte şi de alta case sărăcăcioase, făcute din lut şi nuiele, cu acoperişuri din stuf. Câţiva ţânci murdari, însoţiţi de câini sfrijiţi, au ieşit din ogrăzi ca să alerge după căru-ţă. Peste garduri, s-au iţit bătrâni cu chipuri apatice, să arunce o privire nou veniţilor, înainte de a reintra în colibe. Bărbaţii şi femeile dormeau deja, epuizaţi de munca începută încă de la o bucată de noapte, le-a explicat Milea. Au oprit lângă o clădire mai mare, cu acoperiş din tablă ruginită, construită din cărămizi care se iţeau, roşiatice, de sub tencuiala căzută pe alocuri. Le-a ieşit în întâmpinare un bătrân gras, cu obrajii roşii, zbârciţi, acoperiţi de o barbă stufoasă şi încâlcită, de un alb murdar. Îl îmbrăţişă pe Fierar ca pe un vechi prieten, şi sporovăiră pe limba lor, din care Alice mai prinse câte un cuvânt învăţat la fermă, cu copiii familiei Bradony. Le făcu semn să intre.

Primiră aproape imediat de la o femeie în vârstă, gârbovită, cu părul alb prins cu un batic murdar, câte un castron aburind, cu o fiertură de peşte şi câte o bucată de turtă de mălai rece. Au mâncat cu toţii aşezaţi la o masă crăpată şi pătată de lemn, aşezaţi pe bănci incomode din scânduri. Proca şi gazda lor au vorbit aproape continuu. Uneori, Fierarul se referea în mod evident la ei. Atunci amândoi întorceau capetele şi-i priveau grav, oprindu-se pentru câteva clipe din vorbit.

După ce au terminat de mâncat, şi-au urmat gazda, până la o cămăruţă aflată la etaj, mobilată cu o masă de lemn cu tăblia scorojită şi un pat de scânduri pe care se afla întinsă o saltea veche, acoperită cu o pătură murdară. Veni şi Proca pentru a se asigura că totul e în regulă, după care coborî împreună cu gazda lor, nu înainte de a le arăta fluviul ale cărui ape sclipeau în lumina Lunii, prin sticla murdară a ferestrei.

— Asta-i Dunărea. Din ea trăiesc aceşti oameni, sunt pescari.

Adormiră greu, înghesuiţi pe patul tare şi strâmt, de pe care înlăturaseră salteaua, mult prea plină cu cocoloaşele materialului cu care fusese umplută; sporovăiala celor doi, de la parter, şi desele răbufniri de hohote prelungi de râs, se auzeau tot mai tare. Spre dimineaţă, Fierarul năvăli la ei în cameră şi-i trezi. Ivan avu impresia că abia aţipise. Alice se întinse şi căscă prelung, pregătindu-se să se culce la loc, însă Proca nu se lăsă. Răsuflarea îi mirosea puternic a alcool.

— Am găsit mijlocul prin care puteți să ajungeți în Autarhie, strigă în gura mare. Cu un pescar care a mai fost în susul Dunării. A costat ceva, dar fac eu cinste, oricum vă eram dator pentru asta – arătă brațul bandajat. Însă trebuie să plecați acum.

L-au urmat, cu ochii cârpiți de nesomn, tropăind pe treptele de lemn ale casei în care poposiseră. La parter, gazda lor sforăia sonor, cu capul pe masă. Alice a scormonit prin traista ei, a scos lanterna și a aprins-o după ce au ieșit afară. Proca i-a condus câțiva pași, până la un mic debarcader din lemn ce intra în apele negre ale fluviului. I-a urcat în barca ancorată la debarcader, în care se afla deja un bărbat foarte slab, cu pielea închisă la culoare, care le-a întins o mână pentru a-i ajuta să se îmbarce. În cealaltă mână ținea un felinar, care dădea o lumină gălbuie. Schimbă câteva vorbe cu fierarul, după care rânji larg. Pielea feței, foarte zbârcită, i se încreți și mai mult. În gură nu mai avea dinți, ci doar câteva cioturi înnegrite.

— Drum bun. O să vă ducă până la granița cu Autarhia, este acolo un post de pază. Deși e puțin probabil, chiar mi-ar face plăcere să ne revedem. Aveți grijă de voi. Și de lumea voastră.

Fierarul le făcu un semn scurt, de rămas bun, cu mâna teafără, după care dispăru în noapte. Pescarul le spuse ceva, și eliberă barca de parâma ce o ținea legată de mal. Ivan schimbă o privire cu Alice, care ridică neajutorată din umeri. Pescarul repetă, după care, văzând că nu este înțeles, îl luă pe Ivan de umăr și îl împinse către o banchetă, aflată în spatele bărcii. Acolo îi puse o vâslă în mâini și-i făcu semn să o folosească. O aduse şi pe Alice, căreia îi dădu cealaltă vâslă. Ridică o velă pătrată pe catarg, o fix cu îndemânare, după care trecu în spatele lor, la cârmă. Mânuind deopotrivă vela şi cârma, descrise cu barca volte mari pe apa fluviului, pentru a naviga împotriva curentului.

Mijiră zorii. Din când în când, vântul bătea în rafale, spre amonte. Atunci pescarul le făcea semn să se oprească din vâslit, iar barca mergea propulsată de vela umflată. Spre amiază, au poposit lângă o structură de beton care tăia Dunărea de la un mal la celălalt. În construcţie se căscau crăpături adânci şi late, prin care apele fluviului treceau cu viteză, lăsând pete înspumate în aval.

— Seamănă cu barajul unei hidrocentrale, numai că eu n-am mai văzut zăgaz aşa de mare, opină Ivan, ştergându-şi cu palma transpiraţia de pe frunte.

Pescarul îndreptă hotărât barca spre una dintre breşele mai largi care se căscau în baraj, strigă către ei şi, ajutându-se de semne, le ceru să vâslească mai repede. Se opintiră din răsputeri în vâsle, însă curentul puternic răsuci barca şi o înclină brusc pe partea lui Alice. Fata ţipă scurt când căzu şi dispăru în apa înspumată. Ivan lăsă imediat vâsla şi se aruncă după ea, înotând pe sub apă cu ochii larg deschişi. O prinse după câteva zeci de metri şi înotă spre suprafaţă unde îi ţinu capul deasupra apei. Fata tuşi şi scuipă din apa pe care o înghiţise. Pescarul întoarse cu dibăcie barca, şi se apropie rânjind din gura lipsită de dinţi. Le aruncă o parâmă pe care Ivan o prinse la a doua încercare. Îi ajută să revină în barcă, apoi se apropie de malul stâng, de care îi apropiase mult curentul. Barajul rămăsese în faţă, la vreo trei sute de metri.

— Nu o să reuşim aşa, rosti Alice, udă şi zgribulită.

— Putem cere ajutor. Dacă ai tăi, din cer, ne mai

urmăresc. Şi dacă mai funcţionează, după ce l-ai bă-
gat în apă, spuse arătând spre traista pe care Alice
şi-o legase la spate încă de când se îmbarcaseră.

Au scos comunicatorul, încă şiroind de apă şi l-au
pornit. Apăru imediat figura unui militar.

— Miss Marshall?

— Avem nevoie de ajutor. Nu putem avansa.

Militarul consultă preocupat consola din faţa sa.
Ridică apoi privirea, zâmbitor.

— Nici o problemă, miss. Putem să eliminăm o
parte din baraj. Ar fi bine să ancoraţi. Nivelul apei,
dincolo de baraj, e cu câţiva inch mai ridicat. Cam
cincisprezece centimetri, pentru însoţitorii dumnea-
voastră. Nu mult, dar suficient cât să provoace o undă.

Pescarul legă barca de o bară groasă de fier, răsu-
cită şi ruginită, ce ieşea din malul betonat. Dintr-un
petic de cer lipsit de nori coborî un deget prelung de
lumină. Laserul păru că palpează apa din aval, apoi
se opri pe baraj şi îl mângâie câteva clipe. Porţiunea
atinsă explodă cu bubuit de tunet, apa clocoti, înăl-
ţând nori de abur fierbinte din care se distinse vag o
breşă largă de cel puţin douăzeci de metri, prin care
apele Dunării năvălirăţ furioase.

Pescarul îşi făcu câteva cruci mari. Îi privi pe cei
doi cu teamă superstiţioasă, privind prostit breşa lar-
gă deschisă în zăgaz.

— Va trebui să aşteptaţi cam două ore, se auzi din
comunicator. Până se va echilibra nivelul apei şi cu-
rentul nu va mai fi atât de puternic.

Mulţumiră militarului pentru ajutor şi închiseră
comunicatorul. Încercară să-i explice, dar pescarul în-
ţelesese şi singur că încă nu pot trece. Scoase dintr-o
ladă câteva bucăţi mari de peşte afumat, cu care îi îm-
bie sfios. Cei doi tineri descoperiră cu uimire gustul

său, neobişnuit de bun. După masă, pescarul bău apă din Dunăre, folosindu-se de o cană din lemn legată de un băţ în locul toartei. Bău îndelung, până apa îi picură pe bărbie, după care îşi clăti gura şi scuipă în fluviu. Le întinse cana şi lor cana. Învingându-şi scârba, băură prudent din apa cu gust sălciu, în care Alice strecurase discret o pastilă dezinfectantă. Peştele fusese foarte sărat. Pescarul se întinse pe bancheta lui şi aproape imediat începu să sforăie. Cei doi tineri îşi scoaseră hainele şi le întinseră la uscat. Se înfăşurară cu o pătură şi se sprijiniră unul de altul, încercând, la rândul lor, să aţipească. Nu reuşiră, în pofida faptului că erau epuizaţi după noaptea nedormită, efortul depus la vâsle şi baia nedorită făcută în Dunăre. Dar mai ales datorită miilor de insecte, trezite de Soarele blând de septembrie, care îi luaseră drept ţinte.

Pescarul se trezi după aproape două ore. Scormoni într-o ladă aflată la pupa bărcii de unde scoase un motor naval străvechi, cu vopseaua scorojită. Îl fixă la capătul bărcii şi îi cufundă elicea în apă. Scoase dopul unui butoiaş din care se răspândi imediat un miros puternic de alcool. Trase o duşcă lungă, îi îmbie, dar refuzară. Deşertă butoiaşul în rezervorul motorului şi îl porni, folosindu-se de o sfoară înfăşurată pe volanta acestuia. Motorul pârâi şi protestă, însă porni să toarcă anemic.

Continuară călătoria în susul Dunării, depăşind fără probleme barajul spart direct din satelit de prietenii fetei din America. Epuizându-şi combustibilul, motorul se opri după vreo oră, aşa că pescarul a ridicat iar vela, iar ei au pus mâna pe vâsle. Către amurg, au zărit, plasate de o parte şi de alta a fluviului, inconfundabilele elice de vânt ce se roteau maiestuos, la graniţa de est a Autarhiei Europene. Pescarul trase la mal, sări în apă şi ţinu barca, aşteptându-i să coboare. Imediat ce îi debarcă, fără să spună un cuvânt, întoarse cu o mişcare dibace barca şi porni în viteză. Ajutat de curent, dispăru în câteva minute, după o meandră a fluviului.

Capitolul 32

18 – 19 septembrie 2051
Nagylak
Autarhia Europeană

Postul de grăniceri de la granița de sud-est a Autarhiei, aflat la doi kilometri de garnizoana de la Nagylak, pe Dunăre, era considerat unul dintre cele mai liniștite campusuri militare. De după Prefacere, nu se petrecuse nimic demn de semnalat în zonă. Chiar prezența grănicerilor nu se justifica, în opinia experților militari, însă fusese inițial menținută la insistențele ungurilor intrați în Autarhie, iar mai apoi armata pur și simplu uitase de ea. Dincolo de graniță, în est, era pustiu pe mai mult de o sută de kilometri. De cealaltă parte, Autarhia nu avea localități importante, exceptând garnizoana de la Nagylak. Postul de pază, o construcție neobișnuit de mare pentru cei șase soldați aflați, prin rotație, în serviciu, era folosit și de tehnicienii care veneau din când în când să întrețină ferma de elice eoliene.

Fâșia de graniță ce separa Autarhia de Estul Sălbatic fusese minată, pe o lățime de o sută cincizeci de metri, cu mine antipersonal umblătoare, capabile să se miște pe sub pământ, pe traiectorii aleatoare, în cadrul fâșiei, ce puteau avansa unul sau doi centimetri pe zi. Odinioară minele fuseseră plasate și în apa fluviului, ancorate de albie, însă furtunile le luaseră de mai mulți ani și nu mai fuseseră înlocuite. Și câmpul minat avea breșe serioase. Cele mai multe mine epuizaseră capacitatea de mișcare și deveniseră fixe, fără ca asta să le afecteze forța distructivă. Datorită deplasării animalelor mari, pentru care nu exista noțiunea de graniță, o bună parte detonaseră de-a lungul anilor, iar cele din zona malurilor fuseseră dezactivate chiar de soldaţi, dornici de puţina distracţie pe care o putea oferi pescuitul.

Mihail Ferentz, ajuns la cincizeci şi patru de ani, se afla la penultima convocare anuală. În ultimii zece ani fusese repartizat, pentru luna de stagiu militar, împreună cu alţii cu vârste apropiate, la acelaşi post de graniţă, de la Dunăre, considerat puţin important şi neprimejdios. Atât el, cât şi colegii săi, aşteptau cu nerăbdare serviciul militar obligatoriu anual, care devenise mai mult un fel de vacanţă. Turele de patru ore active ar fi trebuit să le petreacă cu ochii în telescop, privind spre Est. În alte patru ore ar fi trebuit să se afle în rezervă şi să îşi întocmească rapoartele. Abia apoi se considera că serviciul zilnic s-a încheiat. Excepţie făceau, fireşte, alarmele sau inspecţiile, însă nimeni nu-şi mai amintea de când nu mai fusese nici din una, nici din cealaltă.

În ultimul deceniu lucrurile se schimbaseră încet. Lipsa de activitate făcea ca nimeni să nu mai privească prin telescop, exceptând rarele ocazii în care vreunul dintre grăniceri urmărea curios vreun stol de păsări, sau chiar pe proprii colegi, care pescuiau sau înotau în Dunăre. Rapoartele deveniseră stereotipe, consemnate în caietul de gardă, după tipicul cazon dar, de regulă, erau scrise toate odată, în zilele de la sfârşitul convocării lunare. Partida de cărţi pornită de Ferentz durase până spre după amiază când, după o masă bună, se întinsese pentru un pui de somn. Se trezise singur şi îşi căutase camarazii prin clădirea garnizoanei. Însă cu excepţia celor doi tehnicieni EON, veniţi de câteva zile, care tocmai se întorseseră de la ferma eoliană, nu găsi pe nimeni.

Folosi telescopul pentru a cerceta împrejurimile,

începând cu locul favorit de pescuit. Răsuflă uşurat când îi văzu pe ceilalţi cinci camarazi, strângându-şi ustensilele, pregătindu-se de plecare. Încercă să-şi dea seama dacă au prins ceva, după dimensiunea plaselor.

Văzu o sclipire de lumină, amplificată de lentilele telescopului şi bănui că este o reflexie în apă a razelor soarelui ce sta să apună. Roti totuşi telescopul în acea direcţie şi, fără să-i vină să creadă ce vede, reglă aparatul până când obiectivul său focaliză clar pe două persoane, un bărbat şi o femeie, care semnalizau cu o lanternă electrică. Se frecă neîncrezător la ochi, îşi trecu reflex mâna peste capul chel şi reglă iar telescopul. Recunoscu fără niciun dubiu, la unul din ei, uniforma militară a Autarhiei, chiar dacă era ruptă şi murdară.

Ezită o clipă, însă anii de militărie îşi spuseră cuvântul. Sparse gemuleţul ce proteja comutatorul sistemului de alarmă şi îl acţionă. O sirenă prinse să se tânguie pe acoperiş, iar un bec roşu clipi nervos pe vârful catargului pe care se afla arborat drapelul albastru al Autarhiei. Camarazii săi, privind speriaţi în toate direcţiile, veniră în fugă, fără a-şi lăsa undiţele şi nici plasele cu cei câţiva peşti mărunţi prinşi. Aşa cum era de aşteptat, telefonul sună după mai puţin de un minut. Raportă ce văzuse, în timp ce ceilalţi cinci grăniceri năvăleau gâfâind în clădire. Ferentz îi alungă prin semne pe tehnicienii EON care se şi înfiinţaseră curioşi să vadă ce se petrece.

Procedară conform instrucţiunilor. Trei dintre ei îşi luară armele şi plecară să-i aducă pe intruşi, atent urmăriţi de alţi doi, care supravegheau situaţia de la depărtare, cu degetele încleştate pe trăgacele mitralierelor. Ferentz rămase în post, cu telefonul la ureche, privind prin telescop, raportând ce se petrece în fiecare moment.

Grănicerii se întoarseră în pas lejer, însoţiţi de cei doi necunoscuţi cu care sporovăiau relaxat. Dând cu ochii de Ferentz, complet echipat în uniformă militară, bărbatul tânăr luă poziţie de drepţi şi raportă milităreşte:

— Sunt Ivan Hill, soldat în cadrul forţelor aeriene şi mă întorc din est, unde s-a prăbuşit dirijabilul Aether în care îmi efectuam misiunea de luptă. Ea este Alice Marshall şi e din America.

Ferentz murmură uimit în telefon ce aflase, ascultă atent, rosti de câteva ori „Am înţeles" şi puse telefonul în furcă.

— O să aşteptaţi în camera de gardă să vină cineva să de la comandamentul regional să vă preia. Ne este interzis să vă punem alte întrebări. Vă este interzis să ne vorbiţi. Chestiunea ne depăşeşte.

Grănicerii îi conduseră într-o cameră minusculă, mobilată spartan, cu o masă din lemn flancată de două bănci de lemn, fără spătar. Ferentz le aduse o tavă cu două raţii soldăţeşti şi căni cu apă. Îl auziră cum încuie după ce iese.

După două ore, zăvorul exterior fu din nou tras, iar pe uşă intră un locotenent, după însemne, din serviciul de contrainformaţii. Încercară să îi vorbească, însă militarul le ceru categoric să tacă. Îi conduse către un mic vehicul militar, cu ardere internă, şi îi aşeză pe locurile din spate. Urcă şi locotenentul, în faţă, iar şoferul porni vehiculul. Alte două amfibii militare luară poziţie în faţa şi în spatele maşinii în care se aflau ei.

Ferentz urmări convoiul, împreună cu camarazii săi. Li se adăugaseră şi cei doi tehnicieni EON.

— Trebuie că tinerii ăștia sunt persoane foarte importante.

Acesta fi singurul comentariu făcut despre eveniment. Cu toții, inclusiv tehnicienii, semnaseră un acord de confidențialitate, în termeni foarte duri, cu militarii care tocmai plecaseră.

***

Au călătorit fără oprire toată noaptea, zdruncinați la trecerea prin gropile din asfaltul autostrăzii pustii, ațipind chinuit, frânți de oboseala și întâmplările din ultimele zile. Dimineața târziu au ajuns la clădirile comandamentului central al securității interne din Frankfurt. Obosiți, cu ochii cârpiți de nesomn, au fost despărțiți și conduși separat în două încăperi, echipate sumar cu câte o masă și două scaune. Traista lui Alice a fost confiscată și dusă spre analiză la un laborator. Un ofițer de la contrainformații, care nu se prezentă, în uniformă, trecut de patruzeci de ani, cu început de chelie, începu interogatoriul lui Ivan, iar acesta își spuse povestea, străduindu-se să nu omită nimic. Ofițerul nota, din când în când, ce considera interesant sau îl întrerupea cu câte o întrebare. Lui Ivan îi fu greu să aprecieze cât timp trecuse însă, simțindu-și gura uscată, ceru apă. Ofițerul ezită o clipă, ieși și se întoarse după câteva minute cu o tavă cu mâncare de la popotă, pe care se găsea și o cană cu apă. I le așeză în față și ieși. Ivan realiză cât îi este de foame, se hrăni, după care adormi pe scaun, cu capul pe masă. Ca prin vis, simți o înțepătură în braț, după care îi trecu brusc somnul. Ofițerul îi tampona brațul cu o bucată de pânză îmbibată în alcool.

— Ți-am făcut un energizant, te scapă de somn

pentru câteva ore. Deţii informaţii mult prea importante ca să-ţi permitem să dormi acum.

După care o luă de la capăt cu întrebările. Unele reveneau asupra a ceea ce le spusese deja, dar asupra cărora ofiţerul insista mereu şi mereu. Dădu detalii despre formaţiunea paramilitară a lui Vlad, însă ofiţerul păru mult mai interesat să afle despre modul în care au nimicit americanii, din satelit, rămăşiţele bandei.

— Acum, cât ai amintirile proaspete, putem afla mai multe, îi explică insistenţa cu care îl punea întrebări. Sunt amănunte pe care nici nu ştii că ţi le poţi aminti. Pot fi însă foarte importante pentru noi, pentru Autarhie.

În una dintre pauzele în care a fost condus la toaletă, lui Ivan i se păru că aude, dintr-o altă cameră, vocea lui Alice. Pierdu repede noţiunea timpului. Încăperea în care se afla nu avea ferestre ci doar o oglindă mare, transparentă, de după care priveau cei ce asistau la interogatoriu; zâmbi amar: amănuntul îl ştia de la cursurile instructajului militar de bază, însă nu şi-a închipuit că va ajunge chiar el pe partea cu oglinda.

Ofiţerul îi arătă fotografii şi hărţi, apoi desenă cu creta traiectoria prăbuşirii dirijabilului, pe un perete negru, folosit ca tablă. Într-un târziu, se declară momentan mulţumit şi îl predă unui soldat voinic şi tăcut care îl conduse într-o celulă în care se găsea un pat, o chiuvetă şi o toaletă. Recunoscu celula militară standard, folosită pentru arest. Se spălă pe faţă cu apă călduţă, folosind coaja de săpun primită odată cu pătura. Dormi somn greu, fără vise, până fu din nou trezit şi dus la interogatoriu. Constată că-i este imposibil să spună dacă e zi sau noapte.

De această dată veni un alt ofiţer, ceva mai în vârstă, care o luă de la capăt cu întrebările. Discutară, ceva mai relaxat, despre ipotezele prăbușirii dirijabilului.

— Este prima oară când pierdem o aeronavă de război. Este posibil să ne reconsiderăm strategia folosirii acestor aparate, îi mărturisi ofițerul, după care îi ceru să dea explicații despre obiectele găsite asupra lor. Insistă mult să afle ce e cu comunicatorul. Le arătă cum funcționează și chiar îl deschise. Din aparat se auzi aproape imediat:

— Cer să vorbesc cu fiica mea, Alice, care este cetățean american. Acesta este un mesaj înregistrat, care va fi reluat pentru încă – vocea făcu o pauză, fiind înlocuită cu o alta, de femeie, care pronunță rar: optsprezece ore și cincisprezece minute. Oricine aude acest mesaj este rugat să îl transmită unui for de decizie, reluă vocea masculină. În caz contrar, urmează represalii...

Nu mai auzi și restul întrucât ofițerul păli și plecă brusc, cu tot cu comunicator, lăsându-l singur pentru următoarea oră. Nu se mai întoarse, în schimb intră soldatul cel voinic și îl conduse la celula sa. Se întinse pe pat însă, deși se simțea stors de vlagă, nu reuși să adoarmă. Printr-o fantă a ușii primi o tavă cu mâncare din care ciuguli câte ceva. Se simțea, pentru prima oară în viață, nesigur, cu toate că se afla printre ai săi.

Capitolul 33

18 septembrie 2051
New Washington
America

În pofida promisiunii pe care i-o smulsese, Mordecai nu reuși să își revadă prietenul, pe William Trasco, în următoarele două zile. Noutățile întârziau să apară. Discursul agresiv al președintelui Conrad își pierduse din aplomb, iar războiul cu europenii sau represaliile deveniseră o eventualitate valabilă într-un viitor incert. O mulțime de americani, în special tineri, inundaseră Rețeaua cu sute de mii de mesaje de susținere, pentru Alice și tatăl ei. Mulți reproșau lipsa de reacție a președintelui și armatei, care nu făcuseră nimic pentru a o aduce pe Alice acasă.

În acea dimineață, dăduse cu greu de Will. Stabiliseră să se întâlnească în zona exterioară, în parcul Casei Albe, în partea deschisă pentru public, puțin după ora zece dimineața, când se termina schimbul lui Trasco. Reușise să-i spună în grabă, la ultima discuție avută prin Rețea, că armata îi solicitase încă un schimb suplimentar, pentru a ajuta la urmărirea din satelit a lui Alice.

Mordecai se așeză pe o bancă, aflată în imediata vecinătate a Memorialului Lincoln, adus din vechea capitală, laolaltă cu Biblioteca Congresului, Capitoliul și tot ceea ce mai putuse fi salvat. Vizitase, ba chiar cunoscuse foarte bine vechea capitală a federației statelor americane înainte de Prefacere. În eforturile lor, de-a lungul anilor, de a reconstrui vechea capitală pe noul amplasament, inginerii au reprodus întocmai clădiri sau, de fiecare dată când a fost posibil, au demontat și refăcut originalele din adevăratul Washington. Cu toate acestea, nivelul de suprafață al New W îi lăsa un gust amar, de imitație bine făcută, dar fără nicio legătură cu viața frenetică a vechii capitale.

Will apăru grăbit, traversând noua și mult mai scurta Pennsylvania Avenue, după ce întârziase aproape jumătate de oră. Își frecă ochii roșii de nesomn și se așeză pe bancă, alături de Mordecai. Câțiva porumbei începură să le dea târcoale, în speranța că vor primi ceva de mâncare. Era prea dimineață pentru turiști, însă apărură mame, împingând cărucioare cu bebeluși, dornice să profite de orele cu cer senin.

— Ai avut dreptate, e ceva necurat rău de tot cu prăbușirea lui Heaven. Mai am una tare: fata lui Marshall a ajuns în Autarhie. Cu care vrei să încep?

Mordecai clipi des și își privi prietenul, care se așezase în lumina Soarelui dimineții. Duse o mână la ochi.

— Cu care vrei. Și eu am mai găsit câte ceva, despre acționarii lui Heaven. Mă rog, despre ăia mari, că și eu am avut acțiuni. Știi că președintele a anunțat că-i va despăgubi pe toți de la buget? A spus asta chiar în primul discurs, când a anunțat prăbușirea Stației. Că va da de la buget o mie de miliarde de dolari. Heaven nu era asigurată. N-a vrut nimeni s-o asigure, suma era prea mare. Însă două milioane de mici acționari pot răsufla liniștiți. Interesant e cu marii acționari...

— Păi fata vicepreședintelui a ajuns cumva în Autarhia Europeană, își continuă Will, netulburat, ideea. A navigat pe un fluviu numit Dunărea și a fost sechestrată de armata lor, sau ce-or fi având ei acolo. Când am plecat, le transmiteau un ultimatum înregistrat, prin comunicatorul expediat fetei, cerându-le să o elibereze, însă nu erau siguri că-i aude careva. Descurcăreață fată, mi-aș dori ca măcar una din cele ale mele să fi fost la fel. Probabil că o să se facă publică în curând toată povestea. Armata ar fi vrut să o țină secret dar Marshall nici n-a vrut să audă. Din păcate, nu au nicio soluție să o aducă acasă.

— Mda, chestia asta o să amâne războiul lui Conrad. S-ar putea chiar să-l oprească, depinde de ce vor face europenii. Vicepreședintele n-o să vrea în veci să pornească un război câtă vreme fiică-sa e acolo. Și are de partea lui opinia publică, Alice a stârnit o emoție colectivă cum nu am mai văzut vreodată. Să vezi numai ce mesaje primește! Canalele Rețelei se întrec în a le difuza. Interesant e ce pune la cale Conrad. De ieri parcă a intrat în pământ. Nici cei de la Casa Albă nu știu, sau nu vor să spună unde a dispărut.

Porumbeii care se învârteau pe lângă picioarele lor își luară brusc zborul. O fetiță, însoțită de mama ei, le arunca firimituri, câțiva pași mai încolo. În scurtă vreme, fu aproape acoperită de păsări. Frigul dimineții se înmuiase pe măsură ce Soarele se înălța, iar temperatura devenise plăcută. Mordecai medită o clipă la normalitatea din jur, la porumbei, la mamele care plimbau bebelușii, la cele câteva cupluri care se așezaseră pe peluză la picnic, ca făcând parte dintr-o lume diametral opusă celei despre care discuta cu prietenul său. Îi trecu prin cap că, poate, totul se petrece doar în mintea lor de bătrâni ajunși în pragul pensionării, care caută chichițe în orice.

— Mai tare e cu traiectoria lui Heaven, îi întrerupse gândurile Will.

— Da, cunosc, ți-am dat analiza mea. S-a abătut douăsprezece grade către nord, se știe și asta, îi răspunse absent.

— Dar că și-a micșorat continuu altitudinea, nu cred că mai știe chiar toată lumea, șopti Will triumfător. De fapt, numai ţie ţi-am spus.

— Ce-i cu altitudinea? Asta scădea oricum, de la frecarea cu rămăşiţele atmosferei, foarte rarefiate, aflate pe orbită. Am citit pe undeva asta. Din când în când parcă era corectată de nişte motoare.

Will băgă mâinile adânc în buzunare şi îşi întinse picioarele. Privi drept în faţă, spre Casa Albă.

— Orbita nu a mai fost corectată de când a început deriva. De altfel nici nu cred că mai putea fi redresată înainte de a se prăbuşi. Motoarele de corecţie au lucrat invers, iar Heaven ajunsese prea jos. Adică orbita scăzuse sub limita La Roche. Cred că mai putea face încă o rotaţie, dar nu mai mult. Nu am apucat să calculez precis.

— Ce limită?

— La Roche, repetă, silabisind răbdător Will. Este limita sub care un satelit, al Pământului în acest caz, nu mai poate orbita. E o relaţie fizică între masă şi atracţia gravitaţională. Aceasta din urmă creşte invers proporţional cu distanţa până la sol. Sau, dacă preferi, scade pe măsură ce te depărtezi de sol. De asta în spaţiu e imponderabilitate, atracţia gravitaţională e aproape nulă. Nu ştiu cum să-ţi mai explic. Însă dacă un corp ceresc se apropie prea mult de Pământ, gravitaţia îl rupe, asta trebuie să reţii. Şi Heaven, care tot corp ceresc a fost, chiar dacă artificial, asta ar fi păţit.

Ziaristul îşi trecu o mână prin părul cărunt şi rar. Îşi strânse mai bine fularul în jurul gâtului şi-şi privi prietenul drept în ochi.

— Vrei să spui că, dacă n-ar fi doborât-o racheta europenilor, Heaven s-ar fi prăbuşit oricum?

— Da, răspunse cu oarecare ezitare Will. Mai precis, nu sunt sigur că ar fi căzut chiar atunci. Însă cu certitudine la următoarea trecere. Cred că ar mai fi putut înconjura încă o dată Pământul, dar de căzut ar fi căzut, cu o mare probabilitate, pe teritoriul Autarhiei.

Se ridicară să facă vreo câțiva pași. Porniră agale spre clădirea Capitoliului, închisă vizitatorilor, care se înălța pe dealul artificial, obținut din excavațiile nivelelor subterane ale New Washington-ului. Senatori și congresmeni se aflau în sesiune permanentă de la dezastrul lui Heaven. În mare, sistemul electoral rămăsese la fel ca înainte de Războaiele de Secesiune, atâta doar că fostele state federale deveniseră părți istorice ale unei singure țări: America. Din când în când, atât senatorii, cât și congresmenii, dădeau comunicate. Unii, care aveau prieteni vechi în presă, scăpau intenționat, pentru a testa opinia publică, câte ceva din stadiul dezbaterilor, scăpări urgent preluate de canalele de știri ale Rețelei. Sau o făceau pentru a-și impune, cu ajutorul reacției publice, propriile amendamente. În politică, Prefacerea nu adusese nici cea mai mică schimbare.

— Și mie mi-a trecut prin cap că ar fi putut fi un accident. O greșeală de pilotaj, ceva, cu toate că piloții lui Heaven nu aveau cum iniția asemenea proceduri, chiar dacă ar fi vrut să se sinucidă. Scăderea progresivă a orbitei precum și deriva au fost programate în mod deliberat, de cineva de pe Pământ. La Controlul terestru al Stației nu există însă niciun fel de modificări ale traiectoriei, am verificat, cunosc pe cineva acolo. Ar fi trebuit să se înregistreze, știi, în jurnalul de zbor care se ține simultan și la sol. Dar acolo nu este nimic, doar traiectoria clasică. Modificările orbitei s-au înregistrat în mod sigur în cutiile negre ale Stației, însă mă îndoiesc că vor fi găsite vreodată.

Dacă nu au ars în atmosferă, sunt pe undeva, prin Europa de Est, unde nu putem ajunge. Sunt sigur că ceva nu e în regulă. Problema e, Ari, ce facem?

Pe cerul senin apăru un nor pufos care umbri pentru puțin timp Soarele. Căzură câțiva stropi de ploaie. Mămicile se grăbiră, panicate, să caute adăpost. Cuplurile aflate la picnic se zoriră să-și strângă mesele improvizate pe iarbă. În zece minute parcul se goli, cu toate că, după stropii răzleți, nu mai veniră alții.

— E groasă, Ari. Mi-e teamă, cred că am văzut câțiva tipi pe care nu-i cunosc la mine la Centru, privindu-mă încruntați. Unde mai pui că azi dimineață mi-a venit decizia de pensionare. Săptămâna asta trebuie să predau totul cuiva și să-mi iau adio de la Centru. Deja nu mai am acces la sistem, mi-au anulat parolele, ca să nu mai pot umbla la sateliți. Mă rog, asta cred ei, în atâția ani am avut eu grijă să las o portiță deschisă... Cred că trebuie să facem ceva, dacă tot am dezgropat rahatul ăsta din care, drept să-ți spun, nu înțeleg nimic.

Mordecai se opri brusc.

— Da, Will, ai dreptate. Trebuie să facem ceva. Și cred că știu și ce.

Capitolul 34

20 septembrie 2051
Frankfurt
Autarhia Europeană

Alice primise o cameră curată şi cochetă la o pensiune din apropierea unui parc al capitalei Frankfurt, aflată la câtva sute de metri de digul de protecţie al râului Main care, aşa cum li se explicase, devenea un adevărat fluviu primăvara, la topirea zăpezilor. Îi dăduseră îndărăt micul bagaj, inclusiv comunicatorul, şi luase imediat legătura tatăl ei pentru a-i spune noutăţile. Militarii îi opriseră totuşi arma. Ivan fu adus şi el la aceeaşi pensiune, unde primi o cameră alăturată de cea a fetei. Conform instructajului făcut înainte de a părăsi cazarma, trebuia să o supravegheze şi raporteze în fiecare seară ceea ce făcea sau ce vorbea la comunicator Alice în cursul zilei, amănunt pe care i l-a şi spus şi fetei imediat ce a găsit un moment prielnic.

Pentru Alice oraşul era un permanent prilej de mirare. În primul rând era de departe cea mai mare şi mai populată aşezare urbană pe care îl văzuse vreodată. Clădirile erau noi, din materiale termoeficiente, cochete şi vopsite în culori vii. Oamenii păşeau preocupaţi pe trotuare sau pedalau în tricicluri, intrau şi ieşeau din zeci de magazine. Multe lucruri erau diferite de acasă, cum ar fi peria din toaletă despre al cărei rost, învingându-şi jena, îl întrebă odată pe Ivan, care o lămurise zâmbind. Zâmbi şi ea în sinea ei, imaginându-şi-l pe tânărul ei însoţitor cum ar rămâne neajutorat, în faţa unei toalete americane, pe jumătate pline cu apă. Îşi dori intens să ajungă acasă, descoperi că-i era dor de tot ce însemna America şi mai ales de tatăl ei.

Nici Ivan nu mai fusese în capitala Autarhiei. Ştia, din cele învăţate la şcoală, că oraşul număra peste o sută de mii de locuitori, iar populaţia creştea cu repeziciune. Înainte de Prefacere, Frankfurt fusese un mare centru financiar al Europei şi reuşise să se ţină cumva deoparte de tradiţia industrială germană. Puţinele fabrici poluante au fost închise la timp, în termenii Acordului de la New Washington, aşa că oraşul scăpase nebombardat de americani. Fusese însă afectat şi el de dispariţia industriilor. Iniţial se depopulase, ca mai toate oraşele europene, pentru ca în scurtă vreme, după ce fusese ales capitală a Autarhiei, să îşi recapete, încet, faima de odinioară. Industria locală, specializată pe servicii financiare şi turism, se adaptase rapid şi dezvoltase ramuri noi, în producţia de componente pentru centralele eoliene de producere a energiei electrice, tricicluri sau subansamble pentru echipamente militare.

Cei doi tineri şi-au petrecut prima seară împreună, urmărind programele de televiziune prin cablu,difuzate pe bază de abonament deocamdată numai în capitală, în general anoste şi plictisitoare, preamărind realizările economice ale Autarhiei. Noaptea, târziu au urmărit un film vechi, produs în unul din fostele state ale Uniunii Europene. Ivan s-a retras în camera lui când Alice a deschis comunicatorul pentru a sporovăi cu tată ei, căruia îi povesti ce s-a petrecut peste zi. Raportul pe care l-a dat ofiţerului ce se ocupa de ei, era lipsit de valoare, aşa că acesta a renunţat să îl mai interogheze, chiar şi formal. Însă de mai multe ori, în cursul zilei, au avut impresia că sunt urmăriţi.

În a doua zi de libertate, au ieşit împreună pentru a explora oraşul vechi, părăsit dar bine întreţinut, aflat la nord de Main, unde se putea ajunge trecând pe unul dintre poduri, dar ei au traversat cu bacul, aşa cum a vrut Alice. Au rătăcit pe străzile largi, pe care zgârie-nori de dinainte de Prefacere, care adăpostiseră instituţii bancare, aruncau umbre prelungi. Au întins explorarea mult către nord unde, în dreptul altei clădiri cu zeci de etaje, au admirat o statuie uriaşă, din metal, reprezentând un muncitor stilizat, care ţinea în mână un ciocan pe care îl plimba, lent, în sus şi apoi în jos. Doi soldaţi au apărut ca de nicăieri, cerându-le să părăsească repede locul. Ajunseseră la Consiliul Autarhic European, aflat pe locul vechiului Messe. Imensul complex de clădiri, legate între ele cu pasarele din sticlă fumurie, părea la fel de părăsit ca toate celelalte turnuri ale oraşului.

Pe aceeaşi stradă, lângă complexul Consiliului, au găsit fostul hotel al lui Messe transformat în muzeu. Au stat la coadă, împreună cu alţi turişti, pentru a admira tablourile lui Picasso, Titien şi Ghirlandaio, presărate pe pereţi, printre sculpturi de Rodin sau printre altele, foarte vechi, ale unor maeştri antici, care au entuziasmat-o pe Alice. Expoziţia nu avea o tematică anume. Nici nu ar fi fost posibil. Capodoperele fuseseră adunate de prin toate muzeele Europei, pentru a le proteja de distrugere, iar stocarea lor se făcuse în ordinea sosirii. În ultimii ani, guvernul, la insistenţele ministrului culturii care provenea din Partidului Noii Lumi, hotărâse să le expună, pe rând, la Frankfurt. O dată pe an exponatele erau înlocuite cu alte capodopere, în ordinea inversă sosirii lor în depozit.

Străzile oraşului vechi erau aproape pustii. Au mai întâlnit turişti, asemeni lor; printr-un fel de convenţie tacită, se ignorau reciproc. Când au obosit, s-au aşezat pe o bancă în parcul central, bine întreţinut, şi au scos sanvişuri şi apă din rucsacurile pe care le pregătiseră de dimineață.

În centrul vechiului Frankfurt au descoperit o stradă ceva mai aglomerată. Oamenii intrau în clădiri cu câteva etaje, aflate de o parte și de alta a străzii, cu luminițe roșii, discrete aprinse și ziua în camere. Cu o anumită reținere, Ivan i-a explicat că acolo se găseau lupanarele.

A fost nevoie de multe insistențe pentru a o convinge pe Alice să urce într-un tramvai, într-atât de profundă îi era teama de atentatele teroriste pe care Europa nu le cunoscuse nici pe departe la amploarea lor din America. Frankfurt era singurul oraș al Autarhiei care menținea în serviciul public câteva linii de transport în comun, deservite de tramvaie electrice, care circulau întotdeauna pline. Oamenii așteptau răbdători la cozi, în stații.

Spre seară s-au oprit în o cârciumioară pentru a lua cina și a sorbi o halbă din berea brună, tare și aromată, cheltuind cei câțiva euro primiți de dimineață, din fondurile guvernamentale. În timp ce așteptau să li se aducă meniul, au urmărit conținutul buletinului zilnic de știri, pe ecranul restaurantului. Li se ceruse în mod special să nu vorbească cu presa, cu toate că informațiile publice, în Autarhie, erau atent verificate înainte de a fi difuzate. De altfel nu îi căutase vreun jurnalist.

Atunci a apărut Matheas Linghe. S-a apropiat firesc de masa lor și, într-o engleză impecabilă, a cerut voie să se așeze. L-au primit, mirați, pentru că cel puțin jumătate dintre locuri erau libere.

— Nu am venit întâmplător, vă urmăresc de azi dimineață, imediat ce am aflat de voi, le-a spus, după ce s-a prezentat. Cunosc povestea voastră, atât cât a fost posibil. Canalele de știri vorbesc aproape numai de voi. Cele americane, bineînțeles, de mult nu au mai avut asemenea evenimente! Avem și noi oameni și la centralele de interceptare de la Atlantic. Avem oameni peste tot. De câteva zile suntem din nou opoziția, în Autarhie. De fapt, am fost întotdeauna. O opoziție pașnică, dar care vrea ca lucrurile să se schimbe.

Mirați, cei doi l-au urmărit cum îi cere chelnerului, firesc, câteva feluri din meniu, comandând și pentru ei, lăudând pe îndelete gusturile bucatelor pe care le alesese. Vru și o sticlă de vin scump.

— Nu vă faceți probleme, facem noi cinste. A, iertați-mă, unde îmi sunt manierele? Reprezint Partidul Noii Lumi, cu asta ar fi trebuit să încep.

De la o masă apropiată se ridică precipitat un bărbat care porni preocupat spre comunicatorul public, aflat într-un colț al restaurantului. Șușoti ceva, grăbit, aruncându-le din când în când priviri încruntate.

— Ignorați-l, vă urmărește de când ați fost eliberați. E de la poliția autarhică, probabil de la Interne. Deși îmi dau seama de ce anume se tem de voi, în special de tine Alice, nu îmi pot închipui ce fel de primejdie puteți reprezenta acum și aici, când practic sunteți în mâinile lor. Vă urmăresc permanent.

Cu un gest inconștient, fata prinse mâna lui Ivan.

— Se tem de mine? Ce rău le-am făcut? Sau ce își închipuie că le pot face?

Tăcură cu toții când sosi chelnerul aducând felurite farfurii cu bucate, ținute într-un fragil echilibru, pe care le așeză cu îndemânare în fața fiecăruia. Mai veni o dată, aducând o sticlă de vin pe care o desfăcu și turnă puțin în paharul lui Linghe.

— Bordeaux, Château de Ciel, 2047. A fost un an bun, spuse Linghe după ce sorbi nițel, plimbă lichidul-roșu închis prin gură. Excelent, făcu aprobator către chelner care umplu tuturor paharele, după care se depărtă. Are tanin, face bine la inimă. Se tem de tine pentru că ești din America. Pentru că nu semeni cu un ticălos care poluează sau mai știu eu ce au încercat să inducă despre America în ultimul sfert de secol. Nu aduci de loc cu imaginea clasică pe care o au americanii care ne-au bombardat industria și pe care trebuie să-i urâm. Trebuie să recunoști că este imposibil să urăști o fată atât de drăguță ca tine, nu-i așa? râse, făcându-i cu ochiul lui Ivan. Ar fi bine să serviți, până nu se răcește. Frankfurter wurst e cârnatul ăsta. Cu pireu. Vouă v-am comandat șnițel vienez, îl prepar excelent aici, arătă spre porțiile de carne bătută, învelită în crustă aurie.

Ivan se concentră asupra farfuriei sale și își tăie o bucată zdravănă de șnițel pe care o mestecă cu poftă. Fata, în schimb, rămase pe gânduri.

— Și noi am fost învățați că europenii au organizat o mulțime de atentate. Au fost ani de atentate, cu zecile de mii. Din pricina lor, oamenii au părăsit marile orașe. Nimeni nu dorea să trăiască cu teama că ar putea exploda o bombă lângă el, ar putea fi otrăvit prin sistemul de alimentare cu apă sau că ar nimeri în calea unei rafale de mitralieră. Din această cauză au început Războaiele de Secesiune. Din cauza europenilor. Și mama a murit într-un atentat. Când eram mică.

Linghe lăsă pe masă furculița și cuțitul. Își tamponă grijuliu buzele cu un șervețel din material textil, pe care era brodat numele restaurantului.

— Nu din cauza atentatelor a început Secesiunea în America, Alice. Am trăit în acele vremuri. Vinovatul principal a fost Prefacerea, adică fenomenele meteorologice extreme care au provocat inundarea coastelor Americii, atât la Pacific, unde nu au fost prea multe atentate, cât şi la Atlantic. Oraşele voastre au devenit de nelocuit. Inundaţiile au compromis transportul în comun, aprovizionarea, serviciile publice, totul. Oamenii din marile oraşe au fugit spre interiorul Americii, spre statele mai slab populate, însă acestea nu aveau resurse să primească valurile nesfârşite de refugiaţi. Aşa că, rând pe rând, şi-au proclamat independenţa şi au părăsit Federaţia, sau Statele Unite, cum se chema înainte. Au contribuit şi atentatele, fără îndoială, însă principalul motiv e cel care ţi-l spun. Ai vizitat vreodată un oraş inundat? Cum crezi că se putea trăi acolo, indiferent dacă erau atentate sau nu?

Alice vizitase, la fel ca mai toţi tinerii studenţi americani, vechea capitală Washington. Îşi aminti de impresia dezolantă lăsată de străzile pline cu apă, de construcţiile, parţial prăbuşite din cauza infiltraţiilor, pe lângă care trecuse plutind într-o barcă de cauciuc. Urcase pe dealul Capitoliului, unul dintre puţinele locuri uscate ale capitalei abandonate, unde se mai găseau doar temeliile Capitoliului, întrucât clădirea fusese demontată bucată cu bucată pentru a fi dusă în noua capitală. Preocupată, se concentră asupra şniţelului din farfurie.

— Mai mult, continuă netulburat Linghe, faptul că voi doi sunteţi împreună reprezintă o ameninţare chiar mai mare.

Ivan aproape că se înecă cu o înghiţitură.

— Cum adică? Ce fel de ameninţare? mormăi cu gura plină.

— Sunteţi pe cale să deveniţi un fel de simbol. Totdeauna oamenii au crezut în simboluri. Doi tineri, unul din America şi unul din Europa. Împreună. Este exact ideea pe care au încercat cei ce ne conduc naţi-

unile să o compromită: că putem trăi împreună fără
să ne distrugem.

— Dar atentatele?... aproape strigă Alice

— Dar bombardamentele?... strigă în acelaşi timp
Ivan.

Linghe zâmbi larg.

— Au existat. Da, toate astea au existat. Însă nu le-
aţi săvârşit voi şi nici cei din generaţia voastră. Sunt,
cum să spun, greşeli ale trecutului. Nu încerc să le
scuz şi nici să le justific. Însă e nefiresc ca oamenii,
popoarele, să se izoleze, aşa cum fac acum. Uitaţi-vă
la voi doi. Uitaţi-vă în sufletele voastre. Vreţi să vă uci-
deţi sau să fiţi împreună?

Ivan prinse strâns mâna lui Alice. Fata îi răspunse
la strânsoare. Se priviră adânc, apoi Ivan îşi petrecu
mâna după umărul fetei care se lipi de el.

— E important să duceţi împreună acest mesaj în
America. Sunt sigur că acolo veţi fi mai bine primiţi.
Trebuie să fie aşa. Credem că aici, în Europa, ne paş-
te ameninţarea unui război. Conducătorii voştri vor
să răzbune prăbuşirea Staţiei Spaţiale unde ai fost
tu, Alice. Sunt convinşi că noi am fost autorii atacu-
lui. Conducătorii Autarhiei vor ca noi să lovim primii,
pentru a ne apăra. Deocamdată tu, Alice, eşti cea care
i-a oprit să ne atace. Mai precis tatăl tău, e cel care a
oprit războiul pentru tine, însă e posibil ca nici el să
nu mai reziste mult, chiar dacă are de partea sa opi-
nia publică.

— Dar cum? Cum aş putea să ajung acasă? Tata
mi-a spus că se lucrează la asta. Însă un militar cu
care am vorbit când nu era tata acolo mi-a spus cum
stau lucrurile. Pur şi simplu nu au cu ce să mă adu-
că acasă. Avem vehicule propulsate cu hidrogen, dar
numai cu roţi. Există ceva yachturi pentru lacuri, dar

nimic care să poată trece Atlanticul în siguranţă. Aşa că, pentru cine ştie cât timp, nu este nicio posibilitate să ajung acasă.

Linghe dădu peste cap vinul care îi mai rămăsese în pahar. Plescăi mulţumit şi-şi turnă iar din sticlă.

— Ba există! Te pot eu conduce în America, spuse Linghe. Am fost pe acolo, să tot fie douăzeci de ani de atunci, după Prefacere. E drept, nu am intrat în oraşe, însă am păşit pe pământ american. Se poate ajunge prin tunelul transatlantic.

— Am auzit, cred, de acest tunel. Era un proiect comun, al europenilor cu americanii, spuse Alice. Însă a fost abandonat înainte de a fi gata. Sau a fost numai o legendă, nu sunt prea sigură.

— Nu-i nicio legendă, este cât se poate de real. Tunelul fost abandonat imediat ce a început izolarea Americii. Însă, practic, a fost forat. Ar mai fi fost nevoie de câţiva ani pentru a-l amenaja. A fost considerat, la vremea lui, cea mai mare lucrare de inginerie. Eu am fost unul dintre constructori. Când a început Prefacerea şi mai ales după izolarea Americii, nimeni nu a mai lucrat la el. Nu ar mai fi avut niciun rost. La fel s-a întâmplat şi cu tunelul care lega Europa de Anglia. După marea migraţie engleză, când englezii şi-au abandonat insula în favoarea emigranţilor, care deveniseră majoritari, nici acel tunel nu a mai fost folosit; cum nu l-a mai întreţinut nimeni, a fost inundat.

— În locul tău, eu aş încerca, Alice, spuse Ivan fără să stea pe gânduri. Unde este intrarea dinspre Europa?

— Undeva pe coasta de sud-vest a Insulelor Britanice. Malurile nu mai sunt locuite de decenii. Autarhia a abandonat acele locuri, devenise mult prea scumpă menţinerea unei garnizoane, răspunse Linghe făcând semn chelnerului pentru a-i aduce nota.

— Vii şi tu cu mine, Ivan.

Nu fusese o întrebare, ci o afirmaţie, pe care Alice o făcuse fără măcar să-l privească. Tânărul aprobă din cap.

— Crezi că o să ne lase să plecăm? Dacă spui că prezenţa ei, aici, împiedică un război?

— Or să ne lase, şi asta foarte repede. În primul rând, nu au încotro. Alice, ai putea să-i spui tatălui tău să le-o ceară, a dovedit deja că poate fi extrem de convingător. În al doilea rând, o vom cere noi, pe linie politică, prin PNL. În al treilea rând, opinia publică americană ar exploda dacă nu ţi-ar da drumul. Da, or să vă lase, nu au de ales. Iar de mine abia aşteaptă să scape.

Strecură mai multe bancnote între plăcile din placaj subţire, legate cu o sfoară pe o latură, frumos ornate cu modele colorate, pirogravate, în interiorul cărora chelnerul scrisese cu creta preţul consumaţiei.

— Ce?, făcu Linghe observând mirarea celor doi tineri. Credeam că aţi înţeles. Vin cu voi. N-aveţi cum să vă descurcaţi altfel.

Capitolul 35

20 septembrie 2051
Solden
Autarhia Europeană

— Știi de ce te-am chemat, Christine, o luă din scurt Frankhaim făcându-i semn să se așeze alături de el, într-unul din fotoliile așezate în fața șemineului în care trosneau bușteni aprinși ce degajau în jur o căldură plăcută.

Chiar dacă temperatura exterioară nu justifica încă încălzirea locuințelor, președintele Autarhiei își putea permite anumite excese, își spuse Christine Deitter, ministrul internelor; își sprijini mapa pe care o adusese de un picior al fotoliului și se așeză, întinzând mâinile spre foc. Ora târzie de audiență nu era neobișnuită pentru Frankhaim.

Reședința particulară din Alpi, chiar de lângă fosta graniță a Germaniei cu Austria, în apropiere de Munchen, a președintelui Autarhiei, amenajată într-o fostă pensiune turistică ai cărei proprietari dispăruseră în vremurile tulburi ale Prefacerii, arăta superb. Pereții fuseseră tapisați cu opere de artă împrumutate de la depozitul central european din Frankfurt. Încălzirea cu lemne, chiar foarte ineficientă, era preferată de președinte și deoarece combustibilul – arborii doborâți de furtuni – se găsea din belșug în munți. Camera în care o primise președintele, una din cele două de la parter care erau folosite, avea pereții acoperiți cu rafturi pline cu cărți. Frankhaim făcuse o pasiune din a aduna cărți, indiferent de care gen, mai ales că în prezent, cu excepția manualelor, nu se mai tipăreau altele.

— Da, Paul, știu. Eu le știu pe toate.

Frankhaim zâmbi scurt. Christine fusese o femeie frumoasă. Îmbătrânise prematur, la fel ca întreaga lor generație, confruntată cu lipsurile și grijile de după Prefacere. Se gârbovise puțin, iar părul îi albise complet; refuza să și-l vopsească.

Fuseseră o vreme amanți. Lucraseră împreună încă de la început, pentru a micșora efectele Prefacerii, iar cum în acele vremuri Frankhaim rămăsese văduv, se apropiaseră firesc. Christine nu fusese căsătorită vreodată, dar conveniseră cu ani în urmă că e mai bine să păstreze discreția. Doar în momentele când erau singuri își spuneau pe nume. Ea era singura persoană în care președintele Autarhiei avea încredere absolută.

— Nu ai spus nimic la ultima ședință comună a cabinetului.

— Nu am spus pentru că nu era nimic de spus. A fost suficient că a vorbit Linghe despre planul tău, despre care a auzit unele zvonuri. Ce să le fi zis, că vrei să ataci America cu rachete nucleare reciclate, vechi de o jumătate de secol, care nici măcar nu funcționează? Pe baza unui plan strategic sovietic, de arhivă, despre care nici nu știi cât este de real, obținut de spionii NATO acum șaptezeci de ani? Aș fi putut să le spun că am auzit și eu unele zvonuri. Adică alea lansate de mine! Nu știu dacă mi-aș fi putut stăpâni râsul.

Președintele luă un vătrai și scormoni în șemineu printre buștenii aprinși, provocând mici explozii de scântei. Se ridică greoi și mai puse câțiva pe foc, după care se prăvăli cu un oftat în fotoliul său.

— Se pare că au înghițit destul de bine povestea. Cel puțin Linghe, pe care l-a trimis în parlament Partidul Lumea Nouă, s-a înfierbântat destul de tare. Probabil au aflat deja că testul de lansare a unei rachete, făcut săptămâna trecută, s-a terminat prost, aşa că nu pot fi îngrijoraţi că vom ataca America.

— Admit, ai fost magistral. Îndreaptă-le atenţia către altceva şi vezi-ţi de treabă. Sunt absolut convinsă că au informaţii despre incapacitatea noastră de a lansa rachete intercontinentale. Ştii bine, au oameni peste tot. Pe unii nu îi cunoaştem. Din păcate, pe cei mai mulţi încă nu îi ştim... Frumos, spuse, privind spre un tablou de mari dimensiuni aflat deasupra şemineului.

— Rubens, *Triumful adevărului*, pictat în urmă cu patru secole. A stat la Luvru, în Paris. A scăpat deocamdată de elveţieni. M-am săturat până peste cap să ne plătim importurile cu operele de artă ale secolelor de istorie europeană. Elveţienii au scăpat cu industria întreagă şi ne vând nouă maşini pe care odată le-am fabricat singuri, dar pe care acum nu mai avem cu ce le face. La ei îşi ţineau americanii capitalurile, în băncile lor, aşa că i-au lăsat în pace. Pe noi în schimb ne-au bombardat. Ţi se pare dreaptă judecata americanilor?

Christine auzise de mai multe ori acest monolog aşa că îl lăsă, tăcută, pe Frankhaim să se răcorească. Acesta mai vorbi o vreme despre cât de mult ura trocul cu opere de artă contra echipamente militare, dar îl consola ideea că odată o să le ia îndărăt. Respiră adânc şi reluă.

— Tabloul mă inspiră, după cum vezi. *Triumful adevărului*. Al adevărului meu. N-au decât să caute mult şi bine cei de la Noua Lume rachetele secrete pe care le lansăm la primăvară. Până atunci lucrurile se vor fi încheiat de mult. Cum stăm cu operaţiunea Khymera?

Frankhaim luă o carte din bibliotecă şi reveni cu ea în fotoliu, fără să o deschidă. Christine văzu titlul cu coada ochiului: era *Arta Războiului*, scrisă de un chinez de demult. Volumaşul avea coperţile îndoite la colţuri, de sub care se vedeau paginile, uşor îngălbenite.

— I-ai spus aşa după vechiul oraş grecesc din Sicilia? Cel care a fost distrus de cartaginezi? De mult am vrut să te întreb. Nu contează. Culturile de antrax au produs până în prezent nouă tone şi două sute de kilograme de spori de bacil. Când ajungem la zece tone, adică peste cel mult o săptămână, îi dăm drumul.

— Şi baloanele?

— De fapt, tehnicienii le spun minisonde stratosferice. Principiul este acelaşi ca la sistemul Kiron, care măcar la atât a folosit. Se înalţă în stratosferă şi apoi îşi caută singure curenţii favorabili de aer ca să treacă Atlanticul, aproximativ în cinci zile, poate şi mai repede. Baloanele sunt gata de demult, o sută de mii de bucăţi, câte o sută de grame de antrax în fiecare. Estimăm să începem lansările spre America la jumătatea lui octombrie. Dacă întârziem, este posibil ca frigul să reducă din eficienţa bacilului. Statistic, măcar jumătate dintre ele ar trebui să îşi atingă ţintele. Puterea Khymerei o va constitui sistemul automat de detectare a localităţilor, pe baza emisiilor infraroşii. L-am testat cu succes în vară, pe teritorii din Est. Când un balon detectează o localitate, eliberează bacilii deasupra ei. Spre sfârşitul lunii octombrie, America o să aibă mari probleme.

— Măsuri de siguranţă? Dacă mai cad din baloanc şi în Autarhie? Sau aiurea, în est?

— Cu estul nu avem ce face. Cât despre noi, am vaccinat populaţia. Zilele astea se încheie şi cu al treilea vaccin, cel de la doisprezece luni. În plus, avem sto-curi de cincisprezece tone de doxicylin și ciprofoxa-cin. Antraxul pe care îl trimitem americanilor este o tulpină mutantă, rezistentă la penicilină, tetraciclină și eritromicină. După ce livrează bacilul, baloanele se autodistrug. Sunt făcute din materiale rapid bio-degradabile, de data asta nu din grijă față de mediu. Dacă mai scapă dintre ei, nu or să aibă niciodată do-vada că noi am făcut-o. Aș vrea să știi, Paul, că rata de mortalitate în urma infectării cu antrax poate ajunge până la sută la sută. Iar noi le trimitem o cantitate su-ficientă să îi ucidă, în cel mult o săptămână, pe toți.

— Nu avem de ales. Sau ei, sau noi. Aici nu avem ce discuta. N-or să moară toți, asta e clar. Au și ei stocuri de antibiotice, însă o să le ia ceva vreme să se prindă cu ce au de a face. Ceea ce urmărim este să le dăm de lucru ca să ne lase pe noi în pace. Dacă îi mai rărim, așa cum au făcut ei cu noi, Autarhia va exista și pe viitor. E singura soluție. Spune-mi cum stau lucrurile cu Partidul Noii Lumi.

Christine își desfăcu mapa. Scoase dintr-un buzu-nar o pereche de ochelari pe care și-i puse pe nas. Că-ută o pagină anume, o găsi și citi cu voce tare.

— Vor avea un candidat propriu, pe cunoștința ta, Mateas Linghe, pentru președinția viitorului guvern. Crește ca popularitate. Nu atât de repede încât să fie o problemă pentru alegerile de anul viitor. Din fericire, aproape toate ideile lor sunt considerate nefirești, cel puțin de generația care a trăit Prefacerea. Știi despre ce vorbesc: alegeri secrete pentru parlament, explo-rarea restului planetei, relații cu americanii.

Frankhaim sări furios din fotoliu și începu să se plimbe cu pași mari, cu mâinile strânse la spate pe cărțulie, încoace și încolo, prin fața șemineului. Lu-

mina flăcărilor îi arunca umbra mişcătoare pe podea,
până pe peretele opus.

— Pentru ce le trebuie parlament ales secret? De
ce să nu ştie toată lumea cum s-a votat, să înţeleagă şi
să răspundă pentru votul dat unuia sau altuia? Există
suficientă democraţie. Preşedintele, eu, miniştrii, ba
chiar şi parlamentarii sunt aleşi liber, în mod direct.
Oricine poate candida. Şi aşa parlamentul nu face de-
cât să încurce lucrurile. În timpul Prefacerii, cel mai
mare haos l-a provocat parlamentul european, întâr-
ziind la nesfârşit aprobarea unor decizii care trebuiau
luate imediat, ţinând şedinţe inutile, în timp ce oame-
nii mureau pe străzi. Cât despre americani, oare au
uitat atât de uşor ce ne-au făcut? N-au decât să vizi-
teze uzinele bombardate, aproape că ne-au terminat
industria, pe motiv că poluam. Ipocriţii, după ce au
poluat ei sute de ani planeta, au acuzat restul lumii.
Distrugându-ne fabricile, ne-au anihilat industria şi,
implicit, oraşele. De peste douăzeci de ani muncim la
reconstrucţie fără ca măcar să fi ajuns la genunchiul
colosului care a fost odată Europa. Eu merg printre
oameni, le vorbesc şi îi ascult. În mod sigur distruge-
rea Americii va lua o piatră de pe multe suflete.

— De fiecare dată când îţi spun cum stau de fapt
lucrurile te enervezi, Paul. Nu cred că m-ai luat în
echipa ta pentru a-ţi cosmetiza realitatea. Partidul
Noii Lumi există şi nu poate fi eliminat. Au adepţi
peste tot, mai ales printre tinerii care nu au cunoscut
Prefacerea. Ori ei sunt viitorul Autarhiei. Au căpătat
un nou avânt, de când cu fata asta, din America. Mai
bine te-ai gândi cum să rezolvăm problema.

— Măcar chestiunea asta, cu exploratul altor te-
ritorii, ar putea fi de folos, mormăi preşedintele, ur-
mându-şi firul gândurilor. Am mai încercat, şi nu o

dată, să explorăm teritorii din estul Europei, însă este scump şi primejdios. Evident, nu avem populaţie suficientă să le colonizăm şi nici putere militară să le apărăm. Iar resursele reciclabile le-au recuperat cei care mai trăiesc pe acolo şi nu sunt semne că ar mai fi rămas mare lucru. Însă exploatarea resurselor naturale e o cu totul altă problemă. Numai că pentru asta ne trebuie industrie, iar industria ne-o distrug americanii imediat ce o înălţăm. Vezi, trebuie să spargem undeva cercul!

— Nu mă asculţi, Paul. Până una alta avem o problemă majoră. Nu doar fata, ci şi tânărul care a venit cu ea şi care e cetăţean al Autarhiei. Este prima oară după douăzeci şi ceva de ani când un american vine în Europa. Şi prima oară când un european iese şi se întoarce în Autarhie. Cu mare greutate am blocat noutatea pe buletinele de ştiri. Numai că oricum se află. S-a aflat deja. I-a căutat azi Linghe, liderul de la Lumea Nouă. Viitorul tău contracandidat. A oferit fetei o cale să plece, să ajungă împreună în America. Şi băiatul ăla, soldatul cu care s-a întors din Est, vrea să plece cu ea. Iar el, Linghe, vrea să-i conducă. Le-a ales o cale cam exotică, după gustul meu. Prin tunelul transatlantic care era pe punctul de a fi finalizat înainte de Prefacere. Am primit acum două ore solicitarea. La care s-a adăugat şi cererea fermă a vicepreşedintelui american.

Frankhaim îşi opri plimbarea prin faţa şemineului şi se aşeză iar în fotoliu.

— Vor să plece... Prin tunel? Credeam că e inundat.

— Tunelul inundat e cel de la Calais, care ducea în Folkstone, la englezi. Cel de la Swansea, din Anglia, se pare că e funcţional, cel puţin asta le-a spus Linghe. Mă rog, atât de funcţional cât poate fi după un sfert de secol. Chiar nu mai ştim nimic de el, mai ales după ce englezii au venit pe continent. Vor să-i ducem noi până acolo.

— O să le dăm tot ce vor, trebuie să câştigăm timp. Mai avem atât de puţin! Fata din America e liberă, poate să facă ce vrea, aşa ne-am înţeles cu ai ei. Evident, oamenii tăi ştiu permanent ce face şi ce spune. Dacă vrea să plece, nu ne putem împotrivi. Păcat de tânăr, părea promiţător. Iar dacă pleacă şi Linghe cu ea, cu atât mai bine. Doar ea i-a oprit pe americani să treacă imediat la represalii, pe motiv că le-am doborât hotelul spaţial. Acum, că pleacă, avem un motiv în plus să atacăm noi primii. Ceva însă e necurat cu staţia lor spaţială. Mă întreb, cum a fost posibil? Adică au avut chestia ai sus pe cer de ani de zile. Cum se face că exact acum a lovit-o Kiron, despre care bănuiam că a ieşit din uz? Schimbăm planul, cred că nu avem încotro. Începem lansările cu cât bacil avem acum. Cât despre fată şi prietenii ei. Vor să plece? Nici o problemă. Ai însă grijă să nu cumva să şi ajungă. Dă-le chiar mâine dimineaţă un dirijabil de transport, să-i ducă în Anglia, unde vor. Chiar de pe dirijabilul care-i duce vom lansa Khymera, ai toată noaptea să pui lucrurile la punct. Prilejul e mult prea bun.

Capitolul 36

21 septembrie 2051
Frankfurt
Autarhia Europeană

Ivan se trezi primul. Bătăile în uşă încetaseră pentru ca, după câteva secunde, o să pornească o altă rafală. Îi trebuiră câteva momente pentru a realiza unde se găseşte. În pat, alături, Alice se foi în somn. În seara precedentă, fata îi ceruse să rămână. Iar el rămăsese. Îi trecu prin gând să nu deschidă uşa, pentru a nu fi nevoit să dea explicaţii despre ce căuta într-o cameră diferită de a sa, însă, în mod sigur, cei care îi supravegheau ştiau deja unde se află. Coborî din pat, îşi trase o pereche de pantaloni şi deschise uşa imediat după ce se terminase o serie de bătăi. Militarul tuns perie, îmbrăcat în uniforma trupelor securităţii interne, luă instinctiv, imediat ce-l văzu, poziţie de drepţi.

— Bună dimineaţa, domnule Hill. Cererea domnişoarei Alice Marshall, de a părăsi Autarhia Europeană şi a încerca să ajungă în America, a fost aprobată. De asemenea, a fost aprobată şi cererea dumneavoastră de a o însoţi. Sunteţi rugaţi să vă grăbiţi, dirijabilul trebuie să plece în cel mult o oră. Vă aştept jos.

Militarul se răsuci pe călcâie şi porni spre scările ce dădeau în mica recepţie de la parter. Ivan îşi frecă ochii, nevenindu-i să creadă. O simţi pe Alice lipindu-se de el.

— Şi Linghe? întrebă fata.

— Stai un minut, strigă Ivan după militar. Şi Linghe? Matheas Linghe? Trebuie să vină şi el cu noi.

Militarul se opri o clipă, chiar înainte de a păşi pe prima treaptă. Întoarse capul pe jumătate.

— Vă aşteaptă jos, la recepţie. Şi lui i s-a aprobat plecarea.

În câteva minute se îmbrăcaseră şi terminaseră de strâns puţinele lor obiecte într-un rucsac, cumpărat din Frankfurt care înlocuise traista ferfeniţită primită de la familia Bradony, în Est. La recepţie îi aştepta într-adevăr Linghe care îi îmbrăţişă pe rând, deşi trecuseră doar câteva ore de când nu se văzuseră. Militarul le dădu pungi, de hârtie maro, reciclată, pline cu hrană.

— Va trebui să serviţi din mers micul dejun. Trebuie să ne grăbim, le spuse.

Viteza cu care li se aprobase plecarea era impresionantă. În seara precedentă, Linghe îi însoţise la pensiune pentru a solicita împreună, ofiţerului, în responsabilitatea cărora se aflau cei doi tineri, dreptul de a părăsi Autarhia. Cu toate că, atunci când le auzise cererea, ofiţerul făcuse ochii mari, nu comentase în niciun fel. Promisese în schimb că o va trimite spre analiză şefilor săi.

Militarul le ceru să-l urmeze. În afara pensiunii, pe stradă îi aştepta un vehicul cu ardere internă. Se înghesuiră tustrei pe locurile din spate, iar militarul, după ce îi văzu urcaţi, se aşeză, la rândul său, pe locul din faţă, lângă şofer. Ambii deveniră surzi şi muţi la întrebările lor. Ivan urmări străzile Frankfurtului, pe care mergeau doar câţiva trecători matinali. Oamenii nu dădeau nicio atenţie vehiculului cu ardere internă, obişnuiţi probabil cu acest tip de transport, utilizat curent de oficialităţi, în capitală.

Imensul dirijabil de transport al Autarhiei îi aştepta pe un câmp proaspăt arat, la câţiva kilometri de oraş. Devenise vizibil, asemeni unei umflături negre, monstruoase, imediat ce au ieşit din Frankfurt. Aflat la adăpost, în inima Autarhiei, oraşul nu avea aeroport militar, iar cel civil era mult prea mic pentru a primi un dirijabil de transport. În mod evident, militarii se străduiseră serios să aducă aparatul de zbor în preajma oraşului; plasele antigrindină, întinse deasupra terenurilor agricole, fuseseră rulate în suluri mari, de pe cel puţin un kilometru pătrat, pentru a nu stingheri în vreun fel manevrele aparatului de zbor.

Parcurseră în tăcere distanţa până la nacela prova, impresionaţi de dimensiunile cu totul neobişnuite ale dirijabilului, care se clătina uşor, susţinut de zeci de ancore care îl făceau să semene cu o muscă gigantică, prinsă în plasa unui păianjen de aceeaşi mărime. Cele două nacele blindate, una la prova şi una la pupa, cu câte cinci rânduri de punţi fiecare, erau unite prin două tuburi groase, paralele, conectate la rândul lor printr-o reţea de segmente. Ansamblul semăna cu o scară, suspendată de acoperişurile a două clădiri, ca două trunchiuri de piramidă cu baza mică în jos, cu muchiile rotunjite, ciuruite de şiruri de hublouri rotunde din sticlă polarizată şi de umflăturile turelelor cu armament. Aparatul de zbor purta la vedere însemnele constructorilor de dirijabile de transport de la Toulouse, care utilizau facilităţile fostelor uzine de avioane Airbus.

Transportorul opri cu scârţâit de frâne la nacela prova, în dreptul unui chepeng coborât, pe care se afla o scăriţă; tot fără să spună nimic, militarul coborî şi le deschise uşile. Ivan luă micul bagaj, cu trusa medicală şi comunicatorul lui Alice şi ieşiră din vehicul, pe rând. Nici el nu mai văzuse de aproape un dirijabil de transport, însă aprecie că e de cel puţin trei ori mai mare decât cel de atac, pe care servise. Remarcă lipsa dispozitivului de ancorare magnetic; dirijabilul tre-

buia să transporte și obiecte din oțel, sarcină impo-
sibilă, în cazul existenței unui câmp magnetic intens.
Elicele nu erau fixate pe axul anvelopei, ca la dirijabi-
lele de atac, ci câte două, de o parte și de alta, pentru
fiecare nacelă, fixate momentan cu palele în sus, în
poziție de aterizare. Un ofițer superior, pe care îl re-
cunoscu după epoleții de pe umerii tunicii, vânjos, îi
aștepta la sol, în fața chepengului.

— Sunt maiorul Rolf Altman, aghiotantul coman-
dantului. Înainte de a vă îmbarca pe Aegis, o să vă cer
să stabilim câteva reguli pentru perioada cât vă veți
afla la bordul acestei aeronave. Nu veți lua contact, în
niciun fel, cu niciun membru al echipajului. Eu sunt
singura persoană cu care veți dialoga. Dacă aveți ce-
rințe, mi le adresați mie, pentru a le transmite mai
departe. În măsura posibilităților, vom încerca să vi
le satisfacem. Veți locui într-o cușetă aflată pe puntea
cinci, chiar sub nacelă. Cușeta a fost recent reamena-
jată, sper să o găsiți confortabilă. Puntea cinci este
rezervată aparaturii de control a aeronavei. Nu încer-
cați să deschideți camerele tehnice. De altfel sunt în-
cuiate. Aveți dreptul să vă plimbați pe puntea cinci în
timpul zborului și să priviți în exterior prin hublouri.
Dacă vor fi necesare intervenții tehnice, vă veți retra-
ge necondiționat în cușetă, unde vreți rămâne încu-
iați pe toată durata intervenției. Veți primi trei mese
pe zi, după orarul echipajului, pe care vi le voi aduce
eu. Am aranjat să dispuneți de o toaletă chimică, pe
care o veți folosi prin rotație. Pentru urgențe, există
un interfon la care vă voi răspunde, dacă și când voi fi
disponibil. Dacă aveți întrebări, păstrați-le, mai mult
decât atât nu vă pot spune. Vă îmbarcați pe o aero-
navă militară a Autarhiei care nu a primit niciodată
civili. Sper să avem cu toții o călătorie liniștită. Zborul

durează aproximativ treizeci şi şase de ore, funcţie de viteza şi direcţia curenţilor aerieni. Urmaţi-mă.

Altman încheie brusc şi urcă primul. El era comandantul dar, cum urma să-i servească personal pe toată durata zborului, aşa cum i se ordonase, i se păruse lipsit de onoare să le spună adevărata sa funcţie şi preferase să se prezinte ca aghiotant. Ordinele nu puteau fi comentate, veneau de la cel mai înalt nivel, direct de la preşedintele Frankhaim care era şi comandantul suprem al armatei.

Cei trei îl urmară până pe prima punte. Uşa se închise cu zgomot metalic în urma lor, lăsându-i în semiîntuneric. Puntea inferioară, pe care se aflau, părea folosită pentru depozitare. Gazda lor nu păru deloc deranjată de lumina vagă şi îi conduse printr-un labirint complicat, ocolind containere de mai multe mărimi, până la un tub metalic, în care se deschidea o uşă, ca o fantă puternic luminată, către un ascensor, de fapt o platformă pătrată metalică, cu multe şiruri regulate de găuri mici, din ale cărei colţuri plecau ţevi ce se uneau cu un cadru, tot din ţevi, în formă de X, aflat deasupra capetelor lor. Altman închise uşa de la cilindrul ascensorului, îşi prinse o mână de o curea agăţată de cadrul în formă de X, făcându-le semn să procedeze la fel, după care acţionă un buton aflat pe unul dintre stâlpii frontali ai acestuia.

Ascensorul porni o smuncitură, făcându-l pe Ivan să aprecieze cureaua maronie, roasă de atâta folosinţă, de care se agăţase şi fără de care s-ar fi putut dezechilibra. Drumul dură mai puţin de un minut, iar când ascensorul se opri, maiorul le deschise o altă uşă, aflată pe partea opusă celei de la primul nivel, care dădea într-un coridor înţesat de o parte şi de alta cu uşi metalice, ce se întindea pe toată lungimea nacelei. La capetele coridorului se aflau hublouri mari, rotunde, de sticlă groasă, protejate până la jumătate de balustrade metalice. Militarul scoase dintr-un buzunar o cheie cu care descuie o uşă aflată la prova-babord, chiar lângă hublou.

— Aici veţi locui pe durata călătoriei. O să staţi împreună, sper să nu vă deranjeze, însă este tot ce vă putem oferi. Aşa cum v-am spus, durează o zi şi jumătate.

În dreapta uşii se aflau trei cuşete militare suprapuse, cu lenjeria necesară împăturită la un capăt. Peretele din stânga avea un hublou rotund, de sticlă, mult mai mic decât cel de pe coridor, care se putea deschide. Pe partea opusă uşii se găsea un vas alb, cu capacul ridicat, plin pe jumătate cu un lichid vâscos, albastru, despre care Altman le spuse că este toaleta chimică. Deasupra acesteia, fixat în perete, într-un cilindru cu un robinet în partea inferioară, se afla apa. Altman le mai arătă cum să scoată de sub patul de jos o măsuţă portabilă, îi învăţă să folosească interfonul şi plecă, lăsând uşa deschisă. Totuşi îl auziră cum încuie uşa de la ascensor.

Aeronava se desprinse din ancore cu o zguduitură care îi făcu pe toţi trei să-şi caute un punct de sprijin. Din toaleta chimică săriră câţiva stropi. Linghe se repezi să îi închidă capacul.

— Cred că, atunci când o vom folosi, ceilalţi vor aştepta pe hol. Nu sunt prea grozave condiţiile, însă e extraordinare că ne-au lăsat totuşi să plecăm. Drept să vă spun, aproape că nu îmi vine să cred. Nu m-aş fi aşteptat să cedeze aşa uşor. Şi în niciun caz atât de repede.

Alice se prinsese de bara din dreptul hubloului şi admira panorama, tot mai amplă, pe măsură ce dirijabilul se ridica.

— Nu au făcut-o de bunăvoie, cred că i-a amenințat tata. Iar guvernul european nu se poate pune totuşi cu America. Au fost siliţi să ne dea drumul, exact aşa cum ai spus, Matheas.

Ivan se încruntă şi se apropie şi el de balustradă.

— Altfel ce? Ne ucideau pe toţi? Asta vrei să spui? Aproape că au mai făcut-o o dată, după ce au poluat, consumând inutil resursele planetei. Uite ce e, Alice: am trecut prin atâtea împreună, credeam că ne-am convins amândoi că de o parte şi de alta a Atlanticului sunt tot oameni, fie că îşi spun americani sau europeni.

Linghe se apropie şi el de hublou.

— Nu vă mai certaţi. Tot ceea ce ştiţi unii despre ceilalţi sunt clişee, menite să păstreze izolarea ţărilor noastre, v-aţi lămurit şi singuri. Greşelile trecutului nu mai pot fi schimbate, însă este stupid să moştenim ura de la părinţii noştri, să o păstrăm şi să o dăm mai departe copiilor care, la rândul lor, să o transmită copiilor lor. Iar noi, în acest moment, avem probleme cu mult mai mari decât să ne certăm inutil. Călătoria cu dirijabilul e doar o etapă, însă nu ştim în ce stare se află tunelul transatlantic.

Tăcură, admirând de sus capitala Frankfurt. Zgârie norii păreau învăluiţi în flăcări, de la razele răsăritului. Oamenii, minusculi, îşi începuseră foiala matinală pe străzi. Doar în complexul de clădiri care constituia sediul Autarhiei Europene nu se vedea nicio mişcare exterioară. Linghe le arătă pasarelele lungi şi le vorbi de existenţa unor tunele. Însemnele Autarhiei, moştenite de la defuncta Uniune Europeană, două litere, un A şi un E, înconjurate de câteva steluţe galbene, totul pe fond albastru, încă se desluşeau pe acoperişul unicului turn al complexului. Pe măsură ce dirijabilul urca, oraşul se făcea tot mai mic şi dispăru cu totul când ajunseră deasupra plafonului de nori. Uşa liftului se deschise pe neaşteptate. Din lift ieşi Altman, care aduse un set de raţii militare, puse în sufertaşe. Mâncarea răspândi o aromă plăcută. Scoaseră masa şi o întinseră de-a lungul patului de jos, pe care se aşezară. Ofiţerul desfăcu sufertaşul şi înşiră în tăcere gamelele şi seturi de tacâmuri din metal, pe masă. Atât gamelele cât şi tacâmurile erau curate, însă foarte uzate, cu urme de lovituri.

— Scutul lui Zeus. Frumos nume.

Altman se uită întrebător la Linghe.

— Dirijabilul. Aşa ai spus că îl cheamă. Aegis, scutul lui Zeus. Cuiva îi place mitologia greacă.

Militarul ridică din umeri, pregătindu-se de plecare.

— După ce terminaţi, spălaţi vesela şi aşezaţi-o lângă lift. Este montat un suport special. O să trec mai târziu să o iau.

Consistentele raţii militare le potoliră foamea. Conţineau un amestec de carne şi cartofi pisaţi. Atât Ivan, cât şi Linghe, le apreciară în mod deosebit; carnea era o raritate în Autarhie. Lui Alice, hrana i se păru fadă şi cam lipsită de gust însă, văzând cu câtă poftă înfulecă bărbaţii, preferă să-şi păstreze părerea pentru sine. După ce terminară, îşi spălară fiecare, pe rând, gamelele, iar Ivan le duse în dreptul uşii liftului, aşa cum li se ceruse. Când se întoarse, o găsi pe Alice pornind transmiţătorul.

— Cred că este timpul să iau legătura cu ai mei.

Pe micul ecran prinse viaţă imaginea unui ofiţer. Acesta spuse ceva ce nu se înţelese. Imaginea tremură şi dispăru. Pe ecran rămaseră numai paraziţi albi, clipitori, iar din difuzor se auzea un pârâit supărător. Alice îi întinse aparatul lui Ivan.

— S-a stricat? Poți să faci ceva?

Tânărul nu apucă să-i răspundă. Ușa încăperii fu deschisă cu putere de Altman, care năvăli înăuntru. Arătă acuzator spre transmițător.

— De la bordul acestei aeronave sunt strict interzise orice transmisiuni radio. Mă văd nevoit să vă cer să-mi predați mie obiectul pentru a nu fi nevoiți să bruiem permanent. Vi-l vom restitui când veți debarca.

Cei trei schimbară priviri între ei. Ivan îi întinse transmițătorul, iar Altman îl luă și ieși, lăsând ușa deschisă în urma sa. Îl auziră cum coboară cu liftul.

— În Autarhie nu există comunicații radio, cu excepția celor militare, folosite foarte rar, numai în cazuri bine justificate, le spuse Ivan înainte ca Alice să protesteze. E de mirare că ne-au lăsat să transmitem până acum. Dar să încercăm să o facem de pe o navă de luptă, li s-o fi părut prea de tot. A spus că ne restituie transmițătorul după ce debarcăm. Nu uita că ți l-au mai înapoiat o dată.

Ziua trecu încet. Admirară, o vreme, prin hubloul de pe coridor, norii negri, luminați de fulgere, ai unei furtuni care făcea ravagii la sol. Chiar și după ce o depășiră, cerul continua să rămână acoperit de nori, iar priveliștea deveni monotonă, lăsând impresia că dirijabilul stă pe loc. Zgomote ale activităților de pe celelalte punți, ajungeau vag până la ei. Prin hubloul din spate al coridorului se vedea cealaltă nacelă, unită la nivelul punții aflate imediat sub ei, de pasarela în formă de scară. Linghe presupuse – și Ivan îi dădu dreptate – că prin cele două tuburi ale scării circulau oameni și erau transportate echipamente între nacele. Sticla polarizată a hublourilor îi împiedica să vadă ce se petrece în nacela geamănă de la pupa.

Fata mai remarcă un chepeng mare, rotund, plasat în tavanul nacelei, la mijlocul coridorului.

— Pe acolo se ajunge în anvelopă, o lămuri Ivan.

— Atunci de ce militarii nu circulă prin anvelopă și preferă pasarela?, își plasă Alice inteligent întrebarea.

— Nu știu foarte multe amănunte despre dirijabilele de transport. Eu am servit pe cele de atac, care sunt mult mai mici, și au o singură nacelă cu o singură punte. Însă cred că anvelopele de dirijabil sunt, în principiu, la fel. Vezi tu, carcasa exterioară e realizată din fibră de carbon, foarte rezistentă, iar ca să capete forma pe care ai văzut-o, de cilindru cu capetele rotunjite, fibra e întinsă pe un schelet. De schelet sunt prinse și nacelele.

— Și tot cilindrul e umplut cu un gaz mai ușor ca aerul, am înțeles.

— Nu, nici vorbă. În interior se află mai multe pungi umflate, fixate pe scheletul de care ți-am vorbit. Aceste pungi conțin heliu, care cu mult e mai ușor decât aerul. De fapt, ele mențin aparatul în aer. Carcasa exterioară nu face altceva decât să le protejeze și să asigure forma aerodinamică a aparatului.

Spre seară, apăru iar Altman ca să le aducă de mâncare. Linghe încercă în zadar să înjghebe o conversație cu el; militarul răspunse monosilabic și plecă imediat ce le dădu rațiile. Linghe scormoni gânditor cu lingura în gamela sa.

— Ceva nu e în regulă. Ceva nu e de loc în regulă.

Cei doi tineri se opriră din mâncat și îl priviră întrebători.

— E prea simplu. Ne-au dat drumul prea ușor. Da, știu, tatăl tău, vicepreședintele, o opri cu un gest pe Alice. Însă nu reușesc deloc să înțeleg. De ce au adus acest imens dirijabil la Frankfurt, unde au făcut eforturi serioase să aterizeze, în loc să ne ducă pe noi până la cel mai apropiat aeroport militar?

— Poate era prea departe şi ar fi durat prea mult timp, opină Alice. Iar tata, când a aflat că există o cale să ajung acasă, le-a cerut să se grăbească.

— După care, ce rost are să ne transporte cu un aparat atât de mare, păru să nu o audă Linghe. Noi suntem doar trei persoane. Nu credeţi că efortul Autarhiei este disproporţionat?

— La drept vorbind, cred că ne-ar fi putut duce şi cu un dirijabil civil, rosti Ivan, numai că poate s-or fi gândit că nu am fi în siguranţă. Însă un dirijabil de atac, care e mult mai mic, ar fi fost fără îndoială o alegere mai potrivită, cu toate că înăuntru nu prea e loc de pasageri. Dirijabilele de transport din clasa celui cu care călătorim noi sunt rare şi foarte solicitate. Se spune că nu sunt zece în toată Autarhia.

— După care, continuă imperturbabil Linghe, dirijabilul a venit seara târziu, în ziua de dinainte de a ne îmbarca, deşi manevrele de aterizare au durat doar o oră. L-a văzut întregul Frankfurt, au existat restricţii de circulaţie. Adică cererea noastră de a pleca fusese deja aprobată. Iar aparatul acesta de zbor, care este atât de solicitat, după cum spui, Ivan, a stat o noapte întreagă să ne aştepte. Nu prea are sens. Sunt sigur că au mai luat şi altceva, în afară de noi. Şi tare aş vrea să ştiu ce.

Capitolul 37

20 septembrie 2051
Fort Meade
America

Însoțit de David Salazar, secretarul său personal, Conrad sosise, cu noaptea în cap, la baza militară de la Fort Meade, în Dakota de Sud, una dintre cele cinci din America ce dețineau rachete intercontinentale funcționale. În ultimele două zile le cercetaseră pe la celelalte patru, însă Conrad nu le găsise suficient de bune pentru planul său personal. Întreaga deplasare prezidențială se făcuse în mare secret, fără gărzi de corp și mai ales fără presă.

Prezența șefului statului stârnise ceva agitație printre soldații aflați în serviciul de gardă. Așteptară câteva minute pentru a fi conduși de un ofițer somnoros, ieșit din clădirile bazei, direct în biroul gol al colonelului Killian Spencer, comandantul unității militare. Analizase cu Salazar foarte atent baza de rachete potrivită pentru planul lui.

Lăsaseră Fort Meade la urmă, cu toate că păruse opțiunea cea mai potrivită, chiar înainte de a începe inspecțiile. Fostă bază de antrenament a armatei, înainte de Prefacere, nu avea o tradiție în deținerea și operarea misilelor cu rază lungă de acțiune, transferate în grabă, în urmă cu douăzeci de ani, după inundarea silozurilor nucleare de pe coasta de vest. Acest aparent dezavantaj devenea însă un imens avantaj pentru planul prezidențial, întrucât militarilor le lipsea antrenamentul și experiența. Nu aveau să pună la îndoială ordinul direct al președintelui Americii, ignorând procedurile, indiferent ce ar fi avut acesta de gând să facă. Ceea ce cântărise însă hotărâtor în alegerea Fort Meade era comandantul acestuia, colonelul Spencer, care îl urmase orbeşte pe Jimmy Conrad, fostul preşedinte, executându-i fără să crâcnească ordinele, în Războaiele de Secesiune. Spencer rămăsese cunoscut în urma a ceea ce presa numise Masacrul din Colorado, din timpul Războaielor de Secesiune când, urmând ordinele, armata trăsese fără milă în demonstranţi neînarmaţi, adunaţi la Denver pentru a-l huidui pe Conrad şi a protesta împotriva unificării forţate. Recunoscător, fostul preşedinte muşamalizase faptele şi îi dăduse lui Spencer comanda de la Fort Meade, loc discret şi fără prea multă bătaie de cap.

Actualul preşedinte spera că amintirea tatălui său să fi rămas încă suficient de puternică pentru Spencer, care năvăli în biroul său, anunţat probabil de militarii de gardă.

— Bună dimineaţa, domnule. Bine aţi venit la Fort Meade.

Conrad făcu câţiva paşi pentru a-i strânge mâna colonelului, abia reprimându-şi un rictus scârbit. Dinspre Spencer venea un puternic miros de bere stătută. Faţa pleşuvă, plină de riduri, ca şi mâinile militarului erau ude de transpiraţie. Pântecele mare îi tremură în vreme ce Conrad îi strângea mâna.

— Bună dimineaţa, comandante. Totul e în regulă?

— Da, domnule preşedinte. Fort Meade e pregătit să apere America, la fel ca întotdeauna.

— David Salazar, consilierul preşedintelui, se prezentă, strângând la rându-i mâna colonelului. Am dori să ştim care este starea rachetelor nucleare. Am putea să le vedem? Acum.

Neajutorat, Spencer privi întrebător către Conrad care aprobă, încruntat, din cap.

— Un moment, să chem...

— Nu chema pe nimeni, comandante. Dorinţa pre-
şedintelui este ca vizita aceasta să fie strict secretă.
Soldaţii care ne-au deschis şi ofiţerul care ne-a adus
aici vor fi consemnaţi în unitate pentru şapte zile
după plecarea preşedintelui. Am vrea să însoţeşti
personal.

Militarul privi iar spre Conrad, care ridică o sprân-
ceană.

— Discret, discret, am înţeles. Putem merge la ra-
chete, bineînţeles. Chiar mă bucur. Mi-aş fi dorit ca re-
gretatul dumneavoastră tată să mă fi vizitat, însă n-a
mai apucat. E foarte bine că aţi venit dumneavoastră,
domnule preşedinte. Mă gândeam uneori că am fost
uitaţi. Vă rog, vă rog, le făcu semn să iasă din birou.
Vom merge prin tuneluri, prin subteran. N-o să vă
vadă nimeni.

Îl urmară pe colonelul care sporovăia întruna. Din
coridorul pustiu, intrară într-un lift, iar colonelul se
căută prin buzunare şi scoase o cheie pe care o roti
într-o încuietoare. Liftul porni să coboare cu viteză.

— Baza a fost prevăzută cu o reţea de tuneluri
pentru cazul unor atacuri de suprafaţă. Vom merge
până la trei sute de picioare sub pământ. Tatăl dum-
neavoastră, domnule, mi-a dat ordonat: „Ai grijă de
baza asta ca de ochii din cap, Spencer. Nu toţi duşma-
nii noştri au murit". Aşa mi-a spus. Şi chiar aşa am fă-
cut, domnule. Da, aşa am făcut. Dar erau alte vremuri.
Ce vremuri...

Cu un scârţâit puternic, liftul se opri şi uşile se
deschiseră în faţa unui coridor alb, gol, luminat de
becuri fluorescente. Colonelul porni înainte, vorbind
întruna, întorcând din când în când capul spre cei doi
însoţitori ai săi. Se opri după câteva minute, în faţa

unui hublou de sticlă sub care se găsea un mic panou de comandă. Apăsă câteva butoane şi mai multe lumini se aprinseră în cascadă, în spatele hubloului. Deformat de straturile groase de sticlă, se vedea vârful rotunjit al unei rachete, înconjurat de găoacea cilindrică de beton cenuşiu, pe care scria US Army.

— Iat-o, făcu mândru Spencer. Cu purtătoare Titan II. În vârf, ceea ce se vede prin hublou, e cealaltă rachetă, Tomahawk, pentru faza finală, de zbor camuflat. Aceasta livrează încărcătura nucleară. Douăzeci de megatone. Suficient să ardă trei sute de mile pătrate. Sau mai mult, depinde la ce altitudine detonează. Nu, nu cred că se vede partea de jos, se adresă lui Salazar care încerca să privească piezişprin hublou. Sunt o sută de picioare până la motoarele de propulsare. Mai avem încă patru bebeluşi ca ăsta, domnule preşedinte. Au rămas de pe vremea Statelor Unite.

— Funcţionează?, se interesă Salazar.

Spencer îl privi ca pe un nebun.

— Bineînţeles că sunt perfect operaţionale. Rulăm testele de diagnosticare în fiecare zi, deşi, la drept vorbind, nu prea are rost, sunt aşa cum le vedeţi de douăzeci şi ceva de ani. Au rămas perfect capabile să lovească duşmanii Americii.

Conrad îşi lipi mâinile de hublou. Privi ca hipnotizat misila.

— Cât de repede putem lansa?, întrebă visător.

Colonelul păru încurcat o clipă. Socoti ceva în gând.

— Păi, să vedem. Trebuiesc alimentate cu hidrazină şi tetraoxid de diazot. Ăsta-i combustibilul. Îl ţinem în altă parte, aşa e regulamentul. În plus, băieţii ăştia nu au mai alimentat vreodată o rachetă. Sper să nu fie probleme. După aia calculăm traiectoria sau o alegem dintre cele presetate. Apoi rulăm testele finale...

— Cât? îl întrerupse Conrad, cu un strigăt care răsună în ecou de-a lungul holului.

— O săptămână măcar, domnule președinte. Cel puțin. După ce ne primim ordinele. V-ați hotărât să le veniți de hac europenilor? Foarte bine faceți, domnule. Să se învețe minte. Da, suntem și noi la curent, spuse spre Salazar care îi privea mirat. Știm totul aici, la Fort Meade. Să-l distrugă pe Heaven! Auzi nerușinare, la amărâții ăia!

Conrad se pierduse în contemplarea rachetei. Tăcu și colonelul, iar liniștea cuprinse holul, imediat ce ecoul ultimelor vorbe se stinse. Președintele Americii se întoarse încet spre militar. Îi vorbi răspicat, fără să ridice tonul.

— Le vreau gata în trei zile. Pe toate.

— Dar, domnule...

— Țintele o să ți le dea el, imediat, arătă spre Salazar. Îți pui oamenii să calculeze traiectoriile. Între timp, o să rămânem aici. Vreau să asist personal la pregătiri. Reține, prezența mea, a noastră, în această bază militară, este strict secretă. Găsește-ne două camere, chiar la acest nivel. Mai era ceva? A, ordinele. Socoate că le-ai primit acum. De la mine. Mă aștept să le execuți întocmai, așa cum ai făcut și pentru tatăl meu. Ai înțeles?

Fără să-l mai bage în seamă, Conrad porni, însoțit de Salazar, pe holul luminat în alb de becurile fluorescente, să vadă și celelalte rachete intercontinentale. Nu mai auziră cum, în urma lor, colonelul Spencer, luă o poziție vagă de drepți și murmură stins, privindu-i cum se depărtează.

— Da, domnule.

Capitolul 38

22 septembrie 2051
dirijabilul Aether
Insula britanică

Trecuse de miezul nopţii, însă Linghe nu-şi găsise somnul. În ultima oră, se plimbase de-a lungul culoarului, tăcut, pentru a nu-i trezi pe cei doi tineri. Reveni în cuşetă şi ridică un capăt căzut al păturii cu care se învelise Alice, care dormea pe patul de jos. Se întoarse la hubloul mare de pe culoar. Aegis se afla mult deasupra plafonului de nori, iar stelele aflate în planul orizontal erau vizibile. Atunci s-a auzit, înăbuşit, prima rafală. Sunetele, înăbuşite, veneau dinspre nacela pupa. Cei doi tineri se treziră imediat. Ivan, aflat în patul de sus, sări şi lovi cu capul de tavanul cuşetei.

— Ce se aude? întrebă, frecându-şi locul lovit, fără să primească răspuns.

Venirã lângă hublou, alături de Linghe, încercând să-şi dea seama ce se petrece. După câteva minute de pauză, porni o altă rafală, ca o succesiune de pocnituri ale unui volum de aer comprimat, ce se destinde brusc. Succesiunea deveni atât de rapidă, încât sunetul rafalei se transformă într-o fluierătură gravă. Linghe numără cu voce tare secundele scurse între două rafale.

— Trebuie să aflăm ce se petrece. Nu îmi plac de loc sunetele astea. Ceva nu-i în regulă.

Ivan ridică neputincios mâinile.

— Sunt tunurile lansbaloane. Lansează baloane meteorologice. Am mai auzit asta, pe Aether, dirijabilul de atac cu care m-am prăbuşit. Numai că acolo lansau unul doar în condiţii atmosferice foarte vitrege, ca să culeagă informaţii meteo. Însă ai dreptate,

Matheas. Ceva nu-i în regulă. Aceste baloane sunt foarte scumpe. Nu are niciun rost să lanseze atât de multe. Asta dacă ceea ce auzim sunt sunetele lansări-lor de baloane... Oare ce fac? Poate dacă l-am chema pe Altman și am reuși să-l imobilizăm...

— Presupunând că am reuși, ceea ce mă îndo-iesc, în următoarele cinci minute ar veni jumătate de echipaj peste noi și mă îndoiesc că vor mai fi atât de amabili, îi tăie Alice elanul. În schimb, cred că ar fi o soluție să ajungem în nacela cealaltă. De fapt, chiar tu mi-ai arătat-o. Chepengul acela din tavan, despre care mi-ai spus că duce în anvelopă. Ar trebui să existe un chepeng pereche și în cealaltă nacelă.

Cei doi bărbați o priviră lung, surprinși de logica fetei. Linghe îi zâmbi larg.

Nu au găsit pe hol niciun fel de scară cu care să ajungă la chepeng. Au descoperit în schimb o firidă, care nu era încuiată, în care se aflau lanterne electri-ce fabricate de Philips, cu acumulatori, măști de gaze, stingătoare de incendiu cu pulbere, o toporișcă și saci cu parașute.

Ivan încălecă pe umerii lui Linghe și răsuci mâne-rul, de forma unui inel, prins cu spițe de axul central al chepengului, care, cu un fâsâit, se deschise lent că-tre el. Din chepeng coborî vertical o scară metalică, ce se opri la câțiva centimetri de podea. Simultan, trei punți mai jos, în cabina de comandă, o luminiță se aprinse pe unul dintre panouri, semnalizând deschi-derea chepengului-prova ce dădea în anvelopă. Nici unul dintre cei trei militari aflați de gardă, la serviciul de navigație, nu o sesiză, în noianul de indicatoare luminoase care clipeau, dând informații asupra pa-rametrilor zborului. Când nu exista o potențială situ-ație de luptă, serviciul de noapte era lejer. Aegis se

apropia de graniţa vestică a Autarhiei, fiind pe punc-
tul de a se angaja în traversarea Canalului Mânecii.
Nu se întrevedea prezenţa vreunui potenţial inamic.
Deschiderea chepengului şi ora la care s-a produs,
ca de altfel toate manevrele efectuate de dirijabil, au
fost însă înregistrate atât în memoria computerului
de bord cât şi pe o panglică de hârtie ce ieşea dintr-o
imprimantă.

Ivan coborî sprinten de pe umerii lui Linghe,

— Probabil că au şi o comandă electrică, pe unde-
va, ca să deschidă chepengul. Însă am acţionat des-
chiderea de avarie.

Fanta circulară din care apăruse scara se căsca,
neagră, deasupra capetelor lor. Linghe luă din firidă
o lanternă şi, după o scurtă ezitare, o mască de gaze.
Urcă pe scară şi dispăru prin fantă, înghiţit un mo-
ment de beznă, până aprinse lanterna. Zăbovi un mi-
nut înăuntru, după care coborî.

— E un fel de ecluză, acolo sus. Chepengul trebuie
închis în perioada cât trecem spre anvelopa exterioa-
ră. Mă duc să văd ce se petrece în cealaltă nacelă.

— Vin şi eu, anunţă Ivan.

— Şi eu, spuse Alice.

Cei doi bărbaţi se întoarseră spre ea. Linghe îi
aruncă o privire severă, iar Ivan dădu să spună ceva.

— Ce? Doar nu vă închipuiţi că mă veţi lăsa sin-
gură, aici. Vin cu voi, le tăie protestele pe care cei doi
nici nu apucaseră să le rostească.

Luară fiecare câte o mască de gaze şi câte o lanter-
nă. Urcară tustrei, cu Linghe în frunte, înghesuindu-se
în ecluza tubulară, cu tavan semisferic, dimensionată
probabil pentru două persoană. Rămas la urmă, Ivan
trase scara şi închise chepengul, pe care îl asigură, ră-
sucind un inel similar celui dinspre exterior. Linghe

apăsă un buton fosforescent, aflat în ecluză, la nive-
lul ochilor, deasupra unui alt chepeng, vertical. Cu un
ușor fâsâit, presiunile dintre ecluza de transfer și an-
velopa dirijabilului se echilibrară, iar chepengul ver-
tical, de acces în anvelopă, se deschise. Lumina lan-
ternelor dezvălui o punte lungă și subțire, ca o plasă
rigidă, prinsă din loc în loc, cu bare transversale, de
scheletul carcasei. Două balustrade încadrau puntea,
marcată pe mijloc cu o dungă reflectorizantă, care
se întindea către hăul negru din fața lor. Linghe păși
prudent înainte, urmat de Alice, dar puntea nu se ba-
lansă. Ivan îi urmă, după ce zăbovi câteva clipe pen-
tru a închide ecluza. După treizeci de metri, puntea se
deschidea într-un inel larg, din care pornea un balon
rotund, alb în lumina lanternelor, de dimensiuni co-
pleșitoare. Înălțară lanternele însă balonul acoperea
complet zona de deasupra capetelor lor. O pădure de
tije și cabluri, care sclipiră mat în lumina lanternelor,
îl legau în nenumărate puncte de scheletul din grinzi
metalice perforate al anvelopei, asemănător cu cel al
unui animal uriaș.

— Este unul dintre baloanele interioare, umplut
cu heliu, le spuse Ivan, iar vocea îi sună neobișnuit de
subțire. Ar trebui să mai fie câteva, ele asigură pluti-
rea dirijabilului, așa cum ți-am explicat.

— Ce-i cu vocea ta?, întrebă Alice. Dar și glasul ei
suna pițigăiat.

Izbucniră tustrei în râs minute în șir, arătându-se
cu degetul sau strâmbându-se unul la altul. Se potoli-
ră cu greu, epuizați de hohote. Ivan, cu vocea subțiată
caraghios, le explică fenomenul.

— Concentrația de heliu în aerul din anvelopă
este destul de mare. Ne-au prevenit despre asta, la in-
strucția militară. Baloanele nu pot fi etanșate perfect,

mai ales că molecula de heliu face parte dintre cele mai mici elementele chimice. Pierderile se adună aici, în anvelopă. Heliul, în exces, provoacă ilaritate. Tot datorită lui ni s-au subțiat vocile, e o chestiune legată de viteza de propagare a sunetului în gaze. Ar trebui să folosim măștile, heliul în concentrații mari e toxic.

Scoase masca de gaze din geantă și și-o prinse peste nas și gură, legând-o cu o curelușă în dreptul cefei, apoi îi ajută și pe ceilalți să și le fixeze. Datorită măștilor, își continuară înaintarea în tăcere, ocolind încă opt baloane, până ajunseră la o ecluză identică cu cea prin care veniseră. Se strecurară înăuntru și așteptară egalizarea presiunilor. Deschiseră încet trapa din care căzu scara care ducea în nacela-pupa.

Pe puntea de comandă, luminița ce semnaliza deschiderea chepengului nacelei pupa fu din nou ignorată de militari, însă evenimentul și ora la care s-a produs au fost înregistrate.

Au coborât pe puntea superioară a nacelei pupa, pustie și întunecată, luminată vag doar de strălucirea Lunii care își trimitea razele prin hublourile aflate la cele două extremități. Ivan și-a scos masca de gaze, a adulmecat aerul, după care le-a făcut semn celor doi că pot să le scoată și ei. Sunetul grav al rafalelor devenise foarte puternic.

— Se aude de undeva de aici, le-a strigat Linghe, ca să se facă auzit.

Dădu să facă un pas însă se împiedică de ceva și căzu. Ivan îndrăzni să aprindă lanterna. Îl ajută pe Linghe să se ridice.

— Ești bine? îi strigă în ureche.

Plimbară tustrei luminile lanternelor de-a lungul punții. Spre deosebire de puntea nacelei prova, de unde veniseră, aceasta era lipsită de încăperi. Spațiul era umplut cu o încrengătură complicată de țevi transparente și conductori electrici. Două dintre ele porneau în paralel de la baza unui cilindru, aflat chiar la pupa, ce se ridica vertical pe toată înălțimea punții. Țevile fuseseră întinse orizontal, la babord și la tribord, de-a lungul punții. La intervale regulate, ambele țevi aveau dispuse, asemeni unor umflături negre, conectoare în care erau înfipte perpendicular, tuburi scurte, ce ieșeau în afara nacelei.

— Seamănă cu puntea de luptă a unei străvechi corăbii de război, care și-a scos tunurile, pregătindu-se să tragă o salvă, strigă Alice, inutil, întrucât sistemul se reîncărca și zgomotul încetase pe moment.

Ivan zâmbi îngăduitor. Asemănarea era într-adevăr izbitoare. Pe când era elev, citise și el cărți, din biblioteca școlii, despre corăbii. În cilindrul vertical, intra, curbându-se grațios prin partea superioară, un alt tub transparent, care ieșea din podeaua punții. Acesta aducea proiectile sferice, cenușii, de mărimea unor mingi de fotbal, asemănătoare cu cocoloașe de hârtie mototolite. Când cilindrul-rezervor se umplu, proiectilele porniră cu mare viteză prin țevile laterale, oprindu-se, pe rând, în nodurile negre. După ce toate nodurile au fost încărcate, se declanșă rafala, iar proiectilele sferice plecară, pe rând, cu un mic recul, prin tuburile ce ieșeau din nacelă.

— Ce sunt astea? spuse Alice, însă întrebarea fetei rămase fără răspuns.

— Nu am mai văzut așa ceva. Cred că trebuie să cercetăm punțile inferioare, rosti Linghe într-un târziu.

— Seamănă mult cu baloanele meteorologice. Când ajung în exterior, la o anumită distanță de dirijabil, se sparge automat o capsulă cu heliu, pe care o au în interior, și ele se umflă și se înalță. Însă cele pe care le știu aveau un fir de ancorare prin care transmiteau informațiile meteorologice. Ori la astea nu văd să fie vreun fir.

În timpul rafalelor, coborâră pe puntea inferioară, folosind una dintre scările metalice de rezervă, fără să își facă probleme că ar putea face zgomote. Dădură într-un alt coridor, de-a lungul căruia se aflau laboratoare puternic luminate, cu uși și pereți de sticlă, aflate de o parte și de alta a punții. La capătul din față se căscau găurile negre ale celor două tuburi de transport care comunicau cu nacela geamănă, de la prova. Din loc în loc, se afla, la vedere semnul celor trei cercuri galbene, sparte, unite într-un punct, care era și centrul unui al patrulea cerc, care le intersecta pe celelalte. Ivan se făcu alb la față.

— Biohazard, murmură, cu gura uscată. Ne-au arătat de atâtea ori, la pregătirea militară, semnul ăsta, că am ajuns să-l visez. Și în viața civilă am făcut o mulțime se simulări, cu mult mai multe decât cele de alarmă nucleară sau chimică.

În laboratoare, operatori îmbrăcați în costume albe, de protecție, purtând măști etanșe pe cap, mânuiau grijulii cilindri metalici pe care era desenat același semn, de biohazard, sub care se putea citi: *Antrax*.

— Antraxul este o armă biologică de distrugere în masă, șopti Linghe. Pe vremea mea i se spunea arma săracului. Țările care nu își puteau permite arme nucleare sofisticate, făceau stocuri de agenți patogeni foarte virulenți, precum antraxul. Însă nu înțeleg ce vor să facă.

Pe coridorul slab luminat, nu-i remarcă nimeni. Operatori în costume de protecție atașau cu atenție cilindrii cu antrax la un dispozitiv prin dreptul căruia treceau proiectilele sferice. Acestea se opreau o clipă, pentru încărcare, după care erau preluate de tubul transparent și transportate la cilindrul-rezervor, aflat pe puntea de deasupra lor. Doi dintre operatori se îndreptară către o cabină care dădea spre hol. Pentru câteva minute, cabina se umplu cu fum alb, dezinfectant. Cei trei vizitatori clandestini se ascunseră, înghesuindu-se într-o nișă cu stingătoare de incendiu și parașute, a cărei ușă însă nu reușiră să o închidă complet. Fără să-i remarce, operatorii își scoaseră măștile și ieșiră pe hol, sporovăind liniștiți.

— ...mai avem, abia spre dimineață terminăm lansările. Dacă vor prinde curenții potriviți, baloanele ar putea ajunge în câteva zile, o săptămână cel mult. De încă o săptămână e nevoie ca antraxul să-și facă efectul și America va deveni amintire.

— Nu înțeleg, spuse celălalt, de ce nu am început lansările după ce vom ajunge pe coasta de vest a Insulei Britanice, acolo unde este destinația noastră? Am mai fi câștigat câteva sute de kilometri. Și, dacă tot am lansat, ce rost mai are să mai mergem în vestul Insulei?

— Aici, deasupra Mânecii, sunt curenții ascendenți potriviți să le ducă în stratosferă. Iar de acolo, găsesc cu ușurință curenți rapizi, care se îndreaptă spre vest. Mi-a spus cineva de la navigație. Cât despre traseul și scopul misiunii, ei bine, e un secret pe care n-am reușit să îl aflu. Umblă zvonul că, în afară de antrax, am mai fi luat și altceva de la Frankfurt...

Vocile militarilor se estompară, pe măsură ce se îndepărtau. Nu se mai auziră deloc după ce aceștia intrară în tuburile ce duceau spre nacela prova. În firidă, cei trei înghețaseră de groază. Ivan împinse încet ușa și, văzând coridorul gol, se strecură până la scara care făcea legătura între nivelele nacelei. Găsind calea liberă, le făcu semn celorlalţi să-l urmeze.

Se întoarseră, traversând în fugă anvelopa, până la cabina lor. Alice dădu să spună ceva, însă Linghe îi făcu semn să tacă.

Se adunară pe coridor, în faţa hubloului prova. Aegis se apropia de finalul traversării Canalului Mânecii. Valuri înalte ondulau negrul apei. Printr-o spărtură a norilor, lumina Lunii se reflecta pe dealurile de calcar ale Albionului.

— Ce facem... începu Alice într-o şoaptă precipitată. Sunt nebuni, aţi văzut. Vor să gazeze America. Vor să ne omoare pe toţi. Vor să...

Linghe îi puse palma, delicat, la gură.

— Mai încet, nu vrem să-i alertăm, îi şopti. E posibil să ne asculte. Am văzu cu toţii de ce sunt în stare. Antraxul e un virus, nu un gaz. A fost folosit în trecut ca armă biologică. Provoacă simptome asemănătoare cu gripa.

Alice izbucni în lacrimi. Corpul îi tremura, cuprins de frisoane necontrolabile.

— Trebuie să facem ceva... Orice, orice. Să-i împiedicăm pe aceşti... aceşti... ucigaşi, şopti.

Ivan strânse atât de tare bara de protecţie din dreptul hubloului, încât degetele i se albiră.

— Poate dacă am sabota dirijabilul... Am putea intra iar în anvelopă, să spargem baloanele cu heliu. S-ar prăbuşi, cu noi la bord, dar n-ar avea importanţă.

— N-ar ajuta la nimic, chiar dacă am reuşi, ceea ce e puţin probabil. Lansările au fost deja făcute, iar baloanele cu antrax sunt în drum spre America. Tot ce putem face este să ajungem acolo înaintea lor şi să-i prevenim pe ai tăi, Alice. Încercaţi să dormiţi şi să vă păstraţi puterile. Vom avea mare nevoie de asta.

Însă nu reuşiră să adoarmă nici spre dimineaţă, după ce au încetat rafalele lansărilor. Linghe nu se clintise întreaga noapte de lângă hublou, adâncit în gânduri. După ce se lumină, îi chemă când dirijabilul trecu pe deasupra Londrei, însă nici unul nu avea chef să admire vechiul oraş.

Linghe încercă să mai destindă atmosfera.

— Londra a fost unul dintre marile oraşe ale planetei, capitală a unui imperiu care în urmă cu trei sute de ani ocupase trei sferturi din lumea cunoscută atunci.

Alice arătă o urmă de interes.

— De aici a pornit şi colonizarea Americii. A ţării mele, vreau să zic. Anglia nu mai este locuită?

— Ba da, o lămuri Linghe, însă nu de englezi. Acum optsprezece ani au migrat în masă pe continent şi s-au răspândit în toată Europa. Şi-au abandonat insula, lăsând-o emigranţilor, care deveniseră majoritari ca populaţie. Odată cu Prefacerea, europenii au trimis în ţările de origine milioane de emigranţi. Deveniseră extrem de agresivi şi distructivi. Aşa au încercat să facă şi englezii, de fapt ei au început primii. O vreme, politica de deportări a mers, însă au fost copleşiţi numeric. Până la urmă a trebuit să părăsească ei insula. Actualii locuitori ai Angliei au strămoşi cu piele neagră sau măslinie. Din când în când, vara, când furtunile sunt mai rare, trec cu bărcile Canalul Mânecii şi pradă oraşele de pe coasta atlantică a Autarhiei. Sunt sălbatici şi foarte violenţi.

Ca pentru a-i confirma spusele, câteva focuri de armă au ricoşat, răpăind fără să producă vreo stricăciune, de nacela din fibră de carbon a dirijabilului care, prudent, a urcat la 3000 de metri. Fuseseră trase de pe unul dintre dealurile pe care păştea, paşnic,

o turmă de oi păzită de un cioban cu piele neagră şi
păr creţ.

**

Către amiază, căpitanul Altman făcu verificarea de
rutină a înregistrărilor din jurnalului de bord auto-
mat şi, văzând consemnările deschiderilor trapelor
de comunicare ale nacelelor cu anvelopa, înţelese pe
loc totul. Deoarece primise ordin să raporteze orice
incident, luă legătura prin canalul radio de urgenţă,
cu preşedintele şi transmise codificat:

— Au aflat. Ce fac, îi lichidez?

Răspunsul sosi imediat:

— În niciun caz. Continuă cum am stabilit. Deja nu
mai contează.

Capitolul 39

22 septembrie 2051
New Washington
America

Conferința de presă ținută la Casa Albă se anunța diferită de tipicul obișnuit. Nu participa președintele Conrad, despre care în sfârșit se aflase că demarase un turneu de inspecții oficiale la mai multe baze militare. Își trimisese în schimb consilierul, pe David Salazar, să îl reprezinte. Vicepreședintele Marshall, folosindu-și prerogativele, convocase conferința, în Aripa de Vest, în sala numită James S. Brady, după numele unei persoane care salvase viața unui președinte din secolul trecut. În sală – odinioară locul tradițional de întâlnire a staff-ului Casei Albe cu ziariștii – în lipsa președintelui, măsurile de securitate erau mult mai lejere. Mordecai nu-și mai amintea de când nu se mai ținuseră conferințe de presă în sala Brady, și mai ales una de la care Conrad să lipsească. Președintele se obișnuise să fie centrul atenției. Din acest motiv, declarațiile sau luările de poziție erau lăsate, invariabil, în seama lui. Iar președintele își ținea întâlnirile cu presa întotdeauna în Camera de Est, special amenajată ca să-i ofere protecție maximă.

Pentru proaspăt numitul vicepreședinte era un semn de mare îndrăzneală și independență să susțină de unul singur o conferință de presă, însă Mordecai nu se îndoia că președintele își putea permite să fie îngăduitor. Popularitatea fostului senator crescuse exponențial după ce America urmărise cu sufletul la gură, pe toate canalele de știri din Rețea, convorbirile prin comunicator ale lui Alice cu tatăl său. După multe peripeții, fata ajunsese în Autarhia Europeană.

Mordecai se lăsă condus, de cineva din personalul Casei Albe, către un fotoliu, aflat în primul rând, pe care se găsea o plăcuţă, cu numele său, foarte recent montată. Era fotoliul ziaristului senior, prin tradiţie cel mai în vârstă membru al corespondenţilor acreditaţi la Casa Albă. Tot prin tradiţie, seniorul putea adresa prima întrebare şi avea oricând prioritate, după cum tot el marca sfârşitul conferinţelor de presă, moment în care le mulţumea vorbitorilor, în numele tuturor.

Mordecai nu era cel mai bătrân membru al corespondenţilor de presă, alţi patru ziarişti erau mai în vârstă decât el. Numai că unul era bolnav, ţintuit la pat de o răceală. Pe ceilalţi îi rugase, îi implorase, cheltuise o mulţime de favoruri, ba, mai mult, făcuse ceva de neconceput pentru un ziarist, dezvăluind subiectul conferinţei de presă cu două ore înainte bătrânului şi încăpăţânatului corespondent al CNN care nu îi cedase altfel locul. Era absolut sigur că Marshall dorea să anunţe iminenta întoarcere a fiicei lui în America. Constată însă mulţumit că CNN încă nu difuzase ştirea, aşteptând probabil confirmarea.

Marshall îşi făcu punctual apariţia la ora unsprezece, însoţit de generalul Hood şi de Salazar, ca trimis al preşedintelui. După ce, conform uzanţelor, îi strânse mâna seniorului Mordecai, urcă micul podium al oficialilor Casei Albe, diferit de cel prezidenţial, cu stema cu vultur, aşezat stingher într-o latură, pe care însă Conrad nu urcase vreodată. Îşi drese glasul şi anunţă:

— Doamnelor, domnilor, vreau să împărtăşesc cu voi bucuria mea. Fiica mea, Alice, va veni acasă.

Rumoarea cuprinse întreaga sală. O pădure de mâini se ridicară simultan.

— Înainte să răspund la întrebările voastre, daţi-mi voie să vă spun tot ce ştiu. Alice se va întoarce prin tunelul transatlantic. Cei mai în vârstă dintre voi îşi amintesc de Tunel. Capătul american se află în zona New Jersey, actualmente inundată şi abandonată. Capătul european e în Swansea, pe coasta sud-vestică al Angliei. Până acolo îi vor aduce militarii europeni, cu un dirijabil. Alice va fi însoţită de doi europeni, unul este tânărul cu care a venit din Europa de Est, acolo unde a aterizat capsula ei de salvare. Acum ştiţi la fel de multe ca şi mine. Sunt însă sigur că, imediat ce vor ajunge în America, vor fi bucuroşi să răspundă la întrebările dumneavoastră.

Din nou ziariştii fluturară mâinile. Marshall privi spre Mordecai, însă acesta refuză politicos, păstrându-şi privilegiul de a întreba pentru mai târziu. Îi făcu un semn unei corespondente tinere din mijlocul sălii.

— Cum se simte fiica dumneavoastră? Cum au tratat-o europenii? Cine sunt cei care o însoţesc?...

Femeia ar mai fi continuat să mitralieze cu întrebări, însă Marshall ridică zâmbitor o mână ca să o oprească.

— Vă rog, vă rog... S-o luăm în ordine. Alice se simte bine, e sănătoasă, iar europenii au tratat-o corect. A fost lăsată liberă să umble pe unde vrea. Am vorbit în fiecare seară, fără restricţii, şi e în permanentă legătură cu o echipă a armatei. De altfel cred că aţi difuzat deja o bună parte din discuţiile noastre. Am fost de acord să ajungă la dumneavoastră totul, mai puţin chestiunile personale şi cele care ţin de securitatea ei. Credeţi-mă, nu ştiu nimic în plus în afară de ceea ce v-am anunţat, anume că a găsit calea să vină acasă. De fapt, unul dintre însoţitorii ei a găsit-o. E o persoană de încredere, mi-a spus Alice, e şeful unui partid de opoziţie sau aşa ceva. Celălalt este tânărul din Autarhie, pe care l-a cunoscut în Estul Europei, în zona sălbăticită. Cu toate că, după cum aţi aflat de la ea, zona respectivă nu-i deloc aşa.

— Salvarea fiicei dumneavoastră va duce la reconsiderarea deciziei de a intra în război cu Europa? strigă un jurnalist, care nu mai aşteptă să i se facă semn. Pentru că, după câte ştim, preşedintele Conrad se află într-un turneu de inspecţie la silozurile cu rachete nucleare.

Înainte ca Marshall să spună ceva, se ridică Salazar.

— Cu permisiunea dumneavoastră domnule vicepreşedinte, voi răspunde eu la această întrebare. După cum ştiţi, preşedintele Americii are dreptul şi datoria de a declara război oricui ameninţă această ţară. Ori ameninţarea s-a produs, printr-un act ostil fără precedent, care a distrus Heaven, curmând atâtea vieţi americane nevinovate. Desigur, este o veste foarte bună faptul că fiica vicepreşedintelui Marshall va reuşi cumva să ajungă acasă. Însă o singură persoană, fie ea şi fiică de înaltă oficialitate, nu poate schimba decizia politică pe care preşedintele Conrad a luat-o în numele poporului american. Sunt sigur că vicepreşedintele Marshall îmi dă dreptate, încheie Salazar şi se pregăti să se întoarcă la locul său.

— Acţiunea militară poate fi declanşată numai după ce este aprobată de Congres, se simţi generalul Hood dator să adauge, arătând cu mâna în direcţia aproximativă a Capitoliului. Indiferent de ce ar dori unul sau altul, armata va respecta legea. Pot însă să vă asigur că suntem pregătiţi. Foarte bine pregătiţi.

Mordecai ridică încet mâna, cerând dreptul de a pune o întrebare. Dezamăgiţi, ceilalţi corespondenţi lăsară mâinile jos. Seniorul avea, prin tradiţie, prioritate să întrebe orice, oricând dorea.

— Întrebarea mea se adresează de fapt preşedintelui Conrad, însă cum dumnealui nu este de faţă, mă voi mulţumi cu domnul David Salazar, care îl reprezintă. Ce procent din acţiunile Heaven – şi mă refer la consorţiul care a finanţat staţia spaţială – deţine preşedintele?

Salazar se albi la faţă, complet luat prin surprindere.

— Nu înţeleg... Ce legătură are?

— Vă ajut eu să înţelegeţi. Preşedintele a moştenit de la tatăl lui, Jimmy Conrad, acţiuni la mai multe companii care, la rândul lor, au investit în Heaven.

— În continuare nu văd care e problema. Salazar începu să-şi recapete siguranţa. O mulţime de americani au deţinut acţiuni Heaven. Nu ştiu, este foarte posibil ca şi preşedintele să deţină astfel de acţiuni.

Toate înregistratoarele de imagini ale canalelor de ştiri focalizară simultan pe Mordecai. Dintr-odată, nimeni nu mai dorea să întrebe nimic. În tăcerea care se lăsase în sală, Mordecai se ridică în picioare fluturând un teanc subţire de hârtii. Scormonitorul, bătrânul software de căutare, îşi făcuse bine treaba.

— Deţine, domnule, deţine, flutură ameninţător hârtiile. ŞI eu am acţiuni Heaven. Numai că preşedintele are ceva mai mult decât orice american. De fapt, prin firmele pe care le controlează, preşedintele Conrad a fost proprietar pe o zecime din Heaven. Destul de mult, nu credeţi?

Salazar păru iar să-şi fi pierdut darul vorbirii. Ascultă câteva clipe, atent, în casca din urechea dreaptă, prin care toată lumea bănuia că e în legătură cu preşedintele.

— Este foarte posibil să aveţi dreptate. Bineînţeles, nu pot confirma nimic, va trebui să-l întrebați pe președinte. Nu văd însă nimic rău în a deține, legal, acțiuni la Heaven sau la oricare companie americană. Dacă nu mai sunt întrebări...

Însă Mordecai nu avea de gând să-l lase să scape așa ușor. Se întoarse ușor către sală și constată cu plăcere că toți ceilalți corespondenți îi sorbeau cuvintele. Devenise centrul atenției.

— Știți, domnule, la cât a fost evaluată Heaven?, făcu o pauză în care își roti privirea prin sală. La o mie de miliarde de dolari. Firește, nicio companie de asigurări, nici chiar un sindicat de astfel de companii, nu ar fi putut plăti asemenea sumă în cazul unei catastrofe, cum s-a întâmplat. Așa că Heaven nu a fost asigurată niciodată. Turiștii, da, echipajul, da, nu însă și Heaven. Vă amintiți ce a spus președintele, în prima declarație pe care a făcut-o după catastrofă? Ei bine, vă reamintesc eu: toți acționarii vor fi despăgubiți de stat, de la buget, pentru a compensa pierderile suferite. Și-a asumat vina, în numele Americii, care n-a reușit să protejeze interesele americane, indiferent unde se găseau ele. Parcă așa a spus, dacă îmi amintesc bine. Peste două milioane de mici acționari, printre care și eu, și-au recăpătat somnul și l-au aclamat pe președinte. Numai că și el devine mai bogat cu o sută de miliarde de dolari, asta cum vi se pare? Ori asta nu e tot, domnule vicepreședinte – spuse cu subînțeles, privindu-l fix pe Marshall. Vă mulțumesc, domnilor, mai rosti și se lăsă greoi în fotoliul senior editorului, încheind triumfal conferința de presă, asaltat de colegi, gândindu-se cât de ciudată poate fi viața care, acum, îl adusese în prim plan, pe toate canalele de știri pe el, omul care se aflase întotdeauna în spatele știrilor.

Capitolul 40

22 septembrie 2051
Swansea
Anglia

Aegis ajunse în amurg la Swansea, după ce traversase insula engleză de la est la vest. Găsind un curent favorabil de aer, aeronava descrise o buclă mare, pe deasupra oceanului și survolă orașul părăsit, intrând pe deasupra docurilor regale, acoperite aproape complet de apele Atlanticului. Câteva macarale mari, portuare, înclinate nefiresc, ieșeau din apă asemeni unor imenși copaci uscați, din oțel ruginit. Aeronava pluti spre nord-vest și încetini deasupra fostei zone industriale, și ea năpădită de vegetație asemeni întregului oraș, unde, în mijlocul unui păienjeniș de linii ferate și hangare, se căscau rotunde, asemeni unor guri negre, flămânde, cele cinci intrări ale tunelului transatlantic. Aegis manevră fin, căutând un loc de aterizare pe care îl găsi la două sute de metri de intrarea în tunel, pe o suprafață mare, lipsită de clădiri, a unui fost parc sau poate stadion. Lansă din nacele mai multe ancore și opri, la treizeci de metri deasupra solului, pe câmpul întins, dar totuși insuficient pentru a permite aterizarea imensului aparat de zbor. Rolf Altman apăru neauzit, le predă comunicatorul și, fără un cuvânt, îi conduse cu liftul la nivelul inferior al nacelei prova, unde le făcu semn să urce într-o cabină mobilă, deschisă, pe care un sistem de trolii o lăsă legănat la pământ. După ce coborâră, cabina fu ridicată, ancorele retrase, iar dirijabilul se îndepărtă dispărând în lumina tot mai slabă a amurgului. Se opri și ancoră iar, pe un câmp, în afara orașului, la doar câțiva kilometri de prima oprire, unde proaspăt debarcaţii pasageri nu-l puteau vedea. Comandantul aştepta tăcut, în cabina de comunicaţii, împreună cu doi operatori, înconjuraţi de luminiţele strălucitoare, roşii şi verzi ale instrumentelor în lumina cărora chipurile lor păreau cadaverice.

— Au început să emită, domnule, rupse tăcerea unul dintre operatori.

Reglă câteva comenzi, iar pe un ecran apăru figura lui Alice.

— Pornim acum, tată. Intrăm în tunel. Din câte spune Matheas, în două-trei zile putem fi acasă. Dar am ceva foarte important să îţi spun. Trebuie să ştii că...

Altman nu mai aştepta să audă restul discuţiei fetei cu tatăl ei din America. Declanşă bruiajul radio după care ieşi vijelios şi urcă într-un cărucior electric de transport cu care merse rapid printr-unul dintre tuburile ce legau cele două nacele, până la nacela pupa. Aici coborî la nivelul inferior al nacelei, unde cei cinci soldaţi ai Brigăzii Zero aşteptau, grupaţi lângă vehiculul lor, un hibrid blindat.

— Acum. E timpul. V-aţi primit ordinele.

Soldaţii urcară în hibridul sub care se deschise o trapă prin care acesta căzu lent, frânat de patru cabluri de susţinere. Ajuns la sol, un soldat ieşi pentru a degaja cablurile după care urcă grăbit înapoi. Imediat, hibridul se puse în mişcare, avansând în viteză către oraş apoi spre intrarea în tunel, urmărind harta pe care unul din ei o schiţase în timpul zborului. În urma lor, Aegis se ridică tot mai sus, cu luminile de semnalizare stinse, începându-şi lunga călătorie către baza din Europa.

***

Tunelul care trecea pe sub Atlantic, era compus din alte cinci tunele paralele, cu intrările ca niște cercuri teșite în partea de jos, care urmau un imens arc de cerc, lung de cinci mii patru sute de kilometri, săpat pe sub Atlantic, plecând din Anglia, de la Swansea, pentru a ieși în capătul american, la New Jersey. Tunelurile de transport fuseseră plasate în colțurile unui pătrat, având în mijloc un alt tunel, cu diametrul mai mic, proiectat a fi folosit pentru întreținerea celorlalte. Fusese ultimul vis adus împlinit al omenirii înainte de Prefacere. Megatunelul completa traseul care ar fi trebuit să unească Europa cu America, traseu început cu un alt tunel, mult mai scurt, de numai cincizeci de kilometri, care traversa Marea Mânecii, de la Calais, din Europa, până la Folkestone, în Anglia.

Tunelul transatlantic fusese proiectat cu patru sensuri de circulație, câte unul pentru fiecare dintre tunelele de transport. Prin ele urmau să treacă trenuri cu levitație magnetică, numite Maglevuri, care circulau fără altă frecare decât aceea cu aerul, capabile să ajungă de la un capăt la altul în doar șase ore. Ar fi constituit o alternativă de a traversa Atlanticul mai rapidă, nepoluantă și mai sigură decât avioanele. Cea mai mare parte din energia necesară funcționării Maglevurilor, era recuperată prin convertirea energiei cinetice în energie electrică, pe cele două porțiuni de cădere a tunelului. Energia electrică astfel recuperată, urma să fie folosită de trenurile aflate în porțiunile de urcare. Deoarece traversa oceanul pe sub pământ, tunelul transatlantic își producea singur energia necesară funcționării nenumăratelor sale dispozitive, prin zeci de milioane de termocuple cu efect Seebeck, care generau electricitate folosind diferențele de temperatură de pe lungimea sa.

Cei trei ajunseră în dreptul gurilor ale tunelului. Numeroase rânduri de şine de levitor magnetic se adunau mănunchi spre ele.

— Nu ştiu dacă tata a auzit ce i-am spus de antrax, până s-a pierdut semnalul, vorbi necăjită Alice.

— Nu s-a pierdut, a fost bruiat, interveni Ivan. Poţi fi sigură că vor bruia în continuare, cred că aşa e procedura. Oricum comunicatorul are bateriile descărcate, şi nu avem cum să îl încărcăm de la celulele solare.

Linghe privi mulţumit intrările tunelului, închise de porţi mari, aflate la cincisprezece metri în interior. Nu existau urme vizibile de distrugeri. Se căţără pe o scară verticală, din metal strălucitor, care ducea către tunelul central. Ajuns sus, le făcu semn să vină şi ei.

— Noi vom merge prin tunelul cel mic, de întreţinere. E mai sigur, ar trebui să fie presurizat, tocmai pentru a evita infiltrarea apei sau fumul, în cazul unor eventuale incendii, le spuse Linghe. E posibil ca în celelalte, pe unele porţiuni să fie apă, sau prăbuşiri, nu avem de unde să ştim. N-a mai fost nimeni pe aici de un sfert de secol.

— Adică tunelul ar putea fi fisurat?, întrebă Ivan

— Nu, în niciun caz. La presiunea uriaşă a straturilor de pământ, la cea mai mică fisură, s-ar prăbuşi întreg tunelul. În schimb este posibil ca instalaţiile sau straturile care învelesc prin interior tunelele să se fi degradat într-atât încât să se fi desprins. Apa poate proveni de la inundaţii şi furtuni, atâta cât a pătruns prin intrări, dacă acestea şi-au pierdut etanşeitatea. Evident, a curs către partea cea mai de jos a tunelului. Nu se poate şti cantitatea; la fel de bine este posibil să nu fi intrat de loc, sau, dacă a pătruns, să se fi evaporat sau să o fi evacuat automat tunelul. Nu cred să fi intrat atât de multă încât să facă imposibilă trecerea.

Sunt totuşi peste cinci mii de kilometri.

— Cinci mii de kilometri. Ne va lua luni de zile ca să-i parcurgem, spuse Ivan, gânditor. Nu au cum să ne ţină proviziile aşa de mult.

— Dacă am merge pe jos, aşa ar fi. Însă există şi o altă posibilitate, mult mai rapidă. Sper doar să funcţioneze.

Linghe intră primul printr-o firidă a tunelului de intervenţii, urmat de cei doi tineri. Ajunse la o uşă mare, metalică, ce părea neafectată de anii care trecuseră de când fusese deschisă ultima oară. Găsi o tastatură prăfuită pe care compuse o secvenţă de cifre şi uşa se deschise. Intrară, în frunte cu Linghe, într-o încăpere dreptunghiulară, cu pereţii albi. Uşa se închise cu un fâşâit în spatele lor, iar o lumină roşie prinse să clipească pe peretele din faţă, deasupra unei alte uşi.

— Este o ecluză. Tunelul de intervenţii e singurul presurizat. Are două zecimi de atmosferă peste presiunea normală.

Luminiţa roşie deveni verde, iar uşa de sub ea se deschise. Tunelul de intervenţii măsura în jur de doi metri diametru, de două ori mai puţin decât celelalte. Automat, un şir lung de lămpi electrice se aprinse în tavan inundând totul într-o lumină albă, crudă, dusă de reflexiile pereţilor până la limita vizibilităţii.

— Tunelul are propriile surse de energie, geotermale, care aduc aportul de curent electric necesar deplasării Maglevurilor, trenurile cu levitaţie magnetică. A fost proiectat în epoca de aur a cooperării americanilor cu europenii, înainte de Prefacere, în aşa fel încât să nu fie un poluant în plus. Sunt surprins că mai funcţionează încă. Nu au fost întreţinute de un sfert de secol, le explică Linghe în vreme ce apăsă câteva taste aflate în stânga intrării, în tunel. Un mic ecran prinse viață. Se auzi un fâşâit persistent. Alice se trase mai aproape de cei doi bărbați.

— Ce-i asta?

— Nu e cazul să vă îngrijorați. Am chemat un Maglev de intervenție. Seamănă cu un automobil de dinainte de Prefacere. Ar trebui să ajungă imediat.

Vehiculul fâşâi după care opri, aşa cum prezise Linghe, în dreptul unui mic peron, la câțiva metri în dreapta lor şi deschise două din cele patru uşi tip aripă de fluture, către peron. În interior erau patru fotolii comode, două în față şi două în spate. Linghe acționă o manetă, iar un capac din partea din fața vehiculului se ridică, dezvăluind un spațiu larg de depozitare în care puseră micul bagaj cu trusa medicală şi comunicatorul cu bateria descărcată. Ivan oftă, gândindu-se cu regret la arma cu şocuri electrice, confiscată de militarii Autarhiei şi se aşeză alături de Alice, pe un fotoliu din spate. Linghe le arătă cum să tragă din lateralele spătarelor centurile de siguranță şi cum să le încheie pe piept. Se instală pe locul conducătorului, în față, îşi reglă fotoliul şi îşi puse, la rândul său, centurile. Pe bord se aprinse o consolă şi mai multe indicatoare luminoase, lângă care se afla un mic joystick, pe care Linghe îl împinse uşor în față. Imediat uşile se închiseră, iar Maglevul porni, accelerând. Luminile se stinseră şi tunelul se cufundă în întuneric. Linghe aprinse farurile vehiculului, iar pe pereții tunelului dansară, tot mai repede, umbre fantomatice. Alice se foi pe fotoliul ei.

— Nu cred că mă simt bine.

— Nici eu, gemu Ivan.

— Aveți rău de tunel. Toată lumea pățeşte asta la început. Uite, aşa o să vă treacă. Linghe opri farurile şi tunelul se cufundă în beznă. Doar luminițele de pe consola de comandă clipeau jucăuş. Apoi aprinse lumina interioară. Simultan, se aprinseră şi luminile tunelului. Senzaţia de acceleraţie care îi lipise de spătarele fotoliilor dispăruse. Alice se destinse.

— Aşa parcă e ceva mai bine. Ai aprins luminile în tot tunelul?

— Nu, luminile s-au aprins doar vreun kilometru în faţă şi unul în spate, în limitele de vizibilitate. N-ar avea rost să cheltuim degeaba atâta energie. E ca un spot luminos, care se deplasează odată cu noi.

Ivan strânse mâna fetei.

— Ne-am oprit cumva?

— Nu, nici pomeneală. Am atins viteza de croazieră programată. Cum perna magnetică nu produce frecare, nu există nici zgomot. Maglevurile de intervenţie pot merge cu opt sute de kilometri pe oră sau chiar mai mult, la nevoie. Eu însă am fixat-o la doar optzeci de kilometri pe oră. Cu toate că senzorii de la punctul de îmbarcare, ca şi cei pe care îi avem la bord, funcţionează normal şi nu indică avarii, nu avem cum şti care este în realitate starea tunelului şi mai ales a şinei. De altfel nici Maglevul nu a mai fost verificat de un sfert de secol.

— Asta cât înseamnă că vom face până acasă?

— La viteza asta, ar trebui să ajungem cam în trei zile acasă, îi răspunse Ivan. Acasă la tine, Alice.

Capitolul 41

22 septembrie 2051
Tunelul Transatlantic

Primiseră ordinul direct de la preşedintele Frankhaim, aşa cum era normal. Brigăzile Zero reprezentau pumnul înarmat al celui ce conducea Autarhia. Înfiinţate de Frankhaim imediat după ce preluase puterea, Brigăzile se făcuseră utile într-o sumedenie de misiuni de eliminare a inamicilor incomozi, mai ales în primii ani ai mandatului său. Brigăzile primeau cele mai dificile misiuni, soldaţii fiind bine antrenaţi în lupte de comando. Rărirea numărului de hoarde înarmate, care ameninţau continuu graniţele Autarhiei, se datora în bună parte şi lor. Brigăzile Zero reprezentau poliţia personală a preşedintelui Frankhaim. Cei cinci membri ai Brigăzii trimise în Insula Britanică erau profesionişti cu multă experienţă în luptă. Nu o dată răspunseseră solicitărilor prezidenţiale, făcând şi lucruri murdare pentru binele naţiunii. Lucrau de mai mulţi ani împreună şi învăţaseră să-şi ghicească intenţiile, într-o sincronizare şi eficienţă perfectă. Cu toate că îşi cunoşteau numele reale, în misiuni deveneau Comandantul, Doctorul, Ţintaşul Mare şi Ţintaşul Mic, Control, porecle legate de îndeletnicirile lor principale, deşi fiecare soldat al Brigăzii avea mai multe specializări. Comandantul primise ordinul de anihilare a celor trei direct de la preşedinte.

— Nu trebuie în niciun caz să ajungă în America. Deschiderea din trecut a Europei ne-a adus în pragul anihilării. Regimul autarhic a dovedit că ne putem descurca mult mai bine singuri. Mă îngrozeşte numai gândul că prin acel tunel ar putea veni americani, văzând că este posibil, dacă ajung cei trei.

Pentru Comandant, argumentele nu aveau nicio importanţă. Analiză tactic misiunea.

— Dacă aşa stau lucrurile, de ce nu-i oprim aici, domnule?

— Americanii ne-au ameninţat cu bomba atomică, de care nu mai suntem în stare să ne apărăm. Ne-au dat un ultimatum. Ori pentru fata vicepreşedintelui lor, pur şi simplu nu se merită să îi lăsăm să ne distrugă oraşele. Dar nici nu o putem lăsa să ajungă acasă, să povestească. Asta e soluţia, anihilaţi-i după ce intră în tunel.

— Am înţeles, domnule, răspunse Comandantul şi se întoarse să plece.

— Şi încă ceva, îi strigase în urmă Frankhaim. Aruncă naibii în aer şi tunelul ăla.

***

Vehiculul cu care călătoreau, un amfibiu blindat, cu şase perechi de roţi, al cărui motor ardea benzină sintetică, extrasă în mare secret, prin prelucrarea cărbunelui, excavat în cantităţi mici, din bazinul Ruhr. Pentru mia de litri aflaţi în cele două rezervoare laterale ale hibridului, fuseseră necesare două luni de muncă în minirafinăriile răspândite în minele aparent părăsite din Ruhr. Nimic nu era mai eficient decât benzina, a cărei ardere permitea vehiculului să atingă viteze mari. Chiar şi aşa, vehiculul recupera maximumul posibil de energie, prin motoarele electrice ale sistemului hibrid de propulsie, folosit şi pentru a atinge viteze mari, cu consum redus. Interiorul vehiculului lung de şapte metri era foarte auster, dar ergonomic şi perfect funcţional. Stabiliseră să conducă prin rotaţie, mai puţin Control, care supraveghea permanent ecranul cu senzorii externi, radarul, sonarul și detecția cu infraroșii. La volan se afla Doctorul, care preluase conducerea vehiculului imediat după aterizare. Alături de el, pe scaunul din dreapta, se afla Comandantul. Cifrele de pe indicatorul de viteză se zbăteau în jurul a o sută de kilometri la oră însă ei nu încetineau decât atunci când pe străzile orașului părăsit apărea vreun obstacol neașteptat. Fuseseră nevoiți să facă două ocoluri, din care unul destul de larg, pentru a înconjura clădiri prăbușite. De câteva ori intraseră în apă, până deasupra roților, pentru a trece de porțiunile inundate din Swansea.

Comandantul urmărise încă din dirijabil, prin telescop, drumul celor trei până la intrarea în tunel. Stabilise și un plan. Transportorul hibrid ajunse la tunel la douăzeci de minute după țintele urmărite.

Cele patru tunele fuseseră botezate cu nume de ore, scrise pe panouri mari, pe jumătate șterse de ploi, în dreptul intrărilor, ca și cum ar fi fost dispuse pe cadranul unui ceas imens. Opriră vehiculul, iar soldații Brigăzii se răspândiră precis, inspectând fiecare câte o intrare. Ascultară atenți, cu senzori amplificatori, căutând eventuale zgomote care să trădeze prezența celor trei. Se strânseră îndărăt după zece minute, clătinând din capete.

— Cred că au luat un vehicul din tunelul din mijloc. Sunt urme că s-a umblat foarte recent la poarta de acces. Unul dintre ei cunoaște codurile de intrare, șopti Comandantul. Mergem după ei.

Prea mare pentru tunelul de intervenție, amfibia intră în tunelul Ora șapte, aflat în partea de jos, în stânga intrării, încalecă șina magnetică și opri în fața porții coborâte a acestuia. Comandantul făcu un semn, iar Control porni laserul de luptă, aflat pe turelă, cu care decupă lesne o trecere în metalul porții.

Tunelele pentru trenurile de călători nu erau luminate. Pentru Brigadă, amănuntul nu constituia o problemă; Doctorul aprinse proiectorul infraroşu şi aduse viteza la o sută douăzeci de kilometri la oră, reducând totodată debitul de combustibil pentru a profita de uşoara înclinare a tunelului, care îi permise să folosească motoarele electrice şi totodată să încarce bateriile amfibiei. Călătoreau în linişte – de altfel, nici nu ar fi avut ce să-şi spună – mişcându-se perfect sincron şi numai când era nevoie, asemeni unor maşini de luptă bine reglate. Opreau la fiecare sfert de oră, când Control ieşea grăbit din vehicul, fixa receptaculul sonarului trecut pe modul pasiv, de ascultare, încercând să-i detecteze pe fugari.

După şapte ore şi de patru ori mai multe opriri, Control văzu pe ecranul sonarului cum linia subţire, verde, tresaltă aproape imperceptibil.

— I-am găsit, anunţă, fiind de altfel primele cuvinte rostite de când îşi începuseră misiunea. Sunt în tunelul din mijloc, cu cincisprezece kilometri mai în faţă.

Comandantul îşi privi propriul ecran. Analiză viteza celor trei şi ceru computerului de bord estimări.

— Urmăm planul.

Îi depăşiră până căpătară un avans de o oră. Echipa coborî, cu vizoarele infraroşii pe ochi, şi se apucă imediat de treabă. Ţintaşii scoaseră cutiile cu explozibili de mare putere şi urcară pe hibrid pentru a le fixa oblic, în partea de sus a tunelului în care se aflau, cu intenţia de a arunca în aer porţiunea care îi separa de tunelul de intervenţie. Control fixă capsele detonatoare, în vreme ce Doctorul verifică în grabă vehiculul hibrid şi nivelul combustibilului înainte de a-i preda

Comandantului conducerea vehiculului. Urcară şi se depărtară la două sute de metri în josul tunelului. Când Control, cu sonarul său lipit de tunel le făcu semn că vehiculul fugar se află în dreptul încărcăturii explozive, detonară. Zgomotul ca de tunet, amplificat de ecourile tunelului, ajunse la ei în mai puţin de o secundă, însă Brigada Zero pornise imediat ce detonatorul fusese acţionat.

În peretele de jumătate de metru care separa tunelul lor de tunelul de intervenţie apăruse o gaură de forma unui romb foarte neregulat, cu lăţimea maximă de peste un metru. Explozia rupsese armăturile ambelor tunele şi bucăţi mari de beton se împrăştiaseră peste tot, formând o grămadă ceva mai înaltă chiar în dreptul spărturii. Comandantul trecu hibridul pe silenţioasa propulsie electrică, îl apropie şi urcă pe movila de resturi, chiar sub spărtură. Înainte ca vehiculul să se fi oprit complet, Doctorul manevră un mic periscop, care ieşi din cupolă şi se ridică, prin gaură, până în tunelul de intervenţie. Simultan, cei doi Ţintaşi ieşiră din hibrid şi se căţărară în viteză, folosind scările laterale, pe cupola acestuia, unde se ghemuiră, aşteptând ordine.

Doctorul manevră cu rapiditate periscopul, rotindu-l în jurul spărturii, în interiorul tunelului de intervenţie. Cercetă o clipă şina magnetică, îndoită de explozie, apoi focaliză lentilele instrumentului optic pe Maglevul oprit la treizeci de metri după locul deflagraţiei. Trecu imaginea de la periscop pe ecran, astfel încât să poată fi văzută şi de Comandant. Acesta o analiză o clipă, după care rosti calm şi clar, cu glasul lipsit de expresie, ordinele pentru cei doi ţintaşi.

— Ei sunt. Foc. Acum.

Cei doi îşi traseră vizoarele în infraroşu pe ochi

şi se ridicară simultan în picioare. Ochiră amândoi cele trei siluete care ieşiseră din Maglev, schimbând semne pentru a-şi stabili ţintele. Procedară ca la instrucţie: reglară atenţi dispozitivele de ochire ale armelor, apăsară trăgacele până la limita de declanşare a focului, îşi ţinură respiraţia pentru a nu altera precizia tirului. Însă, brusc, vizoarele fură inundate de o lumină intensă, amplificată de dispozitivele optice, care le arse retinele şi-i făcu să urle de durere, ducându-şi fără folos braţul rămas liber la ochi, mânaţi de instinct. Degetele celuilalt braţ, înarmat, acţionară reflex trăgacele armelor, însă gloanţele se răspândiră aiurea, fluierând şi ricoşând de pereţii tunelului de rezervă. Amândoi îşi smulseră şi aruncară căştile pentru vederea în infraroşu şi, pe pipăite, nimeriră scările pe care lunecară jos. Îi prinse Doctorul, care îi conduse ca pe copii mici în interiorul vehiculului, le puse câteva picături în ochi, asigurându-i că vederea le va reveni în câteva minute.

Control şi Comandantul le luară în grabă locurile, urcând pe cupolă, cercetând atenţi, prin lunetele armelor. Comandantul văzu o sursă de lumină, probabil o lanternă uitată de fugari, îndreptată oblic spre el. Sursa se stinse după ce trase un glonţ în ea, aşa că riscă să deschidă propriul dispozitiv cu infraroşii însă, în afara pereţilor sfâşiaţi de explozie şi a şinei magnetice deformate, nu mai văzu altceva. Îşi atinse uşor camaradul pe umăr, făcându-i semn să coboare. Intră în vehicul şi, manevrând cu spatele, îl întoarse din trei mişcări, sărind la fiecare peste şina magnetică.

— Au plecat. Mergem după ei, îşi informă echipa.

Nimeni nu spuse nimic, întrucât nu era nimic de spus.

Capitolul 42

22 septembrie 2051
Tunelul transatlantic

Explozia îi surprinse adormiți. Căldura plăcută din interiorul Maglevului, lipsa sunetelor – exceptând șuieratul fin, ca o părere, al aerului despicat de vehiculul în mișcare – și mai ales oboseala ultimelor zile îi moleșise. Linghe sforăia ușor, cu spătarul fotoliului său dat mult pe spate. Deflagrația se produse la câteva zeci de metri în urma vehiculului care se clătină puternic, fără însă a părăsi șina magnetică, și frână automat, cu violență. Centurile de siguranță îi țintuiră pe toți în scaune; Alice strigă de durere când acestea îi pătrunseră adânc în carne. Maglevul se opri în scârțâitul înfiorător al frânelor electromagnetice, aruncându-și pasagerii în spate, de data asta, unde se loviră cu capetele de tetierele moi ale scaunelor. Ivan își desfăcu centurile și o ajută și pe Alice să le desprindă pe ale ei. Fata îi căzu moale în brațe. Luminile tunelului se stinseră, lăsându-i în beznă.

— Ce-a fost asta?

— O explozie, răspunse Linghe după ce consultă rapid ecranele.

— S-a prăbușit o porțiune de tunel, a fost vreun cutremur, a intrat apa?

— Nu, spuse Linghe cercetând concentrat aparatele. A fost o explozie în tunelul Ora Șapte. Nu știu din ce motiv. Ar fi bine să verificăm. Ia lanternele.

Ivan pipăi cu un gest nervos tocul de la centură, unde ar fi trebuit să se afle arma confiscată de militarii Autarhiei.

— Să verificăm cum?

— Ieșim afară. Ar putea fi orice. Nu putem porni,

iar până nu vedem despre ce-i vorba. S-a întrerupt câmpul magnetic în şină.

— Asta însemnă că nu mai putem să ne deplasăm?

— Maglevul de intervenţie în care ne aflăm a fost prevăzut şi pentru astfel de situaţii. Are baterii proprii care, cercetă un indicator, sunt pline ochi. Cum ne aflăm pe partea care coboară a tunelului, deplasarea nu va fi o problemă, nu va trebui decât să frânăm. Partea proastă e că explozia a avariat generatorul care reîncarcă bateriile. Nu cred că ne ajunge energia pentru a străbate porţiunea ascendentă spre America. Va trebui să căutăm o altă staţie cu Maglevuri. Este una la Oraşul Subacvatic, în partea cea mai de jos a tunelului. Însă trebuie să vedem ce s-a întâmplat. Alice, tu rămâi aici, pentru orice eventualitate. Dacă ni se întâmplă ceva, apeşi manşa spre înainte ca să porneşti. O tragi către tine şi opreşti. Din ea controlezi viteza.

— Nici nu mă gândesc să rămân aici singură. Vin cu voi, orice ar fi.

— Are dreptate, Alice. E mai sigur aşa, însă fata deja coborâse.

Linghe ridică din umeri, coborî şi el însoţit de Ivan care, la lumina vagă a instrumentelor de bord, le împărţi lanternele luate din compartimentul cu rezerve al Maglevului. În tunel era frig. Alice îşi ridică gulerul hainei.

— Sunt patru grade Celsius. Proiectanţii au apreciat că nu este nevoie ca tunelele să fie climatizate. S-ar fi cheltuit energie inutil, pentru că, în principiu, nu se merge pe jos prin tunele.

Aprinseră lanternele şi le îndreptară spre locul exploziei. Aproape simultan şuierară gloanţele, ca un roi de viespi ucigaşe, trecând pe lângă ei, fără să-i atingă. Alice îşi scăpă jos lanterna. Linghe îşi recăpătă prezenţa de spirit.

— Înapoi, înapoi!

Se precipitară, intrând în Maglev. Ivan o împinse pe Alice în interiorul vehiculului, în vreme ce Linghe, cu mâinile tremurânde, acționă comenzile care îl puneau în mișcare. Maglevul își generă câmpul magnetic, se ridică la doi milimetri de la șină și porni în viteză.

O vreme își auziră numai respirațiile precipitate. Alice vorbi într-un târziu, cu vocea tremurându-i.

— Ați văzut?... Ați văzut?...

Ivan înclină ușor din cap și o strânse în brațe. Văzuseră cu toții capetele arătărilor ca de coșmar ieșind din spărtură și puștile cu care trăseseră asupra lor.

Linghe porni, accelerând până când viteza crescu la trei sute de kilometri pe oră.

— Au trimis ucigași după noi. Cineva nu vrea să ajungem în America. Au venit odată cu noi, în același dirijabil. Altfel nu se explică. Au pus de la bun început la cale asta. Prea repede au fost de acord să ne lase să plecăm.

O vibrație suspectă îl făcu pe Linghe să reducă treptat viteza. Mormăi ceva, cum că era posibil ca gloanțele să fi atins stabilizatorul câmpului magnetic. Vibrația scăzu în intensitate și dispăru complet abia sub două sute de kilometri pe oră. Erau, cu toții, foarte încordați. Linghe stinse luminile interioare, iar cabina vehiculului se cufundă în bezna spartă numai de licăritul instrumentelor de bord. De data asta Alice nu mai protestă, întunericul crea un fals sentiment de siguranță. Se strânse mai tare, lângă Ivan.

— De ce ar vrea cineva să ne omoare?

Întrebarea pluti în aer. Linghe își făcu de lucru la panoul de bord. Silueta lui umbrea luminițele clipitoare.

— Ar fi primul contact cu America după mai bine de un sfert de secol. Partidul Autarhic a câştigat mereu alegerile în acest timp pentru că a susţinut întruna că izolaţionismul este cea mai bună soluţie pentru Europa. E o chestiune politică.

Ivan se foi în fotoliul său. O ajută pe Alice să-şi pună centurile de siguranţă, după care şi le strânse pe ale sale. Fata încă mai tremura, deşi în vehicul temperatura era normală.

— Politică? Vrei să spui că au votat să trimită antrax în America, ca să distrugă o întreagă naţiune? Au dezbătut în Parlament cum să ne ucidă pe noi trei, cu metode atât de sofisticate, după ce au mimat că ne-au eliberat? Ar fi putut să nu ne dea drumul, ar fi avut o mulţime de metode să scape de noi... Au pus la cale toată mascarada asta doar din raţiuni politice?

Ivan simţi lacrimile fierbinţi ale lui Alice cum îi ating mâna. Ridică vocea:

— Cei ce ne-au atacat sunt din Brigăzile Zero, se spune că nu ratează niciodată. Puţini ştiu că acestea există însă i-am văzut întâmplător, la unul dintre stagiile militare. Ei au vizoare pentru vedere nocturnă şi arme de asalt automate. Ne-a vorbit un sergent despre ei. Nu ascultă decât de ordinele Preşedintelui. După cum ai văzut, Alice, nu are scrupule în a-şi ucide chiar şi proprii cetăţeni.

Linghe comută Maglevul pe pilotul automat şi îşi luă mâinile de pe panoul de comandă.

— Pe preşedintele Frankhaim tot autarhiştii l-au adus la putere. Iar cum în noiembrie sunt alegeri, sigur mai vrea un mandat de zece ani. Miza e mult prea mare. Ar da foarte prost dacă s-ar afla că există o modalitate de a ajunge în America. Mai mult, că europeni, adică tu şi cu mine, am reuşit să ajungem până acolo. Că putem din nou discuta cu americanii, fără să ne ucidem. Adică exact ce susține Partidul Noii Lumi, pe care îl conduc. Și da, Alice, au votat în parlament pentru începerea războiului cu America. Mai puțin partidul meu. Nu s-a dezbătut și modul în care ar fi urmat să fie dus. Însă au fost de acord să atace primii, îngroziți de represaliile care le pregătesc ai tăi.

Deschise un compartiment de unde scoase câteva cutii. Se întoarse și dădu câte una celor doi tineri.

— N-are rost să murim de foame. E timpul să mâncăm ceva. A trecut de miezul nopții, în Europa. Însă în America e după amiază, așa că spuneți-i cum vreți: prânz sau cină, că primiți tot rații reci, de acum douăzeci de ani. Au fost vidate, iar markerul de pe capac este încă verde, deci sunt comestibile.

Mâncară în tăcere sandvișurile din pesmeți foarte uscați, între care se găsea o tocătură măruntă de ceva ce presupuseră că e carne. Aveau gust fad, însă își potoliră foamea. Linghe le dădu un recipient cu apă și câteva pahare de plastic, le arătă cum să-și prepare o cafea instant din pliculețul găsit în interiorul rațiilor, după care strânse cutiile goale și le depozită într-un compartiment pentru deșeuri. Cei doi tineri gustară lichidul rece, amărui.

— Nu cred că pot să beau așa ceva, se strâmbă Alice.

— Nici eu, renunță și Ivan

— E făcut din cafea naturală, din care s-a mai găsit până acum șaisprezece-șaptesprezece ani. De fapt a început să dispară din momentul în care au încetat transporturile maritime, însă au mai existat stocuri.

Linghe sorbi zgomotos din cana lui, făcu câteva reglaje la panoul de comandă după care cercetă monitorul.

— Camerele video din tunelului Ora 7 arată că Brigada Zero a rămas mult în urmă. Ar fi trebuit să-mi dea prin cap să verific înainte. Sunt – mai apăsă un buton – la aproape două sute de kilometri în urmă iar distanța crește. Avem șansa să nu ne mai întâlnim cu ei până ajungem în America, le spuse, peste umăr, dar cei doi tineri adormiseră, strâns îmbrățișați, epuizați de peripețiile ultimelor ore.

Linghe se întinse și el, profitând la maxim de spațiul din fața fotoliului de navigație, își încrucișă mâinile la piept și adormi aproape imediat.

Se treziră când vehiculul începu iar o manevră automată de frânare. Cei doi tineri fură reținuți de centuri, însă Linghe, care nu și-o legase pe a sa, mai puțin norocos, lovi parbrizul cu capul. Maglevul mai înaintă puțin după care se opri.

— Ce s-a întâmplat? strigă Ivan.

Linghe își frecă cu o mână fruntea, în locul în care se ciocnise cu parbrizul, iar cu cealaltă deja apăsa butoanele consolei de navigație.

— Acum încerc să aflu.

— Ești bine?

Bărbatul dădu afirmativ din cap.

— Ne aflăm în punctul cel mai adânc. De fapt, urmează o ecluză, spuse Linghe fără să-și ia ochii de la instrumente. Tunelul s-a bifurcat.

— Vrei să spui că am parcurs deja jumătate din distanță, întrebă Alice frecându-se la ochi.

— Da, călătorim de mai mult de douăsprezece ore. Tunelele de circulație trec pe sub pământ. Însă există și o zonă comercială care traversează pe sub occan. E ca o coardă a unui arc de cerc. Au fost străpunși doi munți subacvatici, iar pentru traversarea văii dintre ei s-a construit un tunel de sticlă, de fapt, așa cum veți vedea, un mic oraş. Presiunea, aici, la mii de metri sub ocean, este imensă. Din acest motiv, atunci când zona asta de tunel nu e folosită, un sistem de ecluze închide segmentul submarin şi izolează zona. Pentru că această porţiune a rămas neterminată, s-a hotărât presurizarea ei, până la darea în folosinţă, pentru a compensa presiunea apei.

— Dar ce căutăm noi aici, de ce nu am trecut ca şi până acum, pe sub pământ? E întinsă zona ecluzată? Şi, aia ales, cum trecem de ea? întrebă Ivan

— Segmentul submarin are treizeci de kilometri. Ramura subterană este, evident, ceva mai lungă. Am programat Maglevul să o ia pe aici. A fost avariat de explozie, nu mai are suficientă energie să parcurgă partea ascendentă a traseului către America. În oraşul subacvatic ar trebui să găsim lesne un alt Maglev. Am mai putea să ne întoarcem până la bifurcaţie...

— Şi să dăm iar de Brigada Zero, se agită Alice. Sunt în urma noastră!

— ... Sau să depresurizăm şi să deschidem ecluza pentru a o traversa, presupunând că mecanismele mai funcţionează. Dacă nu, va trebui să ne întoarcem, cu orice risc.

Linghe comandă aprinderea luminii în porţiunea de tunel în care se aflau şi conduse atent vehiculul până în dreptul unui mic peron. Coborî şi se apropie de o uşă metalică, marcată cu o lumină roşie, pe care o deschise compunând un cod pe o tastatură alăturată. Intră, urmat de cei doi tineri, în camera de control a ecluzei, o nişă care se întindea pe şase metri de-a lungul tunelului, plină cu aparatură. Linghe se aşezase pe un scaun cu rotile cu care se deplasa dintr-o parte în alta a panoului de control. Luminiţe multicolore începură să alerge pe panou, pe măsură ce mai multe displayuri prindeau viață.

— Ceva nu-i bine. Cealaltă intrare a ecluzei, din-spre America, a fost, cumva, deschisă, asta dacă sen-zorii arată corect. Tunelul este depresurizat, adică se află la presiunea atmosferică normală. S-a întâmplat recent, mormăi. Acum o oră.

Parcă pentru a-i confirma spusele, poarta ecluză începu, foarte încet, să se ridice.

Evenimentele se desfășurară apoi cu repeziciu-ne. Linghe le strigă să rămână pe loc și se năpusti în afara camerei de comandă, intră în Maglevul cu care veniseră, lucră grăbit mai puțin de un minut, coborî, înșfăcă în treacăt micul lor bagaj din compartimentul de depozitare și se întoarse în firidă. Zăvorî camera de comandă. Pe un monitor văzură cum Maglevul pornește îndărăt, accelerând încet, ieșind repede din unghiul prins de una din camerele de luat vederi ex-terioare. Lighe comută pe o cameră îndreptată către poarta ecluzei, deja pe un sfert ridicată. Așteptară în tăcere câteva minute, până se ridică poarta către orașul subacvatic. Aproape imediat, de după ecluza deschisă, țâșni un Maglev identic cu cel cu care călă-toriseră. Camera surprinse, prin cupola transparentă a vehiculului, chipurile încordate a trei soldați ameri-cani, în uniformă de luptă.

Capitolul 43

22 septembrie 2051
New Washington
America

La două ore după ce conferința de presă ținută de Marshall la Casa Albă se încheiase, generalul Hood fusese convocat de urgență, tot de vicepreședinte, care invocase constituirea Celulei de criză. Lăsase totul baltă și se prezentase la cabinetul acestuia, blestemând în gând procedura care permitea, din câte se părea, la neașteptat de multe de persoane să convoace Celula. La fel de adevărat era că prăbușirea lui Heaven generase o criză după alta. În lipsa lui Conrad, care nu venise încă din turul pe care îl făcea pe la bazele militare, vicepreședintele devenea șeful său direct.

Îl găsi pe Marshall plimbându-se nervos în spatele biroului său prelungit cu o masă de ședințe în jurul căreia se aflau mai multe fotolii. Două dintre ele erau ocupate. Unul dintre bărbații așezați la masă îl păru cunoscut, fără să realizeze pe moment de unde îl știa.

— Nu ar trebui să îl așteptăm și pe președinte? se interesă generalul Hood. Salazar mi-a spus că ar dori să participe și el, în numele președintelui.

— Președintele nu vine astăzi, iar Salazar n-are ce căuta aici, răspunse sec Marshall oprindu-se din mers. Din ordinul meu, este reținut la domiciliu. I-am întrerupt și posibilitățile de comunicații. Celula de criză a fost convocată în mod oficial, conform procedurii. Generale, aș vrea să-ți prezint doi martori care pot să aducă lămuriri suplimentare și extrem de relevante despre prăbușirea lui Heaven.

Marshall își făcu de lucru lângă o consolă.

— Ei sunt Ariel Mordecai, jurnalist la AOL, iar dânsul e William Trasco, şeful CNPCP, de la combaterea poluării. Domnilor, vă rog să spuneţi generalului ceea ce mi-aţi spus şi mie. Vom înregistra totul, pentru ca mărturiile voastre să fie prezentate în faţa Congresului.

Cei doi schimbară priviri. Trasco nu se simţea deloc în largul său, încă de când gărzile personale ale vicepreşedintelui Americii l-au invitat politicos, dar ferm, să îi urmeze.

— Ştiu de unde te cunosc, spuse Hood, punctându-l pe Trasco cu degetul arătător. Ai convocat o Celulă de criză, acum câteva zile. Acum ce mai e?

Marshall îl făcu semn generalului să se aşeze într-un fotoliu, din cele rămase libere de la masă.

— Este vorba de abaterea de la orbita obişnuită a Staţiei turistice, începu Mordecai. Mi-a atras atenţia încă de la început. Iniţial, acest amănunt nu a fost dat publicităţii însă, la insistenţele mass-media, cei de la Controlul de la sol al lui Heaven au încropit o explicaţie, cum că modificarea s-ar făcut la cererea pasagerilor – prima astfel de cerere în zece ani! – dornici să vadă şi alte porţiuni din globul pământesc. Am verificat, iar noua orbită de fapt limitează orizontul de observare a turiştilor spaţiali, adică explicaţia semi-oficială este, evident, o minciună. Mai mult, Heaven nu ar fi trebuit să treacă pe deasupra Europei.

— Bine, dar cine a reprogramat traiectoria? se interesă generalul Hood.

Trasco se foi neliniştit.

— Un tehnician al Centrului de Control Spaţial, domnule. După ce a fost descărcată în computerul navetei, a fost ştearsă din arhiva Centrului. Traiectoria lui Heaven nu poate fi schimbată decât cu ordine de foarte sus. O stație spațială nu e un avion, să te miști cu el cum poftești. În plus, președintele știa de sistemul european de baloane înarmate cu rachetă, a fost informat în urmă cu doi ani, dar a hotărât să nu-l distrugă.

Generalul Hood își mângâie gânditor bărbia cu mâna.

— Da, îmi amintesc. Și armata era la curent cu existența baloanelor alea. Cred că noi i-am raportat președintelui. Au atacat un satelit dezafectat, parcă. Nu mai știu de ce nu le-am distrus. Cred că erau greu de detectat, sau așa ceva. Cât despre schimbarea tra- iectoriei... Unde este acest tehnician? De ce nu l-ați adus și pe el?

— A fost găsit mort, domnule. Infarct. Numai că, sincronizând datele, moartea a survenit la foarte scurtă vreme după ce a făcut reprogramarea. Aceasta este traiectoria reprogramată a navetei.

Trasco apăsă o tastă de pe consola minusculă afla- tă în fața lui și pe cele patru ecrane suspendate dea- supra mesei de consiliu apăru o animație care înfățișa Pământul, înconjurat de cercuri albe, care simbolizau traiectoria lui Heaven.

— Parcă spuneați că a fost ștearsă.

— Așa este, domnule. Numai că, în momentul în care se operează schimbări, computerul Centrului de Control trimite automat și către noi traiectoria pen- tru a o analiza, să nu intersecteze orbitele sateliților noștri. Cei care au șters datele probabil nu cunoșteau acest lucru. Cumva e de înțeles, procedurile sunt de pe vremea când Centrul de Combatere a Poluării avea proprii sateliți. Așa cum a spus Ari, Heaven nu și-a modificat niciodată parametrii de zbor de când e în funcțiune, exceptând toleranțele admise. După cum vedeți, manevrele pentru a intra pe noua orbită, care trece pe deasupra Europei, s-au terminat chiar pe 10 septembrie. Ori acolo erau baloanele europene cu rachetă, despre care se știa de ceva vreme, spuse el și privi nervos către generalul Hood.

Acesta încuviință scurt din cap.

— Vrei să spui că Heaven a fost trimisă în mod premeditat pentru a fi atacată. Interesant. Numai că sistemul ăla cu baloane europene ar fi putut să nu mai fie activ. Nimeni nu avea de unde să știe.

— Este adevărat, domnule. Numai că, dacă urmăriți deriva, veți vedea că la următoarea revoluție circumterestră, care ar fi urmat să aibă loc peste patru ore, orbita devine ireversibil descendentă. Coboară, în aproximativ același punct geografic în care a fost atacată de racheta europenilor, sub limita La Roche, când atracția gravitațională, la masa pe care o avea Heaven, ar fi distrus-o oricum.

În birou se lăsă o tăcere profundă. Vicepreședintele Marshall își drese glasul.

— Domnule Mordecai, spune-ne dumneata, ce motiv ar fi avut cineva să distrugă stația spațială.

Ziaristul își drese glasul și se ridică din fotoliul său.

— Ceea ce vă spun acum ar putea fi doar simple speculații. Cred că puterea este explicația, domnilor. Puterea, rosti răspicat, privindu-i pe cei dimprejurul mesei. Anul ăsta, în decembrie, expiră mandatul președintelui. Al doilea și ultimul. După cum bine știți, tatăl său a fost președinte vreme de patru mandate, ba chiar l-a primit și pe al cincilea, pe care aproape l-a dus la sfârșit. A fost omul care a reunificat America, după Războaiele de Secesiune. În situații de criză, Constituția permite prelungirea mandatului preşedintelui. S-a mai întâmplat şi acum sută şi ceva de ani, când preşedintele Franklin Delano Roosevelt a primit un al patrulea mandat. Iar acum, un război cu Autarhia este cam tot ce trebuie. Situaţia de criză s-ar fi creat şi...

Hood îl întrerupse încă o dată.

— Război? Ţi-ai pierdut minţile? Ar fi urmat cel mult câteva lovituri în Europa, drept represalii. În niciun caz război.

— Vin alegerile, domnule general, spuse Mordecai. Represalii, război, tot aia e. Depinde cum sunt prezentate. Un război cu Europa este cea mai bună campanie electorală. Preşedintele scade în sondaje, iar păţania cu fostul vicepreşedinte, prietenul lui mort dintr-o supradoză de drog, nu i-a adus deloc un spor de popularitate. Are nevoie de un război pe care să îl câştige sigur. Ori Europa încă mai adună resentimentele americanilor care nu au uitat cum au fost loviţi de mii de terorişti sosiţi de acolo, până la închiderea graniţelor. Nimic nu este mai simplu decât un război purtat de la distanţă, în care să arate prin Reţea oraşe europene sfărâmate, în care locuiesc fiii teroriştilor care ne-au doborât staţia spaţială. Curat, eficient, fără pierderi.

Marshall îşi sprijini bărbia în căuşul palmei.

— Aşa cum ai spus, astea sunt speculaţii. Şi mie mi se pare prea de tot.

— Ar mai fi şi sănătatea preşedintelui...

— Ce-i cu sănătatea lui? Ce vrei să spui?

— Toată lumea ştie că a fost iradiat, la New York, când s-a dus să dea o mână de ajutor după atentatul nuclear despre care se presupune că l-au comis europenii. Acolo şi-a pierdut bărbăţia. Poate vrea să se răzbune.

Generalul Hood era deja furios.

— Ascultă, nu crezi că mergi prea departe? Preşedintele a făcut un gest eroic, atunci, la New York.

Fără să-l bage în seamă, Mordecai puse un teanc de foi în faţa lui Marshall.

— Astea nu mai sunt speculaţii, domnule. Preşedintele Conrad e unul dintre principalii beneficiari de pe urma prăbuşirii lui Heaven. Va încasa de la buget o sută de miliarde de dolari în baza decretului pe care tot el la semnat, de constituire a fondului de despăgubire a acţionarilor lui Heaven.

Marshall răsfoi preocupat hârtiile.

— Acum vrei să spui că a doborât-o pentru bani? Dar nu are niciun sens, toată lumea ştie că Heaven era o mină de bani. Aducea profituri impresionante.

— Nu pentru multă vreme, domnule, se amestecă Trasco în vorbă. Heaven era defectă. Grav. Ari, vreau să zic Mordecai, a descoperit că fuseseră trimise sau programate revizii suplimentare pentru Heaven. Înregistrările de anul ăsta nu conţin rezumatele reparaţiilor şi intervenţiilor făcute, spre deosebire de toate celelalte revizii din trecut, unde aceste date sunt disponibile. Însă cum mai cunosc pe câte cineva, am aflat că Heaven era grav avariată, domnule. Ceva legat de contracţiile şi dilatările suferite de metalele din care este construită, de când e în spaţiu. Ştiţi, când este luminată de Soare, se dilată, când e în umbra Pământului se contractă. Diferenţele de temperatură pot fi de sute de grade, iar în timp se instalează o oboseală a metalelor. Nu ştiu să explic altfel, nici eu n-am înţeles foarte bine. Apăruseră microfisuri, neobişnuit de multe, în toate zonele. Revizia din iulie a astupat câte a putut, însă a fost nevoie de o altă misiune, în august, care probabil a constatat că Heaven e condamnată.

Practic nu mai putea fi reparată. Ar mai fi şi pasage-rii... Spune tu, Ari.

— Priviţi graficul cu numărul de pasageri de-a lungul anilor. Tot timpul Heaven a fost plină ochi, iar amatorii de turism spaţial trebuiau să aştepte mult pentru a prinde un loc. Dar ultimele serii de câte două săptămâni, au fost doar jumătate din cei care se înscriseseră. Cred că, într-un fel, s-a aflat de pro-blemele tehnice şi mulţi şi-au anulat excursiile. Sau poate au fost preveniţi. Oricum, dacă ar fi devenit pu-blic că Heaven e pe ducă, preşedintele ar fi pierdut o groază de bani. Aşa, a împuşcat trei iepuri dintr-o lovitură: se răzbună pe europeni, pornind un război, mai câştigă un mandat şi devine totodată unul dintre cei mai bogaţi oameni din America.

Convins, Marshall se ridică de pe fotoliul său şi izbi cu pumnul în de la masa de consiliu.

— Ticălosul, mi-a oferit gratis excursia pentru Ali-ce când mi-a propus funcţia de vicepreşedinte. A zis că îi pasă de fata şi de liniştea mea. Totuşi, dacă e aşa cum spui, de ce nu a pornit încă războiul?

— Din cauza dumneavoastră, domnule. Mai pre-cis, din cauza fiicei dumneavoastră, care a supravie-ţuit. N-ar fi trebuit, mă rog, în calculele pe care şi le-a făcut. Cu dumneavoastră alături, ca vicepreşedinte îndurerat, ar fi atras un val imens de simpatie şi po-pularitate. Cum s-ar spune, s-ar fi înfruptat din dure-rea dumneavoastră, domnule. Nu, nu poate bombar-da Europa câtă vreme acolo e fata dumneavoastră, ori asta o ştie deja toată lumea. S-ar întoarce împotriva lui. Pur şi simplu Alice trebuie să dispară de acolo şi abia apoi poate relua ideea războiului, deşi cred că e puţin cam târziu.

— Vrei să spui că dacă fata mea vine acasă, războiul poate să înceapă?

— Vreau să spun că va avea nevoie de un nou pre-text, ca să reîncălzească spiritul beligerant al compa-trioților noștri. I-ar pica tare bine dacă fata dumnea-voastră nu s-ar mai întoarce acasă. Ar putea spune că au ucis-o europenii. Abia atunci ar putea porni răz-boiul, călărind chiar pe un val de susținere publică. Bineînțeles, v-ar păstra vicepreședinte.

— Bastard nenorocit! Pentru bani și glorie vrea să se mânjească cu sângele fetei mele. Imediat ce Ali-ce ajunge acasă, o să-l strâng de gât cu mâinile mele. Unde e acum președintele?

— La Fort Meade, în Dakota de Sud, domnule. In-formația e clasificată strict secret, însă ținând seama de circumstanțe... E un fost centru de antrenament al armatei însă, după Prefacere, când am închis bazele de la Pacific, am dus acolo câteva rachete nucleare strategice cu rază lungă de acțiune.

Marshall sări de pe fotoliul său.

— Sunt... funcționale? Ar avea vreo posibilitate?...

— Da, domnule, și una și alta. La Fort Meade se află unul dintre cele cinci silozuri de rachete inter-continentale funcționale din țară. Iar președintele poate ordona lansarea lor. Comandantul bazei a fost bun prieten cu tatăl lui, fostul președinte. Probabil de asta a ales Fort Meade.

— În cât timp putem ajunge acolo? Sper să nu fie prea târziu.

— În patru ore, domnule vicepreședinte. Au nevo-ie timp ca să lanseze. Rachetele trebuie încărcate cu combustibil și rulate bateriile de teste, iar traiectori-ile programate pentru noile ținte. Băieții ăia de acolo n-au mai făcut niciodată așa ceva, tot ceea ce știu e pur teoretic, din exerciții și simulări.

— Conrad lipseşte deja de două zile. Plecăm chiar acum.

Hood se uită nedumerit la cei doi civili.

— Şi cu ăştia ce facem, domnule? Nu-i putem lăsa să plece, deja e o chestiune de securitate naţională. Îi pot închide pe undeva, sub pază, până trece toată nebunia asta.

Mordecai dădu să spună ceva, dar se abţinu. Marshall susţinu privirea disperată a lui William Trasco. Pentru prima oară de la începutul şedinţei, zâmbi scurt.

— Nici vorbă, vin cu noi. Şi-au câştigat cu prisosinţă acest drept.

Generalul înghiţi în sec. Îi puse mâna pe umăr.

— Ar mai fi ceva, domnule vicepreşedinte: o veste proastă. Înainte de a pleca, preşedintele mi-a cerut o echipă Delta Force. A vrut să-i dea personal ordinele. Am pierdut contactul cu ei în zona New Jersey. La capătul american al tunelului transatlantic.

Capitolul 44

23 septembrie 2051
Tunelul transatlantic

Echipa Delta Force plecase în grabă, urmând ordinele primite direct de la președintele Conrad. Din fericire, descoperiseră în bazele de date ale fostei federații americane, impecabil păstrate, suficientă documentație despre Tunelul transatlantic ca să localizeze intrarea din New Jersey și să pornească un Maglev. Vehiculul pe pernă magnetică se dovedise singurul disponibil pentru îndeplinirea misiunii; vehiculele cu hidrogen, din dotarea armatei, nu aveau nici pe departe raza de acțiune, de câteva mii de mile, necesară interceptării persoanelor venite din Europa și reîntoarcerii echipei, după anihilarea acestora.

Sacrificaseră cea mai mare parte din echipamentul de luptă pentru a se înghesui, cu un minim de provizii, într-un Maglev de intervenții, pe care îl preferaseră pentru simplitatea cu care putea fi manevrat. Intraseră prin ecluză, în orașul subacvatic, după ce montaseră capcane explozive la porțiunile tunelelor de transport ce traversau fundul oceanului pe sub pământ.

În camera de comandă a ecluzei, tensiunea devenise insuportabilă. Își reținuseră cu toții respirația până Maglevul cu soldați americani se depărtă.

— O echipă Delta Force, murmură Alice. Poate i-a trimis tata să ne conducă în siguranță acasă, spuse, plină de speranță.

Tăcu, întâlnind privirile sceptice ale celor doi bărbați.

— Alții care nu vor să ne lase să ajungem în America, șopti Ivan, ștergându-și cu dosul palmei câteva broboane de sudoare de pe frunte. Te aşteptai să ne primească cu bucurie? Gândeşte-te, probabil că în America a rămas vie fobia faţă de străini. Şi ei vor să rămână izolaţi.

— Tata nu ar lăsa niciodată să se întâmple aşa ceva. Nu are niciun sens. Ei ne-au ajutat să scăpăm din Est şi, tot la presiunile americane, am reuşit să ajungem aici. Am ajuns atât de aproape.

Linghe se scărpină în barbă.

— Nu suntem chiar aproape. Mai avem de parcurs jumătate din tunel. S-ar putea ca tatăl tău să nu ştie nimic despre toate astea. Aranjamentul l-au făcut probabil politicienii din jurul lui. De regulă, politicienii una spun şi cu totul alta fac în realitate. Au mimat că vor să te salveze, fără să îşi închipuie vreodată că ai putea reuşi. Însă acum, asemeni celor din Autarhie, au ajuns la concluzia că lucrurile au mers prea departe şi există şanse reale să ajungi în America. Şi, ce-i mai important, nu singură.

Atenţia le fu atrasă de monitorul video. Linghe comută pe camera de luat vederi plasată la bifurcaţia tunelului subteran cu cel marin. Văzură cu toţi cum vehiculul militar al Autarhiei iese din tunelul Ora 7, încetineşte pentru un moment, iar apoi se înscrie fără ezitare pe traiectoria tunelului comun, subacvatic.

Linghe îşi şterse de pe frunte, cu dosul mâinii, broboane mari de transpiraţie.

— Sunt mai aproape decât am apreciat. Porţiunea pe care o mai au de parcurs până la ecluză e de doar cinci kilometri.

Din întuneric apăru şi Maglevul telecomandat, trimis înapoi de Linghe, urmat de cel care transporta echipa Delta Force. Vehiculele militarilor se opriră aproape simultan, lăsând trei sute de metri între ele. Netulburat, Maglevul în care se aflaseră cei trei fugari, își continuă drumul, cu viteză redusă, către hibridul Brigăzii Zero. Soldații Delta Force ieșiră imediat și luară poziții de luptă, căutând adăpost după șina de levitație magnetică. Dinspre hibridul Brigăzii Zero porni o rachetă care lăsă în urmă o dâră groasă de fum, ce obtură pentru câteva secunde camera video. Un soldat Delta Force se înălță cu un aruncător portabil de grenade și lansă la rândul său. Ambele proiectile loviră Maglevul gol, aflat în mișcare, și îl spulberară.

Urmă o altă explozie și, când fumul se mai împrăștie, văzură rămășițele arzânde ale Maglevului cu care venise echipa Delta Force. Brigada Zero reușise să îl distrugă. Bucăți din vehicul săriseră peste tot.

Unul dintre soldații Delta Force zăcea nemișcat, probabil grav rănit. Un altul părea de asemenea rănit, însă se târî și deschise focul cu o mitralieră, cu gloanțe luminoase, trasoare, acoperindu-și al treilea camarad, neatins, care desfășură în grabă un dispozitiv de forma unei plase circulare, de vreo jumătate de metru în diametru. Patru din cei cinci membri ai Brigăzii Zero părăsiră hibridul folosind ușile drept scuturi. Țintașul Mare amorsă o grenadă și porni în fugă spre inamici, pe jumătate aplecat, aproape lipit de peretele tunelului, însă gloanțele trasoare cu biodetecție, trase dinspre Delta Force, urmară o traiectorie ciudată, unduind ca un bici luminos. Șfichiuiră pereții tunelului și îl loviră pe Țintașul Mare înainte ca acesta să fi parcurs jumătatea distanței. Soldatul Autarhiei căzu secerat. Grenada îi scăpă din mână, se rostogoli puțin și explodă, dezmembrându-l. Țintașul Mic făcu greșeala copilărească de a scoate capul de la adăpostul portierei blindate a hibridului pentru a vedea ce s-a întâmplat cu camaradul său. Proiectilele cu biodetecţie ale Delta Force îl simţiră imediat şi îşi modificară traiectoria, îi străpunseră casca de protecţie şi explodară, transformându-i capul într-un ciot însângerat. Doctorul, aflat la adăpostul portierei din spatele Ţintaşului Mic, se lungi şi se târî pe sub portiere, în încercarea de a trage trupul camaradului la adăpost. Muri eroic, încercând inutil să-l ajute, străpuns de gloanţele cu biodetecţie care lăsară o dungă însângerată pe spatele său. Profitând de momentul de calm al celor din Delta Force care încercau să schimbe în grabă încărcătorul mitralierei, Control se năpusti către ei, urlând înnebunit. Deschise imprecis focul, cu două arme pe care le ţinea în mâini, fără să reuşească să-şi atingă inamicii. Soldatul Delta Force rănit îşi luă arma individuală, ţinti calm şi îl împuşcă pe Control în frunte, deasupra ochilor. Control se prăbuşi în genunchi; trunchiul i se duse în spate. Armele, pe ale căror trăgace Control îşi crispase degetele, clănţăniră într-o ultimă rafală prelungă, îndreptată spre nicăieri, ce goli însă încărcătoarele, reculul gloanţelor zguduind trupul lipsit de viaţă.

Comandantul, rămas în transportor, mai încercă să lanseze un proiectil însă plasa circulară a celor de la Delta Force începu imediat să vibreze, atât de tare încât păru că a căpătat volum, iar proiectilul explodă cu mult înainte de ţintă, fără să producă pagube vizibile. Şuvoiul de gloanţe luminoase se mută către transportorul Autarhiei şi răpăi, provocând mici explozii la impact. Blindajul hibridului rezistă, însă gloanţele distruseră lansatorul de rachete de pe acoperiş.

Din hibrid porni o rază galbenă şi subţire. Laserul se opri o clipă asupra soldatului Delta Force care recuperase lansatorul de rachete de la camaradul său ucis şi se pregătea să tragă în hibrid. Nu mai apucă să o facă pentru că raza subţire îi tăie fără milă o mână, apoi reteză lansatorul, apoi trunchiul omului, în dreptul toracelui. Raza porni din nou, oprindu-se de această dată pe spatele celuilalt soldat, rănit, care încerca disperat să ajungă la adăpostul rămăşiţelor Maglevului distrus. Soldatul tremură spasmodic de câteva ori apoi rămase nemişcat. Din spate i se înălţă un fuior subţire de fum, albicios.

În camera de control, timpul părea că încremenise. Cei trei nu îşi puteau lua ochii de la ecranul monitorului pe care urmăriseră, pe viu, fără sunet, întreaga bătălie, terminată în câteva minute.

Transportorul Autarhiei parcurse încet distanţa până la echipa distrusă Delta Force. Se opri, iar soldatul rămas din Brigada Zero coborî şi cercetă atent fragmentele vehiculului în care se aflaseră cei trei fugari. Negăsind niciun fel de urme, înţelese imediat vicleşugul. Se întoarse la camarazii lui căzuţi. Le ridică rămăşiţele, aliniindu-le cu grijă lângă peretele tunelului. Trecu apoi metodic la îndepărtarea resturilor Maglevurilor distruse şi a trupurilor celor din echipa Delta Force pentru a-şi degaja o cale de trecere.

Capitolul 45

23 septembrie 2051
Frankfurt
Autarhia Europeană

Consiliul Autarhic de miniştri îşi începuse şedinţa de lucru. Lucrările erau conduse de preşedintele Paul Frankhaim care ajunsese, ca de obicei, ultimul. Sosise în urmă cu o jumătate de oră la Frankfurt, după ce călătorise toată noaptea, venind de la întâlnirea secretă avută cu comandantul dirijabilului de transport Aegis, proaspăt întors, care îl pusese la curent cu lansările baloanelor Khymera şi cu Brigada Zero, pornită în urmărirea fetei din America şi a însoţitorilor ei. Se strecurase pe una dintre intrările laterale ale complexului de clădiri în care se găsea Consiliul Autarhic, trecând prin imensa pasarelă de sticlă polarizată care traversa liniile ferate. Atât prin gara de marfă aflată în apropiere, cât şi pe liniile ferate, nu mai trecuseră trenuri încă de la Prefacere. Cu toate acestea, Autarhia le conservase cu grijă, abţinându-se să recicleze materialele, pentru vremurile în care producţia de energie electrică va face din nou posibilă folosirea trenurilor. Acest viitor era însă extrem de îndepărtat. În pofida faptului că în ultimii zece ani EON dublase capacitatea de producţie a energiei electrice generate de centralele eoliene, moştenite de la fosta Uniune Europeană, consumul, chiar restricţionat, satisfăcea mai puţin de jumătate din nevoile reale ale populaţiei mult reduse de Prefacere. Din producţie, un sfert pleca la preţioasele fabrici subterane din bazinul Ruhr, fără de care Autarhia ar fi dispărut de mult.

Prin pasarela de sticlă polarizată se vedea coada zilnică permanentă de zeci, uneori sute de turişti, din milionul celor care vizitau anual capitala Autarhiei, la intrarea în hotelul alăturat, transformat în muzeu. Oamenii veniseră din întreaga Europă pentru a admira operele de artă expuse. În clădirile complexului fuseseră adunate, pentru conservare, opere de artă de la mai toate muzeele europene. Cel puțin din cele care scăpaseră de jafurile și distrugerile din timpul Prefacerii. O dată pe an expoziția se schimba, expunând alte tablouri și sculpturi ale unor maeștri de demult. Probabil că vor trece pe puțin o sută de ani până când se va repeta prima expoziție, își spuse. Sau măcar până când capodoperele vor putea fi clasificate și ordonate, extrase din harababura în care fuseseră depozitate pe măsură ce sosiseră.

Intrase în sala de consiliu, mult prea mare pentru gustul lui și, ca de fiecare dată, simți că i se face rău când contabiliză în gând câtă energie electrică se risipește în complexul Consiliului. La fel de bine, știa că nu are de ales: complexul reprezenta simbolul și speranța Europei.

Înainte de a se așeza în fotoliul său din capul mesei de consiliu îi privi pe fiecare dintre cei șase miniștri ai Autarhiei, prezenți la ședință. Al șaptelea, cel al culturii, numit de PNL, demisionase, solidar cu poziția partidului său, de a nu angaja Autarhia în ostilități militare cu America. Prezența lui oricum nu avea nicio importanță însă lui Frankhaim i-ar fi plăcut să își savureze triumful de față cu oponenții săi, chiar dacă și aceștia aveau să profite de rezultatele deciziilor sale.

Cei prezenți se îmbrăcaseră cu ce aveau mai bun: costume, cravate și cămăși vechi de douăzeci de ani, provenind din stocurile fostei Uniuni Europene, recuperate în bună parte de guvernul Autarhic. Fără a mai pierde timpul, le spuse:

— După cum știți, în urmă cu o săptămână și jumătate, mai precis pe 11 septembrie, la treisprezece și optsprezece minute ora Frankfurtului, o stație spațială americană de turism a fost atacată și doborâtă de o rachetă lansată de pe teritoriul Autarhiei.

Îi făcu semn ministrului de interne, Christine Deitter, să continue:

— Resturi ale stației au căzut și au fost găsite pe o suprafață mare din Autarhie dar și în Est, dincolo de granițe. Unul dintre resturi a lovit și distrus dirijabilul de atac Aether, care efectua serviciul de patrulare la graniță. Rămășițele dirijabilului și cadavrele membrilor echipajului, mai puțin unul, le-am recuperat în aceeași zi, după câteva ore. Dirijabilul a fost depus în una dintre facilitățile noastre militare de la graniță și a fost atent studiat de experți. Însă acel militar, al cărui cadavru nu a fost găsit, a apărut, în urmă cu șase zile, la garnizoana noastră de pe Dunăre, însoțit de o femeie tânără, despre care spune că este cetățean american și că s-a salvat din stația spațială.

— Incredibil, bombăni Atilla Muller, numit de curând ministru al informațiilor și comunicațiilor. De altfel, la doar patruzeci și trei de ani, el era cel mai tânăr membru al guvernului autarhic. Dacă nu aș fi auzit și aici povestea asta aș spune că-i o pură scorneală americană. Am interceptat câte ceva despre asta chiar și astăzi, la emisiunile lor de știri. În definitiv, de unde ați aflat despre stația spațială, despre fată și toate celelalte?

Christine se opri să bea dintr-un pahar cu apă. Președintele își drese glasul.

— Fata avea cu ea un aparat de comunicații. Problema e că stația americană nu a fost atacată în mod premeditat. S-a activat un vechi sistem defensiv, scăpat de sub control, despre care credeam că nu mai era operaţional. Americanii, ştiţi bine, vor să declanşeze represalii şi, după părerea mea, numai prezenţa fetei i-a oprit până acum. Iniţial ne-au cerut să o eliberăm, până găsesc o modalitate de a o lua acasă. Tatăl fetei e vicepreşedintele Americii. Evident, am eliberat-o. Mai mult, i-am aranjat chiar noi să plece acasă. Deşi a ales un drum cam complicat şi deloc sigur, zâmbi strâmb.

În sala de consiliu se aşternu tăcerea. Unii miniştri plecaseră deja privirile. Frankhaim îşi drese glasul.

— Există şi o veste bună. Am activat proiectul Khymera. Adică am atacat primii, pentru a anihila America, aşa cum a votat parlamentul. De fapt, cea mai mare parte a Khymerei a devenit operaţională, însă, ţinând seama de împrejurări, veţi fi de acord că nu am avut de ales. Cred că, în aproximativ o săptămână, maxim două, o să avem rezultate, cu toate că singurele informaţii care le avem despre ei provin numai din interceptările comunicaţiilor radio şi programelor de televiziune. Ori, aceste informaţii au, din punct de vedere militar, o valoare discutabilă.

— Eu unul nu înţeleg de ce trebuie să distrugem America, îl întrerupse Muller. Şi eu am amintiri despre Prefacere, e adevărat, eram copil pe atunci. Însă ce a fost a fost. Nu putem lăsa obsesiile trecutului să ne ucidă viitorul. Ce e cu proiectul Khymera? Nu-mi amintesc ca preşedintele să ne fi informat, după cum nici să ne fi cerut aprobarea nu ţin minte. A calculat cineva ce impact ar avea asupra mediului? Aţi lansat rachetele alea nucleare, despre care s-au auzit atâtea zvonuri? V-aţi gândit că nici americanii nu vor aştepta cu mâinile în sân să ne răzbunăm?

Frankhaim ridică mâna, să îl oprească.

— Nu e vorba de răzbunare. Răzbunarea e pentru propagandă şi atât. Este, în schimb, o problemă de supravieţuire a Autarhiei şi cetăţenilor ei. Khymera e o armă biologică. Bătrânul şu bunul antrax. Impactul asupra mediului va fi neglijabil, antraxul e un bacil puţin rezistent în mediul extern. Vehiculele de livrare sunt zeci de mii de baloane, programate să caute curenţii de aer care să le treacă peste ocean. Fiecare oraş american va fi infestat. Vor avea de lucru până peste cap. Da, ştim sigur că şi americanii au arme nucleare, după cum mai ştim sigur că intenţionează să le folosească împotriva noastră drept represalii pentru staţia lor spaţială. Practic sunt cu degetul pe trăgaci. Doar fata vicepreşedintelui lor, aflată la noi până nu demult, i-a oprit, însă nu ştim pentru câtă vreme. Însă nu acesta este adevăratul motiv pentru care avem nevoie să distrugem America. Actuala criză nu a făcut decât să grăbească lucrurile. Lămureşte tu problema, Bergman.

Ministrul resurselor era cel mai vârstnic membru al cabinetului. Subţiratic, adus de umeri, cu părul cărunt tuns scurt şi întotdeauna proaspăt bărbierit, emotiv, îşi ţinea expunerile cu voce joasă, ca şi cum ar fi destăinuit cine ştie ce secrete. Se făcu şi mai mic în fotoliul său, îşi puse ochelarii pe nas şi desfăcu o mapă aflată în faţa sa.

— Chestiunea de supravieţuire a Autarhiei e cât se poate de reală. Iată cum stau lucrurile.

Îşi potrivi ochelarii şi răsfoi prin hârtiile din mapă până găsi ceea ce căuta.

— Suntem în al cincilea an de creştere demografică. Estimările arată că în acest an va avea loc o adevărată explozie de naşteri. Este efectul guvernării Partidului Autarhic, care a adus stabilitate şi siguranţă în

Europa – se uită lung către Frankhaim, care aprobă din cap. Numai că n-avem cum şi nici cu ce susţine creşterea demografică şi nici chiar populaţia, la numărul ei actual. Mai precis, ne apropiem de epuizarea resurselor, iar predicţiile dau cel mult trei ani până vom intra pentru totdeauna în recesiune. Au fost redeschise şi date în exploatare peste o mie de gropi vechi de gunoi. A părut, la un moment dat, o soluţie, însă ceea recuperăm din ele este prea puţin, pur şi simplu nu merită efortul. Recesiunea bate la uşă, domnilor. Cu consecinţele care se cunosc, adică destrămarea statului. Riscăm să ajungem la fel ca estul Europei, cunoscut dumneavoastră ca Estul Sălbatic.

— Hai s-o scurtez eu, spuse Frankhaim. După cum bine ştiţi, până în prezent aproape întreaga noastră industrie funcţionează reciclând obiecte rămase dinainte de Prefacere. Care, la rândul lor, sunt din nou reciclate. Cu toate că suntem foarte eficienţi în colectarea deşeurilor, un procent însemnat se pierde şi nu mai poate fi recuperat. În plus, stocurile de bunuri de larg consum rămase de la Uniunea Europeană sau recuperate din locuinţele abandonate, sunt pe terminate şi nu avem nicio posibilitate să le înlocuim la nivelul consumului, chiar restricţionat. Ceea ce a vrut să spună Bergman e că în curând vom epuiza resursele rămase de dinainte de Prefacere, iar criza ne va termina industria şi economia şi, implicit, sistemul social.

Frankhaim îşi puse palmele pe masă. Îi măsură lung, cu privirea, pe membrii Consiliului. Doar Muller îi susţinu privirea.

— Mă scuzaţi domnule, dar tot nu înţeleg ce legătură au toate astea cu distrugerea Americii. Nu ştiu să existe posibilitatea de a aduce materii prime de la ei.

— Nici nu urmărim asta. Nu ne-am propus să îi

ucidem și apoi să îi jefuim. Vrem doar să supraviețuim noi. Vrem și trebuie să reluăm exploatările industriale de minereuri, de țiței, de gaze naturale. Avem nevoie disperată să refacem urgent industria de dinainte de Prefacere, măcar parțial. Și de data asta trebuie s-o facem pe față, nu în subteran, în minele abandonate din bazinul Ruhr, ca până acum. Ori dacă reîncepem să poluăm, americanii ne vor distruge iar, așa cum au mai făcut-o. Ei sau noi, astea sunt singurele opțiuni. Am ținut să vă fac această informare pentru a fi pregătiți, voi și ministerele voastre. Nu mai avem timp de pierdut. Imediat ce America e la pământ și incapabilă să riposteze, redeschidem minele, oțelăriile, termocentralele. Vom explica oamenilor de ce este nevoie să facem toate astea și, totodată, vom polua cu măsură. Așa cum v-am spus, este singura noastră șansă de supraviețuire.

Christine Deitter își drese glasul.

— Din acest motiv am decis să o lăsăm liberă pe fată. Mai mult, în semn de deplină cooperare, le-am trimis-o până în Anglia, până la locul în care au crezut că poate ajunge în America, prin tunelul transatlantic. Fata a cerut și însoțitori, iar noi am fost de acord să plece și ei.

— Nu mai înțeleg nimic, făcu Attila Muller nedumerit. Dacă vreți să-i distrugeți pe americani, atunci de ce a trebuit să fiți amabili, adică să le-o trimiteți pe fată?

Frankhaim zâmbi larg.

— Asta nu înseamnă că trebuie să și ajungă. Însă până se lămuresc americanii, câștigăm timp. De timp avem cel mai mult nevoie.

Capitolul 46

24 septembrie 2051
Tunelul transatlantic

În camera de control, Linghe sări din scaun. Cifre-le ceasului, afişat într-un colţ al monitorului, arătau că este dimineaţa devreme, fără să fie clar la care fus orar se referă, însă nimeni nu le băgă de seamă.

— Repede, va fi aici în câteva minute. Trebuie să fugim.

Părăsiră în fugă Camera de control, alergară câte-va zeci de metri şi trecură prin ecluza rămasă deschi-să. Alergară minute în şir, până când Alice începu să rămână în urmă.

— Nu mai pot, spuse şi se opri gâfâind, aplecată, cu mâinile sprijinite pe genunchi.

Se opriră şi cei doi bărbaţi. Ivan părea să nu aibă probleme, doar respira ceva mai adânc, însă şi Lin-ghe era epuizat. Tunelul se lăţise foarte mult, deve-nind un cilindru cu diametru de cel puţin cu două sute de metri. Mijlocul era ocupat de o platformă dreptunghiulară orizontală, ce tăia în două jumătăţi cilindrul, străbătută axial de un canal principal, puţin adânc dar foarte lat, prin care treceau zecile de linii ale Maglevurilor. Din canalul principal se ramificau în stânga şi în dreapta, pe o mulţime de străzi laterale, canale mai mici, pentru una sau două linii magnetice. Prin bolta transparentă se vedea apa oceanului, lumi-nată discret de reflectoare subacvatice, prin dreptul cărora trecea arar câte o creatură marină. În stânga şi în dreapta se vedeau şiruri lungi de clădiri cu un singur nivel.

— Au vrut să facă un oraş subacvatic, cu magazine, restaurante, hoteluri, mai încolo chiar şi parcuri, cazinouri. Nu ştiu de ce unii socoteau foarte interesant să ia prânzul la trei mii de metri sub ocean, spuse Linghe, printre gâfâieli. Putem să coborâm în semicilindrul de jos, de sub noi. Însă am risca să ne rătăcim, acolo se află cele mai multe echipamente ale tunelului, e un adevărat labirint. Sau putem să ne ascundem o vreme în clădiri, până pleacă soldatul din Brigada Zero. Apoi vom căuta un alt Maglev, pe aici ar trebui să găsim unul care să funcţioneze.

Se abătură de la traseele şinelor magnetice până la peronul din dreapta lor. Ivan se căţără sprinten şi îi ajută şi pe ceilalţi să urce. Se îndreptară către cel mai apropiat complex de clădiri; unele, încă neterminate, aveau în faţă grămezi mari de materiale de construcţii. Se strecurară pe după grinzi metalice şi pereţi de sticlă polarizată exact când zgomotul de motor al transportorului Autarhiei începuse să se audă în urma lor. Ascunşi după un morman cu panouri din policarbonat fumuriu, urmărivă vehiculul care trecea prin dreptul lor, la doar cincizeci de metri.

— O să se întoarcă, anunţă sumbru Linghe. Ştie că suntem aici.

De parcă l-ar fi auzit, transportorul se opri după ce mai avansase o sută de metri de locul unde se aflau. Se răsuci şi porni către peron; roţile din faţă se căţărară pe postament, înclinând puternic vehiculul, făcură priză şi îl traseră. Odată urcat, transportorul porni, încet, către ei.

— Ne-a detectat în infraroşu, şopti Linghe. Trebuie să plecăm imediat! Urmaţi-mă, zise şi ţâşni în partea opusă celei din care veniseră, printre stâlpii clădirilor neterminate, urmat de cei doi tineri. Transportorul îi detectă şi porni în viteză după ei dar se opri brusc când constată că nu poate trece prin păienjenişul

grinzilor metalice. Laserul sclipi palid, în spatele fu-
garilor, dar raza subțire străpunse două vitrine para-
lele și zăbovi într-un panou metalic pe care îl găuri,
fără însă să îi nimerească. Soldatul opri laserul și în-
toarse hibridul. După ce patrulă câteva minute de-a
lungul clădirilor în care se refugiaseră, transportorul
Autarhiei se îndreptă hotărât spre capătul dinspre
America al tunelului. Ivan scoase capul de după stiva
de materiale, pentru a-l urmări.

— Nu vrea să-și părăsească vehiculul, așa că ne
taie înaintarea. Nu avem cum să trecem de el.

— Sunt ruptă de oboseală. Îmi e foame și sete, se
plânse fata.

— Toți suntem obosiți. Vom dormi cu rândul, pen-
tru cazul în care se întoarce transportorul. Cât despre
mâncare, nu cred că fie o problemă, unele dintre re-
staurante erau pe punctul de a fi deschise, acum do-
uăzeci și cinci de ani, iar sistemele de conservare a
hranei sunt alimentate cu energie de către tunel.

„Bon Appetit" era un restaurant complet funcțio-
nal, care avea și firma montată. Se afla pe partea lor,
europeană, după cum le-a explicat Linghe, pe dreapta
în sensul de mers. Cealaltă parte, de peste liniile de Ma-
glev, trebuia să-i aparțină americanilor. Alice avu chiar
impresia că zărește, în lumina palidă, albăstruie, a re-
flectoarelor exterioare subacvatice, un *fast-food* KFC.

Ușile de sticlă se retraseră și apoi se închiseră
automat în urma lor. În întreaga sală se aprinseră lu-
mini, iar o voce prietenoasă, de femeie, le ură bun ve-
nit în engleză, franceză și germană. A comandat Lin-
ghe pentru toți, sandvișuri, apă și cafea, în fața unui
ecran pe care apăreau produsele și prețul.

— Cu ce o să plătim? se miră Alice.

— Cu asta, i-a răspuns Linghe scoțând dintr-un

buzunar un card mic, de plastic. Sper să mai funcţioneze, îl am de pe vremea când lucram la Tunel. Toţi aveam aşa ceva, deconturile le făcea compania.

Trecu cardul printr-o fantă alăturată ecranului de comenzi. Vocea feminină îi mulţumi pentru cumpărături şi îl rugă să aştepte câteva minute, pentru a le onora comanda care ieşi printr-o altă fantă, a unui perete interior, ambalată în trei pungi mari, de hârtie. Se aşezară la o masă pe care deşertară o parte din conţinutul pungilor. Hrana părea lipsită de gust, însă Linghe le arătă cum să folosească sosurile aflate în cutiuţe mici, de plastic. Cei doi tineri le cercetară cu mirare. Era prima oară când vedeau că plasticul poate fi risipit pe o întrebuinţare atât de banală.

— Există şi hoteluri, ceva mai încolo, rosti Linghe după ce au terminat de mâncat. Cu toţii avem nevoie de câteva ore de somn. O să stau primul de pază.

Asemeni restaurantului, hotelul era complet automatizat. Linghe îşi folosi din nou cardul la recepţie de unde primi o bandă de hârtie cu un cod scris pe ea, pe care îl folosiră pentru a intra într-o cameră, cu un pat dublu, deasupra căruia se afla un altul, pentru o singură persoană.

— Nu aş putea face un duş?, se interesă Alice. Ce-i?, spuse, întâlnind privirile încruntate ale celor doi bărbaţi, am verificat, au şi apă caldă. Mai bine nu...

Tinerii ocupară patul de jos pe care se întinseră îmbrăcaţi şi adormiră aproape imediat. Îi trezi Linghe, după nici două ore.

— N-a mai avut răbdare. A pornit să ne caute.

Părăsiră în grabă, încă pe jumătate adormiţi, hotelul. La limita vizibilităţii, transportorul venea încet către ei, cu periscopul scos din cupolă, îndreptat asupra locului în care se aflau. Îl urmară pe Linghe.

— Există puțin mai încolo o substație de Magle-vuri. Urmau să fie folosite pentru transportul intern. Chiar dacă am reuși să pornim unul, suntem blocați de transportor.

Mergeau aproape lipiți de vitrine. Trecură pe lângă cele ale unui magazin de haine. Din vitrina acestuia, manechine îmbrăcate în costume le zâmbeau înghețat. Ivan se opri brusc.

— Cred că știu cum am putea atrage transportorul, dacă putem porni un Maglev.

Și le explică planul său.

***

Comandantul nu era sigur dacă ar trebui să fie fericit că scăpase cu viață din ciocnirea cu Delta Force. Rememorase de mai multe ori modul cum au căzut camarazii săi. Îi regreta, în felul lui, se cunoșteau de mulți ani. Însă, ca profesionist, analizase greșelile făcute, pe care își propusese să le includă în programa de pregătire a Brigăzilor Zero, când se va întoarce. Nu își amintea să fi avut vreodată o misiune mai dificilă. De regulă, victimele aflau prea târziu că li se apropie sfârșitul și nu mai aveau vreme să se împotrivească. Cel mai rău era că nu avea cui raporta și cere noi ordine. Fusese obișnuit permanent cu situații clare care aveau rezolvări clare, minuțios pregătite. Numai că cea în care se afla acum nu semăna cu ceea ce planificaseră, iar întâlnirea cu echipa de luptă sosită din America l-a luat complet prin surprindere deși, analizând felul în care au tras și ei în vehiculul în care credeau că se află fugarii, se pare că urmăreau același scop, adică anihilarea celor trei. Ca o ironie, s-au masacrat între ei, în vreme ce fugarii au scăpat.

Era însă hotărât să-şi ducă misiunea până la capăt. Brigăzile Zero reuşeau întotdeauna. Abandonase planul iniţial, de a-i aştepta pe fugari la celălalt capăt al tunelului subacvatic. Rezerva de combustibil era critică, ba chiar se îndoia că mai poate ajunge înapoi în Autarhie. Nici situaţia armamentului nu era grozavă. Bateria laserului era aproape descărcată, lansatorul de rachete fusese distrus în confruntarea cu americanii, aşa că putea conta doar pe aruncătorul de flăcări şi pe armele personale. Hotărî să-i caute şi să-i distrugă, chiar dacă ar fi să scalde în napalm aprins tot labirintul de străduţe al oraşului subacvatic. Înaintă încet, cu degetul gata să apese trăgaciul aruncătorului de flăcări, scanând cu atenţie fiecare clădire cu senzorul infraroşu din periscop.

Ţiuitul radarului de bord îl avertiză că pe una dintre şinele laterale a ieşit, pe canalul central, un vehicul asemănător cu acela pe care îl urmărise, şi se îndreaptă spre ieşirea către Europa. Probabil fugarii reuşiseră cumva să facă rost de un alt vehicul şi, convinşi că nu pot să treacă de hibrid, încercau să se întoarcă. Scanerul în infraroşu îi confirmă prezenţa a trei amprente termice în interior. Erau neobişnuit de clare, conturau foarte bine trupurile celor doi bărbaţi şi cel al femeii. Fără să ezite, ţâşni cu hibridul său înspre Maglev, sărind de pe parapet în canalul central. Micul vehicul porni şi el, cu viteză, însă începu repede să piardă teren. Când ajunse la douăzeci de metri de ţinta sa, Comandantul aruncă un jet prelung de flăcări asupra Maglevului. Urmări mulţumit, pe ecran, cum trupurile se contorsionează de la căldură, până când imaginea deveni uniformă, pe măsură ce temperatura creştea. Camarazii săi fuseseră răzbunaţi, iar misiunea îndeplinită. Opri hibridul şi îşi permise un moment de relaxare. Abia acum auzi pingul sonor, reglat la minim pentru a nu interfera cu alte semnale, mai importante, de la radarul dorsal, care îi arătă că un alt Maglev tocmai țâșnise, prin spatele său, de pe aceeași șină laterală pe traseul principal de unde ieșise și vehiculul pe care îl distrusese, și se îndepărta cu repeziciune spre ieșirea americană a tunelului. Fără să înțeleagă cum a fost păcălit, își întoarse hibridul printre liniile magnetice, pornind în urmărirea Maglevului fugar.

Capitolul 47

24 septembrie 2051
Fort Meade
America

Baza militară de la Fort Meade suferise numeroase modificări, odată cu Prefacerea. Fostul centru de antrenament al armatei se micşorase simţitor, datorită dispariţiei mai multor specializări militare şi micşorării numărului de soldaţi activi, ajuns la o zecime din efectivele de odinioară. Aflat la un sfert de oră de mers cu maşina, Fort Meade, orăşelul, devenise o comunitate comercială prosperă şi datorită prezenţei cotidiene a celor două sute de soldaţi ai bazei militare şi a familiilor lor.

Afară era întuneric, seara târziu, când vicepreşedintele Marshall şi însoţitorii săi, escortaţi de două maşini cu agenţi ai Serviciului Secret, au ajuns la poarta bazei, păzită de un soldat, care se timorase imediat ce văzuse cine a mai venit. Coborâră cu toţii, iar Marshall ceru să vorbească imediat cu comandantul bazei. Cum acesta era indisponibil, veni să-i întâmpine un căpitan tânăr şi zvelt, care sări dintr-o maşină încheindu-şi din mers uniforma.

— Căpitanul Michael Kerry, domnule. Sunt adjunctul bazei, domnule. Comandantul Killian nu poate să vă primească. Îl însoţeşte pe preşedinte, domnule.

Căpitanul era emoţionat. După ce ani buni baza căzuse în uitare, brusc, în numai trei zile, veneau oficialităţile de prim rang.

— Sunt generalul Hood, comandantul forţelor armate ale Americii. Îl însoţesc pe vicepreşedintele Marshall. Trebuie să vorbim cu preşedintele acum. Condu-ne la el.

Kerry înțepenise în poziție de drepți. Trase aer în piept, înghiți în sec și privi drept înainte, spre un punct aflat undeva, mult în spatele vizitatorilor.

— Nu cred că este posibil, domnule. Președintele se află împreună cu comandantul în camera ascunsă..., vreau să spun în STORM, domnule.

Hood schimbă o privire cu Marshall. Secret Tactical Operation Room Maneuvers era bunkerul subteran blindat, aflat în bazele militare care dețineau silozuri de rachete nucleare. În STORM intrau ofițerii în caz de război, izolându-se de lumea exterioară. Datorită secretului care proteja buncărul și instalațiile sale, un hâtru le botezase odată camere ascunse, după denumirea unui popular *reality show* difuzat prin Rețea, iar denumirea prinsese. Unde se afla efectiv STORM, nu știa decât comandantul bazei.

Marshall izbi înciudat cu pumnul în capota mașinii cu care venise. Generalul își plecă neputincios capul. Ajunseseră prea târziu. Căpitanul Kerry tuși discret.

— Dacă îmi permiteți, domnule...

Hood îi făcu semn cu bărbia să continue.

— ...ă, mai există o cameră ascunsă, domnule. Un fel de STORM de rezervă. De fapt s-a hotărât acum trei ani că e prea scump să o mai modernizeze, așa că au făcut alta nouă. Însă, datorită reducerilor bugetare, noul STORM n-a mai fost terminat. N-ar mai fi fost mult de lucru. De fapt, o parte din comenzi sunt chiar operaționale, le dublează pe ale STORM-ului vechi. Cum nu e deloc sigur că va mai fi terminată vreodată, comandantul ne-a dat voie să o folosim pentru antrenamente. Din câte știu, se poate comunica între ele. Domnule...

O sclipire de speranță apăru în ochii lui Marshall. Generalul Hood îl înșfăcă pe căpitan de umăr.

— Du-ne acolo. Acum. Și amintește-mi să te propun pentru o medalie. Cred că e prima oară când apreciez reducerile de buget ale armatei, mormăi în barbă.

Kelly îi ceru şoferului vehiculului militar cu care venise să coboare, şi urcă el însuşi la volan. Cei patru vizitatori se înghesuiră în măruntul vehicul militar, iar căpitanul demară în trombă. Trecură în viteză pe lângă clădirile bazei militare, iar căpitanul Kelly folosi din plin claxonul vehiculului, pentru a-şi elibera drumul. Ajunseră în câteva minute la o clădire aparent părăsită, în faţa căreia militarul opri maşina. Ieşiră cu toţii, în timp ce Kelly îşi făcu de lucru cu o tastatură, de la care introduse un cod. Coborâră în grabă mai multe trepte metalice, care dădeau într-un hol lung. Căpitanul deschise alte trei uşi, urmate, fiecare, de scări care duceau tot mai jos. Deschizând ultima uşă, Kelly îi invită cu un gest larg să intre.

— STORM doi, domnilor, cel neterminat. Se află la doar o sută de picioare sub pământ, însă cuirasa ultramodernă face inutil rolul protector al scoarţei terestre. Vechiul STORM, cel operaţional, se află îngropat mult mai adânc, la o mie de picioare, din câte am înţeles.

— Seamănă cu ceea ce avem noi, la Controlul Poluării, spuse timid Trasco. Aici e conexiunea cu celălalt STORM. Nu putem interveni, însă putem urmări activitatea de acolo.

Marshall privi nervos aparatura din jur.

— Poţi s-o porneşti?

Căpitanul Kelly, uşor ofensat, apăsa deja pe butoane.

— Mai ştiu şi eu câte ceva, domnule.

Cei doi se aşezaseră la pupitrele operatorilor şi începuseră să lucreze cu înfrigurare. Pe rând, se aprindeau luminiţe, iar ecranele prinseră viaţă. Undeva începu să bâzâie un ventilator de aerisire. Kelly găsi canalul de comunicare cu celălalt bunker şi îl activă. Chipul preşedintelui Conrad umplu consola principală.

— Ce mai faci, Luke? Ai ajuns şi tu? Ştiam eu că o să înţelegi că nu-i putem lăsa nepedepsiţi pe ticăloşii de europeni. O să le dăm o lecţie cum n-au mai primit vreodată.

Marshall privi fix în camera de luat vederi, sperând că, astfel, îl priveşte drept în ochi pe preşedintele Americii.

— Opreşte imediat, Conrad. Ştim că tu ai ordonat doborârea lui Heaven. Iar acum vrei să porneşti un război, ca să-ţi păstrezi blestematul ăla de scaun. Vrei să omori şi mai mulţi oameni pentru asta.

Pe faţa preşedintelui Conrad se lăţi un rânjet.

— N-o să poţi în veci să dovedeşti asta, John.

— Dovezile sunt aici, domnule preşedinte, strigă Mordecai, fluturând un dosar. Iată, reprogramare, din ordinul preşedintelui, a traiectoriei lui Heaven. Mai am decretul prezidenţial de despăgubire de la buget a acţionarilor, din care deţineţi o bună parte. Ar mai fi nota internă, pe care a trimis-o armata acum doi ani, informând preşedintele despre baloanele europene purtătoare de rachetă. Ar mai fi şi altele... Deja sunt publice, se găsesc în Reţea, le-au preluat toate canalele de ştiri. Eşti terminat, Conrad.

— Sunt aici ca să salvez America şi am s-o fac în pofida unor indivizi ca voi, care nu pricep nimic. Adevăratul inamic se află peste oceanul Atlantic. Întotdeauna a fost acolo, aşa spunea şi tata. Însă nu pentru mult timp. Am eu grijă de asta şi n-o să mă împiedice nimeni, strigă Conrad, cu privirile rătăcite şi întrerupse legătura.

Generalul Hood îl împinse uşor pe Marshall pentru a intra el în monitor.

— Colonel Spencer, îţi vorbeşte generalul Hood, comandantul armatei. Opreşte imediat procedurile de lansare. Arestează-l pe Conrad. Este un ordin direct!

Generalul îşi repetă de mai multe ori ordinele, însă dinspre celălalt buncăr nu se mai primi vreun răspuns.

Un vuiet profund făcu să vibreze pereţii. Luminile clipiră de câteva ori, iar pupitrele de control se umplură cu luminiţe roşii. Treptat, trepidaţiile încetară. Căpitanul Kelly se întoarse spre Hood.

— A lansat, domnule. Alte patru sunt în pregătire.

Pe unul din ecrane apăru traiectoria rachetei, înălţându-se cu viteză, pe o traiectorie alungită. Coloane de cifre arătau înălţimea instantanee, minutele rămase până la atingerea altitudinii maxime şi reintrarea în atmosferă de pe traiectoria suborbitală, precum şi durata până atingerea ţintei.

— Nu putem anula de aici? întrebă Hood, cu voce gâtuită.

— Nu, domnule. Aşa cum v-am spus, comenzile se dau numai din STORM-ul celălalt. De aici nu putem decât să privim.

Mordecai se sfătui precipitat cu Trasco care îl aprobă, nu prea convins.

— Cred că ar mai fi o soluţie, domnule, rosti Will emoţionat. De fapt, el crede – îl arătă pe Mordecai. Avem acces la Reţea?

În loc de răspuns, Kelly apăsă o tastă iar pe ecranul principal apăru meniul reţelei. Will lucră grăbit pe tastatură.

— Ce vrea să facă? se încruntă Hood.

Ziaristul îi răspunse fără să se întoarcă:

— Am făcut odată un material pentru AOL despre rachetele intercontinentale. Cele de aici sunt rachete de croazieră Tomahawk lansate cu o purtătoare Saturn. Nu sunt chiar rachete balistice, după cum nici de croazieră nu sunt. E o combinație. Mai exact, o parte din traiectorie, cea asigurată de purtătoarea Saturn, este balistică. Tomahawkul este plasat pe o traiectorie suborbitală, după care cade până la o altitudine mică, de doar treizeci-patruzeci de picioare, când începe zborul controlat, urmărind relieful. Iată aici, domnule – arătă traiectoria – zborul controlat începe la o sută de mile de țărmul atlantic al Europei. Trece pe uscat, ajunge în dreptul orașului Frankfurt, se înalță la zece mile și detonează.

— Are dreptate, domnule. Rade totul pe cel puțin trei sute de mile pătrate, îl completă căpitanul Kelly. Douăzeci de megatone. Explozia o să se simtă și la noi.

— Cum aveți de gând s-o opriți? se interesă Marshall. E vreo șansă?

Trasco își frecă mulțumit mâinile.

— He-he... Au crezut că, dacă îmi anulează parolele de acces și mă dau afară, bătrânul Will va sta cu mâinile în sân. De parcă n-aș fi lucrat atâția ani la Centru! Am păstrat scurtăturile mele. Tocmai m-am conectat. Avem, ia să vedem, doi sateliți în poziție favorabilă, unul la o mie și celălalt la o mie trei sute cincizeci de mile altitudine.

— Mă lămurește și pe mine cineva ce naiba încercați să faceți?! țipă Hood scos din răbdări.

Mordecai se întoarse spre el.

— Will s-a conectat clandestin la sateliții Centrului de Combatere a poluării. De la el, de la Centru, ar fi putut doar să le ceară date, numai că l-au pensionat forţat, acum câteva zile. Însă de aici, dintr-o bază militară, are acces la toate funcţiile de comandă. Ştiţi, sateliţii au fost cândva numai în subordinea Controlului poluării, până i-a luat armata. Unii dintre ei sunt încă activi şi au muniţie, proiectile balistice. Cilindri masivi din nichel-wolfram, de douăzeci de kilograme. Will încearcă să doboare racheta.

Trasco ridică trei degete de la o mână.

— Trei. Atâtea proiectile sunt disponibile. Nu sunt extrem de precise, au fost proiectate pentru toleranţe de plus sau minus două sute de picioare. Pentru ţintele fixe, de la sol, era mai mult decât suficient. Însă, din câte ştiu, n-a tras nimeni vreodată cu aşa ceva într-o ţintă în mişcare.

Programă febril computerul, unind pe ecran traiectoria calculată a proiectilului balistic, cu cea a rachetei Tomahawk, intrată în faza de zbor suborbital.

— Vom trage încercând s-o nimerim când ajunge la apogeu, la opt sute de mile, când are viteza minimă, înainte de a-şi începe căderea. Vom trage cu amândoi sateliţi odată, două proiectile, e momentul cel mai bun. Dacă începe să cadă, sunt foarte mici şansele să o mai prindem. Atinge practic aceeaşi viteză cu cea a proiectilelor.

Urmăreau cu toţii, concentraţi, ecranul principal. Dinspre punctele care reprezentau sateliţii, porniră două linii curbe, care urmau să se unifice cu reprezentarea grafică a traiectoriei rachetei. Îşi ţinură cu toţii răsuflarea când cele trei puncte, reprezentând racheta şi proiectilele, părură că se unesc, însă, după un moment, se desprinseră şi-şi continuară drumul pe traiectorii proprii.

Un geamăt comun se auzi în încăpere. Trasco se ridică atât de brusc de la pupitru, încât scaunul pe care stătuse se prăvăli.

— Am ratat. La naiba!

— Nu încă, sări Mordecai. Când am făcut materialul ăla cu rachetele intercontinentale, m-am documentat bine. Mai este faza de navigare controlată, cea în care Tomahawk plutește pe deasupra reliefului, adaptându-și traiectoria. Probabil de asta a lansat Conrad această combinație de rachetă balistică cu rachetă de croazieră. Să fie sigur că nu i-o interceptează cumva europenii.

— Te-am pierdut, nu înțeleg unde vrei să ajungi.

— Racheta vine de la o sută de mile din larg, către țărmul Europei. Vei lovi cu proiectilul tău balistic în această porțiune, către țărm.

Trasco scutură nedumerit din cap.

— Nu o pot nimeri, ai văzut, e mult prea mică.

Mordecai însă nu mai putea fi oprit.

— Nu trebuie să o nimerești, Will. Energia cinetică a proiectilelor tale a făcut praf industrii întregi. Nu o vei nimeri. Tragi în fața ei, provoci un val. Ai înțeles?

William Trasco se lumină la față. Ridică scaunul și își reluă grăbit locul la consolă.

— Ar putea să meargă, mormăi, și începu reglajele pentru lansarea ultimului proiectil balistic disponibil.

— Avem imagini, le spuse căpitanul Kelly, am trecut satelitul în regim de achiziție de date.

Pe ecranul principal, imagini luate de la mare înălțime înlocuiră simularea grafică. Trasco fixă crucea cătării virtuale pe un punct aflat în apropierea țărmului european, de care racheta se apropia cu repeziciune.

— Hai odată, scrâșni Marshall, însă Trasco, cu fruntea brobonită de picături mari, de sudoare, așteptă până în ultimul moment, când Tomahawk-ul, în reprezentarea lui de pe ecran, era la un inch de crucea cătării virtuale.

Proiectilul balistic despică atmosfera cu o dâră de foc şi, după doar două minute, lovi valurile şi explodă. Metalul încins de frecarea cu aerul se vaporiză instantaneu. Lăsă în urmă o undă de şoc care traversă cu mare viteză stratul de apă, lovi fundul oceanului, de care ricoşă, şi se înălţă, antrenând mase enorme de apă care ţâşniră la suprafaţă asemeni unui gheizer uriaş. Imaginea, privită din spaţiu, păru o picătură de apă, spartă.

Tomahawk-ul lovi în plin peretele de apă înalt de trei sute de picioare pe care sistemele lui automate de navigare nu reuşiseră să-l mai evite. Într-un ultim efort, racheta ţâşni puţin în sus, asemeni unei pietre aruncate pieziş în apă, însă gheizerul se retrase şi muntele de apa căzu, luând în adâncuri racheta.

În bunker, cei cinci izbucniră în strigăte şi se îmbrăţişară. Generalul îl bătu pe spate pe Will, a cărui faţă se colorase în roşu, de emoţie şi de încordare.

— Bună treabă, bună treabă! Bravo!

— Vă mulţumesc tuturor, începu Marshall, dar un semnal sonor, venit dinspre pupitru, le întrerupse bucuria.

— În jumătate de oră mai lansează una, se încruntă căpitanul Kelly, după ce aruncă o privire consolei. Apoi din jumătate în jumătate de oră.

— Asta o rezolv eu, spuse generalul Hood. Căpitane, în cât timp poţi evacua baza? Doar oamenii, atât.

— O oră, cel mult, din momentul în care dau alarma.

— Fă-o în jumătate de oră. Foloseşte toate vehiculele pe care le ai la îndemână. Iniţiez autodistrugerea acestei facilităţi militare. Ca şef al armatei, am dreptul şi pot să o fac. De aici n-or să mai fie lansate niciun fel de rachete.

— Da, domnule.

Căpitanul Kelly tastă pe consolă codul pentru alarmă generală. Salută şi ieşi imediat să îndeplinească ordinul, lăsând uşile deschise în urma sa. De afară, se auzea deja sunetul tânguitor al sirenelor electrice. Generalul îşi descheie uniforma şi scoase o cheie pe care o ţinea agăţată pe un lănţişor, la gât. O introduse într-o fantă a consolei, parcurse protocolul de securitate şi tastă încet un cod. Pe ecranul principal imaginile fură înlocuite cu un contor care număra minutele şi secundele rămase până la autodistrugerea bazei. Hood rupse cheia, pentru a nu mai putea fi scoasă.

— Cred că e timpul s-o întindem de aici.

Plecară cu toţii în fugă. Baza era cuprinsă de vânzoleală. Însă fiecare ştia ce are de făcut, mişcându-se repede şi precis. Căpitanul Kelly opri maşina electrică în dreptul lor şi-i invită înăuntru. Porni grăbit, ducându-i la jumătate de milă de gardurile din plasă de sârmă a bazei, unde se adunase întregul personal. După mai puţin de jumătate de oră, baza militară Fort Meade se golise. Se auziră mai multe explozii înfundate, pământul văluri ca la cutremur, şi o parte a instalaţiilor şi clădirilor se surpară. Deasupra bazei se ridicară nori de fum şi moloz.

Generalul Hood luă poziţie de drepţi în faţa lui Marshall.

— Domnule, mă aflu la ordinele dumneavoastră. Conform Constituţiei, sunteţi noul preşedinte, până la organizarea alegerilor. Conrad nu a ieşit din bunker, domnule. Şi nici colonelul Spencer.

Capitolul 48

24 septembrie 2051
Tunelul Transatlantic

Datorită lungimii sale, tunelul traversa mai multe fuse orare. În punctul cel mai de jos, trecuseră cinci ore după miezul nopții.

— Manechinele umplute cu apă fierbinte l-au păcălit, se entuziasmă Alice. Îl îmbrățișă pe Ivan și îl sărută pe gură. Sunt mândră de tine.

Ivan se înroși, dar răspunse la sărutul fetei.

— Treaba de fapt a făcut-o Linghe, el a teleghidat Maglevul cu manechine. Noroc de magazinele alea, nedeschise. Dar nu am scăpat încă, se află pe urmele noastre.

După ce îl lăsaseră în urmă, transportorul Autarhiei, neafectat de restricția de viteză impusă automat Maglevurilor, în orașul subacvatic, începuse să recupereze din distanță. Când ajunseră la ecluza dinspre America, transportorul Brigăzii Zero se afla la doar jumătate de kilometru și se apropia cu repeziciune. Imediat ce ieșiră din ecluză, Linghe opri Maglevul.

— Ce faci? ne ajunge din urmă! strigară cei doi tineri.

Însă Linghe sări grăbit din vehicul și intră în camera de control a ecluzei. Transportorul mai avea de parcurs o sută de metri până la ei, când poarta mare a ecluzei începu să coboare. Tinerii părăsiră Maglevul și intrară după Linghe, în camera de control. Acesta lucra febril la comenzile ecluzei. Poarta ecluzei se închise complet, cu un dangăt care reverberă profund în tunel. Pe ecranul din camera de comandă, conectat la o cameră video din interiorul tunelului, văzură cum transportorul amfibiu oprește în ultima clipă.

Din el ieşi soldatul Autarhiei şi trase o rafală în poartă, cu arma sa. Gloanţele răpăiră şi ricoşară pe metal, fără să provoace nici măcar zgârieturi. Soldatul urcă înapoi în hibrid şi activă laserul. Firul subţire de lumină condensată muşcă din metalul porţii, scoţând o şuviţă subţire de abur. Linghe desfăcu febril panoul de comandă din spatele căruia smulse mai multe fire electrice. Alese câteva şi le scurtcircuită.

— Am simulat închiderea de urgenţă a tunelului submarin în zona de ieşire, situaţie planificată pentru cazul în care ar apărea vreo fisură. Am izolat porţiunea finală. Asta ar trebui să ducă şi la creşterea imediată a presiunii în interior – le arătă un indicator ale cărui cifre creşteau.

Laserul transportorului se opri. Vehiculul Autarhiei păru să se prăbuşească în el însuşi, deformându-se ca şi cum ar fi fost mototolit de mâini uriaşe. Cifrele indicatorului de presiune continuară să crească, până la o sută de atmosfere, se opriră pentru câteva secunde, apoi începură să scadă.

— Sistemul a terminat interogarea senzorilor. Dacă nu au detectat vreo fisură, readuc presiunea la normal. Oricum – arătă pe ecran transportorul hibrid – pentru el e prea târziu.

Linghe înscrise Maglevul pe tunelul de intervenţie şi crescu progresiv viteza până la maximul proiectat de opt sute de kilometri pe oră.

— Dacă militarii din America au ajuns până la ecluză, însemnă că şina magnetică este întreagă, le explică. La viteza asta, ar trebui să ajungem în vreo patru ore.

În orele care au urmat fiecare a povestit câte ceva. Alice le vorbi mult despre America, locul în care urmau să ajungă. Le spuse despre tatăl ei, pe care în copilărie îl văzuse doar de câteva ori, fiind mereu plecat să lupte în interminabilele Războaie de Secesiune; crescuse practic fără el, adăpostită de o mătuşă din Florida, care îi ţinuse loc de părinţi. Linghe aduse vorba despre zilele de dinainte de Prefacere, când oamenii consumau cu nemiluita resursele naturale, într-o risipă care a făcut ca planeta să se răzvrătească prin modificări severe ale climei. Îi încântă, vorbindu-le de avioane uriaşe, care zburau în câteva ore peste Atlantic, unind Europa cu America prin rute aflate la mare înălţime, sau despre vapoare nenumărate care brăzdau mările, cărând mărfuri de colo-colo, devenite epave ruginite din lipsa combustibililor fosili, a intensităţii crescute a furtunilor, dar mai ales a izolării popoarelor, despre frumuseţea insulelor turistice, dispărute odată cu creşterea nivelului apelor oceanelor sau devastate de furtuni şi vijelii.

Linghe ştia să povestească. Cu vocea lui plăcută, aduse în faţa ochilor celor doi tineri forfota şi viaţa trepidantă a marilor oraşe, ale căror ruine se găseau peste tot, în Europa, în America şi în întreaga lume. Le povesti crâmpeie din gloria unei lumi care nu mai era şi care nu mai avea să fie nicicând aşa cum o ştiuse.

— Cred că am vorbit suficient despre trecut, rosti Linghe. Trecutul este de fapt prezent peste tot. Noi, în Europa, trăim de pe urma trecutului. Recuperăm artefactele trecutului, ba chiar scormonim în vechi gropi de gunoi să recuperăm câte ceva. Propun să discutăm despre viitor. Cum vedeţi voi viitorul?

— În primul rând fără droguri. Acestea trebuie să rămână amintire. O să-i spun tatii să propună o lege care să le interzică. Aş vrea foarte mult ca viitorul să îl construim împreună. Dar tu, Ivan, cum crezi că va fi viitorul?

Tânărul bărbat zâmbi. Privirea îi deveni visătoare.

— Viitorul? Fără obsesia spionilor americani şi, dacă s-ar putea, fără cele două ore zilnice de ştiri, difuzate în toate localitățile prin fibră optică, despre realizări care însă nu se văd în viața noastră. Sper să fie ceva mai puţine restricţii şi raţionalizări şi, dacă tot m-ai întrebat, sper ca în viitor să am un aparat care redă muzica. În rest, la fel ca tine: împreună.

— Şi acum ce vom face? întrebă Alice, fără să se adreseze cuiva anume.

— Mergem în America, îi răspunse Linghe, însă era evident că nu asta dorea să audă fata. Mergem în America să vedem dacă putem trăi împreună fără să încercăm să ne ucidem unul pe altul pentru fapte săvârşite în trecut, al căror rezultat nu mai poate fi schimbat. Al căror rezultat este lumea actuală, lăsată de Prefacere, în care încercăm să supravieţuim. Să încercăm să fim iar împreună aşa cum voi doi – zâmbi – vă doriţi şi deja aţi dovedit că se poate.

Alice îi căută mâna lui Ivan. Şi le strânseră de parcă nu ar mai fi avut de gând să şi le mai desprindă vreodată.

— Depinde de voi şi de cei de vârsta voastră. Generaţia mea a făcut greşeli peste greşeli, iar când a realizat, a încercat să le îndrepte prin alte greşeli, care au căscat o prăpastie între popoare. Va trebui, cumva, să o umpleţi.

***

Viteza mare a Maglevului a fost probabil cea care le-a salvat vieţile. Mai aveau doar treizeci de mile până la ieşirea din tunel când se produse explozia, care îi surprinse complet nepregătiţi. Însă în jumătatea de secundă în care se închisese contactul mecanic al capsei care a detonat încărcătura explozivă, vehiculul parcursese deja o sută de metri. A fost însă suficient pentru ca sistemul de protecție al Maglevului să-și facă datoria. Cabina se umplu imediat cu o ceață fină, suflată cu putere de duze ascunse peste tot. Ceața s-a întărit imediat, transformându-se într-o masă solidă, puțin elastică. Cei trei călători s-au pomenit prinși în materialul protector, asemeni unei insecte preistorice într-o boabă de chilimbar. Materialul le-a intrat fără milă în ochi, nări și în guri, ținându-i nemișcați dar permițându-le totuși să respire cu mare greutate.

Maglevul mai apucă să meargă o altă sută de metri când l-a ajuns suflul exploziei, care înșfăcă vehiculul îl aruncă, asemeni unei frunze lovite de o pală de vânt, și îl rostogoli, lovindu-l de mai multe ori de pereții tunelului, până când se opri pe o parte.

Carcasa se deformase îngrozitor, iar geamurile se spărseseră toate, lăsând în urmă un firișor de sticlă pisată. La cinci minute după ce se întărise și două după ce carcasa Maglevului se oprise, materia care umpluse cabina începu să se descompună rapid, transformându-se în pulbere. Își făcuse însă datoria, amortizând eficient, salvând astfel viețile pasagerilor care nu ar fi avut nicio șansă la cumplitul impact petrecut la viteza de opt sute de kilometri pe oră.

Primul își reveni Ivan, aflat în partea de jos a vehiculului răsturnat. Scuipă pulberea din gură și tuși de câteva ori, curățindu-și gâtul. Își desfăcu curelele de siguranță apoi, pe pipăite, le desfăcu pe cele ale lui Alice. O împinse delicat pe fața leșinată, care se prăbușise peste el. Luminile interioare de avarie ale Maglevului încă mai funcționau. Îi cercetă fața plină de sânge şi o scutură uşor, de umeri. Alice scoase un geamăt şi deschise ochii tuşind cu putere de mai multe ori.

— Ce s-a întâmplat?

— Echipa de soldaţi americani. Probabil au vrut să fie absolut siguri că nu o să ajungem vii în America. Au montat o bombă capcană. Să încercăm să ieşim de aici, spuse Ivan şi curăţă cu mâneca cioburile rămase pe portiera culisantă care, în urma răsturnării Maglevului, ajunsese în partea de sus.

— M-a prins ceva. Am simţit că nu mai pot să mă mişc. M-am speriat groaznic.

— S-a activat un sistem de salvare. Foarte ingenios. Şi eu m-am speriat la început. Însă am înţeles, când substanţa s-a descompus în pulbere. Ne-a salvat vieţile.

— Linghe... şopti fata.

Amândoi îşi făcură loc până la fotoliile frontale. Linghe zăcea ghemuit, în partea de jos, cu un picior îndoit într-un unghi nefiresc. Ivan culisă spătarele celor două fotolii şi, după ce-i desfăcu centurile de siguranţă, îl apucă de umeri, trăgându-l cu grijă. Alice susţinu trupul inert al lui Linghe până Ivan ieşi prin locaşul parbrizului, pulverizat de explozie. Îl trase întâi pe Linghe şi îl aşeză grijuliu lângă carcasa Maglevului. Îi întinse o mână lui Alice, ajutând-o să iasă. Luminile interioare de avarie ale Maglevului clipiră de câteva ori şi se stinseră. Rămaseră bezna spartă vag doar de flăcările provocate de deflagraţie, şi acestea pe punctul să se stingă. Ivan intră în vehiculul distrus de unde, pe dibuite, găsi o lanternă, trusa medicală şi două recipiente cu apă. Îl cercetară pe Linghe la lumina lanternei.

— Are piciorul rupt sau o entorsă, nu pot să-mi dau seama, însă s-a umflat, uite! Va trebui să-l cărăm.

A stat pe locul din faţă, e partea cea mai lovită. Cred că sistemul de salvare l-a surprins cu piciorul îndoit, iar şocul accidentului a făcut restul. Se întorcea spre noi, să ne spună ceva.

Ivan improviză două atele din barele găsite prin resturile Maglevului. Alice îl bandajă, atât cât se pricepu, pe Linghe, care gemu stins, în leşin.

Porniră încet. Ivan îl luă în spate pe Linghe, care nu îşi revenise, iar Alice înghesui în sac trusa medicală şi recipientele cu apă. Merseră minute în şir, ascultând doar zgomotele făcute de respiraţiile lor, ce deveneau tot mai şuierătoare, aprinzând din când în când lanterna. Ivan se opri, epuizat. Ajutat de fată, îl aşeză jos, cu grijă, pe rănit, sprijinindu-l de peretele lateral al tunelului, cu piciorul lovit întins în faţă. Îşi şterse transpiraţia cu mâneca şi bău îndelung apă dintr-un recipient şi se aşeză lângă Linghe.

— Am obosit. Nu cred că o să-l pot căra până la ieşire. Are febră.

Alice rupse o bucată de pânză din cămaşa ei şi o udă. Tampona încet fruntea bărbatului mai în vârstă, iar acesta deschise ochii. Linghe murmură ceva, iar fata, ca să audă, îşi apropie urechea de gura lui.

— Ne spune să-l lăsăm aici şi să mergem noi înainte. În rest, nu mai înţeleg.

Fata picură apă pe cârpă şi i-o apropie de gură. Linghe supse cu nesaţ cârpa umedă după care se lăsă moale, până se sprijini de peretele tunelului. Alice bău şi ea, apoi se lăsă să cadă lângă Ivan.

— Are dreptate. Am putea aduce ajutoare.

Schimbară o privire, înainte ca tânărul să stingă iar lanterna.

— Nu îl putem lăsa singur. Mergi tu. Oricum, eu sunt terminat. Te-aş încetini.

Câteva clipe, fată nu răspunse. Se întinse peste Linghe, luă lanterna şi o aprinse.

— O să mă întorc. Promit, spuse Alice hotărâtă. Înainte de a se ridica însă, Ivan îi simţi buzele lipindu-i-se de ale sale.

Porni hotărâtă în beznă, înăbuşindu-şi teama. Le lăsase trusa medicală şi un recipient plin cu apă. Îi fu imposibil să aprecieze cât a mers prin beznă. Pata galbenă, tot mai mică, a lanternei nu reuşea să o străpungă prea mult. O aprindea, din timp în timp, când nu mai suporta întunericul. Păşea înfrigurată, pentru a duce la capăt cea mai importantă misiune pe care o avea de când se ştia. Două vieţi depindeau de ea. Zâmbi în întuneric, cu gândul întors pentru o clipă, la acea Alice care trăia în fericirea artificială a drogurilor şi încercase să-şi ia viaţa. Peripeţiile ultimelor zile îi dovediseră că viaţa oamenilor este un dar de nepreţuit. Şopti un jurământ în beznă, după care îl repetă cu voce tare, până ajunse să strige:

— Voi ajunge la capăt. Mă voi întoarce cu ajutoare. Îmi voi salva prietenii. Tata va opri războiul cu europenii. Voi ajunge la capăt...

O luminiţă străpunse bezna în faţă. Crezu că e o iluzie. Aprinse lanterna, a cărei baterie epuizată abia dacă mai decupa un cerc gălbui şi palid din bezna deasă. Luminiţa nu dispăru însă, dimpotrivă, crescu cu repeziciune. Un Maglev se apropia în viteză. Extenuată, se aşeză pe linia magnetică. Nu mai avea putere să lupte sau măcar să se ascundă de o altă echipă de asasini. Se gândi la Ivan şi la Linghe, zâmbi amar cu gândul la promisiunea pe care le-o făcuse, pe care nu o va ţine. Ştia că vor înţelege. A făcut tot ce a putut.

Maglevul opri la câţiva metri de ea. Din vehicul ieşiră patru bărbaţi din care unul veni în fugă.

— Alice?! Alice...

— Tată... tată... iar lacrimile îi scăpară, necontrolat, din ochi.

— Am detectat explozia şi am venit să vedem ce s-a întâmplat. Avem şi un medic cu noi, în celălalt vehicul. Eşti bine?

Marshall o privi cercetător câteva clipe, după care îşi strânse cu putere fiica la piept.

Capitolul 49

25 septembrie 2051
Tothaim
Autarhia Europeană

De mai bine de o săptămână, Ibrahim nu mai trecuse pe acasă. În măsura în care încăperea modestă din habitat, pe care o împărţise cu Ivan până ce acesta plecase în armată, însemna casă. Mânca ceea ce lua în grabă de la cantină şi dormea pe apucate, cu capul pe braţele amorţite, încolăcite pe biroul centralei de telecomunicaţii din Tothaim. Părăsea centrala aflată în subsolul primăriei numai pentru a difuza banalele buletine de ştiri zilnice, primite de la Frankfurt prin fibră optică, după care trecea grăbit pe la cantină pentru a-şi lua provizii şi se întorcea pentru a urmări canalele americane de ştiri, interceptate de antenele instalate de guvernul autarhic, la Atlantic.

Urmărise cu sufletul la gură peripeţiile lui Alice Marshall, fata vicepreşedintelui american, care supravieţuise distrugerii staţiei spaţiale turistice, nimerind pe undeva, prin estul Europei, în teritoriile triburilor, pe care armata încerca să le ţină departe de graniţe, pentru că se sălbăticiseră, în urma schimbărilor aduse de Prefacere. Urmărind ştirile de peste ocean, nu îi venise să creadă că, într-un fel în care nu îl înţelesese, Ivan, prietenul său, se întâlnise cu fata şi veniseră din Estul Sălbatic în Autarhie, trecând prin numeroase peripeţii. Se părea că fata primise de la ai săi un aparat de emisie, la care povestea, uneori trimiţând şi imagini, unde se afla şi ce aveau de gând să facă. Într-una dintre ele, în pofida bărbii care îi crescuse dezordonat, a părului vâlvoi şi a vânătăilor şi tăieturilor care le avea pe faţă, îl recunoscuse, fără nicio îndoială, pe Ivan Hill, însă transmisese informația abia după ce americanii relataseră că prietenul său și Alice se aflau, în libertate, la Frankfurt.

Misteriosul corespondent care interferase în fibra optică, depășind filtrele și parolele sistemului de comunicații al centralei, reușise să mențină legătura cu el. De câteva zile, acesta renunțase la frazele scrise pe ecran și îi vorbea cu voce metalică, impersonală, în mod evident distorsionată artificial. Din cele discutate, depășise de mult impresia că ar fi supus la vreun test de superiorii săi. Vocea metalică adusese acuzații grave la adresa guvernului autarhic. Spusese lucruri care nu ar fi trebuit niciodată rostite. Ezitase mult dacă să raporteze superiorilor despre intrusul care se strecurase cumva în sistemele centralei. Fusese, la un moment dat, tentat să o facă, atunci când acesta îi spusese că zilele Autarhiei sunt numărate dacă nu se găsește o cale de a face pace cu americanii. Renunțase, pentru că ar fi trebuit să explice de ce așteptase atât de mult pentru a raporta. De altfel, discuțiile cu vocea metalică, dar mai ales buletinele de știri interceptate de la americani, îi clătinaseră serios convingerile în justețea faptelor guvernului autarhic.

— Dormi, Ibrahim? auzi ca prin vis vocea.

Tresări în scaunul incomod din fața monitoarelor, în care aproape ațipise. Era noapte, după ceasul stației. Bănuiala că exista un canal video undeva, în centrală, se transformase în certitudine. Intrusul izbutise cumva să interfereze și cu acesta.

— Au încercat să-l omoare pe Ivan! A încercat să-i omoare pe toți! Președintele. A încercat să-i omoare! Tocmai au transmis americanii. Dar au ajuns! Au izbutit!

Vocea păru să ezite câteva clipe, după care răbufni

iar din difuzoarele centralei.

— Ştiu, Ibrahim. Ştim.

Se frecă la ochi cu mâinile apoi le întinse până simţi că-i trosnesc încheieturile.

— Ai văzut? Şi preşedintele lor punea la cale un război. Vroia să arunce bomba atomică peste noi. Şi preşedintele lor a încercat să-i omoare. Mă întreb care e mai nebun: al lor sau al nostru?

Din difuzoare răzbătu un oftat prelung. Vocea renunţase la camuflaj. Când vorbi din nou, Ibrahim simţi că-i sare inima din piept. Ar fi recunoscut glasul Theodorei şi în vis. De fapt, în ultimii ani, chiar fusese vocea cu care îi vorbea în vis.

— Sunt relicve ale unor altor vremuri, Ibby. Conducători care au trăit înainte de Prefacere. Pe care Prefacerea i-a transformat în conducători. Care au adus cu ei ura din acele vremuri şi pe care au încercat să ne-o impună şi nouă.

Ibrahim îşi simţi gura uscată. Încercă de câteva ori până izbuti să articuleze.

— The... Theo... Theodora? Tu?

Fata îi răspunse imediat.

— Cine credeai că poate fi, prostuţule? Te-am urmărit de când ne-am despărţit, de când ai ajuns în oraşul ăla mărunt, unde te-am zărit acum câteva săptămâni când am fost cu Frankhaim. Mă rog, cu oratorul, Altman. Era de fapt preşedintele. Îi place la nebunie să se deghizeze. Zicea că aşa ia mai bine pulsul poporului. Apropo, cum crezi că ai avansat la Tothaim? Am tras nişte sfori, iar postul a devenit liber pentru tine. Ţineam să vezi cu proprii tăi ochi ce se întâmplă. Cum e de fapt America.

Ibrahim simţi că se topeşte. Nodul din stomac deveni aproape dureros. Închise ochii, iar chipul plinuţ şi zâmbitor al fetei aproape că se materializă în spatele pleoapelor strânse.

— Da, am lucrat ani buni lângă Frankhaim. A fost o negociere cu Partidul Noii Lumi, din care fac parte şi care a fost în coaliţie cu Partidul Autarhic. Politica, înţelegi... Ştiu cum gândeşte preşedintele şi ştiu ce vrea. Şi el a vrut război cu americanii. Nu orice fel de război, ci unul prin care să-i extermine. Culmea e, că în logica lui strâmbă, are dreptate. Autarhia, aşa cum este ea acum, nu mai poate supravieţui. Resursele rămase de dinainte de Prefacere sunt epuizate. Numai că nu războiul e soluţia şi în niciun caz exterminarea americanilor. Avem nevoie ei şi de energia lor nepoluantă.

— Dar americanii ne-au distrus industriile. Iar acum Frankhaim a încercat să-i distrugă, lansând spre ei mii de baloane cu spori de antrax. Tocmai le-a spus în direct Linghe, au transmis pe canalele lor de ştiri. Transmit şi acum. Par foarte îngrijoraţi. Ce motiv ar avea să ne ajute?

Theodora îi vorbi încet şi rar, ca unui copil. Şi-o imagină luând acea mină serioasă, încruntată, dându-i impresia că îl priveşte de sus, cu toate că el o depăşea cu un cap în înălţime.

— Ne vor ajuta. Suntem siguri de asta. Şi ei s-au săturat de izolare. Iar după cum ai văzut, preşedintele lor, Conrad, avea aceleaşi gânduri, pentru noi, anume să ne distrugă. Şi noi va trebui să-i ajutăm pe americani. Există nenumărate doze de vaccin împotriva antraxului. Le-a pregătit Frankhaim, pentru eventualitatea că unele dintre baloanele pe care le-a lansat împotriva Americii ar putea fi defecte, şi vor împrăştia bacilul în Autarhie. Credea că nu ştiu, însă am aflat. De fapt au aflat ai noştri, avem mulţi simpatizanți. Acum însă, acest vaccin trebuie să ajungă la americani.

— Vorbești de parcă ai trăi în altă lume. Frankhaim n-o să fie niciodată de acord cu asta. Auzi, să-i ajuți pe americani! Iar dacă află numai despre ce vorbim, vom fi închiși pentru conspirație și trădare. Partidul tău va fi desființat. Cât despre noi... Știi bine ce-i așteaptă pe prietenii și spionii americanilor.

Ibrahim aproape strigase ultimele cuvinte. Brusc, i se făcu foarte cald și își simți palmele transpirate. Vocea Theodorei deveni mânioasă.

— Conspirație și trădare? Vorbim de salvarea milioane de vieți, Ibrahim. Americanii sunt oameni, ca tine și ca mine, a căror existență este în pericol, iar eu cred că ființele omenești trebuie să facă tot ce le stă în putință pentru a împiedica un masacru. L-ai auzit pe Marshall, noul lor președinte, după ce a aflat de atacul cu antrax, pomenind măcar de represalii asupra Autarhiei? Și la ei s-a schimbat ceva, simt asta. Sunt sigură de asta. A rămas să schimbăm și noi câte ceva. De asta, nu are nicio importanță dacă Frankhaim este de acord sau nu . Pentru că, dacă nu ajuți, nu va mai exista niciun Frankhaim.

Senzația de vertij avută în urmă cu câteva minute, când a auzit vocea Theodorei, reveni aducând cu ea o durere cruntă de cap. Ibrahim avu impresia că tâmplele i-au fost prinse într-o menghină.

— Să vă ajut? Nu pot, nici dacă aș vrea. Cum aș putea eu, de aici, din centrala din Tothaim, să vă ajut să-l dați jos pe Frankhaim? Ai uitat cine sunt, Teo. Un ofițer tehnic, aflat într-un oraș modest al Autarhiei.

Pentru a doua oară de când renunțase să-și camufleze vocea, fata oftă.

— Avem un plan. Centrala ta are acces nelimitat

la datele interceptate. Vrem să faci un buletin de ştiri din ele. În care să arăţi, folosind înregistrările de la americani, cum a ajuns prietenul tău, Ivan, în America. Şi Matheas Linghe, liderul partidului nostru. Şi fata pe care o însoţesc, Alice. Nu uita nimic. Cum au încercat, pe rând, să-i omoare, Frankhaim şi fostul preşedinte american, cel care şi-a distrus şi staţia spaţială, iar apoi ne-a scos pe noi vinovaţi şi a vrut să ne trimită bombe nucleare. Cum Frankhaim încearcă să ucidă un întreg popor, pe americani, cu antrax. Vreau să pregăteşti o emisiune de ştiri cum n-a mai fost. Să arătăm oamenilor tot adevărul. Vor decide ei dacă îl mai vor pe Frankhaim, cu securea războiului deasupra capetelor, sau îl alungă.

Tânărul îşi prinse bărbia în mâini. Spuse amar:

— Se poate. Se poate face. Numai că nu pricep cum o să difuzaţi acest buletin. Eu pot să-l difuzez, aici în Tothaim, poate şi în Manham, dacă nu mă arestează. Nu cred însă să ajute prea mult.

Pe monitorul frontal al centralei apăru chipul Theodorei. Lui Ibrahim i se păru că nu s-a schimbat de loc în anii trecuţi de când se despărţiseră. Fata îi zâmbi larg.

— De rest ne ocupăm noi. Te asigur că avem posibilitatea să facem ca buletinul tău de ştiri să ajungă în toate centralele de transmisiuni din Autarhie. Va fi difuzat la ora obişnuită, în locul celui oficial. După care oamenii vor fi cei care vor decide.

Faţa fetei dispăru de pe ecran. Ibrahim îl privi visător câteva clipe, după care începu să încarce interceptările din urmă cu două săptămâni, să le deschidă, să aleagă secvenţe, să le lege între ele. Din difuzoarele staţiei mai răzbătu o şoaptă.

— Ibby. Aş vrea să ne vedem după ce se termină

toate astea. Avem tare multe să ne spunem.

Ascultă încordat, însă nu se mai auzi nimic altceva. Scutură din cap şi se concentră asupra a ceea ce avea de făcut, deloc sigur pe cele auzite. Sau poate numai i se păruse.

Capitolul 50

25 septembrie 2051
New Jersey
America

Cei trei călători acaparaseră toate canalele de știri ale Rețelei, iar înregistrările scurtelor convorbiri avute cu Alice, pe care Marshall le pusese la dispoziția presei, fuseseră difuzate de nenumărate ori. Fetei și însoțitorilor ei li se dedicase chiar și un cântec de către o formație în vogă, iar o casă de producție anunțase deja iminenta lansare a unui film, inspirat din peripețiile lui Alice. Întreaga America aflase și urmărise de povestea lor.

Din acest motiv, la ieșirea din New Jersey a tunelului Transatlantic, îi așteptau zeci de mii de oameni, să îi aplaude și să le ureze bun venit, fără să țină seama de burnița rece de afară sau de faptul că fuseseră nevoiți să parcurgă distanțe mari pe jos, ocolind mai multe mile zonele inundate, bucurându-se pentru ei, așa cum numai americanii știu să o facă. Nenumărați reporteri, de la toate canalele Rețelei, comentau evenimentul la fața locului, îndreptând spre ei aparate video, menționând de fiecare dată că o asemenea mulțime nu se mai adunase vreodată după Prefacere.

Oamenii începuseră să vină încă din urmă cu două zile, când Rețeaua anunțase că Alice și însoțitorii ei au intrat în Tunel. Veniseră, până unde fusese posibil, cu mașinile personale, aducând cu ei corturi pe care le instalaseră peste tot, începând de la clădirile dezafectate de lângă gurile tunelului, până la depozitele uriașe, ruginite, destinate tranzitului de mărfuri prin Tunel. Găsiseră loc printre clădirile părăsite, pe liniile de Maglev, pe platformele crăpate din beton sau chiar pe pământul noroios, pentru cei ajunşi mai târziu. În doar câteva ore, la ieşirea tunelului Transatlantic, înflorise un mic oraş de corturi care unduiau în bătaia vântului, printre care se aflau rulotele tot-teren, cu gardă înaltă, cu acoperişurile înţesate de antene, ale canalelor Reţelei. Venise şi o întreagă comunitate de artişti, cea în care Alice lucrase timp de doi ani, într-un convoi ce părea că nu se mai sfârşeşte. Generalul Norris Hood trimisese trupe: parte pentru menţinerea ordinii, parte pentru a-i proteja pe cei ce urmau să sosească de entuziasmul mulţimii. Soldaţii ocupaseră poziţii, delimitându-şi tabăra într-un perimetru în care îşi instalaseră corturile gonflabile, făcute din materiale ce imitau ambientul, şi se pierdeau fantomatic în peisaj.

Câţiva hotărâţi căraseră şi asamblaseră cumva o scenă, instalaţii de proiecţie video şi sonorizare la care, în noaptea precedentă, se perindaseră până spre dimineaţă formaţii în vogă. În pofida faptului că mai toată lumea adusese generatoare individuale de curent electric alimentate cu hidrogen, la mare căutare au fost materialele inflamabile, care au ars în mii de focuri, în jurul cărora, mici grupuri ascultau muzică în tăcere sau tăifăsuiau, invariabil, despre şansele de reuşită ale lui Alice şi însoţitorilor ei. Soldaţii patrulau discret printre grupuri, însă se înregistraseră neobişnuit de puţine incidente pentru un număr atât de mare de oameni. Câţiva drogaţi fuseseră predaţi, în faţa unui reporter care înregistrase totul, chiar de către cei cu care veniseră, pentru a fi alungaţi din tabără.

— Dacă Alice a putut să renunţe la droguri, o să fim şi noi în stare să o facem, a spus unul dintre ei, un tânăr pistruiat, abia ieşit din adolescenţă.

Marshall venise de dimineață, direct de la Fort Bradd și fusese cazat în tabăra militară. Insistase să intre în tunel împreună cu generalul Hood, un medic și câțiva tehnicieni bătrâni, foști lucrători ai Tunelului, care porniseră un Maglev. Plecaseră imediat ce explozia fusese detectată. Vestea că se declanșase o explozie în tunelul prin care sosea Alice și că tatăl ei plecase să vadă ce s-a întâmplat, se răspândise fulgerător în întreaga tabără. Muzica încetase, iar îngrijorarea se rostogolise ca un tăvălug peste tot. Cei mai bătrâni își amintiră rugăciuni, pe care le adresară lui Dumnezeu, cerându-I să-i aducă sănătoși pe cei așteptați. Au fost imitați de numeroșii tineri, care au îngenuncheat pentru prima oară în viață.

La ieșirea din Tunel au fost întâmpinați cu un strigăt colectiv imens, de bucurie, care păru să spargă norii cenușii adunați pe cer. Ca un semn, burnița se oprise, iar câteva raze de soare se strecuraseră timid printre nori, una dintre ele poposind chiar pe ieșire. Alice, trasă la față, și președintele Marshall, ieșiră primii, ținându-se de după mijloc, clipind în lumină. Epuizată, fata își lăsase capul pe umărul tatălui ei. Cu strigăte și aplauze de bucurie au fost întâmpinați și Ivan care, împreună cu medicul care îl tratase chiar în tunel, îl sprijinea pe Matheas Linghe. Mii de aparate video s-au îndreptat spre ei, iar imaginea acestora, ieșind din tunel, a fost imediat proiectată pe uriașul ecran al scenei, pentru ca sosirea să fie văzută de toată lumea.

Militarii delimitară urgent un careu pentru a împiedica mulțimea să năvălească pentru a-i felicita pe primii călători sosiți din Europa în ultimul sfert de secol. Conform celor convenite cu reporterii Rețelei, un militar aduse un singur microfon pentru a se înregistra primele declarații ale celor sosiți. Marshall îl refuză cu un gest, făcând semn spre Alice. Fata zâmbi, vizibil obosită și foarte emoționată.

— Mulțumesc, America. Mulțumesc de primire. E atât de frumos.... Oh, tata, e atât de bine să fii din nou acasă, și izbucni în lacrimi, fără să mai poată continua.

Marshall își îmbrățișă protector fata în aclamațiile care continuară minute în șir. Solicită și el microfonul. Ridică o mână și așteptă să se facă liniște.

— Așa cum știți cu toții, că fiica mea, Alice, ar fi trebuit să moară de mai multe ori. A ajuns astăzi înapoi acasă printr-un șir de întâmplări unice, mai presus de înțelegerea noastră. Ar fi trebuit să fie ucisă, asemeni celor peste o sută de americani căzuți victime lăcomiei, ambiției și răzbunării lui Conrad, fostul președinte, care a doborât stația orbitală Heaven. Iar aici țin să mulțumesc în mod special unui om, un jurnalist care face cinste acestei nobile profesii, lui Ariel Mordecai – arătă spre acesta care, după ce îl însoțise pe președinte în tunel, se ținuse discret deoparte. El a avut curajul să dezvăluie monstruoasa conspirație a lui Conrad. El, și prietenul său, William Trasco, de la Centru pentru Combaterea Poluării. Le mulțumesc în numele Americii.

Pentru a doua oară în ultimele zile, Mordecai fu aplaudat de oameni. Ridică modest mâna, pe care mai apoi o duse la ochi să-și șteargă câteva lacrimi. Will, aflat alături, se înroși și se fâstâci. După ce se făcu din nou liniște, Marshall reluă:

— Fostul președinte, cu multă ură, a încercat să-și șteargă urmele, lansând rachete nucleare asupra Europei. A trebuit să îl oprim în ultima clipă, iar aici ajutorul primit de la câțiva bravi militari, adevărați

patrioți, nu va fi uitat. Așa cum știți, Alice supravie-
țuit dezastrului lui Heaven. A fost salvată și omenită
de o familie din estul Europei, locuri pe care le cre-
deam căzute în sălbăticie. Ar fi trebuit să fie ucisă de
o formațiune paramilitară de acolo, însă acest domn
– arată spre Ivan, iar mulțimea aplaudă frenetic – și el
un supraviețuitor, a salvat-o și însoțit-o. Ar fi trebuit
să rămână prizonieră în Autarhia Europeană, de care
nu mai știm nimic de decenii, însă acest domn – ară-
tă spre Linghe, care ridică vag o mână, primindu-și
porția de aplauze – a găsit o cale să o aducă înapoi. Ar
fi trebuit să fie ucisă de soldații trimiși prin tunel, în
urmărirea lor, de conducătorii europeni – mulțimea
huidui îndelung – ar fi trebuit să fie ucisă de proprii
noștri soldați, trimiși de Conrad – din nou huiduieli,
și în sfârșit ar fi trebuit să moară în capcana instalată
la ieșirea din tunel, tot de soldații noștri, din ordinele
celui ce ne-a fost președinte.

Huiduielile mulțimii păreau că nu se mai termină.
Din nou Marshall ridică mâna, cerând liniște.

— Dar Alice a scăpat de fiecare dată. Și cu ajuto-
rul acestor domni, pentru care recunoștința mea nu
are margini – din nou, aplauze și strigăte. Însă faptul
că Alice a ajuns astăzi acasă, printre ai ei, printr-un
miracol, ne dovedește fără putință de tăgadă, că ome-
nia nu a dispărut de pe planetă. Iar unde este omenie,
sunt oameni. Nu cred că vom mai fi atât de norocoși
încât să mai asistăm vreodată la o asemenea întâm-
plare. Așa că nu vom mai lăsa întâmplarea să deci-
dă în locul nostru. A sosit momentul ca America să
se deschidă din nou spre Europa. Vom ruga Europa
să ne primească. Pentru a face împreună o lume mai
bună.

Aplauzele și fluierăturile păreau să nu se mai

oprească. Mii de brațe agitară o pădure de eșarfe albe, pe care scria „Alice, bine ai venit acasă". Microfonul se îndreptă spre Ivan, care clipi nedumerit.

— Hmm, își drese glasul. Ăă... America, bine te-am găsit! strigă în aplauze. Nu știam că ești așa frumoasă, adăugă ceva mai încet, în momentul în care microfonul se depărtă de el, dar șoapta lui, amplificată, ajunse la mulțime, din care se ridicară hohote uriașe de râs și noi aplauze.

Grupul celor veniți prin tunel se pregătea de plecare. Linghe ceru însă și el microfonul. După o scurtă consultare cu medicul, Marshall îi făcu semn militarului care îl păstra, să se apropie de european. Fața acestuia era relaxată, datorită calmantelor primite în tunel. Vocea lui baritonală, engleza ușor cântată, diferită de accentele americane, induse o liniște respectuoasă în mulțime.

— Mă bucur nespus că pășesc iar pe pământ american și că mă primiți cu bucurie, ca oaspete. Vă văd, pe cei mai mulți dintre voi, prezenți aici, că sunteți tineri. De aceea, nu aveți nimic de-a face cu războaiele și vrajba trecutului, pe care atât eu, cât și președintele Marshall, le-am trăit. V-aș cere să uitați și să iertați. Dar nu aveți ce uita și ce ierta. Noi, în schimb, am uitat și iertat de mult. E o lume nouă, diferită de cea în care am trăit noi, când aveam vârsta voastră. E o lume în care vitregiile naturii, schimbările climatice, sunt adversari mult mai puternici, cu care avem de luptat, în loc să ne sfâșiem între noi. E vremea să ne strângem mâinile, și să refacem echilibrul planetar, tulburat de noi, de părinții și bunicii voștri.

Opri cu un gest aplauzele care porniseră spontan.

— Aș fi dorit să vă spun că vin în pace. Însă președintele Autarhiei Europene a luat o decizie asemănătoare cu cea a fostului vostru preşedinte. Amândoi veneau din vremurile tulburi ale Prefacerii, păstrând intactă ura reciprocă dintre americani şi europeni. A trimis spre voi un germen mortal, o armă biologică care va ajunge peste câteva zile. Din fericire distinsul domn – arătă spre Mordecai – a venit cu ideea pornirii a ceea ce numiţi Coridorul Uraganelor, astfel încât curentul de aer creat să absoarbă şi să distrugă arma lansată cu atâta inconştienţă. Vă rog ca, atât cât puteţi, să iertaţi. A fost decizia unui singur om, nu a unui popor. Eu mă voi întoarce mâine în Europa, aşa cum am convenit cu preşedintele Marshall, chiar în tunel, pentru a duce mesajul vostru. Pe vremea mea se spunea: „Dumnezeu să binecuvânteze America". Fiţi binecuvântaţi cu toţii.

În rumoarea creată, micul grup, însoţit de militari, se îndepărtă încet spre uriaşul vehicul prezidenţial în care urcară, pe rând, cu toţii. Vehiculul tot-teren se urni lent, urmat de escorte, şi traversă încet mulţimea care se retrase din faţa lui, pentru a-i face loc. Mii de flori au fost aruncate de oameni astfel încât, când ajunse la autostradă, vehiculul prezidenţial era complet acoperit de flori şi mai ales de petale, semănând cu un car alegoric, omagiind apropierea istorică dintre America şi Europa, care avusese nevoie de un sfert de secol pentru ca să se petreacă.

Capitolul 51

26 septembrie 2051
Frankfurt
Autarhia Europeană

În capitala Autarhiei, imediat după difuzarea buletinului de știri, câțiva oameni s-au adunat în fața fostului Messe, actualul sediu al guvernului. Se opriseră în tăcere, chiar la limita perimetrului de securitate, cu pumnii încleștați, fără să se agite sau să scandeze. Înălțaseră capetele și priveau spre unul dintre birourile aflate la etajul al patrulea, unde se afla cabinetul președintelui Frankhaim. De după sticla fumurile, acesta îi urmărea îngrijorat, împreună cu Christine Dietter, ministrul de interne al guvernului său, care venise în urmă cu o oră și îi pornise monitorul, fixându-l pe programul video oficial, care transmitea clandestin, în afara orarului aprobat.

Încet, celor din stradă li se adăugară alții. După un sfert de oră, mulțimea umpluse deja strada, dar alți oameni continuau să vină ca și cum undeva s-ar fi rupt un zăgaz uriaș. Frankhaim își frământă nervos mâinile.

— Cum a fost posibil, Christine? Cine a difuzat nenorocitul acela de buletin de știri? Cine continuă să-l transmită? Ce facem acum?

Femeia urmărea preocupată mulțimea.

— Au fost cei de la Noua Lume. Sper că îți amintești, ți-am spus de la început să nu ai încredere în ei, însă i-ai primit în guvern. Ai fi putut să formezi o coaliție cu Ecologiștii. Sau cu Radicalii. Însă i-ai luat pe cei din PNL. S-au infiltrat cumva în centralele de comunicații unde au complici. Au înlocuit buletinul oficial de știri cu ceea ce ai văzut.

În stradă, demonstranţii începuseră să se agite. Câţiva aduseră o platformă din lemn pe care, ajutându-se de o scară, o fixară de monumentul metalic, reprezentând silueta unui muncitor care lucrează cu un ciocan. Un orator luă cuvântul, captând atenţia mulţimii. Din cauza distanţei, din biroul prezidenţial nu se putea desluşi chipul oratorului.

— N-am putea să-i împrăştiem?

— Nu, Paul. Ar trebui să adunăm forţele de ordine din întreaga Autarhie pentru asta. Chiar dacă am face-o, cât crezi că mai durează până când manifestaţiile se vor răspândi şi în alte oraşe? Deja transmit în direct – îi arătă cu un gest neglijent monitorul din birou care difuza imagini din stradă. Au ocupat centralele de transmisiuni, nu avem idee câte.

Frankhaim se îndepărtă de fereastră şi se lăsă greoi în fotoliul prezidenţial. Îşi sprijini coatele de birou şi-şi prinse capul în mâini.

— Putem aduce armata. Recheamă toate dirijabilele de transport, să aducă trupe, să le ia de la graniţe, de oriunde! Trebuie să putem face ceva. Încă mai sunt preşedinte!

Imaginile de pe monitor căpătară brusc sunet. Oratorul urcat pe platforma improvizată vorbea aprins însă, datorită rumorii mulţimii, neinteligibil pentru sonorul captat pe monitor.

— Vrei să aduci armata. Numai că armata noastră e formată din rezervişti, care sunt soldaţi o lună de zile pe an. Vrei să le ordoni să tragă în ai lor? Ştii bine că nu o vor face. S-a terminat, Paul.

— Dar nu se poate, Christine. Oamenii ăştia îi urăsc pe americani. I-au urât pentru că ne-au distrus fabricile. Bunicii şi părinţii lor au săvârşit atentate în America, dându-şi viaţa pentru a arăta cât de mult îi urăsc. De ce se revoltă acum? Autarhia le-a oferit șansa să nu cadă în primitivism, asemeni popoarelor din Est. Dintr-o dată, îi iubesc pe inamici? Cineva îi îndeamnă. Cineva îi organizează. Știi prea bine, Autarhia are zilele numărate dacă nu reîncepem să poluăm. Să extragem minereu, să prelucrăm metale, să repornim chimia industrială, să producem energie, să înlocuim rapid stocurile consumate. Dar nu putem ridica o industrie pe care să ne-o culce iar la pământ americanii. Trebuie să scăpăm de ei. Trebuia de mult să scăpăm de ei. Oamenii ăștia sunt inconștienți? Nu realizează că asta a fost singura soluție? Pe care tocmai o risipesc! Atât de mult am vrut să supraviețuim, să mențin și să refac civilizația europeană. Chiar cu prețul sacrificării Americii.

Femeia se apropie și îl mângâie ușor pe păr. Îi cuprinse capul și îl strânse la piept. Pe monitor se vedeau mai mulți oameni, intrând nestingheriți în clădire. Forțele de ordine dispăruseră.

— Vremurile se schimbă, Paul. Nu e nici primul și cu siguranță nici ultimul caz din istorie, în care inamicii devin prieteni. În urmă cu o sută de ani, americanii au distrus Germania într-un război cumplit, după care au dat bani ca să o reconstruiască, redevenind prieteni. Privește-i pe cei din stradă și pune-te în locul lor. În acest buletin de știri, au văzut cu ochii lor belșugul în care trăiesc americanii. S-au săturat de privațiuni și economii, vor și ei să o ducă mai bine. Ori în planul tău de distrugere a Americii asta văd: vrei să ucizi o lume mai bună, o lume pe care și-o doresc. Le distrugi visele. Vor altceva, ce nu le putem oferi, iar noi trebuie să plecăm, Paul. Acum. Dacă ne găsesc aici ne vor judeca și condamna. Am un plan de rezervă pentru exact această situație.

Frankhaim se ridică de la biroul de unde dirijase în ultimii douăzeci de ani destinele Europei. Ieșiră fără să privească îndărăt, braț la braț, el lăsându-se condus de Christine, până la un lift privat pe care femeia îl deschise cu o chei specială. Urcară pe acoperișul clădirii unde îi aștepta un balon-dirijabil, pentru două persoane a cărui anvelopă se clătina în vânt.

— Unde vrei să fugim, Christine? Ne vor căuta în toată Autarhia.

— Tocmai de aceea, vom pleca din Autarhie, îi răspunse femeia și eliberă ancorele balonului, care câștigă rapid altitudine, pierzându-se în plafonul jos de nori.

***

Theodora Vassilis urmărise, înainte de difuzare, emisiunea de știri pregătită de Ibrahim O'Neil, făcuse câteva sugestii și insistase să adauge poziția PNL, pronunțată de Matheas Linghe, liderul acestui partid, de respingere a războiului cu America. Ezitase asupra acestei idei; în mod sigur, Linghe nu ar fi fost de acord să profite de o situație atât de gravă pentru a obține avantaje politice. Însă cum conducătorul partidului se afla în America, hotărâse singură că nu e cazul să-și facă scrupule.

Efectul difuzării emisiunii îi depășise cu mult așteptările. Mulțimea care demonstra în stradă, dar și numeroasele rapoarte despre adunări spontane similare, primite din întreaga Autarhie, dispariția lui Frankhaim, îi dădură încredere că planul de înlăturare a războiului și implicit al Partidului Autarhic, pus la cale împreună cu câțiva membri de încredere ai PNL, funcționase. Intrase în cabinetul prezidențial, trecând din micul ei birou, aflat alături, la câteva minute după fuga lui Frankhaim. Acolo o găsiră şi demonstranţii care deja cutreierau prin clădire, disciplinaţi, fără să ia sau să distrugă ceva. Un sfert de secol în care se făcuse economie la orice îşi lăsase amprenta. Nimeni nu lua ceva ce nu-i aparţinea şi pentru care nu muncise, după cum nu se distruge nimic, niciodată, mai ales ceva ce cu greu putea fi înlocuit.

Unii o recunoscuseră. Le dădu vestea dispariţiei preşedintelui, care fusese la un pas să pornească războiul cu America şi zâmbi fericită când, după câteva minute, vestea ajunse în stradă, fiind întâmpinată cu un strigăt uriaş al mulţimii, care zdrăngăni ferestrele cabinetului lui Frankhaim.

Trecu, grăbită, la următoarea parte a planului: convocarea membrilor parlamentului la o sesiune specială. Făcuse asta de mai multe ori pentru Frankhaim. Ea însăşi era parlamentar din partea Noii Lumi. În aşteptarea acestora, primi rapoarte pe consola prezidenţială de la care trimise ordine, în numele preşedintelui, cerând militarilor să rămână în cazărmi. Emise un decret către primăriile din Autarhie, anunţând fuga lui Frankhaim şi cerându-le să permită desfăşurarea paşnică a demonstraţiilor, acolo unde aveau loc. Lucră concentrată, fără să-şi dea seama când a trecut timpul, rezolvând situaţii punctuale, ameninţând, rugând sau promiţând. Se lăsase deja seara când coborî în sala parlamentului pe care o găsi pe trei sferturi goală şi la fel de friguroasă cum îi plăcea lui Frankhaim să o ţină, pentru a face sesiunile mai scurte. Parlamentarii Partidului Noii Lumi erau toţi prezenţi. La tribună, în locul liderului grupului său, cuvânta un parlamentar tânăr, pe care îl ştia vag, din partea Partidului Autarhic.

— Cei mai mulţi dintre colegii mei, printre care şi conducătorii partidului, şi-au prezentat demisiile – flutură un teanc de foi scrise. O parte am rămas, întrucât socotim că e datoria noastră, de politicieni, să ne asumăm răspunderea pentru deciziile pe care le-am luat. Noi, ca aproape toţi membrii parlamentului, am votat pentru război pentru că aşa ne-a cerut-o preşedintele Frankhaim şi pentru că atunci am crezut că e bine. Însă instituţia parlamentului trebuie să existe. E garanţia democraţiei...

Parlamentarul părăsi tribuna şi se îndreptă spre locul său, în murmure de aprobare şi câteva aplauze anemice. Părea că nimeni nu vrea să-i ia locul. Theodora Vassilis merse hotărâtă la tribună. Îşi drese glasul.

— Preşedintele Frankhaim a fugit spre o destinaţie necunoscută, iar membrii guvernului lipsesc cu toţii. Aţi văzut cu toţii ce s-a întâmplat. În ultimul buletin de ştiri s-au făcut dezvăluiri importante despre felul cum Frankhaim înţelegea să conducă Autarhia, luând decizii singur, fără consultarea parlamentului, căruia îi dădea date incomplete sau pe care nu îl informa de loc. Aşa cum ştiţi, am lucrat mai mulţi ani pentru el şi pot să vă spun că, în numele lipsurilor lăsate de Prefacere, ignora în mod deliberat libertăţile democratice şi conducea de unul singur, după bunul său plac.

— Dar americanii se pregăteau să ne omoare, o întrerupse o voce din sală pe care nu reuşi s-o identifice.

Continuă netulburat, remarcând cu coada ochiului că cineva pornise aparatura de înregistrare aflată în sala parlamentului şi sistemul audio exterior, instalat cu intenţia de a permite cetăţenilor să asculte dezbaterile, dar care nu îşi amintea să fi fost folosit vreodată. Acum putea fi prezentă la buletinul de ştiri, iar vocea ei putea fi auzită şi de demonstranţi. Îşi notă în gând să-i mulţumească tehnicianului căruia îi venise ideea.

— Poate că unii dintre dumneavoastră, după ce aţi văzut la ştiri ce s-a petrecut de fapt, încă mai credeţi că preşedintele avea dreptate în a ataca el primul, câtă vreme americanii se pregăteau să ne arunce bombe nucleare. Numai că planul lui Frankhaim de a distruge America, folosind culturi de antrax, este cu mult mai vechi decât criza declanşată de prăbuşirea staţiei spaţiale. În realitate, atât Frankhaim cât şi fostul preşedinte al Americii, şi-au planificat în mod deliberat atacurile. Ei reprezintă vremurile trecute, dar plină de ură, ale unei generaţii în care oamenii s-au învinovăţit reciproc pentru schimbările climatice. A sosit timpul ca această ură să înceteze. Aşa cum mereu a spus Mateas Linghe, conducătorul partidului nostru, al Noii Lumi, trebuie să învăţăm din nou să trăim împreună pentru a face faţă Prefacerii.

În sală se lăsase o tăcere profundă. Cineva tuşi înăbuşit. Theodora îşi plimbă privirile prin sală. Parlamentarii încremeniseră, părând să-i soarbă cuvintele, chiar dacă discursul fetei era presărat de lozincile partidului din care făcea parte.

Arătă cu mâna către exterior:

— Asta vor ei, cei de afară. S-au săturat de ură. S-au săturat de lipsuri. S-au săturat să se teamă. În lipsa executivului, actualul legislativ, atât cât a mai rămas, are datoria să îndrepte lucrurile. Pentru început, propun să expediem de urgenţă americanilor întregul stoc de antibiotice disponibil, pentru a-i ajuta să facă faţă bacilului antrax trimis de Frankhaim pentru a-i ucide. Cine este pentru?

Mâinile parlamentarilor se ridicară simultan. Fata zâmbi în sine. Simţea că adusese parlamentul la stadiul în care ar fi votat orice le-ar fi cerut.

— S-a aprobat în unanimitate. Mă voi ocupa personal de asta. Acum avem nevoie de un preşedinte. Conform legii, până la organizarea de alegeri, preşedintele interimar poate fi ales de parlament.

Dinspre mulţimea de afară veni ca un vuiet vag, care crescu în cascadă, până se auzi clar:

— Linghe! Linghe! Linghe!...

Theodora surâse larg.

— Am aflat cu toţii pe cine vor oamenii preşedinte. Cine este pentru ca Matheas Linghe, liderul Partidului Lumii Noi, să fie ales preşedinte interimar?

De această dată mâinile se ridicară ceva mai încet. Parlamentarii Partidului Autarhic votară şi ei, ultimii, cu capetele plecate, înfrânţi. Fata jubilă.

— În unanimitate, Matheas Linghe a fost ales preşedintele Europei. Autarhia a încetat să existe. Trăiască Europa!

Entuziasmul mulţimii de afară îl depăşi cu mult pe cel al parlamentarilor. Uralele zguduiau geamurile mari ale sălii. Fata coborî de la tribună în plină glorie, realizând că omisese să declare închisă sesiunea. Însă parlamentarii înţeleseseră şi singuri, şi se ridicaseră, pregătindu-se să plece. Unul dintre ei o prinse de braţ. Se întoarse spre el.

— Dar, domnişoară, Linghe nu e în America?

— Nu mai este, auzi o voce foarte cunoscută. Vine mâine înapoi. Tocmai au anunţat, la ştiri, americanii.

Parlamentarul îi dădu drumul la braţ şi plecă, clătinând din cap nedumerit.

— Ibrahim... Tu ai pornit sonorizarea. Cum ai ajuns aici?

— Bineînţeles că eu am pornit-o. Am învăţat la academie despre această facilitate şi am vrut să verific cum funcţionează. Şi înregistrarea video. Acum eşti la ştiri în toată Autarhia... Pardon, Europa. Cât despre cum am ajuns, ei bine, mi-am luat liber cu de la sine putere. Mi-am cheltuit şi bruma de economii, am împrumutat bani de peste tot şi abia mi-a ajuns să-mi cumpăr un bilet la cursa de Frankfurt a dirijabilului de pasageri. Nu mai am cu ce să mă întorc. Sper că ai unde să mă ţii.

Theodora îi sări de gât, îl strânse în braţe şi-l sărută înfocat de mai multe ori.

— După tot ce-ai făcut, nu trebuie să te mai întorci. O să rămâi cu mine. Şi aici avem mult, foarte mult de lucru. Trebuie să organizăm alegerile, să raţionalizăm resursele, să încercăm să ne înţelegem cumva cu americanii, poate-i convingem să ne ajute, trebuie...

Tânărul îi puse delicat mâna peste gură.

— Opreşte-te! Pentru toate astea e timp suficient. Ce facem acum?

— Acum? Mergem să-l întâmpinăm cum se cuvine pe preşedinte. Voi da imediat ordinele corespunzătoare.

— Ce? zâmbi, văzând figura dezamăgită a tânărului. O să vii şi tu, bineînţeles, ţi-ai câştigat acest drept. Aha, înţeleg, ai fi vrut să facem dragoste. Dar pentru asta e timp suficient, îl persiflă ea cu candoare, sărutându-l uşor pe buze.

Capitolul 52

26 septembrie 2051
Harrisburg
America
27 septembrie 2051
Swansea
Anglia

După ce depăși imensa mulțime, vehiculul prezidențial, escortat de alte două transportoare militare, ocoli vastele zone de clădiri abandonate ale orașului inundat New Jersey, se înscrise și luă viteză pe vechea autostradă 76. Ruta era puțin circulată dar se afla într-o stare surprinzător de bună, cu toate că nu mai fusese întreținută. Convoiul prezidențial se îndreptă spre comunitatea de funcționari guvernamentali din Harrisburg, unde președinția deținea o reședință. Încă din mașină, Marshall deschise discuțiile.

— Domnule Linghe, permiteți-mi să vă urez cum se cuvine bine ați venit în America. Nu am cuvinte să vă mulțumesc pentru tot ceea ce ați făcut pentru fata mea, spuse și îi întinse mâna pe care Linghe i-o strânse. Și dumitale, tinere, ai mulțumirile președintelui Americii dar mai ales mulțumirile fierbinți ale unui tată.

Marshall îi întinse mâna lui Ivan. Acesta o strânse și o scutură zdravăn de câteva ori. Obrajii i se înroșiră brusc. Dădu să spună ceva, însă se fâstâci și din gură îi ieși ceva neinteligibil. Alice se sprijini de tânărul ei însoțitor care o cuprinse protector de după umeri. Linghe își drese glasul și umplu cu vocea lui baritonală interiorul vehiculului.

— Aș mai face asta oricând, domnule. Toate aceste întâmplări, pe care pe bună dreptate le-ați numit miracol, au, în sfârșit, o finalitate. A meritat. America priveşte din nou către Europa. Aşa cum am spus, mă voi întoarce cât de repede şi, ca lider al Partidului Noii Lumi, voi face tot ce îmi stă în putină pentru ca şi Europa să privească cu speranţă către America. După atâţia ani, există şansa reală să ne privim din nou în ochi.

Cerându-şi scuze, în discuţie se amestecă generalul Hood, care dori să afle mai multe despre baloanele cu antrax. Cei trei povestiră tot ce văzuseră şi auziseră. Generalul îi ascultă, întrerupându-i din când în când cu întrebări precise, până păru mulţumit de cele aflate. Se retrase într-un colţ al vehiculului unde porni să-şi murmure ordinele într-un comunicator, cerând deschiderea Coridorului Uraganelor, solicitând prognoze meteo şi estimări asupra timpului de sosire a baloanelor cu antrax.

Alice continuă să povestească, adăugând noi detalii relatărilor peripeţiilor prin care trecuse în Europa. Ivan o completa scurt, trecând cu modestie peste faptele sale. Îşi amintiră de focul uriaş făcut în Estul Europei, în încercarea de a atrage atenţia Americii asupra ei, pentru care primi felicitările lui Marshall. Descriseră satul şi serele ingenioase, care asigurau existenţa locuitorilor, lăudă ospitalitatea fermierilor care o găsiseră, după care trecu la lupta cu soldaţii lui Vlad, la drumul până la Dunăre şi la călătoria pe fluviu.

Ochii îi străluceau; se părea că oboseala ultimelor zile îi trecuse. Marshall o privea cu drag, zâmbind fericit. Neobservat, Ariel Mordecai înregistra totul în tăcere, cu gândul la cartea pe care dorea să o scrie despre aceste întâmplări. I se părea incredibil finalul exploziv şi plin de glorie cu care îşi încheia cariera de jurnalist.

Ajunseră la Harrisburg spre seară, înainte de a fi

terminat de povestit. Îi aştepta întreaga comunitate, care se aliniase de o parte şi de cealaltă a drumului. Marshall ceru ca trapa superioară a vehiculului să fie deschisă şi ieşi pe jumătate, împreună cu Alice, pentru a-i saluta pe locuitori. Ajunseră la reşedinţa prezidenţială unde au fost primiţi cu o cină bogată, pe care o onorară cum se cuvine. Alice înfulecă din toate felurile, stârnind îngrijorarea tatălui ei.

— E prima masă adevărată după trei săptămâni, se apără fata.

— E prima masă adevărată din viaţa mea, nu se putu abţine Ivan.

După masă, tinerii se retraseră epuizaţi, iar generalul Hood plecă în treburile lui, vorbind aproape continuu la comunicatorul portativ, dând ordine şi primind rapoarte. Marshall rămase cu Linghe, până spre dimineaţă, plănuind ca şi cum s-ar fi ştiut dintotdeauna, cum să facă lumea mai bună. Tăcut, Mordecai a înregistrat fiecare cuvânt, pentru posteritate.

***

Marshall şi Alice i-au condus înapoi la tunelul Transatlantic a doua zi spre amiază. Oraşul de corturi aproape dispăruse, însă câţiva întârziaţi, care nu reuşiseră încă să plece, le-au făcut o primire entuziastă. Tehnicienii militari găsiseră un Maglev de transport, cu compartimente de călători, pe care îl testaseră şi îl pregătiseră în tunelul Ora 9. Înghesuiseră în spaţiul pentru marfă, sub formă de ajutoare, tot felul de containere cu ceea, din ordine prezidenţiale, făcuseră rost la repezeală şi crezuseră că au nevoie europenii.

Linghe s-a despărţit de Marshall cu o strângere de mână şi o îmbrăţişare.

— Mult noroc, Matheas. Acum depinde de tine să realizăm ceea ce ne-am propus. Am făcut aşa cum ai spus tu, pentru a fi siguri că sunteţi aşteptaţi. Ştirea că vă întoarceţi a fost difuzată continuu, de ieri, prin Reţea. E cu neputinţă să nu o fi interceptat ai voştri. Dacă sunteţi întâmpinaţi cu ostilitate, să vă întoarceţi imediat, m-ai auzit?

Alice l-a sărutat pe obraji. Cu mult mai grea a fost însă despărţirea de Ivan, din braţele căruia nu mai voia să se desprindă.

— Trebuie să plec, Alice. Sunt atâtea de făcut în Europa. Regimul Autarhic n-o să permită în veci dezgheţarea relaţiilor cu America. Trebuie să găsim o cale să-l înlăturăm. Dar mă voi întoarce, imediat ce va fi posibil.

— Promiţi?, întrebă fata cu ochii plini de lacrimi.

— Promit, răspunse tânărul după care se pierdură amândoi într-un sărut fără sfârşit.

Marshall îi strânse mâna lui Ivan, după care îl îmbrăţişă.

— Ar fi bine să grăbeşti lucrurile acolo, în Europa. După cum vezi, eşti aşteptat înapoi în America.

În final, îi strânse mâna şi lui Mordecai, care ceruse să-i însoţească. Stabiliseră că o delegaţie prea numeroasă ar fi putut crea suspiciuni şefilor Autarhiei.

— Ai grijă, Ari. S-ar putea să fii ultimul dintr-o specie de jurnalişti care a cam dispărut după Prefacere. Încă mai poţi să te răzgândeşti şi să rămâi.

— Nu pot, domnule. Aşa cum aţi spus, sunt jurnalist. Iar cei din generaţia mea se aflau tot timpul în mijlocul evenimentelor.

Linghe se instalase în faţa pupitrului de bord al Maglevului. Examină mulţumit monitoarele acestuia şi porni vehiculul, ridicând treptat viteza până la opt

sute de kilometri pe oră. Încredinţă comenzile pilotu-
lui automat şi se cuibări într-una din canapelele moi
unde dormi continuu, până la Swansea. Ivan şi Mor-
decai porniră o discuţie prelungă la sfârşitul căreia
jurnalistul aflase cam tot ce se putea şti despre viaţa
europenilor de după Prefacere. Au ajuns la Swansea
după şase ore prin tunelul Ora 9 care, pe partea euro-
peană, devenea Ora 1.

Când au văzut dirijabilele negre la ieşirea de la
Swansea şi soldaţii Autarhiei aliniaţi în faţa gurilor
tunelului, au crezut că totul s-a terminat, că a fost în
zadar. Linghe a luat-o înaintea tuturor, şchiopătând
drept către soldaţi. A fost întâmpinat de unul din co-
mandanţii lor care l-a salutat, apoi l-au salutat şi sol-
daţii care au strigat într-un glas:

— Bine aţi venit acasă, domnule preşedinte!

Dintre soldaţi s-a desprins Ibrahim, colegul şi pri-
etenul lui Ivan, însoţit de o tânără plinuţă, cu priviri
inteligente, care a venit să-l îmbrăţişeze, povestindu-i
pe nerăsuflate că lucra de ani de zile la comunicaţiile
Autarhiei şi că, din interceptările emisiunilor de ştiri
de peste ocean, erau la curent cu tot ceea ce se petre-
cuse. Hotărâseră, cu o zi în urmă, să difuzeze în locul
banalului buletin de ştiri zilnic, cenzurat şi aprobat
de Partidul Autarhic, un material cu tot ceea ce se în-
tâmplase şi cum anume puseseră la cale conducătorii
Americii şi Europei să se omoare între ei, laolaltă cu
popoarele lor, în numele lor.

Buletinul subversiv fusese văzut peste tot, iar re-
volta populară se răspândise cu repeziciune, mătu-
rând Partidul Autarhic de la putere, după ce acesta
condusese destinele Europei vreme de un sfert de se-
col. Frankhaim dispăruse împreună cu ministrul de
interne Christina Deitter, iar apropiaţii lui credeau că

fugise undeva în est, poate în Rusia. Parlamentarii şi membrii guvernului autarhic demisionaseră în mare parte, iar cei rămaşi, împreună cu parlamentarii Partidului Noii Lumi, îl numiseră pe Linghe preşedinte interimar al Europei, până la organizarea de alegeri.

Theodora Vassilis se apropie de Linghe şi-l salută, parodiind caraghios salutul militar.

— Bine aţi venit acasă, domnule Preşedinte!

Linghe o îmbrăţişă şi o sărută pe amândoi obrajii.

— Theodora... Am reuşit. S-a terminat.

În Maglev, locul containerelor trimise de americani fu repede luat de recipientele cu antibiotice, coborâte din dirijabile, ce urmau a fi trimise pentru a-i trata pe americanii infectaţi cu antraxul scăpat din baloanele scăpate de curentul Coridorului Uraganelor.

Linghe se opri câteva clipe din discuţia cu cei care îl înconjuraseră şi şchiopătă spre Ivan. Îi strânse mâna şi-i şopti.

— Am programat Maglevul pentru New Jersey. Trebuie să plece cât mai repede, este extrem de important să ajungă cu antibioticul la americani înainte de ca antraxul să facă victime. Abia le-am câştigat încrederea şi nu vreau cu niciun chip să-i dezamăgim. Trenul va funcţiona complet automat. Tu du-te înapoi, băiete, du-te acolo unde te cheamă inima. După cum ai aflat, în Europa, au hotărât oamenii înaintea noastră. Şi au hotărât bine. O vreme, vei fi ambasadorul nostru în America. Să ne reprezinţi cu cinste.

Iar Ivan urcă grăbit în Maglevul din care abia coborâse, pentru a se reîntoarce, mai întâi la Alice şi abia apoi în America, întrebându-se cum va fi viaţa lor de acum încolo, pendulând între două lumi, încercând să le unească din nou într-una singură.

Capitolul 53

24 decembrie 2051
Oblitza
Estul Sălbatic

Întreaga suflare a satului Oblitza se adunase în preajma bradului falnic, înalt, adus și înălțat din vreme pentru Sărbătoarea Crăciunului. Îl împodobiseră cu șiraguri lungi din cârpe colorate în care împletiseră cioburi de sticlă colorată. Jucării cioplite din lemn, frumos pictate, atârnau de crengile verzi. Fiecare adusese câte ceva. Cum s-a lăsat seara, au aprins lumânări pe care le-au atârnat de crengile pomului. Veniseră și cei din fermele vecine. Venise și familia Bradony. Cu toții se pregăteau să asculte slujba de Crăciun, în preajma pomului împodobit, așa cum făceau în fiecare an. Clopotul din bisericuță prinse a bate și întreaga suflare se adună sub bradul împodobit.

Însă lumina Lunii, din neobișnuit de senina noapte a Crăciunului, se ascunse brusc, înghițită de umbra imensă a unui dirijabil care pluti lin pe deasupra satului și începu să arunce containere argintii care cădeau cu viteză pentru ca înainte de a se lovi de pământ, să scoată parașute mici, albe, încetinindu-și căderea. În scurtă vreme cerul înflori de parașutele containerelor ce pluteau agale în noaptea înghețată. Una din ele, purtată de un curent slab, nimeri crucea din vârful clopotniței în care se încurcă. Suspantele parașutei cedară, una câte una, iar containerul se rostogoli, căzu și se sparse în fața sătenilor uluiți. Din el se revărsară puzderie de cutii cu dulciuri, necunoscute copiilor, dar care treziră amintiri ale unor clipe fericite, de altădată, celor mai vârstnici.

Ca la un semn, oamenii se năpustiră în jos pe ulița

care înconjura, asemeni unei spirale, dealul pe care se afla satul, traversară puntea de lemn care nu fusese încă ridicată, şi alergară către containerele răspândite peste tot. Unele se sparseră, dând la iveală haine şi încălţări de toate mărimile, conserve, pachete cu seminţe, ba chiar şi scule mecanice pentru ateliere, pe care Ilya Proca, fierarul, le mângâie fericit.

— Sunt din America, sunt din America, strigă citind etichetele.

Alergau cu toţii de la un container la altul, strigând încântaţi, deopotrivă adulţi şi copii, bucurându-se şi râzând.

Epuizându-şi încărcătura, dirijabilul se înălţă maiestuos, până deveni un punct negru pe discul auriu al Lunii, apoi lansă mingi de foc care se sparseră cu bubuit de tunet împrăştiind o ploaie de stele.

Artificiile bubuiră minute în şir, spre nespusa încântare a sătenilor, care le urmăriră fascinaţi, cu capetele date pe spate. Înainte de a dispărea spre vest, dirijabilul lansă alte două dâre lungi, de foc, care explodară pe cer, formând două litere.

— A... L... silabisi Anna, mezina familiei Bradony. Alice, mamă. E Alice, nu ne-a uitat.

— Aşa-i, fata mea, îi şopti Maria, nu ne-au uitat, şi îşi strânse fata lung la piept, cu ochii plini de lacrimi.

Şi de speranţă.

America One / *George Lazăr*
Timișoara: Stylished 2018
ISBN: 978-606-9017-00-5

Editura STYLISHED
Timișoara, Județul Timiș
Calea Martirilor 1989, nr. 51/27
Tel.: (+40)727.07.49.48
www.stylishedbooks.ro

Servicii editoriale: EDITURA VIRTUALĂ
www.edituravirtuala.ro

www.ingramcontent.com/pod-product-compliance
Lightning Source LLC
Chambersburg PA
CBHW021843010726
47493CB00005B/1529